Ins Reich der Schatten

zu gelangen und dessen Kronprinz Ilias aufzusuchen, hat Kaaya mehrmals an ihre Grenzen gebracht und wäre ohne ihre Freunde undenkbar gewesen. Doch sie haben es geschafft: Arian wurde gerettet. Nun gibt es größere Sorgen, denn der unvermeidbare Krieg rückt immer näher und Kaaya spielt eine gewichtige Rolle darin. Schon bald steht sie zwischen den Fronten und muss sich nicht nur zwischen Licht und Schatten entscheiden, sondern auch, ob sie bei Arian bleibt, oder dem Prinzen hinterherreist, an den sie ihr Herz zu verlieren droht ...

BERIL KEHRIBAR

SCHATTENTHRON

BRINGERIN DES LICHTS

CARLSEN

Für

Für Melinda und Ela,
weil ich euch meine Geschichten vorlesen durfte,
als wir noch Kinder waren.

Heute könnt ihr sie selbst lesen, und ich könnte nicht stolzer sein
auf die jungen Frauen, die ihr inzwischen seid.

WIE OFT
KANN EIN HERZ BRECHEN,
BEVOR ES ENDGÜLTIG
AUSEINANDERFÄLLT?

Playlist

Decode – Paramore
Shadows – Sabrina Carpenter
Bad Dream – Ruelle
You – The Pretty Reckless
Demons – Imagine Dragons
Fear on Fire – Ruelle
everything i wanted – Billie Eilish
Last Goodbye – The Hot Damns (feat. Smokey Jones)
Lovers Death – Ursine Vulpine, Annaca
Diminuendo – Lawless (feat. Britt Warner)
My Demons – Starset
Phoenix – League of Legends, Cailin Russo, Chrissy Costanza
Without You – Ursine Vulpine, Annaca
Empires – Ruelle
Warriors – League of Legends, 2WEI, Edda Hayes
Winter's Song – Tommee Profitt (feat. Fleurie)
Goodbye – Ramsey, Arcane, League of Legends
Heroes Never Die – UNSECRET, Krigarè

KAPITEL 1

KAAYA

»Arian, nein, bitte nicht!« Mit aller Kraft versuchte Kaaya ihren Freund von sich herunterzuschieben. Doch sie schaffte es nicht, war zu sehr in dem Albtraum gefangen, der so unerwartet über sie hereingebrochen war. Das Entsetzen in ihr nahm immer weiter zu, während Arian seine Zähne tiefer in ihre Halsbeuge grub und von ihr trank. *Ihr Blut trank.*

»Arian …« Was geschah hier? Warum tat er das? Heiße Tränen brannten hinter ihren Augen und bahnten sich schließlich unerbittlich einen Weg über ihre Wangen. Mühsam unterdrückte sie ein Schluchzen und stemmte sich erneut gegen den schweren Körper über ihr. Vergeblich.

Vor wenigen Augenblicken noch hatte ihr Herz vor Aufregung geflattert, weil sie ihn endlich zurückhatte. Weil sie sich näher gekommen waren … Und jetzt pochte es vor Angst.

Gleichzeitig war da Müdigkeit. Eine bleierne Müdigkeit, die sie mit sich in den Abgrund zu reißen drohte, als das Blut warm und nass ihren Hals hinabrann und die Pritsche unter ihr tränkte.

»Arian, bitte«, flüsterte sie.

Das schmatzende Geräusch verstummte abrupt und ganz

langsam hob Arian den Kopf. Ihr Blut hob sich tiefrot von seinem schneeweißen Gesicht ab und tropfte von seinen spitzen Eckzähnen auf sie herab.

Tropf.

Eine Mischung aus Unglauben und Verlangen stand in seinen Zügen geschrieben.

Tropf.

Tiefschwarze Augen, die wie dunkle Eissplitter waren.

Tropf.

»Arian?« Kaayas Herz hämmerte weiterhin panisch gegen ihren Brustkorb und ließ ihre Stimme erzittern.

Endlich, *endlich* schien sie etwas in ihm auszulösen. Das Eis schmolz, sein Blick wurde weicher, der Griff um ihre Handgelenke lockerer.

»Kaaya …« Er sprach ihren Namen so vorsichtig aus, als hätte er Angst, sie zu erschrecken.

Gerade wollte sich trügerische Hoffnung in ihren Gliedern ausbreiten, da flog die Tür zum Schuppen auf.

»Ist alles in Ordnung? Ich habe Schreie ge-« Oriana verstummte schlagartig, als sie erkannte, was sich da vor ihren Augen abspielte. Wie angewurzelt blieb die Elfe im Türrahmen stehen.

Aber bevor Kaaya reagieren konnte, bewegte sich Arian über ihr. Sie riss den Kopf herum und beobachtete voller Grauen, wie sich sein Gesicht innerhalb eines Wimpernschlags zu einer Fratze verzog. Nichts an ihm erinnerte mehr an den liebevollen, frechen Jungen, der er vor Pertheas' Angriff gewesen war.

Gefährlich ruhig wandte er sich zu seiner Tante um. »Verschwinde.« Die Kälte in seiner Stimme ging ihr durch und durch.

Doch Oriana ignorierte seine Aufforderung, löste sich aus ihrer Starre und trat einen Schritt näher, was Arian ein Fauchen entlockte. Kaaya erschauderte bei dem Anblick, wie er auf ihr saß und sie verteidigte wie seinen Schatz. Nein, wie seine Beute.

»Arian, bitte«, sagte die Elfe ruhig. »Das willst du nicht. Geh runter von ihr. Komm zu mir.«

Arian leckte sich genüsslich über die Lippen, starrte seine Tante eine gefühlte Ewigkeit an … und stieg dann tatsächlich von der Liege.

»Oriana, nicht, renn weg!«, rief Kaaya, aber es war zu spät.

Mit einem gewaltigen Sprung stürzte Arian sich auf die Elfe und riss sie mit sich zu Boden.

»Arian, was –«, begann diese und verstummte abrupt, als seine scharfen Eckzähne aufblitzten.

»Oriana«, krächzte Kaaya, »wir müssen ihn aufhalten.« Obwohl sie sich kaum bewegen konnte, stützte sie sich auf ihre Ellenbogen, doch ihre Arme gaben keine Sekunde später unter ihr nach.

Die Elfe reagierte noch im selben Moment. Sie befreite eine Hand aus Arians Griff und schlug fest auf den Boden. Kaaya konnte erkennen, dass sich ihre braunen Augen dabei waldgrün färbten, und nur einen Atemzug später erzitterte der Schuppen. Ranken schossen aus dem Boden empor und wickelten sich um Arians Hals und Oberkörper. Schwer atmend kroch Oriana unter ihm hervor, begleitet von seinem protestierenden Fauchen.

»O Götter«, flüsterte Kaaya. Während sie gegen das Grauen ankämpfte, das Besitz von ihr ergriffen hatte, hastete Oriana zu ihr herüber.

»Geht es dir gut?« Ihr Blick flog über die Pritsche mit den

tiefroten Flecken. »Du hast viel Blut verloren. Lass mich dir helfen.« Sie berührte Kaayas Gesicht, murmelte leise Worte. Grünes Licht trat aus ihren Händen und langsam zogen sich die schwarzen Flecken aus ihrem Sichtfeld zurück. Erdmagie war keine Blutmagie, mit der man Wunden in Sekundenschnelle hätte heilen können, aber sie sorgte dafür, dass Kaaya sich ein bisschen besser fühlte. Gestärkt. Am liebsten hätte sie sich dieser Wärme ewig hingegeben, doch plötzlich nahm sie eine Regung hinter der Elfe wahr.

»Oriana, Vorsicht!«, schrie sie voller Angst.

Nachdem die Elfe ihre Konzentration von Arian weg- und zu ihr hingelenkt hatte, war es ihm anscheinend gelungen, sich von den Ranken zu befreien. Er hatte sich aufgerichtet und sah aus dunkel funkelnden Augen zwischen ihnen hin und her. Arian atmete schwer, rührte sich aber nicht. Noch nicht.

»Feuer hält ihn zurück!«, rief Kaaya. Sie erinnerte sich daran, dass Ilias gesagt hatte, Feuer sei die größte Schwäche der Umbren.

Umbren.

Das war das Erste, was ihr durch den Kopf geschossen war. Denn Pertheas, der Herrscher des Nebulums, hatte sich darauf spezialisiert, die Seelen der Menschen zu stehlen, um sie in bluthungrige Schattendämonen zu verwandeln, die ihm hörig waren. Der Seelenmagier musste etwas mit Arians Seele gemacht haben. Wahrscheinlich hatte er sie manipuliert, sie vorbereitet auf das, was unmittelbar hätte folgen sollen. Seine Verwandlung.

Hitze wallte durch den Schuppen, als Oriana einen Feuerring um sich und Kaaya schuf, um Arian auf Abstand zu halten. Es zeigte tatsächlich Wirkung. Arian taumelte zurück, bis er gegen die Wand in seinem Rücken stieß.

»Was habe ich getan?«, wisperte er.

Mit klopfendem Herzen sah Kaaya zu ihm hoch. War er wieder er selbst?

»Arian.« Hastig zupfte sie ihre verrutschte Bluse zurecht und glitt von der Liege. Kaum war sie auf den Beinen, drehte sich der Raum um sie. Erdmagie war eben doch keine Blutmagie. Während sie versuchte den Schwindel in den Griff zu bekommen, bemerkte sie aus dem Augenwinkel, wie Arian auf sie zuraste. Aber das Feuer … Würde es ihn nicht verletzen? Sie wollte nicht, dass er sich wehtat …

»Nein!«, hörte sie Oriana schreien, die anscheinend das Schlimmste befürchtete.

Doch Arian griff sie nicht an. Stattdessen sprang er durch die Flammen und schlang die Arme um Kaayas Körper, um zu verhindern, dass sie fiel.

»Ich hab dich«, flüsterte er ihr ins Ohr. Dann wurde alles schwarz.

ILIAS

»Bitte seid vorsichtig.«

Honigfarbene Augen, die besorgt zu ihm hochblickten und jegliche Hemmungen hinwegfegten. Ilias erschauerte, als er daran dachte, wie er Kaaya in den Arm genommen hatte. Wie er sie geküsst hatte. Fast geküsst hatte. Sie war unter seiner Berührung erzittert. Sein Name auf ihren Lippen, ihre Haut unter seinen Fingern.

Er seufzte leise.

»Woran denkst du?« Kians Stimme riss ihn aus seinen Gedanken.

Das Gesicht von Kaaya verblasste langsam und ließ ihn wieder seine Umgebung wahrnehmen. Der Morgennebel hatte sich gelegt, aber die Luft war trotzdem kühl. Auf ihrem Weg durch den Erlenwald hatten sie eine kleine Lichtung gefunden und eine Rast eingelegt, jetzt, wo die Sonne hoch oben am Himmel stand und sie Gefahr liefen, entdeckt zu werden. Schattenelfen in Eseria. Noch immer konnte Ilias nicht fassen, dass er wirklich hier war. Entkommen aus der Gefängniswelt, in der nur Dunkelheit und Schatten existierten. Und in die sie jetzt zurückkehren mussten, um Neahs Körper mitzunehmen. *Neah …* Bei dem Gedanken an seine Seelengefährtin zog sich etwas in ihm schmerzhaft zusammen.

Die Aussicht darauf, den Riss zwischen den Welten erneut betreten zu müssen, machte es nicht besser und weckte zwiespältige Gefühle in ihm. Nur widerwillig ließ er die Sonne, das Licht und vor allem Kaaya zurück. Doch Neahs Körper in Sicherheit zu bringen war das Einzige, was zählte – auch wenn es bedeutete, seinem Vater zu begegnen. Dem Mann, der versucht hatte Neah zu töten. Sie hatte sterben sollen, weil Pertheas ein machthungriger, gewissenloser Bastard war.

Er rammte seine Faust in den Boden. »Daran, meinen Vater umzubringen.«

»Ich helfe dir allzu gerne dabei.« Mordlust spiegelte sich in Kians roten Augen wider.

Genauso wie er war sein bester Freund entsetzt darüber, was Pertheas über viele Jahre hinweg im Geheimen getrieben hatte. Dutzende unschuldige Elfen hatten ihre Leben opfern müssen, damit der König eine unerschöpfliche Magiequelle besaß. Und das nur, um seine absolut wahnsinnige Idee von einer Armee voller Schattendämonen verwirklichen zu können. Einer Armee, die imstande wäre, die Lichtelfen zu unterwerfen und Eseria für sich zu beanspruchen. Doch sie hatten dem Treiben seines Vaters rechtzeitig ein Ende gesetzt. Pertheas' Schmiede war zerstört. Nur leider war der König immer noch irgendwo dort draußen, denn er hatte Kaayas tödlichen Angriff überlebt.

Kaaya …

Ilias ließ den Kopf gegen den Baumstamm sinken, an den er sich gelehnt hatte, um sich auszuruhen.

»Und woran denkst du wirklich?«, bohrte Kian weiter nach.

Ilias seufzte, dann hob er einen Mundwinkel. »Du kennst mich zu gut.«

»Wir sind zusammen aufgewachsen. Was wäre ich für ein Freund, wenn ich dich nicht gut kennen würde? Außerdem hast du diesen speziellen Gesichtsausdruck.«

»Gesichtsausdruck?« Er hob eine Braue und sah Kian fragend an.

»Neah.« Sein Freund zuckte mit den Schultern, bevor er den Gedanken zu Ende führte. »Immer wenn du an sie denkst, hast du eben diesen … speziellen Gesichtsausdruck.«

Sein Herz setzte für einen kurzen Moment aus. Er hatte nicht an Neah gedacht. Nicht direkt zumindest.

»Ilias, sprich mit mir.«

»Angenommen, sie will nicht in ihren Körper zurück. Was dann?« Er hatte sie laut ausgesprochen. Die Frage, die ihn quälte, seit sie erfahren hatten, dass Neahs Seele nicht gestorben war. In Kaaya war.

Kian legte ihm eine Hand auf die Schulter. »Ilias«, begann er vorsichtig, »du hast bis vor ein paar Tagen gedacht, sie wäre tot. Fort. Für immer. Aber sie ist noch da. Verstehst du?«

Ja, er verstand. Neah war noch da. Nicht tot, nicht fort. Da. Sie lebte. Dieser Gedanke erfüllte seine Brust mit einer Wärme, die ihn zu übermannen drohte.

»Natürlich«, antwortete er schließlich. Es war egal, wie sie aussah. Es war egal, ob sie ihn liebte. Es war egal, wenn sie sich nicht mehr an ihn erinnerte. Es war egal, auch wenn es ihn tief in seinem Innersten schmerzte. »Wir müssen ihren Körper trotzdem von dort wegbringen. Ich will nicht, dass sie bei *ihm* ist.«

Kian ballte die Hände zu Fäusten. »Das hätte ich ihm nicht zugetraut. Niemals.«

Ilias hatte seinem Freund erzählt, was in der Seelenschmiede vorgefallen war. Pertheas hatte ihn angegriffen – seinen eigenen Sohn. Und weil er fest davon ausgegangen war, dass er ihn und Kaaya töten würde, hatte er gestanden, was er vor sieben Jahren getan hatte.

»Du weißt bis heute nicht, wer sie war, oder? Ihr Name war Neah Ularen. Sie war die Tochter von Eldan. Die eigentliche Thronerbin unseres Reiches.« Pertheas hatte ihm ihren Namen direkt vor die Füße gespuckt. *»Sie wäre die mächtigste Elfe des Nebulums geworden. Sie hätte ihren Thron eingefordert und man hätte mich als Thronräuber geschimpft. Ich habe sie getötet. Ich hatte keine andere Wahl!«*

Ilias schüttelte den Kopf, um die schrecklichen Erinnerungen zu verdrängen. »Ich schon«, erwiderte er heiser. »Er ist besessen von Macht.«

»Und Rache.«

Geräuschvoll atmete Ilias aus. »Ich frage mich, wieso mir all das nicht eher aufgefallen ist. Wie konnte ich zulassen, dass er hinterrücks Dämonen erschafft? Wie konnte ich so blind sein?«

»Er ist und bleibt dein Vater, Ilias. Er hat dir nie einen Grund gegeben, misstrauisch zu sein. Das Wichtigste ist, dass wir es jetzt wissen. Denn noch haben wir die Möglichkeit, den Krieg zu verhindern.«

»Seinen persönlichen Rachefeldzug.« Ilias schnaubte. »Ich kann nicht glauben, dass er ihm wichtiger ist als Tausende von Leben.« Denn obwohl die Schmiede und der Seelenbrunnen zerstört waren, gab es weiterhin unzählige Umbren, die Pertheas hörig waren. Und vermutlich würde er erneut willige Elfen finden, deren Essenzen er missbrauchen konnte, um sich selbst zu stärken.

»Verletzter Stolz. Den sollte man nicht unterschätzen. Nicht bei einem wie Pertheas. Als Eldans Lehrling hat er lange genug in dessen Schatten gestanden. Schließlich ist Eldan nach der Verbannung ins Nebulum von allen Schattenelfen wie eine Gottheit verehrt worden.«

Ilias dachte an seinen Vater. »Schwierig, einen anderen Gott zu akzeptieren, wenn man sich selbst für einen hält.«

»Ich fürchte, das ist etwas, das den Seelenmagiern mit in die Wiege gelegt wird. Sie sind dabei, auszusterben. Natürlich fühlen sie sich besonders.«

Er ließ Kians Worte auf sich wirken. Ja, Seelenmagier waren einst von anderen Magiern gejagt und beinahe ausgelöscht worden. Da sie ihre Magie so formen konnten, wie sie wollten, waren sie so stark, dass sie von Zeit zu Zeit dem Wahnsinn verfielen und zur Bedrohung wurden. Die wenigen Überlebenden, von denen sein Vater inzwischen der Letzte war, hatten um ihre Macht gewusst und sie klug genutzt. Wobei er nicht mehr der allerletzte Seelenmagier war … »Neah war nicht so«, entgegnete er dann.

»Sie wusste ja auch nicht, dass sie eine Seelen-Affinität hat.« Kian tätschelte ihm die Schulter.

Nickend schloss Illias die Augen und wollte noch etwas die Ruhe genießen, bevor sie wieder aufbrachen. Tief sog er die Luft Eserias in seine Lungen. Selbst die war hier anders.

»Wollen wir weiter?«, fragte Kian irgendwann und reichte ihm die Hand.

Ilias ergriff sie und zog sich an ihr hoch, doch sobald er auf seinen Füßen stand, verlor er beinahe das Gleichgewicht. Schmerz durchfuhr ihn und er stöhnte auf.

»Was ist los?« Kian klang alarmiert.

»Ich weiß es nicht.« Er fasste sich an die Brust. »Irgendetwas stimmt nicht.« Mit zitternden Fingern knöpfte er sich das Hemd auf.

»Da ist nichts«, stellte Kian fest.

Auch Ilias sah an sich hinunter, tastete seinen Oberkörper ab. »Es ist mein Herz«, keuchte er, während Angst in seine Glieder kroch. Die Ursache seiner Schmerzen schien greifbar, und doch konnte er sie nicht benennen.

Kian blickte um sich, aber hier war niemand, der sie angreifen könnte. Kein Blutmagier außer ihm. Und Krankheiten kannten sie als Elfen nicht. Ihre Körper waren immun.

»Wird es besser?«

Erst schüttelte er den Kopf, dann traf ihn die Erkenntnis wie ein Fausthieb in den Magen und schnürte ihm die Luft ab. »Kaaya!« Kian schaute sich daraufhin noch einmal um, als würde er sie irgendwo entdecken können. »Nein«, keuchte Ilias. »Ihr ist etwas zugestoßen.« Und als ob sein Körper es ihm bestätigen wollte, ließ der Schmerz allmählich nach. Ohne zu überlegen, hastete er auf sein Pferd zu und schwang ein Bein darüber. Innerhalb weniger Sekunden hatte er die Zügel gepackt und sah zu Kian runter: »Ich muss zurück.«

»Aber was … Bist du dir sicher?«

»Ja. Ich muss zu ihr.«

»Ich begleite dich«, erwiderte sein bester Freund und machte Anstalten, auf sein Pferd zu steigen.

»Nein, Kian. Einer von uns sollte nach Hause zurückkehren und sicherstellen, dass ihrem Körper nichts geschieht.«

Neahs Körper.

Kian rieb sich über die Stirn und schien fieberhaft nachzudenken. Doch hier gab es nichts nachzudenken. Er musste jetzt zu Kaaya, und jemand sollte Neah holen, bevor sein Vater herausfand, dass sie noch lebte … Irgendwie.

In Kaaya.

»Pass auf dich auf, hörst du?« Kian war bewusst, dass er keine Wahl hatte.

Ilias nickte. »Du auch auf dich, mein Freund.« Und mit diesen Worten trieb er seine Stute an.

Begleitet vom Zirpen der Grillen schoss sein Pferd wie ein weißer Blitz zwischen den Bäumen des Erlenwaldes hindurch, so sicher, als wäre es die Wege schon sein Leben lang gelaufen. Es führte ihn durch einen Bach und trotzte der schwer zugänglichen Natur, als sie tiefer in das Herz des Waldes vordrangen. Der Boden hier war moosbedeckt und dämpfte die kräftigen Schritte der Stute, sodass Ilias sämtliche Geräusche in der Umgebung wahrnehmen konnte. Er hörte den unbeschwerten Gesang der Vögel und Kleintiere, die in den Gebüschen raschelten. Selbst in den Baumkronen über ihm herrschte Bewegung. Er versuchte sich darauf zu konzentrieren und sich nicht der Unruhe hinzugeben, die in seinem Inneren herrschte und seine Gedanken vernebelte. Die Sorge um Kaaya würde ihm sonst den Verstand rauben.

Was war mit ihr?

Warum schmerzte seine Brust nicht mehr?

Ging es ihr wieder gut?
Er musste schneller sein.
Schneller, schneller, schneller.

Kapitel 2

Kaaya

Das Schwarz um sie herum färbte sich dunkelrot. Die Stille wurde von einem Schrei zerrissen, der ihr durch Mark und Bein ging.

Ich hatte diesen Traum schon einmal, *schoss es ihr durch den Kopf.* Im See, als ich beinahe ertrunken bin. Arian war da …

Allmählich zeichnete sich wieder die Silhouette über ihr ab, diesmal deutlicher. Das ist nicht Arian. *Langes Haar fiel ihm dunkel auf die Schultern, Saphire funkelten dort, wo seine Augen hätten sein sollen. Und während ihr Bewusstsein abdriftete, war es seine Stimme, die ihr die Angst nahm. Liebe strömte in ihre Brust. Unendliche, bedingungslose Liebe.* Es tut mir leid, *versuchte sie zu sagen.* Es tut mir leid …

Die Dunkelheit lichtete sich, und Kaaya sog tief die Luft ein, als sie die Augen öffnete. Noch bevor sie erkannte, dass sie in Orianas Gästezimmer war, wusste sie, was die Bilder bedeuteten. Sie hatte sie nicht nur damals am See wahrgenommen. Sie verfolgten sie schon, seit sie denken konnte. Seit sie die Blutseuche überlebt hatte und als ein neuer Mensch erwacht war. Seit Neahs Seele Besitz von ihr ergriffen hatte. Das waren Neahs letzte Erinnerungen … *Ihre* Erinnerungen. Erinnerungen von ihrem Tod.

Ihr wurde heiß. Unsagbar heiß. Kaaya schob die Decke beiseite und erkannte, dass ihre Bluse nur dürftig geknöpft und ihr von den Schultern gerutscht war. Mit einem Schlag kamen die Erinnerungen zurück und ihr wurde schlecht. *Und wenn das nur ein Albtraum war?* Zögerlich fasste sie sich an den Hals. Dorthin, wo er sie verletzt hatte. Arian …

Nichts. Sie betrachtete ihre Finger, und obwohl kaum noch Tageslicht ins Zimmer drang, erkannte sie, dass da kein Blut war.

Ein Albtraum, dachte sie und wurde dabei fast schon euphorisch. *Ein dämlicher Albtraum.* Sie band sich die Haare zu einem Zopf und genoss die kühlende Luft, die ihren Nacken streifte. Hastig zupfte sie ihre Bluse zurecht und schloss die Knöpfe. Nachdem die Übelkeit allmählich nachgelassen hatte, erhob sie sich, und nur einen Augenblick später klopfte es an der Tür.

»Ja?«, fragte sie zögerlich und räusperte sich, weil ihre Stimme kratzig klang.

Ein roter Haarschopf schob sich durch den Türspalt. »Du bist wach«, stellte Oriana fest und lächelte warm. »Wie geht es dir?«

»Wie lange habe ich denn geschlafen?«, gab sie zurück, anstatt der Elfe zu antworten.

Arians Tante trat in das Zimmer und schloss die Tür hinter sich. »Nur ein paar Stunden. Aber die hattest du bitter nötig.«

Kaaya schluckte schwer und ihr Atem beschleunigte sich, ehe sie sich traute die Worte laut auszusprechen, die ihr auf der Zunge brannten. »Was ist passiert?«

Oriana unterbrach ihren Blickkontakt nur für den Bruchteil einer Sekunde, doch es genügte, damit Kaaya verstand. Dumpf sickerte die Erkenntnis in ihr Herz und ein unangenehmes Gefühl breitete sich in ihrem Bauch aus.

»Kaaya –«

»Er hat mich gebissen. Arian.« Ihre Stimme hatte einen hohlen Klang angenommen.

Oriana nickte vorsichtig. »Ja.«

Kaaya taumelte einen Schritt zurück, dann noch einen. Als sie die Bettkante in ihren Kniekehlen spürte, ließ sie sich auf die Matratze sinken. »Wo ist er jetzt? Wie geht es ihm?«

»Er ist verschwunden.«

Die Worte trafen Kaaya wie ein Hieb in die Magengegend. »Du hast ihn in seinem Zustand einfach gehen lassen?«

»Ich … ich habe nach dir gesehen, nachdem er von dir abgelassen hatte. Luana hat sich um deine Wunde gekümmert. Wir haben nicht aufgepasst, er … Er schien verwirrt, durcheinander und ist wortlos aus dem Haus gestürmt. Aber Aron sucht nach ihm.«

Die letzten Worte nahm Kaaya kaum mehr wahr. Ihre Gedanken drifteten ab. Wie hatte das alles nur so schiefgehen können? Was hatten sie übersehen? Was hatten sie bei dem Ritual falsch gemacht? In welchem Moment war alles gekippt? Sie hatte doch nur gewollt, dass Arian endlich wieder bei ihr war … Hitze schoss ihr in die Wangen, als sie daran dachte, wie sie auf seinen Schoß geklettert war. Wie er sie an sich gedrückt und dann geküsst hatte … So oft hatte sie in den letzten drei Jahren darüber nachgedacht, wie sich seine Lippen wohl anfühlen würden. Wärme raste durch ihre Adern, bis Oriana sie kurz am Arm berührte.

»Kaaya?«

»Entschuldige, was hast du gesagt?«

Die Elfe setzte sich neben sie. »Es gibt da etwas, das ich dir erzählen muss.«

Kaaya zog die Brauen zusammen und blickte sie verunsichert an.

»Ich verspreche dir, dass es nichts daran ändert, wie ich für Arian und auch für dich empfinde.« Die Elfe sah ihr eindringlich in die Augen, und Kaaya konnte nicht anders, als zu nicken.

»Erinnerst du dich daran, wie du mich gefragt hast, ob wir mein Blut für das Ritual verwenden könnten?«

Ein Herzschlag verging, dann noch einer. In Kaayas Ohren rauschte es.

»Arian und ich, wir … wir sind nicht direkt verwandt.«

»Das ist kompliziert, Kaaya. Wir haben momentan nicht die Zeit für Erklärungen.«

Sie hatte diese Unterhaltung völlig vergessen. Verdrängt wegen all dem Chaos, um das sie sich zuerst hatte kümmern müssen. »Wer bist du?«, flüsterte sie.

Oriana presste die Lippen aufeinander und senkte den Blick. »Ich bin nicht die Schwester seines leiblichen Vaters. Ich bin dessen Seelengefährtin.«

Immer noch dieses Rauschen. Lautes Rauschen.

Als Kaaya Orianas Hand erneut an ihrem Arm spürte, sprang sie vom Bett. »Du hast uns die ganze Zeit über belogen?« Ihr Atem ging schwer und sie rang um Fassung. Dann hatte Oriana die ganze Zeit gewusst, wo Arians Vater war? Sie hatte die ganze Zeit mit ihm zusammengelebt? Sie hatte sich als seine Tante *ausgegeben*?

»Kaaya, das ändert nichts, das schwöre ich bei –«

»Das sagtest du bereits!«, rief sie und wandte sich ab. »Warum soll ich dir das glauben? Warum soll ich dir je wieder irgendetwas glauben?« Aufgebracht fuhr sie sich durchs Haar. »Warum?«, setzte sie nach, als Oriana nicht antwortete. »Warum habt ihr es geheim gehalten?«

»Das ist kompliziert«, wisperte die Elfe.

»Auch das sagtest du bereits.« Kaaya drehte sich wieder zu ihr um, und im ersten Moment fühlte sie einen Stich im Herzen, als sie Oriana musterte, die völlig in sich zusammengesunken war.

»Ferodan hat mich damals mit Arians Mutter betrogen.« Kaaya hielt die Luft an. »Er wollte nicht, dass ein Moment seiner Schwäche, wie er es nannte, über unser ganzes Leben bestimmte. Er wollte Arian nicht ansehen und daran erinnert werden, was er getan hatte … Mir angetan hatte.«

»Genau das war er auch für den Mann seiner Mutter«, flüsterte Kaaya. »Eine lebendige Erinnerung an ihren Betrug. Er hat es Arian jeden Tag spüren lassen.« Und obwohl Arian diese Erlebnisse hinter sich gelassen hatte – obwohl er wieder lachen konnte –, hatte er Narben davongetragen.

»Ich weiß.« Schmerz zuckte durch Orianas tiefbronzenes Gesicht. »Deswegen habe ich den Kontakt zu ihm hergestellt. Ich wollte, dass sich die zwei annähern. Mit der Zeit. Aber …«

»Was *aber*?«

»Vielleicht ist es gut, wenn sie sich jetzt kennenlernen.«

Verständnislos betrachtete Kaaya sie. »Worauf willst du hinaus, Oriana?«

»Du hast gesagt, Feuer hält ihn zurück. So als wäre er ein …« Die Stimme der Elfe versagte zum Ende hin und sie schaute mit wässrigem Blick zu Kaaya hoch.

»Aber es hat ihn nicht zurückgehalten. Er ist hindurchgegangen.« Auch wenn sie die Worte so ruhig wie nur möglich aussprach, um Oriana und vielleicht auch sich selbst zu beschwichtigen, tobte ein Sturm in ihr. Arian war nicht … Er war kein … Er konnte nicht …

»Wenn er zu einem Umbren verkommt, dann muss Ferodan ihn sehen.«

Bevor es zu spät ist … Das waren die unausgesprochenen Worte, die zwischen ihnen in der Luft hingen. Kaaya bekämpfte die aufkeimende Angst, versuchte sich an der Hoffnung festzuklammern, dass sie sich irrten. Dass Arian nicht zu einem Dämon werden würde, ohne Gefühle, ohne Gewissen, getrieben von Verlangen.

»Ich meine nur, dass es ihm möglicherweise hilft, seinen Vater zu sehen. Vielleicht erdet ihn das. Holt ihn zurück zu uns«, unterbrach Oriana ihre wirren Gedanken.

»Und wenn es ihn stattdessen nur weiter von uns wegtreibt?«, flüsterte Kaaya erstickt.

»Sollte das eintreten, was wir denken, dann … können wir sowieso nichts mehr für ihn tun.«

Wie Messer bohrten sich die Worte in Kaayas Herz. Wie gezackte Messer, deren Haken sich in ihr festgruben, Arterie für Arterie durchtrennten, um sie quälend langsam zu töten.

»Sobald Aron mit Arian zurück ist, reite ich runter an die Küste. Ferodan ist dort auf Handelsreise. Ich muss mit ihm sprechen. Über unseren Bund wird er ohnehin spüren, dass etwas nicht stimmt. Und …« In Orianas Augen blitzte so etwas wie ein winziger Hoffnungsschimmer auf. »Vielleicht können wir auf dem Rückweg noch Myrael besuchen und mehr über Arians Zustand in Erfahrung bringen.«

Kaaya nickte mechanisch, zu mehr war sie nicht in der Lage. Verbissen fixierte sie einen Punkt auf dem Boden, als könnte sie so verhindern, dass alles andere um sie herum in sich zusammenfiel. Der Boden war beständig. Er veränderte sich nicht.

Erst als sie das Klicken der Tür hörte, zuckte ihr Blick wieder nach oben. Oriana war fort. Und sie allein. Allein mit all ihren Gedanken. Sie presste sich die Faust so fest an den Mund, dass es wehtat. Aber nur so würde sie die Schluchzer davon abhalten können, aus ihr herauszubrechen. Sie verschloss sie tief in ihrem Inneren, genauso wie die Tränen, an denen sie zu ertrinken drohte. Wenn sie sie zurückhielt, würde alles gut werden. Es war nichts passiert. Alles würde gut werden. Sie würde gleich zu den anderen nach unten gehen und sich mit Luana über irgendetwas unterhalten. Sie würde etwas Dummes sagen und Luana würde sie zurechtweisen. Aron und Arian würden dazukommen und sie würden alle gemeinsam darüber lachen. Doch erst musste sie raus aus diesem überheizten, stickigen Raum.

Gerade hatte Kaaya die Türklinke umfasst, da hörte sie laute Stimmen von unten. Sie hielt inne. Ihr Puls beschleunigte sich, als einzelne Satzfetzen an ihr Ohr drangen.

»Du solltest jetzt nicht hier sein!« *Luana.*

»So lass ihn erst einmal aussprechen.« *Oriana.*

»Ich will nur sichergehen, dass es ihr gut geht, mehr nicht!« *Ilias.*

Ilias.

»Jede Seele hat ihr Gegenstück, ein Spiegelbild ihrer selbst. Und egal, wie weit diese zwei Seelen voneinander entfernt sind … sie werden einander finden. Immer.«

Ihr Herz klopfte bis in ihren Hals hinauf. Was machte er hier? Wieder setzte das Rauschen ein, so laut, dass sie beinahe nicht verstanden hätte, was er als Nächstes sagte: »Ich muss zu Kaaya. Jetzt sofort.«

Benommen taumelte sie zurück, als bereits Schritte auf der Treppe erklangen.

»Sie ist schwach, Ilias! Es geht ihr gut, aber sie muss sich erholen! Bitte war-«

»Nein«, fiel er Luana ins Wort und nur eine Sekunde später öffnete sich die Tür erneut. Und da stand er. Seine Brust hob und senkte sich schwer, in seinem Gesicht stand Sorge. Er hatte die Brauen zusammengezogen und seine sonst vollen Lippen zu einer dünnen Linie zusammengepresst. Außerdem trug er noch immer sein schwarzes Hemd mit den goldenen Stickereien, stellte sie fest. Dass ihr in dem Moment auffiel, wie gut es ihm stand, war absolut unnötig.

Ilias' Blick fand sie in der Ecke des kleinen Zimmers und fuhr an ihrem Körper auf und ab, auf und ab. »Es geht dir gut«, keuchte er. »Oder nicht?«

Sie nahm die Frage kaum wahr. Wie konnte er hier sein? Er und Kian waren bereits vor Sonnenaufgang losgeritten. Nach Kaltennest, zum Riss, zu …

»Du kannst in deinen Körper zurück.«

Neahs Körper. Nachdem ihre Seele sich in Kaayas Körper versteckt hatte …

Ilias schloss die Tür hinter sich und trat einen Schritt auf sie zu. »Kaaya, was ist passiert?«

Die Ereignisse der letzten Wochen brachen über sie herein und mit ihnen brachen auch die letzten Dämme. Ein lauter Schluchzer drang aus ihrer Kehle, als sie Ilias um den Hals fiel. Er versteifte sich für einen kleinen Moment, dann umfasste er vorsichtig ihren bebenden Körper. Eine Hand legte er an ihren Hinterkopf, um sie wortlos an sich zu drücken. Sie schmiegte sich an ihn, bis ihre Schluchzer abebbten, dann sah sie zu ihm hoch. »Er hat mich gebissen.« Ihre Stimme war ganz rau vom Weinen. Ilias zog die Brauen weiter zusammen. »Arian«, ergänzte sie, als sie erkannte, dass er nicht verstand.

»Er hat *was*?« In Ilias' Gesicht stand Unglauben. Er legte ihr die Hände an die Wangen und musterte ihr Gesicht, ihren Hals, ihr Dekolleté.

Warum ist es nur so verdammt heiß hier drin?

Sie entzog sich ihm und ließ sich auf das Bett sinken. »Luana hat mich geheilt.«

»Ihr habt ihn wiedererweckt? Das Ritual hat funktioniert?«

»Ja. Nein. Also, nicht so, wie wir geplant haben.« Wortlos setzte Ilias sich neben sie. »Als er aufgewacht ist, war er … verändert. Nicht sofort. Erst war er erschöpft, dann haben wir geredet und … Wir haben … Er hat mich geküsst. An meinem Hals und … überall. Zuerst war da nur seine Zunge, aber –«

»Kaaya.« Ihr Name kam wie ein leises Knurren über seine Lippen. »Du schweifst ab.«

Jetzt schoss ihr die Hitze sogar in die Wangen. »Entschuldige.«

Seine Hand, die er gerade noch ins Bettlaken gekrallt hatte, berührte für einen Moment ihre. »Er hat dich gebissen?«

»Ja. Und er hat von mir getrunken.«

»Von deinem *Blut*?«

Sie nickte. »Wie ein –«

»Umbren«, vervollständigte Ilias ihren Satz.

Wieder nickte sie, bevor sie ihren Kopf schüttelte, um den Gedanken schnell loszuwerden. Alles würde gut werden. »Warum bist du hier?« Ihre Stimme klang unheimlich kratzig.

»Wir waren schon auf dem Weg zum Weltenriss, doch dann habe ich gespürt, dass etwas passiert sein musste.« Ein gequälter Ausdruck trat in seine Augen. »Ich habe gefühlt, dass es dir schlecht geht. Vermutlich über unseren Bund.« Sein Blick verdunkelte sich. »Ich musste umkehren und nach dir sehen. Musste wissen, ob du in Ordnung bist.«

Sie wollte nicht darüber nachdenken, was das alles bedeutete. »Und Kian? Ist er weitergeritten zu … *ihr*?«

Ilias spannte sich an.

»Ja. Sollte mein Vater von dem Ganzen erfahren, wird er alles daransetzen, deinen Körper zu zerstören.«

Neahs Körper …

»Und das willst du verhindern.« Die Worte schmeckten bitter auf ihrer Zunge.

»Ich will verhindern, dass du je wieder Leid erfährst.«

Sie schluckte schwer, aber der Geschmack in ihrem Mund wollte sich nicht vertreiben lassen.

»Was Arian dir angetan hat … Wenn ich ihn in die Finger bekomme –«

»Nein«, fuhr sie dazwischen und griff instinktiv nach Ilias' Hand. »Er wollte mich nicht verletzen.« Jetzt, wo sie es aussprach, merkte sie, wie sehr sie daran glaubte. Er war doch Arian. *Ihr* Arian … Die Erinnerungen an ihren Kuss holten sie ein. Hastig zog sie ihre Hand zurück, als hätte sie sich an Ilias' Haut verbrannt.

»Trotzdem ist er eine Gefahr für dich.« Wenn es ihn verletzt hatte, dass sie ihre Hand weggezogen hatte, so ließ er es sich nicht anmerken.

»Kann man das nicht rückgängig machen? Diese … Verwandlung?«

»Ich denke nicht.« Er stützte die Ellenbogen auf die Knie und dann das Gesicht in seine Hände. »Du musst mit mir kommen.«

Verständnislos sah sie ihn an. Mit ihm kommen? Meinte er etwa ins *Nebulum*? Um *Neah* zu werden? »Wozu?« Ihre Stimme klang kälter als beabsichtigt und traf ihn anscheinend mitten ins Herz. Der Blick, mit dem er sie jetzt bedachte, war voller Kummer.

»Um dich zu schützen, Kaaya.« Kaaya. Nicht Neah. Sie schloss die Augen. »Denkst du, ich würde zulassen, dass dir etwas geschieht? Denkst du, ich könnte dich verlieren – schon wieder?«

Bildete sie es sich nur ein oder kam seine Stimme immer näher? Ihr Herz sprang gegen ihre Rippen, ihr Atem ging schneller. Sie traute sich nicht, ihre Augen zu öffnen, auch nicht, als sie spürte, dass sein Gesicht inzwischen direkt vor ihrem war.

»Dich zu vermissen – jeden einzelnen der letzten 2656 Tage – war das Schwierigste, was ich je tun musste.« Er fasste sie sanft am Kinn und strich mit dem Daumen über ihre Unterlippe. Eine Gänsehaut breitete sich auf ihrem Körper aus und machte es ihr unmöglich, etwas zu erwidern. »Ja, ich will dich küssen«, flüsterte er, sein heißer Atem streifte ihr Gesicht. »Aber ich werde es nicht tun.«

Vorsichtig öffnete sie ihre Augen und begegnete seinem weichen Blick. »Warum nicht?« Hatte sie das wirklich laut ausgesprochen? Ganz langsam verzogen sich Ilias' Mundwinkel zu einem Lächeln. Ja, hatte sie.

»Weil ich will, dass du es auch willst.«

Ich will es, wollte sie erwidern, doch sie blieb stumm. Wollte sie es denn wirklich? Oder wollte sie es nur, weil ihre Seele sich zu seiner hingezogen fühlte? Und wenn dem so war … Würde sie diesem Bund auf Dauer widerstehen können?

»Genau das meine ich«, sagte Ilias und strich ihr eine der losen braunen Haarsträhnen hinters Ohr. »Ich will, dass *du* es willst. Hier drin.« Er legte seine Hand auf ihr laut pochendes Herz.

»Kann man über diesen Seelenbund auch Gedanken lesen?«, fragte sie schwer atmend. Obwohl er ihr nicht mehr so nah war wie vor einigen Sekunden noch, lag nach wie vor Spannung in der Luft.

Sein Lächeln wurde breiter, dann schüttelte er den Kopf.

»Nein, aber ich kann mir vorstellen, dass das alles sehr verwirrend für dich sein muss. Ist es für mich ebenso.« Seine Hand ruhte weiter auf ihrer Haut. Inzwischen fühlte sich die Hitze an wie ein Feuer, das tief in ihr loderte, bereit, sie mit Haut und Haaren zu verschlingen. Seine Berührung fachte es nur weiter an.

»Dann …«, begann sie, »weißt du auch nicht, ob du so empfinden würdest, wenn … ich nicht … *sie* wäre?«

Ilias kam nicht mehr dazu, ihr zu antworten, denn die Tür schwang mit einem lauten Knarren auf und ließ sie auseinanderfahren. Luana stand im Türrahmen und schaute zwischen ihnen hin und her.

»Ich will ja nicht stören«, sagte sie und zog die Augenbrauen hoch, »aber Arian und Aron sind gleich zurück.«

»Wo waren sie?«, fragte Ilias.

»Arian ist weggelaufen, nachdem er völlig die Kontrolle verloren hat, und Aron ist ihm hinterher, während ich mich um die Verletzten kümmern musste. Wie ich jedoch sehe«, fügte die Elfe mit einem Blick auf Kaaya hinzu, »geht es dir schon wieder besser.«

»J-ja, danke.«

»Wollt ihr hier oben bleiben?«

Kaaya schüttelte den Kopf. »Ich muss mit ihm reden.«

»Das würde ich nicht tun«, mischte Ilias sich ein. Er sprang auf und stellte sich vor sie. »Er könnte dich noch mal verletzen!«

Sie schluckte schwer. Wie gern hätte sie geantwortet, dass sie sich zu verteidigen wusste. Doch wie weit würde sie mit einem Schwert kommen, wenn sie sich einem Dämon stellte? Bei dem Gedanken schnürte sich ihre Kehle zusammen. »Luana kann –«

»Ich werde auch dabei sein«, unterbrach er sie. »Bitte.«

»Was immer ihr hier gerade austragt«, kam es von Luana, »macht es schnell. Sie sind jetzt da.« Kaum hatte sie zu Ende gesprochen, hörte Kaaya die Tür unten aufgehen.

Kapitel 3

Einige Stunden zuvor

Arian

»Ich hab dich«, flüsterte er Kaaya ins Ohr. Als er gesehen hatte, wie sie umkippte, war er zu ihr gehastet, um sie aufzufangen. Um sie zu beschützen. So, wie er es immer getan hatte.

Immer, bis …

Er schloss seine Arme fest um ihren zierlichen, schlaffen Körper. Unwillkürlich zuckte sein Blick zu ihren Lippen. Er hatte sie geküsst … Und dann … Ihre Augen waren geschlossen, ihre Haare klebten ihr nass im Gesicht. Nass vor Schweiß und …

Alle Geräusche um ihn herum verstummten. Stille. Bis auf …

Ihr Herz. Er hörte es. Er hörte, wie Kaayas Herz Blut durch ihren Körper pumpte. Es klang schwach. So schwach …

Weil …

Ein metallischer Geschmack machte sich in seinem Mund breit. Er vernebelte seine Sinne.

Blut …

Zu Kaayas Herzschlag gesellte sich jetzt noch ein weiteres Geräusch. Ein Rauschen. Er hörte sein eigenes Blut in den Ohren rauschen. So laut. Schmerz zuckte durch seinen Kiefer.

Nein, schoss es ihm durch den Kopf. *Nicht schon wieder.*

Scharfe Eckzähne bohrten sich aus seinem Zahnfleisch.

»Nein!«, rief er. Wenn er noch mal von ihr trinken würde, würde sie … »Nein!«

Hastig ließ er Kaaya los, woraufhin sie reglos zu Boden fiel. Oriana kreischte irgendetwas, doch er hörte nicht hin. Er musste hier weg. So schnell wie möglich Abstand zwischen sich und Kaaya bringen. Sonst würde er … Er würde …

Nein.

Arian drehte sich um und lief aus dem Schuppen, ohne weiter nachzudenken. Frische, kühle Luft empfing ihn, aber er hielt nicht an. Nicht, bis er zwischen den Hunderten von Bäumen verschwunden war, die Orianas Hütte auf dem Hügel umgaben.

Er wischte sich mehrmals über das Gesicht, um Kaayas Blut loszuwerden, und dann versenkte er seine Faust in einem der Baumstämme. »Verdammt!« Sein schwerer Atem war das einzige Geräusch weit und breit. Er schlug auf den Baum ein, wieder und wieder, bis seine Finger knackten und bluteten. Ein wilder Schrei löste sich aus seiner Kehle, ehe er sich auf die Knie fallen ließ.

Was war nur mit ihm los? Was war das für ein unstillbarer Durst? Wie hatte er sie verletzen können? *Kaaya.* Das Mädchen, das ihm auf der Welt am meisten bedeutete … Er konnte ihre weichen Lippen noch immer an seinen spüren. Wie lange hatte er diesen Kuss herbeigesehnt? Und doch war da ein falscher Geschmack in seinem Mund. Ihr Blut auf seiner Zunge. Es machte ihn wahnsinnig. Wahnsinnig vor Verlangen, vor Schuldgefühlen, vor Angst. Er stieß einen kehligen Laut aus, während er sich wieder aufrappelte und weiter in den Wald stolperte, Baum um Baum an sich vorbeiziehen sah. Aber sosehr er sich wünschte, vor alldem davonlaufen zu können, er schaffte es nicht. Er konnte das alles nicht abschalten. Die Gefühle. Die Schuld.

Irgendwann – seine Beine waren inzwischen müde geworden – ließ er sich auf den kalten Waldboden sinken. Er hätte beinahe bitter aufgelacht, als er in der Ferne ein Licht entdeckte, das aus Orianas Hütte stammen musste. Wie lange war er herumgeirrt? Nur um wieder hier zu landen.

Seine Gedanken kreisten weiterhin unaufhörlich, und er wusste nicht, wie viel Zeit vergangen war, seit er so dasaß, bis er ein Geräusch hörte, dicht gefolgt von einer Stimme.

»Arian?« Erschrocken fuhr er herum. Da stand ein Mann, den er noch nie zuvor gesehen hatte. Warum kannte er seinen Namen? Langsam erhob er sich und der Mann nahm eine abwehrende Haltung an. »Erkennst du mich nicht?«

Er war groß und kräftig gebaut. Sein braunes Haar lockte sich leicht und einige Sommersprossen hoben sich von seiner hellen Haut ab. Arians Blick blieb an den dunkelbraunen Augen hängen, die ihn beinahe liebevoll musterten.

Ohne Angst.

Ohne Wut.

Ohne Misstrauen.

Der Mann hob die Hände und trat einen Schritt auf ihn zu. »Ich bin es. Aron.«

Arian sog scharf die Luft ein. Aron. Sein Bruder. Konnte das wirklich sein? Sie hatten sich zuletzt gesehen, als sie Kinder gewesen waren. Bevor er von zu Hause weggelaufen war, weil sein Vater ihn hatte umbringen wollen. Sein Stiefvater …

»Aron«, flüsterte er. Ja, Kaaya hatte ihm erzählt, was sein Bruder für ihn getan hatte. Bevor er endlich alle Hemmungen über Bord geworfen und sie geküsst hatte, bis … »Du solltest nicht hier sein, ich bin gefähr-« Weiter kam er nicht, denn sein Bruder überwand den Abstand zwischen ihnen und umarmte ihn.

Ohne Angst.

Ohne Wut.

Ohne Misstrauen.

Jegliche Gedanken lösten sich in Luft auf und machten einem einzigen Gefühl Platz: Liebe. Er löste sich aus der Umarmung, um Aron ins Gesicht zu sehen. Das Dunkelbraun seiner Augen hatte sich in flüssige Schokolade verwandelt.

»Du lebst.«

Arian lachte bitter auf. »Du auch.«

»Ja, war eine knappe Sache.« Aron lachte ebenfalls, als er auf das Ritual anspielte.

Ein Herz, das für ihn aufhört zu schlagen. Aron hatte sein Leben riskiert, um ihn zu retten.

»Danke.« Seine Stimme klang erstickt.

Aron zog die Brauen zusammen. »Dafür musst du dich nicht bedanken. Ich hätte das schon viel eher tun sollen. Dich retten.«

»Es war nicht deine Schuld. Nichts davon.« Nein, es war wirklich nicht Arons Schuld, dass vor neun Jahren bei ihnen zu Hause alles zur Hölle gefahren war. Sein verfluchter Stiefvater hatte wieder zu tief ins Glas geguckt und versucht seine Mutter zu töten. Arian war dazwischengegangen und hatte Seoras verletzt, woraufhin dieser ihm mit dem Messer hinterhergejagt war. Ihn fortgejagt hatte.

»Was ist vorhin passiert, Arian?« Sein Bruder deutete mit dem Daumen hinter sich.

»Ich habe Kaaya angegriffen. Und Oriana.«

»Wir können darüber sprechen. Über alles, was passiert ist«, versetzte Aron.

Arian schüttelte den Kopf. »Ich denke nicht, dass sie noch mit mir sprechen möchten.«

»Ich bin sicher, du wolltest das nicht. Oriana hat erzählt, dass du … dass deine Augen und –« Arian bleckte die Zähne und beobachtete, wie Aron kurz zusammenzuckte. »Oriana sagte, sie seien spitz und lang und … das mit dem Bluttrinken.« Arons Blick rutschte an ihm hinunter und blieb an dem zerknitterten weißen Hemd hängen, das blutgetränkt war. Doch sein Bruder blieb ruhig und fokussierte sich schnell wieder auf sein Gesicht, was Arian ihm hoch anrechnete.

»Ich kann das mit den Zähnen nicht kontrollieren«, erklärte er und fuhr sich mit der Zunge über die Eckzähne, die sich gerade normal anfühlten. »Da kommt ein plötzlicher Blutdurst in mir hoch und sie schießen hervor. Was ist nur mit mir los, Aron? Das bin ich nicht. So bin ich nicht.«

»Ich weiß.« Aron legte ihm eine Hand auf die Schulter. Erst zuckte er bei dieser Berührung zusammen, dann jedoch entspannten sich seine Muskeln und Wärme flutete seinen Körper. »Du bist gut, Arian. Das warst du schon immer.«

Mein Junge mit dem Herzen aus Gold, hörte er die Stimme seiner Mutter in seinem Geist. Im nächsten Augenblick wurde ihm bewusst, dass sie tot war – und sofort setzte das Brennen seines Zahnfleisches ein. Er versteifte sich wieder, doch als Arons Griff um seine Schulter fester wurde, atmete er noch einmal tief ein und aus und fand Kraft unter dem warmen Blick seines großen Bruders.

»Ist es besser?«

»Ja«, sagte er und meinte es so. Das Brennen ließ nach. Vielleicht konnte er dieses Gefühl kontrollieren.

»Lass uns zurück zu den anderen gehen, ja? Dann reden wir über alles.«

Mit einem mulmigen Gefühl im Bauch blickte er Richtung Hütte. »Ich weiß nicht. Ich habe Angst, dass ich wieder … durchdrehe.«

»Wir schaffen das«, erwiderte Aron entschlossen.

Wir. Noch einmal atmete er tief durch, wappnete sich für das Kommende und nickte seinem Bruder zu. Langsam machten sie sich auf den Weg und kamen doch viel schneller an, als ihm lieb war. Jetzt gab es kein Zurück mehr.

Gerade als sie Orianas Hütte betraten, kamen Kaaya und eine blonde Elfe die Treppe runter. Während Letztere Aron musterte, ruhte Kaayas Blick auf ihm. Er konnte nicht deuten, was sie in ihm sah. Mit klopfendem Herzen wollte er einen Schritt auf sie zugehen, sie in seine Arme ziehen, aber eine Bewegung hinter ihr ließ ihn innehalten. Angespannt beobachtete er, wie eine weitere Gestalt auftauchte. Nachtschwarze Haare fielen ihm über die Schultern und zwischen ihnen lugten lange, spitz zulaufende Ohren hervor. Seine Augen waren beinahe genauso dunkel wie sein Haar und bildeten einen Kontrast zu seiner schneeweißen Haut.

Schneeweiße Haut?

Arian stieß geräuschvoll die Luft aus und wich einen Schritt zurück. »Ein Schattenelf.«

»Er gehört zu uns«, versicherte Kaaya hastig, als sie Arians Gesichtsausdruck bemerkte. Es wäre ihr lieber gewesen, wenn Ilias zunächst oben gewartet hätte, bis sie Arian hätte schildern können, was es mit ihm auf sich hatte. Sicher dachte er jetzt an den Vorfall im Erlenwald zurück. Ilias sah seinem Vater tatsächlich zum Verwechseln ähnlich. Nur dass in seinen Augen Güte stand anstatt Gier und in seinem Herzen Wohlwollen anstatt Hass.

»Ilias, was machst du denn hier?« Aron schaute skeptisch zwischen ihr und Ilias hin und her. Luana war bereits an seine Seite getreten und hatte sich bei ihm untergehakt.

»Er hat nur etwas vergessen«, erklärte sie und hauchte ihrem Seelengefährten einen Kuss auf die Wange. Sie hatte sich sicher Sorgen gemacht, weil er mit Arian allein gewesen war – Obwohl sie über ihren Bund sicher gespürt hätte, wenn ihm etwas zugestoßen wäre.

Arian wirkte weniger ängstlich als vor wenigen Sekunden noch, dafür jedoch sichtlich verwirrt. »Kann mich jemand aufklären, was hier vor sich geht?« Sein Blick wanderte abwechselnd zu Ilias und Luana, als ob er versuchen würde, die beiden in das Geschehen einzuordnen.

»Wollen wir uns erst einmal hinsetzen?« Luana zog Aron bereits hinter sich her in die Wohnstube.

Als weder Arian noch Ilias Anstalten machten, sich zu bewegen, schüttelte Kaaya innerlich den Kopf. »Kommt«, forderte sie dann an beide gewandt. »Wir müssen reden.«

Während sie vorausging, bemerkte sie, dass Ilias dicht hinter ihr herlief. Arian jedoch ließ sich Zeit, bevor er zu ihnen aufschloss und sich schließlich ihr gegenübersetzte.

»Wie geht es dir?«, fragte Kaaya. Ilias setzte sich an ihre linke Seite, Luana an ihre rechte, neben ihr Aron.

»Geht schon. Und dir?« Ein schmerzverzerrter Ausdruck trat auf Arians Gesicht.

»Gut«, antwortete sie, auch wenn das nicht stimmte. In ihrem Kopf fochten eintausend Fragen einen Krieg aus, aber Arian hatte es gerade schwer genug. »Ich habe dir doch erzählt, dass ich Hilfe hatte bei deinem Ritual.«

»Ja«, erwiderte Arian zögerlich. »Von Aron und seiner Gefährtin Luana.« Er schaute von Aron zu der blonden Elfe und schien zu begreifen, wer sie war. »Aber wer ist *er*?« Nun galt sein Blick Ilias, der ihn gefährlich funkelnd erwiderte.

»Mein Name ist Ilias Yinnelis, ich bin der Sohn von Pertheas Yinnelis und somit Erbe des Schattenthrons.«

Arian verengte die Augen. »Pertheas?« Jetzt sah er zu ihr. »Ist das nicht der Schattenelf, der meine Seele geraubt hat?«

Nervös biss sie sich auf die Unterlippe, bevor sie zögerlich nickte.

Arian stieß ein ungläubiges Lachen aus. »Dann kommen wir zurück zu meiner Frage: Was geht hier vor sich?«

»Ich bin hier, um Kaaya zu beschützen.« Ilias' Stimme klang gefährlich ruhig und ließ Arian zusammenzucken.

»Vor mir?«, fragte er gequält.

»Vor allem, was sie bedroht.«

Arians Blick wechselte zwischen Ilias und ihr hin und her, als wollte er versuchen zu verstehen, was das bedeutete.

»Ich weiß, dass du mich nicht verletzen wolltest«, warf sie hastig ein. »Wir denken, dass ...« Sie hielt einen Moment inne und atmete tief durch. »Du weißt, wieso Pertheas deine Seele mitgenommen hat, oder?«

Arian fuhr sich durch die Haare. »Ja. Er wollte sie in einen neuen Körper stecken. Aber du hast mir nicht gesagt, warum.«

Sie nickte, doch die folgenden Worte wollten einfach nicht über ihre Lippen kommen. Wie erklärte sie ihm, dass Pertheas auf diese Weise Umbren erschuf? Und dass er Arians Seele anscheinend schon für den neuen Körper präpariert gehabt hatte ...

Neben ihr lehnte Ilias sich vor. »Wenn man die sterbliche Seele eines Menschen in den Körper eines Unsterblichen steckt, verkommt sie. Sie verdirbt, und mit ihr der neue Körper. So erschafft sich Pertheas eine Armee aus Dämonen, wir nennen sie Umbren.«

»Umbren«, wiederholte Arian. »Von ihnen habe ich schon einmal gehört. Sie sehen grausig aus und ernähren sich von –« Er unterbrach sich selbst. Seine Augen weiteten sich, als die Erkenntnis eintrat. »*Nein.*«

»Er hat deine Seele anscheinend für die Verwandlung vorbereitet, aber wir konnten dich zurückholen, bevor er sie abschließen konnte.«

»Das heißt, ich bin so etwas wie ein halber *Dämon*?«

»Ich weiß es nicht. So etwas ist meines Wissens noch nie vorgekommen. Kaaya sagte, du seist ein Halbelf. Vielleicht konnte er deine Seele also nicht so manipulieren wie sonst. Ich weiß es nicht«, wiederholte Ilias.

»Und was genau hast du mit dieser Sache zu tun?« Arians hellgraue Augen bohrten sich in Ilias' dunkelblaue.

»Ilias und sein Freund Kian haben uns geholfen, deine Seele zurückzuholen«, erklärte Kaaya, während Arian weiterhin Ilias taxierte. Nichtsdestotrotz nahm er das alles besser auf, als sie gedacht hatte. »Ilias hat seinen Vater bekämpft und sein Leben aufs Spiel gesetzt, damit ich deinen Seelenstein finden und mitnehmen konnte.«

»Warum?«

»Weil mein Vater ein Monster ist, das aufgehalten werden muss.«

»Und was machst du dann hier?«, mischte Aron sich ins Gespräch ein. »Du und Kian, ihr seid doch im Morgengrauen in Richtung Kaltennest aufgebrochen.«

Kaaya schloss für einen Moment die Augen und atmete tief durch. »Lasst mich darüber bitte allein mit Arian sprechen.«

Ilias legte eine Hand auf ihr Knie. »Kommt nicht infrage.«

Natürlich war diese Geste Arian nicht entgangen. Sein Blick ruhte auf Ilias' Hand und der Schmerz darin zerriss ihr das Herz. Sie sah zu Ilias. »Das hast du nicht zu entscheiden.«

Ilias blähte die Nasenflügel auf und zog seine Hand wieder zurück. »Wenn er dich angreift –«

»Er wird mich nicht angreifen.«

»Ich überlebe das nicht ein zweites Mal.«

»Ilias«, flüsterte sie und schaute dann flüchtig zu Arian. »Bitte. Gebt uns nur ein paar Minuten.«

Luana erhob sich als Erste. »Aron und ich wollten sowieso ins Bett.«

Aron grinste und folgte ihr die Treppe hoch, während Kaaya sich zu Ilias umdrehte. »Bitte.«

Der Schattenelf presste die Kiefer aufeinander und warf Arian einen Blick zu, den sie nicht deuten konnte. Etwas Warnendes lag in ihm.

»Ich warte vor der Tür.« Und mit diesen Worten stand er auf und trat aus dem Haus. Die Tür ließ er mit einem lauten Knall zufallen.

»Ich glaube, du musst mir nichts erklären«, sagte Arian, ohne sie dabei anzusehen. »Du dachtest, ich wäre für immer fort, und hast dir jemand anderen gesucht. Du bist mir keine Rechenschaft schuldig, wir waren nur –«

»Arian, nein!« Sie rückte ein Stück vor, sodass ihre Knie jetzt beinahe Arians berührten. Dann griff sie nach seinen Händen. »Ich habe die ganze Zeit über gewusst, dass wir dich retten würden. Für mich gab es keine andere Option. Ich habe nie aufgehört, daran zu glauben, dass wir wieder zusammen sein würden.«

Nach einer gefühlten Ewigkeit hob Arian den Blick. Mit Erschrecken musste sie feststellen, dass die schwarzen Schlieren in ihm waberten. Nur ganz leicht, aber sie waren da. »Und wer ist *er*? Ich meine … für dich.« Mit einer Kopfbewegung deutete er zu der Tür, durch die Ilias verschwunden war.

»Er ist niemand von Bedeutung.« Die Lüge schmerzte. »Arian«, wisperte sie und berührte seine Wange. »Du hast einen Platz in meinem Herzen, den niemand sonst je haben könnte.« Und das war die reine Wahrheit, auch wenn sie nicht weniger wehtat. »Ich sehe dich an und weiß, dass ich alles für dich tun würde. Ich … ich liebe dich. So sehr, dass es mir manchmal Angst macht.«

Tränen sammelten sich in Arians Augen und vertrieben die Schlieren, die ein kristallklares Grau hinterließen. »Und wer ist er dann?«, fragte er erneut. »Bitte sag es mir. Verkauf mich nicht für dumm.«

»Das ist kompliziert«, antwortete sie leise. »Unsere Seelen sind … miteinander verbunden.« Eine Träne rollte ihre Wange hinab.

»Was soll das heißen?« Er klang unendlich traurig, was ihr Herz nur noch weiter zerbrach.

»Das ist nicht von Bedeutung, Arian. Weil ich *dich* liebe.«

»Ich liebe dich auch, Kaaya. Schon seitdem du das erste

Mal neben mir eingeschlafen bist.« Ihr Herz machte einen schmerzhaften Satz. »Aber ich bin kaputt«, fügte er mit brüchiger Stimme hinzu.

»Du bist nicht kaputt!« Sie rückte noch ein Stück näher an ihn heran. »Was auch immer mit dir ist, wir bringen das in Ordnung. Zusammen.« Dann legte sie ihre Lippen ganz sanft auf seine. Wie schon bei ihrem ersten Kuss jagten Blitze durch ihren Körper, die ihre Nervenenden unter Strom setzen.

Arian stöhnte leise auf, bevor er sich von ihr löste und seine Stirn an ihre drückte.

»Verbundene Seelen gibt es doch nur bei den Elfen«, sagte er dicht vor ihren Lippen. Er würde nicht lockerlassen, bis sie ihm alles erklärt hatte, das wusste sie.

»Nein, es gibt Ausnahmen«, erwiderte sie und erzählte ihm von Aron und Luana. Davon, wie sie beinahe gestorben wäre und wie Arons Seele sie zurückgeholt hatte, um sich auf ewig mit ihrer zu verbinden. Und dann berichtete sie ihm von Ilias' Seelengefährtin Neah. Dass auch sie kurz vor dem Tod gestanden hatte, als sich plötzlich ihre Seelen-Affinität manifestiert und sie ihre Seele aus ihrem Körper geschickt hatte. Wie die Seele einen Riss zwischen den Welten geschaffen hatte, um sich schließlich einen neuen Körper zu suchen. Einen toten, noch warmen Körper, dessen Seele gerade ausgetreten war. Den eines Mädchens, das gerade an der Blutseuche gestorben war.

»Das heißt«, schloss Arian und sah sie aus geweiteten Augen an, »dass die Seele einer uralten Elfenprinzessin in dir schlummert?«

Sie nickte. Das traf es so ziemlich genau auf den Punkt. »Ich bin … Neah. Nur in einem anderen Körper und ohne ihre Erinnerungen …«

»Aber eure Seelen, deine und Ilias' – sie waren noch nicht wirklich verbunden, oder? Du sagtest, sie starb während der Zeremonie.«

»Das ist richtig. Doch sie gehören dennoch zusammen. Als wären sie füreinander geschaffen, fühlen sie sich zueinander hingezogen.«

Arians Blick verdunkelte sich. »Du fühlst dich zu ihm hingezogen?«

»Nein, ich … Ja, vielleicht«, gestand sie sich ein. »Auf eine merkwürdige Art und Weise. Es ist anders als bei dir, Arian.« Sie sah ihm eindringlich in die Augen. »Du bist mein Leben.«

Er schnaubte und entzog sich ihr. »Wie soll ich denn gegen einen verfluchten Seelenbund ankommen, Kaaya? Oder soll ich dich lieber *Neah* nennen?« Bevor sie überhaupt wusste, was sie darauf antworten sollte, sprang Arian auf und funkelte sie aus schwarzen Augen wütend an. »Wie soll ich dagegen ankommen?« Er breitete die Arme aus. »Gegen deinen perfekten *Schattenelfen.*«

Auch Kaaya erhob sich und trat einen Schritt auf Arian zu. »Bitte beruhige dich. Du verlierst sonst die Kontrolle. Bitte, Arian.« Sie beobachtete, wie er um Fassung rang. Wie er mit sich selbst rang. »Beruhige dich. Du kannst das schaffen.« Mit hämmerndem Herzen schaute sie ihm dabei zu, wie er kontrolliert ein- und ausatmete, ein und aus. Seine Hände waren zu Fäusten geballt, während er sie weiterhin taxierte. Als sie erneut einen Schritt näher trat, schien sie eine Grenze zu überschreiten. Arian zog die Brauen zusammen, und bevor sie sich darauf vorbereiten konnte, stieß er sie von sich weg, sodass sie mit dem Rücken gegen die Wand krachte. Sämtliche Luft entwich aus ihren Lungen.

»Lass mich in Ruhe, Verräterin!«

In dem Moment sprang die Tür auf und donnerte gegen die Wand. Ein eisiger Luftstoß wehte herein und fegte Arian von den Füßen. »Arian!«, rief sie entsetzt und spähte dann zur Tür, in der Ilias mit erhobenen Armen stand, sein Gesichtsausdruck eiskalt.

»Komm zu mir«, forderte er, ohne sich von Arian abzuwenden.

Sie blickte von Ilias zu Arian, und da erkannte sie, dass dieser immer mehr die Kontrolle verlor. Wie Rauch schwirrten die Schlieren durch seine Augen und – sah sie richtig? Der Rauch war nicht länger nur in seinen Augen. Wie eine schwarze Wolke umhüllte er Arians Körper.

»Kaaya«, knurrte Ilias mit Nachdruck.

Arian lachte währenddessen laut auf. Es war ein bösartiges Lachen, ganz anders als jenes, das sie kannte und liebte. Das, was von ihrem Herzen übrig war, fiel in diesem Moment auseinander.

Arian hob die Hände und krümmte die Finger, so wie Luana es immer tat, wenn sie Feuer beschwor. War das möglich? Aber wie … Tatsächlich. Mit Entsetzen betrachtete sie die schwarzen Blitze, die in seiner Handfläche zuckten. Ein gefährliches Grinsen trat auf sein Gesicht, als er sie auf Kaaya abfeuerte.

Kapitel 4

ILIAS

Ein jäher Schmerz schoss durch Ilias' Körper, als er sich zwischen Kaaya und die schwarzen Blitze warf, die Arian abgefeuert hatte. Wie um alles in der Welt konnte dieser Magie wirken? Bevor er über eine mögliche Antwort nachdenken konnte, kippte Ilias vornüber. Er konnte sich gerade noch an der Wand hinter Kaaya abstützen.

»Ilias!«, schrie Kaaya. Sie war gefangen zwischen ihm und der Wand und somit sicher vor einem weiteren Angriff.

Er keuchte und sah zu ihr runter, während sie aus großen Augen zu ihm hochblickte. Die Angst in ihnen schnürte ihm die Kehle zu.

»Warum hast du das getan?« Ihre Stimme hatte einen panischen Klang angenommen.

Im nächsten Moment hörte er Schritte auf der Treppe, und Luana tauchte auf, dicht gefolgt von Aron. »Verdammter Mist!«, rief sie. »Ich hätte euch nicht allein lassen dürfen. Was geht hier vor sich?!«

»Frag das die beiden«, blaffte Arian hinter ihm.

Eine erneute Welle des Schmerzes fuhr durch Ilias, als ihn weitere Blitze trafen. Ein Schrei drang tief aus seiner Brust.

Kaaya wand sich zwischen seinen Armen. »Luana, tu doch etwas!«

Feuer loderte auf, und Arian gab ein kehliges Geräusch von sich, bevor er zurückwich. »Ich habe gehört, du magst kein Feuer«, sagte Luana.

Ilias konnte aus dem Augenwinkel beobachten, wie Aron zu ihr eilte. »Verletz ihn nicht!«

Luana blähte die Nasenflügel auf und das Feuer erlosch.

Heiser lachte Arian auf. »Das war ein Fehler.« Mit einem lauten Knurren stürzte er auf die Elfe zu, hielt jedoch jäh in der Bewegung inne, um sich an die Brust zu fassen. »Was ist das?«, keuchte er und fiel auf die Knie.

Luanas Augen leuchteten blutrot. »Wage es nicht noch einmal, mich anzugreifen.«

Arian krümmte sich vor Schmerz. »Hör auf!«

»Nein.«

»Lu!«, raunte Aron. »Das reicht, bitte!«

Kaaya weinte. »Luana, bitte!«

Dass sie Arian weiterhin schützte, traf Ilias wie ein Donnerschlag.

»Er ist niemand von Bedeutung.«

Ihre Stimme hallte in seinem Kopf wider. Er hatte das ganze Gespräch zwischen ihr und Arian mit angehört, jedes ihrer Worte hatte sich in sein Herz gebohrt wie Pfeilspitzen, die ihn niederrangen. Seine letzten Kräfte verließen ihn und er konnte sich nicht länger halten. Seine Hände rutschten von der Wand ab, und er fiel auf Kaaya, die ihn auffing.

»Ilias! Luana, du musst ihm helfen! Bitte!«

Arians Wimmern, Keuchen und Fluchen verstummte.

»Arian!« Aron kniete sich zu seinem Bruder auf den Boden und tastete nach seinem Puls. »Luana, was hast du getan?«

Die Elfe atmete schwer. »Ihn außer Gefecht gesetzt.« Dann spürte Ilias, wie sie Kaaya dabei half, ihn auf den Boden zu legen. Kurz darauf presste sie die Hände auf seine Brust und Wärme breitete sich in ihm aus.

»Kommt er wieder in Ordnung?« Kaayas Stimme drang kaum zu ihm durch. Es klang ein wenig so, als wäre er unter Wasser. Auch sein Sichtfeld verschwamm und er konnte die Augen nur mit Mühe offen halten.

»Ich hoffe es«, hörte Ilias Luana noch sagen, bevor er das Bewusstsein verlor.

ARIAN

Als Arian die Augen öffnete, war da nur Dunkelheit. Er lag auf kaltem Stein und hörte irgendwo in der Ferne Wasser in ein Becken tropfen. Die Luft war feucht und stickig. Hustend richtete er sich auf. Wo war er hier? Das Letzte, woran er sich erinnerte, war …

Nein. Nein, nein, nein.

Es war schon wieder passiert. Er hatte sie angegriffen. Kaaya. Aber er hatte sie nicht verletzt. Der Schattenelf hatte sie beschützt. Vor *ihm* …

Arian schlug mit der Faust auf den Boden und stieß einen frustrierten Schrei aus.

»Du bist wach.« Diese Stimme … Seine Augen hatten sich inzwischen ein wenig an die Dunkelheit gewöhnt und er erkannte Aron einige Meter entfernt auf einem Stuhl. Befand sich sein Bruder etwa hinter Gittern? *Nein*, stellte er fest, als er seine Umgebung genauer musterte. Er selbst war es, der in einem Käfig saß.

»Wo sind wir hier?« Aus dem Augenwinkel nahm er die hohen Felswände wahr, an denen Rinnsale von Wasser hinabliefen. Sie mussten sich in einer Höhle befinden.

Aron stand auf und trat näher an die Gitterstäbe heran, die sie trennten. »In einem der Elfenverliese bei Argonsfeld. Wir hielten das für die beste Lösung, damit du niemanden mehr … verletzt.«

»Was?«, hauchte Arian. Elfenverliese waren schon seit Hunderten von Jahren nicht mehr in Benutzung, da sich das Bündnis zwischen den Menschen und Elfen gefestigt hatte. Seit man die Seelenmagier und ihre Anhänger verbannt hatte, herrschte Frieden zwischen den Völkern. Zuvor hatte das Eisen der Gefängnisse die Magie der Elfen absorbiert und sie davon abgehalten, sich mithilfe ihrer Kräfte zu befreien. In dem Moment traf ihn eine erschütternde Erkenntnis: *Er* hatte Magie gewirkt. »Wie … wie konnte das passieren? Ich habe … Blitze abgefeuert. Schwarze Blitze.«

»Vielleicht, weil du ein Halbelf bist.«

Tatsächlich kursierten seit Jahrhunderten Gerüchte über die Mischwesen aus Elf und Mensch. Doch bisher hatte es keine Beweise für magische Halbelfen gegeben. »Es ist möglich«, fuhr Aron fort, »dass sich deine Magie erst manifestiert hat, als deine Seele aus deinem Körper getreten und wieder zurückgekehrt ist, wie eine Art Auslöser. Vielleicht warst du aber schon immer magisch und wir wussten es nur nicht.«

»Nein, ich habe das noch nie zuvor getan. Noch nie gespürt. Ich besitze keine Runen.« Arian krempelte die Ärmel seines Hemdes hoch, um seine Aussage zu beweisen.

»Es war auch keine Elementarmagie, die du gewirkt hast.«

Selbst in der Dunkelheit konnte er erkennen, wie niedergeschlagen Aron aussah. »Das war eine Art … schwarze Magie.«

»Was soll das heißen?« Sein Herz hämmerte in seinem Brustkorb, drauf und dran zu explodieren.

»Das wissen wir nicht. Aber das war weder die Anrufung von Feuer, Wasser, Luft oder Erde, noch war es Seelen-, Gedanken- oder Blutmagie.«

Arian trat an die Gitterstäbe und umklammerte sie mit zitternden Fingern. »Was bin ich?«

»Das wissen wir nicht«, wiederholte Aron mit einer Spur von Trauer in den Augen. »Doch wir werden es herausfinden.« Als er sich wegdrehen wollte, setzte Arians Herz einen Schlag aus.

»Wohin gehst du?«

»Ich muss nach den anderen sehen.«

»Nach dem Schattenelfen, den ich verletzt habe? Steht es schlecht um ihn?« Panik stieg in ihm auf. Auch wenn er den Gedanken hasste, dass Kaaya etwas für diesen Elfen empfand, so hatte er ihn niemals verletzen wollen.

»Ich bin sicher, er wird sich erholen«, sagte Aron, der anscheinend ahnte, wie dunkel es in ihm war. Wie viel Angst er davor hatte, jemanden zu töten. »Und jetzt ruh dich aus, kleiner Bruder. Ich komme morgen wieder.«

»Geh nicht, bitte«, flüsterte Arian und schloss seine Finger fester um das kalte Metall der Gitterstäbe. »Bitte, Aron. Ich kann nicht hierbleiben. Ich kann nicht …« *… daran denken, was ich getan habe.* Ein gequälter Ausdruck trat in Arons Züge. »Bitte«, wiederholte er. »Bitte lass mich nicht hier zurück. Ich schaffe das nicht. Nicht allein.« Die Worte laut auszusprechen kostete ihn alle Kraft. Er war müde. So müde. Am liebsten würde er einfach einschlafen … *und nicht mehr aufwachen,* vervollständigte er den Satz in seinem Kopf und erschrak noch im selben Moment über diese Worte.

»In Ordnung«, meinte Aron plötzlich und riss ihn damit aus seinen düsteren Gedanken. »Ich bleibe bei dir.«

Ungläubig blickte Arian seinen Bruder an, konnte nicht glauben, was dieser gerade gesagt hatte.

»Bist du sicher?« Kaum hatte er die Frage ausgesprochen, hielt er die Luft an. Hatte Angst, dass Aron loslachen und ihm eröffnen würde, dass das nur ein Scherz gewesen war.

Es fühlte sich an wie eine Ewigkeit, bis Aron seine Lippen bewegte. »Ja, ich bin sicher, kleiner Bruder.«

»Ich könnte dir wehtun«, flüsterte er und meinte für den Bruchteil einer Sekunde Unsicherheit in Arons Augen aufblitzen zu sehen.

»Ich tue mir selbst weh, wenn ich jetzt gehe.« Aron lächelte vorsichtig. »Ich lasse dich nicht noch mal im Stich.«

—

KAAYA

Kaaya saß auf dem Bett an Ilias' Fußende und beobachtete, wie sich seine Brust hob und senkte, während er schlief. Sie konnte noch immer nicht recht begreifen, was sich vor wenigen Stunden abgespielt hatte. Inzwischen musste es tief in der Nacht sein und Ilias lag hier und kämpfte um sein Leben. Nur weil er sie beschützen wollte. Beschützt *hatte.* Sein Gesicht tauchte vor ihrem geistigen Auge auf, wie es sich schmerzerfüllt verzogen hatte, als er über sie gebeugt stand und die Blitze abfing, die für sie bestimmt gewesen waren. Gequält schloss sie die Augen, um die Bilder zu vertreiben.

»Aron wollte noch ein wenig bei ihm bleiben.« Luana trat ein und schloss die Tür hinter sich. Sie und Aron hatten Arian weggebracht, nachdem er durch Luanas Blutmagie bewusstlos geworden war. »Ist er immer noch nicht wach?«

Kaaya blickte auf und schüttelte traurig den Kopf. »Sein Atem geht inzwischen aber gleichmäßig.«

»Das ist ein gutes Zeichen.« Luana trat an Ilias' Seite, um ihm die Hand auf die Brust zu legen. »Sein Herzschlag hat sich auch normalisiert.«

»Warum wacht er nicht auf?« Kaaya klang besorgter, als sie wollte.

»Er hat zu viel durchgemacht in den letzten Wochen. Mach dir keine Sorgen, Kaaya. Sein Körper muss das alles erst einmal verarbeiten.«

Luana hatte recht. Da war sein Vater, der sich als Mörder seiner Seelengefährtin herausgestellt hatte, dann die Tatsache, dass sie gar nicht tot war, wie er all die Jahre gedacht hatte. Seine Sorge um sie …

»Kaaya«, Luana klang eindringlich, »wir müssen so bald wie möglich mit dem Rat sprechen, das weißt du.«

Richtig, der Rat der Hochelfen. Er musste erfahren, dass es Risse zwischen den Welten gab, die Pertheas über die letzten Jahre genutzt hatte, um sich für einen Krieg gegen Eseria zu rüsten. *So bald wie möglich*, hallten Luanas Worte in ihr nach, und in ihrem Kopf überschlugen sich die Gedanken. Nein. Das würde bedeuten …

»Wenn wir es ihnen jetzt sagen, werden sie sofort handeln und die Risse schließen wollen. Wir müssen warten, bis Kian mit … meinem Körper zurück ist.«

Luanas Miene verhärtete sich. »Dann bitten wir sie, damit zu warten, bis er zurück ist.«

»Und was erzählen wir ihnen?« Kaaya stand auf und breitete die Arme aus. »Dass ich Neah bin, die mächtigste Elfe des Nebulums und vielleicht sogar Eserias? Meinst du, sie werden es gut finden, wenn ich in meinen Körper zurückkehre, ohne meine Absichten zu kennen?«

Luana lief auf und ab. »Das mit Arian sollten wir ihnen vermutlich auch nicht sofort auf die Nase binden.«

Wenn der Rat der Hochelfen erfahren würde, dass Arian als Halbelf Magie wirkte … Magie, die er noch nicht einmal unter Kontrolle hatte … »Sie dürfen es nicht erfahren, Lu.« Kaaya griff nach Luanas Arm, damit diese sich ihr zuwandte. »Sie würden ihn töten. Oder ins Nebulum verbannen, bevor sie die Risse schließen.«

»Wie lange sollen wir warten? Was, wenn Pertheas morgen hier einmarschiert?«

»Das wird er nicht«, entgegnete Kaaya. »Es ist gerade ein paar Tage her, dass ihr seinen Seelenbrunnen zerstört habt und er von den Trümmern seiner eigenen Seelenschmiede begraben wurde. Davon muss er sich erst erholen.«

»Vielleicht hast du recht. Doch er ist sich darüber bewusst, dass ihr von seinem Plan wisst. Er wird nicht ewig warten.«

Ein Husten unterbrach das Gespräch und sie drehten sich zum Bett um. Ilias hatte die Augen geöffnet, sah aber noch immer schwach aus. Als er ein weiteres Mal hustete, griff Kaaya nach dem Glas Wasser, das auf dem Nachttisch stand, und setzte sich zu ihm. Nach einem kurzen Blick zu Luana stützte sie den Kopf des Prinzen und half ihm beim Trinken.

»Danke«, krächzte Ilias, nachdem er einen Schluck genommen hatte. Er musterte sie eindringlich, als wollte er sichergehen, dass sie wohlauf war. »Worüber habt ihr gesprochen?«

»Das ist jetzt nicht wichtig. Wie geht es dir?« Sie legte ein weiteres Kissen unter seinen Kopf, damit er aufrecht sitzen konnte, und versuchte zu überspielen, wie erleichtert sie war, dass er sich zu erholen schien.

»Ging mir schon besser«, sagte er, aber sein Versuch zu lächeln scheiterte kläglich.

Luana ging um das Bett herum an seine andere Seite und fühlte seinen Puls. Dann trat ein rotes Licht aus ihren Fingern. »Ruh dich noch ein wenig aus.«

»Das geht nicht«, presste er hervor und machte Anstalten aufzustehen.

»O nein, du bleibst hier!« Luana drückte ihn eher grob als sanft zurück in die Kissen. »Was auch immer es ist, es kann warten.«

Das schien Ilias allerdings anders zu sehen. Sein Atem ging stoßweise und er verzog verärgert das Gesicht. »Wo ist er?«

Luana und Kaaya tauschten einen flüchtigen Blick. »Arian ist in einem der Elfenverliese.«

Ruckartig drehte Ilias sich zu Luana um. »Was bedeutet das?«

»Das bedeutet, dass er dort nicht wieder rauskann, bis wir wissen, was mit ihm los ist.«

Ein Grollen drang tief aus seiner Brust. »Ich werde ihn eigenhändig töten!«

»Du wirst ihn *nicht* töten«, forderte Kaaya. Sein Blick begegnete ihrem, und sie konnte deutlich erkennen, wie er mit sich rang. »Wir finden eine Lösung«, fügte sie etwas ruhiger hinzu. Sie wusste, dass er das gesagt hatte, weil er sie beschützen wollte, aber sie brauchte keinen Schutz vor Arian.

Oder?

Er hatte die Blitze auf sie abgefeuert. Auf *sie.* Ilias lag hier nur, weil er sich dazwischengeworfen hatte. Wenn er das nicht getan hätte … Wenn er nicht da gewesen wäre … Kaaya wusste, dass ihr menschlicher Körper den Angriff nicht überlebt hätte. Wenn die Blitze bereits einen so mächtigen Elfen derart schwer verwunden konnten …

»Kaaya«, sagte Luana. »Wir sollten gehen. Ilias muss sich ausruhen.« Kaaya ließ ihren Blick über Ilias' Gesicht gleiten, das inzwischen blasser wirkte als zuvor. Schweiß glänzte auf seiner Stirn und er kämpfte gegen die Müdigkeit an. »Er wird gleich einschlafen. Dafür habe ich gesorgt.« Damit drehte sich die Elfe um und trat aus dem Zimmer.

»Schlaf gut«, flüsterte Kaaya, während sie aufstand und das Licht der Kerze löschte.

»Warte.«

Sie drehte sich noch einmal zu Ilias um, der die Augen kaum mehr offen halten konnte, dann schüttelte sie den Kopf, so schwer es ihr auch fiel.

»Wir reden morgen. Schlaf jetzt.«

Kapitel 5

Kaaya

Während Luana nach Aron sehen wollte, der immer noch nicht aus den Verliesen zurückgekehrt war, zog Kaaya sich in ihr Zimmer zurück, das gegenüber von dem lag, wo Ilias jetzt hoffentlich schlief. Nachdem sie ein kurzes Bad genommen hatte, war sie an seine Zimmertür getreten und hatte kurz gelauscht. Aber da war nichts gewesen außer Stille. Sie wusste auch gar nicht, womit sie sonst gerechnet hatte.

Kaaya zündete sich eine Kerze an und kroch in das Bett, das ihr inzwischen fast so vertraut war wie ihr eigenes in ihrem Haus im Erlenwald. An ihrem Fußende befand sich ein Schrank, in dem Oriana Pelze und Wolle für die Wintermonate lagerte, und unter dem Fenster rechts von ihr stand ein kleiner Schreibtisch. Kaayas Blick blieb an dem alten Globus hängen, der darauf platziert war, und ohne sich ihrer Kleidung zu entledigen, zog sie sich die Decke über den Körper. Doch an Schlaf war nicht zu denken. Denn während sie so dalag, fiel ihr auf, dass sie das erste Mal seit Tagen allein mit ihren Gedanken war. Die ganze Zeit waren die anderen um sie herum gewesen, hatten sie davon abgehalten, das Erlebte an sich heranzulassen. So viel war geschehen, seit sie ins Nebulum aufgebrochen waren. Sie hatte herausgefunden, wer sie wirklich war. Dass sie in ihr altes Leben zurückkehren konnte. Wenn sie wollte. Das Gespräch mit Oriana hallte in ihrem Kopf nach.

»*Was ist, wenn Pertheas seine Pläne wahr macht und … ein Krieg ausbricht? Wenn er tatsächlich mitsamt seiner Armee aus Schattenelfen und Dämonen hier einmarschiert?*«

Neah war die Einzige, die ihn würde aufhalten können …

»*Was ist mit ihrem* – meinem – *Baby?*«

»*Laut deiner Vision ist es noch in ihrem Körper konserviert. Sobald Neah erwacht, kann sie die konservierte Seele wieder in den Embryo leiten.*«

»*Es würde weiterleben?*«

»*Es würde weiterleben.*«

Kaaya seufzte schwer. Sie senkte die Lider und jetzt waren da plötzlich Arians blutverschmierte Lippen, seine schwarzen Augen, der Hass darin … und etwas in ihr brach auseinander. Sie vermisste ihn. Sie hatte ihn zurück, aber sie vermisste ihn.

Denk an etwas Schönes, mahnte sie sich, doch das tat nicht weniger weh. Denn nun fiel ihr der Kuss ein und dann wieder, dass sie ihn vermisste. Sie drehte sich auf die Seite und presste sich die Hände auf die Augen, hinter denen es furchtbar brannte. Ihre Brust zog sich zusammen, die Traurigkeit drohte sie zu übermannen und jegliche Wärme in ihr zu verschlucken.

Als ein leises Klopfen ertönte, schreckte Kaaya hoch. Hastig wischte sie sich die Tränen vom Gesicht und nur eine Sekunde später trat Luana ein.

»Du hast geweint«, war das Erste, was die Elfe sagte, nachdem sie die Tür hinter sich geschlossen hatte.

Da es sinnlos war, die Tatsache zu leugnen, nickte sie.

»Aron bleibt die Nacht bei seinem Bruder«, fuhr die Elfe

fort, ohne auf das vorige Thema einzugehen, wofür Kaaya ihr dankbar war. Dann jedoch runzelte sie die Stirn.

»Ist das nicht gefährlich?«

Luana zuckte mit den Achseln und setzte sich auf die andere Seite des Bettes. »Das muss er selbst wissen. Ich werde ihm da nicht mehr reinreden, schätze ich.«

Kaaya nickte wieder wortlos, obwohl ihre Freundin sie gar nicht ansah. Sie hatte die Hände im Schoß gefaltet und spielte mit ihren Fingern.

»Wenn du dich allein fühlst, kann ich hier bei dir schlafen«, erklang Luanas Stimme nach einer Weile.

Kaaya zog überrascht die Augenbrauen hoch und wollte gerade sagen, dass das nicht nötig war, da betrachtete sie ihre Freundin genauer. Ihre Schultern hingen leicht herab und auch das Feuer in ihren Augen schien schwach. Alles an ihr ließ vermuten, dass sie selbst es war, die nicht allein sein wollte.

»Ja, das wäre schön.«

Kaum hatte sie die Worte ausgesprochen, hoben sich Luanas Mundwinkel. »Wenn du darauf bestehst.«

Kaaya konnte ein Schmunzeln nicht unterdrücken, und nachdem Luana sich ebenfalls hingelegt hatte, löschte sie die Flamme der Kerze. Und irgendwie fühlte sie sich jetzt ein bisschen besser. Vielleicht würde doch irgendwie alles wieder gut werden. Der Gedanke begleitete sie in ihren Träumen, bis sie am nächsten Tag erwachte. Die Sonne stand bereits hoch am Himmel.

Luana hatte ebenfalls lange geschlafen und gemeinsam liefen sie gegen Mittag mit schweren Lidern und stillschweigend den Flur runter. Umso deutlicher konnten sie die Stimmen vernehmen, die von der Wohnstube aus zu ihnen hochdrangen. Mit geweiteten Augen sah Kaaya ihre Freundin an, die den Blick beunruhigt erwiderte. Sie eilten die Treppe hinunter, und tatsächlich: Aron war zurück. Und er war nicht allein.

»Kaaya.« Arians schmale Gestalt erhob sich vom Sofa und ließ sie in ihrer Bewegung erstarren. Es fühlte sich an, als wäre ihr Herz dazu übergegangen, Eis durch ihre Venen zu pumpen. Ihre Finger wurden kalt und ihr Gesicht fühlte sich taub an.

»Was macht er hier?« Luana stellte sich schützend vor Kaaya, die sich noch immer nicht rühren konnte. »Aron?«

»Es geht ihm wieder besser«, gab ihr Seelengefährte zurück, und dennoch verspannte sich Luanas Körperhaltung.

»Er hat Ilias fast getötet«, zischte sie.

Kaaya beobachtete, wie Arian schwer schluckte. Sein Anblick erzeugte widerstreitende Gefühle in ihr. Am liebsten würde sie auf ihn zurennen, die Arme um seinen Körper schließen, seinen Duft einatmen und ihm ins Ohr flüstern, dass sie ihn liebte. Aber da war auch etwas anderes. Ein Gefühl, das sie eigentlich tief in ihrem Innersten vergraben hatte. Ein Gefühl, das sie nie mehr hatte empfinden wollen. Angst.

»Es tut mir so leid«, krächzte Arian, was Erinnerungen an den vorigen Tag weckte.

»Ich weiß nicht, wieso ich das getan habe … Es tut mir, tut mir …«

Sie schloss für einen Moment die Augen, als könnte sie so alles Böse aus ihrem Kopf vertreiben.

»Wir können ihn nicht einsperren wie ein wildes Tier!«, entgegnete Aron. »Wozu soll das führen?«

»Ich weiß nicht, vielleicht dazu, dass er uns nicht alle umbringt?!« Luanas Stimme hatte einen wütenden Klang angenommen.

»Ist schon in Ordnung«, hörte Kaaya sich selbst sagen, und

die Köpfe der anderen wandten sich ihr zu. »Wir kriegen das wieder hin. Es wird alles gut werden. Es ist alles gut«, fügte sie mit einem Blick auf Arian hinzu. Als er ihn erwiderte, schmolz das Eis in ihren Adern und ganz langsam breitete sich Wärme in ihrer Brust aus. Sie wollte daran glauben. Sie *würde* daran glauben.

Luana, die weiterhin vor ihr stand, sog scharf die Luft ein, als Arian näher trat. Dann noch näher. Kaaya schob sich an ihrer Freundin vorbei und überwand den letzten Meter, der sie von Arian trennte.

Auf einmal standen sie hier, Brust an Brust. Sie legte ihren Kopf ein Stück in den Nacken, um in sein Gesicht zu sehen, in dem die verschiedensten Emotionen tobten. Arian streckte die Hand aus und hob sie an ihr Gesicht, nur um wenige Zentimeter davor zu verharren. Dennoch waren seine Finger so nah, dass sie ihre Wärme an ihrer Wange spüren konnte. In seinen Augen stand die stumme Frage nach Erlaubnis, doch sie konnte ihm keine Antwort geben. Hatte sie vor wenigen Augenblicken erst gedacht, dass sie Arian berühren wollte, so sah sie nun Ilias vor sich stehen. Sein Gesicht schmerzverzerrt, als er die Blitze abfing, die für sie bestimmt gewesen waren.

»Du kannst mir nicht verzeihen«, wisperte Arian, und die Verletzlichkeit in seiner Stimme riss sie zurück ins Hier und Jetzt. Resigniert ließ er seine Hand sinken.

»Kaaya, seine Augen«, sagte Luana hinter ihr in einem ruhigen Tonfall, in dem dennoch eine Warnung mitschwang. Ja, sie registrierte die schwarzen Schlieren ebenfalls.

Arian senkte die Lider. »Ich kriege es in den Griff. Ich verspreche es.«

Instinktiv legte Kaaya eine Hand auf seine Brust, um ihn zu beruhigen. Tatsächlich konnte sie spüren, wie sein Herzschlag langsamer wurde, ehe er seine Augen wieder öffnete. Sie lächelte, als sie das vertraute Grau erblickte.

»Und ich verspreche dir, wir kriegen das hin. Zusammen«, murmelte sie, bevor er seine Hemmungen abschüttelte und sie endlich in eine Umarmung zog, die sich anfühlte wie früher. Wie *zu Hause*. Sie gab sich diesem Gefühl hin, vergaß, dass Aron und Luana hinter ihnen standen, vermutlich mit angehaltenem Atem. Aber Arian würde ihr nichts tun, das wusste Kaaya. Nicht jetzt.

Schließlich löste sie sich widerwillig aus Arians Armen, um ihm ins Gesicht zu sehen. Er hatte die Augenbrauen leicht zusammengezogen, sodass sich eine kleine Falte zwischen ihnen bildete. Seine Wimpern senkten sich und sein Blick fiel auf ihren Mund. Er hatte die Lippen leicht geöffnet, als ob er etwas sagen wollte, und sie fragte sich, ob er darauf wartete, dass sie den ersten Schritt tat.

»Komm bloß nicht auf die Idee, uns zu bitten, euch allein zu lassen«, ertönte Luanas Stimme und ließ die beiden zusammenzucken.

Kaaya drehte sich zu ihr um und meinte in dem Moment noch einen Schatten auf der Treppe wahrzunehmen, der im nächsten wieder verschwunden war.

Nur kurz runzelte sie die Stirn, bevor sie sich an ihre Freundin wandte. »Wir könnten den Tag zu viert verbringen«, schlug sie vor. »Vielleicht könnten wir einen Spaziergang machen und runter ins Dorf.«

»Ja, genau, am besten schauen wir direkt auf dem Wochenmarkt vorbei, damit Arian ein paar unschuldige Menschen zerfetzen kann.« Luanas Stimme triefte vor Sarkasmus, was ihrem Seelengefährten ein ungläubiges Schnauben entlockte.

Kaaya bemerkte, wie sich Arian neben ihr versteifte, und griff nach seiner Hand.

»Sie hat recht«, murmelte er. »Und jemanden zu verletzen ist das Letzte, was ich will.« Nach einem kurzen Blick zu Kaaya fügte er hinzu: »*Noch* jemanden.«

»Möchtest du etwas essen?«, fragte Aron, woraufhin sein Bruder den Kopf schüttelte.

»Ich glaube, ein Bad wäre ganz gut, und vielleicht lege ich mich ein wenig hin. Ihr wisst schon, in ein normales Bett.«

Kaaya konnte die Reste eines schiefen Grinsens auf seinen Lippen erhaschen, als sie sich ihm zuwandte. »Ich helfe dir mit dem Wasser.«

Arian nickte zustimmend und folgte ihr die Treppe hinauf zum Waschraum. Währenddessen bemerkte Kaaya, wie ihr Puls sich beschleunigte. Sie wusste nicht wieso, aber sie wollte Ilias nicht begegnen – nicht mit Arian an ihrer Seite. Hastig holte sie frische Kleidung für ihn aus Ferodans Kleiderschrank und bereitete den Badezuber für ihn vor. In der Zwischenzeit erzählte er ihr, wie es ihm letzte Nacht im Verlies ergangen war. Es tat Kaaya weh zu hören, dass er auf dem Boden geschlafen hatte. Zum Glück war wenigstens Aron bei ihm gewesen. Mit diesem Gedanken ließ sie Arian allein im Waschraum zurück und half Luana mit dem Mittagessen.

Als einige Zeit später der Geruch nach gebratenem Fisch die Hütte erfüllte, kam Arian doch runter und setzte sich zu ihnen an den Tisch. Kaayas Herz blieb fast stehen, als sie auch Ilias' Schritte auf der Treppe vernahm. Sie bemerkte, dass er noch immer sehr steif wirkte und vermutlich Schmerzen hatte. Dennoch war sein Erscheinungsbild tadellos, ganz der Prinz. Sein glattes Haar umrahmte das scharf geschnittene Gesicht und sein Blick traf nur für einen Wimpernschlag den von Kaaya. Er ließ sich leise stöhnend auf den Stuhl neben Aron fallen, und sie sprang in dem Moment so hektisch auf, dass sich ihr alle Köpfe zuwandten.

»Ich hole Ilias noch einen Teller. Er hat keinen Teller«, sagte sie hastig und eilte in die Küche. Sie blieb vor dem Schrank mit dem Geschirr stehen und holte tief Luft. Ilias' Anwesenheit machte sie nervös, und auch die Tatsache, dass sie ihm von dem Kuss mit Arian erzählt hatte –

»Ist alles in Ordnung?« Luana stand im Türrahmen und musterte sie besorgt. »Du bist so schnell aufgesprungen.«

»J-ja. Alles gut. Ich komme sofort.« Sie griff nach einem Teller und folgte Luana zurück zum Esstisch.

Die Stimmung beim Essen war gedrückt, was nicht verwunderlich war, nachdem Arian Ilias beinahe getötet hatte. Sie aßen schweigend, und während Aron, Luana, Arian und Kaaya anschließend den Tisch gemeinsam abräumten, verschwand der Prinz wortlos auf sein Zimmer.

»Danke für das Essen«, sagte Arian, nachdem sie noch eine Weile zusammengesessen hatten, und deutete auf die Treppe hinter sich. »Ich werde mich jetzt aber ein wenig hinlegen.« Sein Blick blieb auf Kaaya liegen, nachdem die anderen zwei sich in die Wohnstube zurückgezogen hatten. Er war so intensiv, dass ihr Gesicht zu glühen begann. »Zeigst du mir mein Bett?«

Es war nur eine gewöhnliche Frage, und doch reagierte ihr Körper heftig darauf. Kaaya holte zittrig Luft, ehe sie Arians Hand nahm und ihn die Treppe hinauf in sein Zimmer führte.

»Da steht es.« Sie ließ seine Hand wieder los und deutete ungelenk auf das Bett unter dem Fenster.

Arian schaute zu Boden. »Würde es dir etwas ausmachen, wenn du hierbleibst, bis … ich eingeschlafen bin?«

Er klang so traurig, dass sich Kaayas Brust zusammenzog. Gleichzeitig flatterte ihr Herz aufgeregt. Entgegen Luanas eindringlicher Warnung wollte sie bleiben. Aber das, was passiert war, als sie und Arian sich nähergekommen waren … Sie wollte nicht riskieren, dass er wieder die Kontrolle verlor. Doch ihr Wille geriet ins Wanken, als er seine Hände vorsichtig um ihre Taille legte und sich zu ihr runterbeugte, nachdem die Tür hinter ihnen ins Schloss gefallen war. Die Tür, die sie nun von den anderen trennte.

Von Aron und Luana.

Von Ilias.

Kaayas Herz verkrampfte sich bei dem Gedanken an den Prinzen, der sich im Raum schräg gegenüber von seinen Verletzungen erholte.

»Was ist los?«, hauchte Arian dicht vor ihrem Mund.

Sie schluckte schwer und mied seinen Blick. Obwohl sie es nicht wollte, kroch erneut Angst in ihr hoch. Angst davor, wie er reagieren würde, wenn er wüsste, dass sie an –

»Denkst du an *ihn*?« Doch kein Vorwurf lag in seiner Stimme.

Langsam schaute Kaaya hoch und atmete erleichtert aus. Er war noch da. Ihr Arian. Vorsichtig nickte sie.

»Das ist in Ordnung«, flüsterte er und strich ihr mit einer federleichten Berührung über die Wange. »Was auch immer zwischen euch ist, es ist in Ordnung. Und egal, wie kompliziert das alles wird, es ändert nichts an meinen Gefühlen für dich.«

Tränen stiegen in ihr auf und mit ihnen das Verlangen, ihm noch näher zu sein. Sie stellte sich auf die Zehenspitzen, streckte sich ihm entgegen, doch er wich ihr aus. »Ich will nicht, dass du dich dafür entschuldigst, Kaaya.«

Ertappt hielt sie inne, da küsste er sie sanft auf die Stirn.

Dann verschränkte er seine Finger mit ihren und zog sie hinter sich her zum Bett. Wortlos legte sie sich neben ihn, so, dass sie einander zugewandt waren. In der aufkommenden Dunkelheit blickten sie sich an und wieder kämpfte Kaaya mit den Tränen. Es fühlte sich so vertraut an. Und doch so anders.

Als würde Arian spüren, was in ihr vorging, strich er ihr behutsam eine Haarsträhne hinters Ohr. Dabei streiften seine Finger ihre Wange, was ein Flattern in ihrem Bauch auslöste. Unwillkürlich rückte sie näher an ihn heran, schmiegte ihren Körper an seinen, so eng, dass nichts mehr zwischen sie passen würde.

»Weißt du noch, als du geträumt hast, ich wäre abgereist, ohne mich von dir zu verabschieden?«, fragte er und lächelte leicht.

»Ja«, lachte sie leise. Das musste in den ersten Monaten nach ihrem Kennenlernen gewesen sein, als er wieder auf die Plantage gemusst hatte. Sie war mit klopfendem Herzen aufgewacht und zu Arian in die Wohnstube gehastet, der damals auf dem Sofa geschlafen hatte, um ihr ihren Freiraum zu lassen. »Ich habe dich aufgeweckt und mit dir geschimpft.«

Arians Lächeln wurde breiter. »Und du hast geweint.«

»Ich habe nicht geweint!«, protestierte sie.

»Doch, du hast geweint«, gab er lachend zurück und zog sie in eine Umarmung.

Kaaya stieß ihn leicht von sich. »Ich habe nicht geweint!«, wiederholte sie. »Ich war wütend!«

»Du warst traurig.«

Unter seinem intensiven Blick hielt sie einen Moment inne, musterte sein Gesicht, die vertrauten Züge, die kleine Narbe über seiner Augenbraue. »Ja«, flüsterte sie. »Ich hätte es nicht ertragen, wenn du ohne ein Wort gegangen wärst.«

»Ich liebe dich«, sagte er leise, und sein warmer Atem kitzelte auf ihrer Haut. »Und ich würde niemals gehen, ohne mich von dir zu verabschieden.«

Bevor sie etwas erwidern konnte, hatte er seine Lippen auf ihre gelegt und damit all ihre Ängste hinweggefegt. Sie erwiderte den Kuss, in dem sie all seinen Schmerz spürte, seine Liebe und seine Hoffnung. Sie griff in seinen Nacken, um ihn noch näher an sich heranzuziehen, während ihre Küsse immer drängender wurden. Sie klammerten sich aneinander, als könnten sie dadurch verhindern, den anderen zu verlieren. Erst als Kaaya ihn hart an ihrer Mitte spürte, löste sie sich von Arian.

»Warte. Warte, bitte«, sagte sie atemlos. Unter den letzten goldenen Sonnenstrahlen, die in den kleinen Raum drangen, suchte sie seinen Blick. »Geht es dir gut?«

»Ich habe es im Griff«, gab er leise zurück.

»Sicher?«

»Sicher.«

Kaaya setzte sich auf und öffnete mit zitternden Fingern die Knöpfe ihrer Bluse. Sie wollte ihn spüren, überall. Haut an Haut.

Arian griff sanft nach ihrer Hand. »Lass mich das machen.« Seine Stimme verriet ihr, dass er ebenso erregt war wie sie, was dafür sorgte, dass sich die Muskeln tief in ihrem Bauch zusammenzogen. Er schob sich hoch, und während er ihren Blick festhielt, öffnete er ihre Bluse Knopf um Knopf um Knopf und hinterließ brennende Küsse auf der Haut, die er Stück für Stück für Stück entblößte.

Ihr Keuchen wandelte sich in leises Stöhnen, und als seine Lippen ihre Brüste fanden, krallte Kaaya ihre Finger in sein Haar, um ihn noch näher an sich zu drücken. Um noch mehr von ihm zu spüren. Von seinen Lippen, von seiner Zunge. Die leise warnende Stimme in ihrem Kopf verstummte, und sie gab sich gänzlich den Gefühlen hin, die Arian in ihr auslöste. Er drückte sie sanft in die Matratze, dann schob sich seine Hand unter ihren Hosenbund und wanderte zwischen ihre Schenkel, dorthin, wo sie ihn am meisten brauchte.

»Bist du dir denn sicher?« Sein Atem ging in kurzen Stößen.

»Ja«, hauchte sie. Er dämpfte ihr erneutes Aufstöhnen mit einem weiteren Kuss, und als er sich nur für den Bruchteil einer Sekunde von ihren Lippen löste, zuckte Kaaya erschrocken zusammen. Seine Augen – sie waren nicht länger grau. Auch nicht schwarz. Sie blickten ihr saphirblau entgegen – aus einem Gesicht, das nicht Arians war.

»Ilias.« Ihr Herz hämmerte so laut, dass sie sich nicht sicher war, ob sie seinen Namen wirklich ausgesprochen hatte. Sie blinzelte mehrere Male und schließlich tauchte Arian wieder über ihr auf. Arian, dessen Miene reine Qual ausdrückte.

»Nein, Arian, es tut mir leid!«, rief sie hastig, doch er hatte sich schon zurückgezogen.

»Du bist in ihn verliebt«, schloss er. Seine Stimme klang rau, distanziert.

»Ich glaube, das war … eine Erinnerung oder so was. Ich habe nicht an ihn gedacht, keine Sekunde«, beschwor sie ihn. Oder sich selbst. Sie wusste nicht, was da gerade passiert war. »Das ist die Seelenverbindung.« Kaaya konnte hören, wie verzweifelt sie klang, aber sie schien Arian nicht zu erreichen. Er schob sich weiter zurück und stand auf.

»Ich gehe zurück ins Verlies.«

Ihr Herzschlag setzte aus. »Was?!«

»Ich sagte, ich gehe zurück ins Verlies!« Als er sich auf die Tür zubewegte, sprang sie ebenfalls vom Bett, ihre Beine zitterten.

»Nein, warum?«

Er wirbelte zu ihr herum und taxierte sie aus schwarzen Augen. »Weil ich dich nicht töten will!«

Sie wusste nicht, ob ihr Herz wieder angefangen hatte zu schlagen. Alles, was sie wahrnahm, war ein lautes Rauschen, bevor ihre Sicht verschwamm. Arian ging zur Tür, sie hastete noch hinterher, doch er riss sie ohne ein weiteres Wort auf. Dann erstarrte er. Kaaya schaute an ihm vorbei und sah Ilias im Flur stehen. Sein Blick glitt von Arian weg und hin zu ihr. Zu ihren tränennassen Augen. Zu ihrer offenen Bluse.

»Du kannst gerne da weitermachen, wo ich aufgehört habe«, blaffte Arian, ehe er sich an dem Prinzen vorbeischob und auf die Treppe zusteuerte.

Seine Worte bohrten sich wie Pfeile in ihr Herz, und nur mit aller Kraft gelang es ihr, die Tür wieder zu schließen, als Ilias den Mund öffnete. Erschöpft ließ sie sich an dem rauen Holz zu Boden gleiten und ihre Tränen laufen. Sie hatte die Knie an ihren Körper gezogen, ihr Gesicht darauf gestützt und weinte bitterlich. Ihr war bewusst, dass Ilias sie hören konnte, doch es war ihr egal. Was Arian gesagt hatte, kroch ihre Speiseröhre hinauf wie bittere Galle. Und doch hatte sie ihn vermutlich genauso verletzt. Dabei hatte sie das gar nicht gewollt. Ständig kamen diese Erinnerungsfetzen aus ihrem Leben als Neah in ihr hoch. Sie konnte nichts dafür. Aber Arian, er … er hatte sie absichtlich treffen wollen.

Er kann auch nichts dafür. Seine Seele wurde verdorben, rief sie sich in Erinnerung. Doch das machte es nicht besser. Das machte es einfach nicht besser.

Irgendwann verebbten ihre Schluchzer, zu groß war die Erschöpfung. Ein Blick zum Fenster verriet ihr, dass der Morgen anbrach. Sie musste schon seit Stunden hier sitzen. Mit zitternden Knien zog sie sich an der Tür hoch und knöpfte sich die Bluse wieder zu. Sie sollte wenigstens kurz nach Luana und Aron sehen und fragen, ob sie Arian zurückgebracht hatten. Ins Verlies. Weil er lieber eingesperrt sein wollte als bei ihr.

»*Weil ich dich nicht töten will!*«

Sie schloss für einen Moment die Augen und holte tief Luft, bevor sie die Türklinke umfasste und hinunterdrückte.

»Ilias.« Er saß gegenüber von ihrer Tür auf dem Boden.

»Kaaya.« Seine Miene hellte sich auf, als er sie erblickte. Hastig stand er auf, wobei sich sein Gesicht kurz vor Schmerzen verzog. Erst auf den zweiten Blick bemerkte Kaaya, dass er seine Schlafkleidung trug. »Wie geht es dir?«

Sie schluckte schwer und war froh, dass sie anscheinend keine Tränen mehr übrig hatte. »Nicht so gut«, gab sie leise zu. »Hast du die ganze Zeit«, sie räusperte sich, weil ihre Stimme versagte. »Hast du die ganze Zeit hier gesessen?«

Ilias nickte mit ausdrucksloser Miene. »Ich habe mit angehört, was passiert ist. Es tut mir leid, ihr wart nicht gerade leise, und ich kann mein Gehör nicht abstellen, auch wenn ich es mir manchmal mehr als alles andere wünsche.« Ein Schatten legte sich auf sein Gesicht, und sie kam nicht umhin zu bemerken, dass seine Schönheit etwas Verletzliches barg.

»Wo ist er?«, fragte sie und ignorierte dabei Ilias' Offenbarung darüber, dass er ihr und Arian dabei zugehört hatte, wie sie beinahe miteinander geschlafen hätten. Wenn sie ihn nicht mittendrin *Ilias* genannt hätte.

Als würde er wissen, woran sie gerade dachte, blitzten seine Augen für den Bruchteil einer Sekunde dunkel auf. »Aron und Luana haben ihn zurück in dieses Elfenverlies begleitet. Sie sind vor einer Stunde zurückgekehrt.«

»Ich verstehe«, sagte sie leise. Also brauchte sie nicht noch mal nach ihren Freunden zu sehen. »Dann werde ich …« Sie deutete hinter sich zum Bett. »Und du kannst auch … in dein Bett. Ich meine, du musst nicht auf mich aufpassen.«

»Bist du sicher?«

Kaaya nickte und versuchte sich an einem Lächeln, bevor sie die Tür wieder schloss.

Tief durchatmend stieg sie ins Bett und beobachtete den Himmel dabei, wie er immer heller wurde. Wie sich ganz langsam ein zartes Orange zwischen die Bäume schob und das dunkle Blau verdrängte. Sie hatte sich gar nicht bei Ilias bedankt. Dafür, dass er vor ihrer Tür gewartet hatte. Dafür, dass er ihr das Leben gerettet hatte. Aber allein schon an ihn zu denken, machte sie nervös. Er hatte mit angehört, wie Arian und sie … Wie sollte sie zu ihm gehen und sich bedanken? Sie wusste nicht einmal, wie sie sich ihm gegenüber verhalten sollte. In einem Moment waren sie sich so nah, und im nächsten wollte er ihre Seele in einen anderen Körper stecken, nur um dann vor ihrer Tür aufzutauchen, als sie ihn am meisten brauchte.

»Ich musste umkehren und nach dir sehen. Musste wissen, ob du in Ordnung bist.«

Und obwohl ihr Herz bei der Erinnerung an seine Worte aufgeregt klopfte, schlief sie schließlich ein.

ARIAN

Arian wurde wach, als er Schritte in dem Gewölbe hörte, in das man ihn gesperrt hatte – auf seinen eigenen Wunsch hin. Die Wut, die ihn gestern übermannt hatte, war heute abgeflaut. Die Wut, die ihn Dinge hatte sagen lassen, an die er nicht denken wollte. Er vertrieb die Bilder von Kaayas traurigen Augen aus seinem Geist und setzte sich auf, während er sich den Nacken rieb. Ein Höhlenboden war nicht gerade bequem, und Luana hatte Aron ausgeredet, ihm eine Decke mitzugeben, als er von ihnen hier runtergebracht worden war.

Hatte ihn der Gedanke, allein eingesperrt zu sein, gestern noch in Angst und Schrecken versetzt, so fühlte es sich gerade richtig an, dass er hier festsaß. Weit weg von Kaaya. Zumindest bis zu diesem Augenblick. Denn die Schritte wurden lauter, und Kaaya tauchte vor ihm auf, dicht gefolgt von Arons Seelengefährtin.

»Wir haben dir etwas zu essen mitgebracht«, sagte die Blonde und stellte einen Topf auf dem Boden ab. »Da drin ist Suppe.« Sie nahm den Becher, den Kaaya ihr hinhielt, entgegen und füllte ihn mit einer dampfenden Flüssigkeit, deren Geruch dafür sorgte, dass ihm das Wasser im Mund zusammenlief.

»Hier ist auch etwas Brot«, murmelte Kaaya und reichte ihm einige Scheiben zwischen den Gitterstäben hindurch.

Arian zögerte einen Moment, ehe er vorsichtig danach griff. Dennoch zuckte sie bei seiner Bewegung zusammen und es versetzte ihm einen Stich.

»Tut mir leid«, flüsterte er.

»Nein, schon in Ordnung, es ist ja nichts –«

»Ich meine, wegen gestern.«

Kaaya wandte den Blick von ihm ab und schaute hastig zu Luana rüber, die sich wieder erhob und ihm den Becher entgegenhielt. Er war gerade schmal genug, dass er ebenfalls zwischen zwei Metallstäbe passte.

»Danke.«

Luana verzog keine Miene. »Ich weiß nicht, ob sie schmeckt.

Vielleicht ist mir ein bisschen zu viel Salz hineingerutscht. Und Pfeffer.«

Ja, die Botschaft kam bei ihm an. Schwer schluckend nahm er den dampfenden Becher entgegen und führte ihn an die Lippen.

»Schmeckt gut.« Er bemühte sich, sich nicht anmerken zu lassen, dass die Suppe verdammt scharf war.

»Schade«, gab Luana zurück und zuckte mit den Achseln. »Kommst du?«, fragte sie an Kaaya gewandt und machte Anstalten, den Topf hochzuheben.

»Kannst du ihn hierlassen? Bitte?«, warf Arian hastig ein. So würde er seinen Becher gleich nachfüllen können, sobald er leer war.

Wieder zuckte die Blonde mit den Schultern und schob den Topf mit ihrem Fuß näher an seine Käfigtür heran.

»Geht das so?«

Er nickte und bedankte sich, dann sah er zu Kaaya, die seinen Blick noch immer mied. »Was habt ihr jetzt eigentlich vor? Mit mir?«

»Wir warten erst mal, bis Oriana zurück ist«, sagte Luana an ihrer statt. »Sie holt ihren Seelengefährten ab und will auf dem Rückweg ihre Freundin besuchen, die quasi in einer Bibliothek lebt. Alles, was wir momentan tun können, ist, zu hoffen, dass uns einige Bücher Aufschluss darüber geben können, was mit dir los ist.«

»Und was ist mit dem Riss zwischen den Welten? Was ist, wenn Pertheas zurückkommt? Wenn er nach mir sucht?«

»Das lass mal unsere Sorge sein«, antwortete sie. »Sorg du erst mal dafür, dass du damit aufhörst, meine Freunde zu verletzen. Danach können wir uns immer noch etwas einfallen lassen.«

Auch diese Botschaft verfehlte ihren Zweck nicht. Arian nickte mit zusammengepressten Lippen, schaute wieder zu Kaaya, die weiterhin stur auf den Boden starrte.

»Kaaya, bitte, sieh mich an.«

Er konnte erkennen, dass sie auf ihrer Unterlippe kaute und ihr Gewicht von einem Bein aufs andere verlagerte. Sie war noch immer verletzt wegen dem, was er gesagt hatte. Schließlich hob sie den Blick. Das Honigbraun ihrer Augen ertrank in einem Meer aus Tränen. Arian stolperte einen Schritt zurück. Das hatte *er* getan. Es war seine Schuld, dass Kaaya sich so fühlte. Er wollte sich entschuldigen, aber was sollte das bringen? Wie oft hatte er das in den letzten Stunden getan?

»Lass uns gehen«, krächzte Kaaya und drehte sich um.

Luana warf ihm einen letzten Blick zu, ehe sie ihrer Freundin folgte. Und er blieb allein zurück.

Kapitel 6

Kaaya

Die nächsten Tage verstrichen, ohne dass Kaaya Arian erneut zu Gesicht bekam. Nur Aron besuchte seinen Bruder hin und wieder, damit er sich nicht vollständig isoliert fühlte. Obwohl er jedes Mal berichtete, dass Arian bei klarem Verstand war, benötigte sie Abstand. Es schmerzte einfach zu sehr, wenn sie an seine Worte zurückdachte.

Seufzend blickte sie aus dem Fenster, bevor sie einen weiteren Bissen von ihrem Brot nahm. Sie saß heute Abend allein am Esstisch, weil sie gerade erst nach einem langen Mittagsschlaf wach geworden war. Aron und Luana hatten sich schon in ihr Zimmer zurückgezogen und Ilias erholte sich noch immer von seinen Verletzungen. Zumindest sagte er das. Irgendwie hatte Kaaya den leisen Verdacht, dass er ihr aus dem Weg gehen wollte. Immerhin war am Morgen ein Bote vorbeigekommen, der ihr einen Brief von Oriana hatte zukommen lassen. Sie und Ferodan würden morgen ankommen und hatten Bücher und Tränke im Gepäck.

Kaaya zerkaute ihr Brot und spülte mit einem Schluck Wasser nach. So wie sie gewusst hatte, dass sie Arians Seele finden würden, so wusste sie, dass es eine Lösung für ihn geben musste. Dass es irgendetwas geben musste, das ihr Arian zurückbrachte. Bevor sie einen weiteren Bissen nahm, horchte sie auf und blickte in Richtung Treppe. Ilias' Tür hatte sich geöffnet. Unwillkürlich hielt sie die Luft an und lauschte seinen Schritten im Flur. Kam er runter? Sie ließ ihre Hand mit dem Brot sinken und starrte weiter aus großen Augen zur Treppe. Dann hörte sie das Klicken der Tür erneut und ließ ihren Atem schließlich entweichen. Vermutlich war er nur kurz im Waschraum gewesen. Kaaya schob sich den letzten Bissen ihres Abendbrots in den Mund und beschloss, dass sie gleich ebenfalls in den Waschraum gehen würde, um ein Bad zu nehmen. Sie roch an dem Baumwollhemd, das sie schon seit ein paar Tagen trug, und rümpfte die Nase. Das sollte sie auch mal wieder waschen. Bis es trocknete, würde Oriana es ihr sicher verzeihen, wenn sie sich an ihrer Kleidung bediente.

Diese fand sie nach einigem Suchen in einer Kommode in Orianas und Ferodans Schlafzimmer. Einem Impuls folgend leuchtete sie anschließend mit der Kerze in das restliche Zimmer, denn irgendwie hoffte sie ein bisschen, etwas zu entdecken, das darauf schließen ließ, was Ferodan für ein Mann war. Obwohl sie Oriana bereits lange kannte, hatte sie keine Vorstellung davon, wie er sein könnte. Aussehen könnte. Doch bis auf ein Hemd, das über einer Stuhllehne hing, konnte sie nichts entdecken, und herumwühlen wollte sie auch nicht. Also lief sie wieder zurück in den Flur und schlüpfte in den Waschraum.

Hier drin war es dunkel, nur die ersten Mondstrahlen fielen durch ein kleines Fenster in das Zimmer. Kaaya zündete zusätzlich ein paar weitere Kerzen an, bevor sie ihre schmutzige Kleidung ablegte. Ein Blick in den Spiegel verriet ihr, dass sie übermüdet aussah. Ihre Haut war aschfahl, die Augen matt und wässrig und die dunklen Ringe darunter hatten eine ungesunde Farbe angenommen. Schnell wandte Kaaya sich ab und griff nach dem ersten Eimer Wasser, um es über der kleinen Feuerstelle zu kochen. Doch erstaunlicherweise war es bereits heiß. Ohne weiter darüber nachzudenken, schüttete sie den Inhalt in den Badezuber, bevor weitere Eimer folgten. Das Wasser hatte eine angenehme Temperatur, stellte sie fest, als sie ihren Fuß hineingleiten ließ und dann den Rest ihres Körpers.

Sie lehnte ihren Kopf an den Rand des Zubers und schloss die Augen. Die Wärme des Wassers sorgte dafür, dass sich ihre Muskeln entspannten, und obwohl ihr Körper zur Ruhe kam, wollten sich ihre Gedanken nicht abschalten lassen. Sie fragte sich, was für Tränke Oriana mitbringen würde. Was sie herausgefunden hatte. Und sie dachte darüber nach, wie Arian auf Ferodan reagieren könnte, seinen *Vater.* Ihr Blick fiel auf ihre linke Hand, die sie um den Rand des Zubers geschlossen hatte. Sie hob sie vor ihr Gesicht und betrachtete den Ring an ihrem Finger. Auch wenn sich ihr Magen beim Gedanken an Arian zusammenzog, schenkte ihr das Schmuckstück irgendwie Hoffnung. Und dann war da noch das Bild von Ilias, das immer wieder in ihrem Geist auftauchte. Wie er im Flur gesessen hatte … Es löste etwas in ihr aus. *Er* löste etwas in ihr aus. Egal, wie sehr sie sich dagegen wehren wollte.

Frustriert ließ Kaaya die Hand mit dem Ring ins Wasser sinken und machte sich daran, den Schweiß und Dreck der letzten Tage von ihrem Körper zu schrubben. Als sie damit fertig war, stieg sie aus dem Badezuber und griff nach einem Leinentuch, um sich abzutrocknen.

»Was ist denn das?«, murmelte sie vor sich hin, als sie das Stück Stoff auseinanderfaltete, das sie im schwachen Schein der Kerze aus Orianas Kommode gezogen hatte. Und in dem Moment geschah es. Ein Zittern lief durch ihren Körper, sie spürte einen leisen Windhauch in ihrem Nacken und eine Sekunde später fuhren warme Finger ihre Wirbelsäule entlang. Sie konnte sich nicht mehr bewegen, und obwohl sie sich überrumpelt fühlen sollte, war da nichts als ein Gefühl der Geborgenheit tief in ihr drin. Und auch wenn sie nicht sehen konnte, wer da hinter ihr stand – sie wusste es. Sie hatte diesen Augenblick schon einmal erlebt.

»Wieso hast du mit dem Bad nicht auf mich gewartet, mein Herz?«, raunte ihr Seelengefährte ihr ins Ohr, bevor seine Lippen ihren Hals entlangstrichen.

Und genauso schnell, wie die Erinnerung gekommen war, verflüchtigte sie sich wieder. Kaaya setzte sich auf den Rand des Badezubers und atmete tief durch. Sie hatte das Gefühl, Ilias' Berührung weiterhin spüren zu können, seine Lippen … Erneut überkam sie diese uralte Sehnsucht.

»Ich verliere den Verstand«, flüsterte sie und fuhr sich durchs nasse Haar. Als sie sich etwas beruhigt hatte, legte sie das Leinentuch zur Seite und griff von Neuem nach dem Kleidungsstück aus Orianas Kommode, das sie hatte fallen lassen.

Nur einen Augenblick später schwang die Tür hinter ihr auf. Reflexartig drehte sie sich um und sah sich Ilias gegenüber, der wie angewurzelt im Türrahmen stehen geblieben war und sie aus großen Augen betrachtete. Innerhalb einer Sekunde glitt sein Blick von ihrem Gesicht hinunter und wieder hoch.

Völlig perplex starrte sie zurück, konnte nicht einordnen, was sich hier gerade abspielte. War das eine weitere Erinnerung? Nein. Nein, das hatte sich anders angefühlt. Er stand tatsächlich hier vor ihr. Und alles, woran sie denken konnte, waren seine Lippen an ihrem Hals …

»Nein, nein, nein!«, sagte sie mehr zu sich selbst und hielt sich den Stofffetzen aus dunkelblauer Seide unbeholfen vor den Körper. »Raus, raus, raus!«

Sein Adamsapfel bewegte sich, als würde er schwer schlucken. »J-ja. Ich gehe«, stieß er aus und trat rücklings aus dem Raum, ohne den Blick von ihr zu lösen. Sie knallte ihm die Tür vor der Nase zu und spürte, wie ihre Wangen rot anliefen.

»Schon mal was von Anklopfen gehört?!«, rief sie durch die Tür.

»Tut mir leid!«, gab er zurück. »Für gewöhnlich muss ich nicht anklopfen.«

»Ach ja«, murmelte sie. »Du bist ja ein Prinz.«

Sie hörte Ilias draußen leise lachen und das Geräusch fuhr ihr mitten ins Herz. Die Gefühle, die während des Erinnerungsfetzens in ihr getobt hatten, kamen mit einer Intensität zurück, die ihr beinahe den Boden unter den Füßen wegriss. Und plötzlich wollte sie nichts weiter, als ihm nah zu sein.

ILIAS

Als sich die Tür zum Waschraum wieder öffnete, hatte sich Ilias' Puls noch immer nicht beruhigt. Er hatte nur ein Bad nehmen wollen und nicht damit gerechnet, Kaaya zu begegnen – schon längst nicht nackt. Allerdings wusste er nicht, ob das, was sie jetzt trug, die Sache besser machte. Wie eine zweite Haut umfloss das nachtblaue Negligé ihren Körper und ließ keinen Raum für Fantasien. Es war kurz und hatte einen tiefen Ausschnitt. Er musste all seine Selbstbeherrschung aufbringen, um seinen Blick wieder auf ihr Gesicht zu richten. Selbst in dem schwachen Schein der Kerzen konnte er erkennen, dass ihre Wangen rosig waren.

»Tut mir leid.« Tat es ihm nicht wirklich.

Sie zuckte mit den Schultern und knabberte nervös an ihrer Unterlippe. »Das war sicher nicht das erste Mal, dass du eine Frau nackt gesehen hast. Ist also halb so wild.«

»Nein, war es nicht.« Und doch war es alles andere als *halb so wild.* »Du hast gebadet«, merkte er an, als Kaaya keine Anstalten machte, etwas zu erwidern.

»Ich dachte, das macht man in einem Waschraum so«, gab sie zurück, und er hörte ein leichtes Zittern in ihrer Stimme.

»Ich hoffe, das Wasser war schön warm«, raunte er, ohne den Blick von ihr zu nehmen. Er schmunzelte, als Erkenntnis in ihr Gesicht trat und sich das Rot in ihren Wangen vertiefte.

»Das war dein Wasser«, schloss sie, und Ilias' Grinsen wurde breiter. »Tut mir –«

»Ich koche mir noch mal welches.«

Kaaya nickte langsam und blickte unsicher an ihm vorbei. »Dann … werde ich mal in mein Zimmer gehen.«

»Gute Nacht«, sagte er.

»Gute Nacht«, gab sie zurück, rührte sich aber nicht.

»Kaaya …«

»Danke«, platzte es aus ihr heraus, als hätte sie das Wort ewig zurückgehalten. Er konnte gar nichts erwidern, da stand sie schon so dicht vor ihm, dass sich ihre Füße berührten. Wie in Zeitlupe griff sie nach seiner Hand. Die Berührung kam unerwartet und ein sanfter Schauer durchfuhr ihn.

»Wofür?«, fragte er leise.

»Du hast mich gerettet. Schon wieder.« Als sie zwischen ihren dichten Wimpern zu ihm hochblickte, erkannte er Tränen in ihren Augen. Unmittelbar dachte er daran zurück, wie sie in ihrer geöffneten Bluse vor ihm gestanden hatte, nachdem sie und Arian … In seiner Brust zog sich etwas schmerzhaft zusammen. Er sollte sie nicht wollen, nicht auf diese Art und Weise.

»Ich hätte das viel eher tun sollen. Mich bedanken. Aber ich wusste nicht, wie. Und nun habe ich dein Wasser –«

»Kaaya«, begann er noch mal, »du solltest ins Bett gehen.«

»Warum?« Ihre Stimme bebte.

»Weil ich nicht weiß, wie lange ich mich noch beherrschen kann.« Sein Blick glitt wieder an ihr hinab und erst jetzt schien sie zu verstehen.

»Vielleicht will ich nicht, dass du dich beherrschst.«

Aus seiner Kehle stieg ein tiefer Laut. »Du weißt nicht, was du da sagst.«

Sie ließ seine Hand los und trat einen Schritt zurück. »Du hast recht. Ich weiß nicht, was in mich gefahren ist. Im Waschraum habe ich … Du warst …«, sie deutete hinter sich zur geöffneten Tür, dann schüttelte sie den Kopf. »Schon gut, tut mir leid. Ich wollte das alles für dich nicht schwieriger machen, als es ohnehin schon ist. Entschuldige.«

Er lachte freudlos auf. Wenn sie doch nur wüsste, *wie* viel schwieriger sie es ihm gerade machte. »Schlaf schön, Kaaya«, wisperte er und schob sich an ihr vorbei in den Waschraum. Das kalte Bad benötigte er jetzt dringend.

Kapitel 7

Kaaya

Nach dem Zusammentreffen mit Ilias war es Kaaya nicht gelungen, zur Ruhe zu kommen, und sie fühlte sich am nächsten Morgen wie gerädert.

»Weil ich nicht weiß, wie lange ich mich noch beherrschen kann.«

Ein Ansturm von Wärme raste durch ihre Adern. Wie er sie betrachtet hatte … Als würde es ihm körperliche Schmerzen bereiten, sich von ihr fernzuhalten. Sie seufzte frustriert. Sie hätte ihm nicht so nah kommen dürfen. Ihr Körper schien wie ferngesteuert gewesen zu sein. Sie hatte ihn plötzlich sehen können. Durch Neahs Augen. Sie hatte ihn berühren müssen. Kaaya schüttelte den Kopf. Diese Seelenverbindung war nicht besonders hilfreich, während sie doch versuchten Arian zu retten. Arian … Es fühlte sich so an, als hätte sie ihn hintergangen. Dabei waren er und sie nur Freunde. Seit drei Jahren. Freunde, die ineinander verliebt waren. Freunde, die sich geküsst hatten und … Kaaya schloss für einen Moment gequält die Augen, dann fiel ihr Blick auf das Negligé, das sie noch immer trug. Entschlossen streifte sie es sich vom Körper und griff nach ihrer Bluse.

Schon während sie die Treppe hinunterging, hörte sie die Stimmen von Luana und Oriana, die sich in der Küche unterhielten. Kaaya dachte an ihre letzte Unterhaltung mit der Elfe und spürte einen Stich in der Magengegend. Sie war Arians *Stiefmutter.* Kaaya atmete tief ein und aus, dann trat sie in den kleinen Raum. »Guten Morgen.« Der Geruch von frisch gebackenem Brot wehte ihr entgegen.

Oriana lächelte zaghaft. »Guten Morgen.«

»Wo ist er?«, fragte Kaaya, ohne das Lächeln zu erwidern.

Oriana wechselte einen Blick mit Luana, dann nickte sie in Richtung Wohnstube. »Komm mit.«

Kaaya ballte die Hände zu Fäusten und folgte ihr zusammen mit Luana. Die angestaute Wut in ihrem Bauch verwandelte sich jedoch langsam in Neugier, als sie den blonden Elfen entdeckte, der auf dem Sofa vor dem Kamin saß und sich erhob, während sie näher kamen. Er war groß und trug eine dunkle Tunika, die seinem kühlen beigefarbenen Hautton schmeichelte. Die Züge in seinem ovalen Gesicht wirkten hart, seine Lippen hatte er zu einer Linie zusammengepresst. Was ihr aber den Atem raubte, waren seine Augen. Sie waren von einem stechenden Grau, das sie überall wiedererkennen würde.

»Deswegen hat Oriana dich uns nie vorgestellt«, flüsterte sie erstickt. Sie hätten es sofort geahnt, sie und Arian. Und er hatte das gewusst. All die Jahre, die sich Oriana nun schon um Arian kümmerte, hatte Ferodan davon gewusst. Dass er einen Sohn hatte. Einen Sohn, der seinen Vater schmerzlich vermisste, ihn brauchte. Ihn anzusehen warf Kaaya drei Jahre zurück in die Vergangenheit. Sie erinnerte sich daran, wie Arian ihr zum ersten Mal erzählt hatte, dass er seinen Vater nicht kannte. Und bei den Göttern, sie wusste, wie sehr er ihn kennenlernen wollte. Jetzt stand er hier vor ihr. Sie traf Arians

Vater noch vor ihm. Während er in einem Verlies hockte. Die Tragik dieser Situation schnürte ihr die Kehle zu und ließ die Wut wieder heiß in ihr hochkochen.

»Danke«, sagte Ferodan und zerstreute ihre Gedanken mit diesem einzigen Wort. Ähnelten sich sogar ihre Stimmen? »Danke, dass du ihn zurückgeholt hast. Arian.« Er sprach den Namen seines Sohnes beinahe vorsichtig aus, was Kaayas steinerner Fassade einen Riss versetzte. »Ich wünschte, ich hätte helfen können.«

Sie konnte ein Schnauben nicht unterdrücken. »Dafür kommt Ihr zwanzig Jahre zu spät.«

Überraschenderweise hielt er ihrem Blick stand und nickte. »Du hast recht. Und ich werde niemals wiedergutmachen können, was ich versäumt habe. Was ich ihm angetan habe. Meiner Seelengefährtin angetan habe. Ich war selbstsüchtig.«

»Das seid Ihr noch immer«, gab sie kalt zurück. »Sonst wärt Ihr jetzt nicht hier. Ihr wollt ihn sehen, ja. Aber habt Ihr schon mal darüber nachgedacht, ob Arian *Euch* sehen will? Unter diesen Umständen?«

Ferodan leckte sich über die Lippen und schluckte schwer.

»Nein, das habt Ihr nicht«, fuhr sie fort, ohne ihm eine Gelegenheit zu lassen, zu antworten. »Selbstsüchtige denken nicht an andere.«

»Ich will nur das Beste für ihn«, erklärte er. »Als Oriana mir erzählte, dass es ihm nicht gut geht, war alles, was ich wollte, ihn sehen. Bei ihm sein in seiner dunkelsten Zeit.«

Sie kannte den Blick, der jetzt in Ferodans Augen trat, nur zu gut. So guckte Arian immer, wenn er von etwas sprach, das ihm wichtig war.

»Gib ihm eine Chance.« Luana trat an ihre Seite und legte ihr eine Hand auf die Schulter.

Kaaya seufzte. »Es ist nicht an mir, darüber zu entscheiden, wann Arian seinen Vater kennenlernt. Aber vielleicht ist es gut, wenn ich dabei bin.«

»Danke«, sagte der Elf erneut.

»Wer hat Hunger?«, rief Oriana, die zwischenzeitlich in die Küche zurückgegangen zu sein schien, und obwohl Kaayas Nerven zum Zerreißen gespannt waren, musste sie zugeben, dass ihr Magen knurrte.

Sie drehte sich zum Essbereich um und sah die rothaarige Elfe einige Teller und Schüsseln auf den Armen balancieren, die sie auf dem massiven Esstisch abstellte. Luana folgte Oriana zurück in die Küche, und gemeinsam brachten sie einige Speisen mit, die verführerisch dufteten. Ferodan im Blick behaltend nahm Kaaya schon mal auf einem der Holzstühle Platz. Er setzte sich ihr gegenüber, und die unangenehme Stille, die entstand, wurde glücklicherweise schnell von Oriana, Luna und Aron durchbrochen, die sich zu ihnen gesellten. Nur Ilias schien in seinem Zimmer bleiben zu wollen.

»Ihr seid Händler?«, fragte Luana an Ferodan gewandt, während sie ihrem Seelengefährten den Brotkorb reichte. Oriana hatte verschiedene Sorten Käse aus Eichenstadt mitgebracht, aber auch Schinken, Leberwurst und Weintrauben aufgetischt.

»Ja, ich verkaufe Pelze und Leder«, antwortete er und nahm einen Schluck von seinem Tee.

»Dann seid Ihr außerdem Jäger?«, wollte sie wissen.

Kaaya hörte nur mit halbem Ohr zu, sah den Elfen jedoch nicken. Sie rührte in ihrem Haferbrei herum, warf noch eine Traube hinein, in der Hoffnung, dass die Süße sie ein wenig aufheiterte. Was nicht der Fall war. »Was hat Myrael dir für Tränke mitgegeben?«, platzte sie heraus.

Die anderen, die gerade über das Zerlegen von erjagtem Wild gesprochen hatten, verstummten.

»Etwas zur Beruhigung«, antwortete Oriana, und Kaaya zog die Augenbrauen hoch.

»Was soll das heißen, *zur Beruhigung*? Er ist doch kein aufbrausendes Kind, dem man bei einem Tobsuchtsanfall einen Beruhigungstrank verabreicht, damit es wieder brav ist.« Sie sagte es, ohne laut zu werden, und klammerte stattdessen ihre Finger fest um den Löffel in ihrer Hand.

»Nein, das«, Kaaya beobachtete, wie Orianas Blick zu ihrem Seelengefährten zuckte, »das ist eine andere Art Trank. Arian muss ihn regelmäßig zu sich nehmen. Die darin enthaltene Enthienblüte wird ihn ruhigstellen, er wird keine Wut mehr empfinden.«

»Enthienblüte?«, wiederholte Luana mit zusammengezogenen Augenbrauen. »Das Konzentrat aus dieser Pflanze wird für seelisch Kranke benutzt. Es schaltet nicht nur Wut aus, sondern alle Gefühle. Wenn Arian das Zeug nimmt, wird er zu einer leblosen Hülle. Da hätten wir seine Seele gar nicht erst zurückholen müssen.«

Obwohl Luana ruhig gesprochen hatte, ließ Kaaya den Löffel in ihrer Hand vor Schreck fallen, sodass er klirrend auf dem Boden landete. Wie benommen schob sie ihren Stuhl zurück, wollte aufstehen, doch ihre Beine gehorchten ihr nicht.

»Ihr wollt Arian unter Drogen setzen?«, ertönte plötzlich Ilias' Stimme. Sie hatte gar nicht bemerkt, wie er runtergekommen war, und nun stand er direkt neben ihr.

»In einem der Bücher stand, dass starke Gefühle einen Schalter im Kopf umlegen können. Ich gebe zu, es ging nicht explizit um Umbren, dafür haben wir hier zu wenig Bücher. Aber wir dachten, so könnten wir verhindern, dass er sich selbst oder andere gefährdet. So lange, bis wir eine richtige Lösung finden«, erklärte Oriana.

»Vielleicht kann ich etwas in Erfahrung bringen, wenn ich mit den Gelehrten im Palast spreche.«

Palast?

Kaaya schaute hoch zu Ilias, der ihren Blick erwiderte. »Was meinst du?« Ihr Herz schlug wie wild, da sie die Antwort bereits erahnte.

»Mir geht es wieder gut. Ich muss ins Nebulum zurückkehren.«

Als wären diese Worte der Auslöser gewesen, den ihre Beine gebraucht hatten, sprang Kaaya endlich vom Stuhl und rauschte aus dem Zimmer.

»Kaaya, warte.« Ilias hatte sie rasch eingeholt und bekam ihren Arm zu fassen. Er wirbelte sie zu sich herum und sah ihr eindringlich in die Augen.

»Es geht um Kian. Er ist immer noch nicht zurück.«

Aron und Luana, die ihnen gefolgt waren, blieben ebenfalls stehen.

Die Elfe hob die Augenbrauen. »Stimmt. Er ist jetzt seit … acht Tagen unterwegs.« Ein Schatten huschte über ihr Gesicht. »Denkst du, ihm ist etwas zugestoßen?«

»Der Weg von hier bis zur Kapelle dauert zweieinhalb Tage«, fuhr Ilias fort, ohne auf ihre Frage einzugehen. »Und die Krypta, in der Neahs Körper liegt, ist keinen Tagesritt von der Kapelle im Nebulum entfernt.«

»Macht hin und zurück höchstens eine Woche, wenn man großzügig rechnet.«

Ilias nickte, dann spähte er zu Kaaya, die bisher noch nichts weiter gesagt hatte.

»Du willst nach ihm sehen«, schloss sie irgendwann.

»Er ist meinetwegen dort. Und er ist meinetwegen allein.«

»Wohl eher meinetwegen«, gab sie zurück. »Ich begleite dich.« Aus dem Augenwinkel konnte sie erkennen, wie Luana die Augen aufriss.

»Nein«, erwiderte Ilias schlicht. »Es ist zu gefährlich. Mein Vater will unseren Tod. Wir kennen sein Geheimnis. Und wenn er unseres kennt, wird er dich nicht lebend gehen lassen, unter keinen Umständen.« Er ballte die Hände zu Fäusten. »Jetzt, wo Arian eingesperrt ist, bist du hier sicherer.«

Sie wusste nicht, was sie daraufhin antworten sollte. Ja, er hatte recht. Pertheas würde sie töten, falls er sie in die Finger bekäme. Aber hierzubleiben und auf Ilias zu warten, würde sie nicht aushalten. Nicht zu wissen, wie es ihm ging, würde sie verrückt machen. Und sollte ihm etwas zustoßen … Es wäre ihre Schuld.

»Denk nicht einmal daran«, sagte er leise.

»Woran?«, fragte Luana, die zwischen den beiden hin- und herblickte.

»Sie gibt sich selbst die Schuld an der Situation.«

Kaaya blähte die Nasenflügel auf. »Es ist ja wohl mein Körper, den ihr zurückholen wollt. Weil ich in dieser Form hier«, sie zeigte an sich runter, »nutzlos bin. Weil *ich* nutzlos bin.«

»Sag das nie wieder.« Ilias' Stimme klang fest und sie erschauerte unter seinem durchdringenden Blick. »Ohne deinen Körper, dein schlagendes Herz, deine Liebe und deinen Kampfgeist wäre Arian vielleicht niemals aufgewacht.«

Es berührte sie tief in ihrem Innersten, dass diese Worte von ihm kamen. Von *ihm.* Ihre Augen füllten sich mit Tränen, dann schob sie sich an ihm vorbei und rannte die Treppe hoch in ihr Zimmer. Zu viel. Alles zu viel.

Mit einem lauten Schluchzer warf sie sich auf das Bett, zog

die Knie an ihren Körper und weinte und weinte und weinte. Das Atmen fiel ihr immer schwerer. Zu viel. Zu viel. Zu viel.

Irgendwann hörte sie, wie die Tür geöffnet wurde, doch sie hatte keine Kraft mehr aufzustehen. Wortlos setzte Luana sich neben sie und strich ihr über den bebenden Rücken. Sie wusste nicht, wie viel Zeit verging, bis sie sich beruhigte. Aus tränennassen Augen blickte sie zu Luana, die etwas in der Hand hielt.

»Was ist das?«

»Ilias wollte, dass ich sie dir gebe.« Die Elfe reichte ihr eine Holzschatulle.

Sie wusste genau, was es war. Als sie den Deckel öffnete, drang eine leise Melodie an ihr Ohr. Es dauerte nur eine Sekunde, da fuhr ihr eine plötzliche Angst in die Knochen. Sie sah zu Luana, die die Frage in ihren weit aufgerissenen Augen lesen konnte.

»Er ist gegangen, Kaaya.«

Kapitel 8

Kaaya

»Es war das einzig Richtige«, beharrte Luana, nachdem Kaaya noch immer kein Wort gesagt hatte. »Machst du dir denn keine Sorgen um Kian?«

Sie konnte es der Elfe ansehen, dass sie sich in der Tat Gedanken machte, aber Kaaya musste sich eingestehen, dass sie selbst in den letzten Tagen kaum an Kian gedacht hatte. Ihre Sorge um Arian war dabei, sie bei lebendigem Leibe aufzufressen, und nun musste sie zusätzlich Angst um Ilias haben, der ihr inzwischen mehr bedeutete, als sie gedacht hätte, und im Nebulum vielleicht seinem Vater über den Weg laufen würde. Und dann waren da die Risse zwischen den beiden Welten, die Luana unbedingt schließen lassen wollte, ihr toter Elfenkörper, Pertheas' Armee …

»Mein Kopf ist drauf und dran zu explodieren, Lu«, murmelte sie. »Ich weiß nicht, wie lange ich das noch mitmachen kann.« Als wollte ihr Herz bestätigen, dass es von Schlag zu Schlag schwächer wurde, fühlte sie einen unglaublichen Druck in der Brust. »Wann willst du mit dem Hohen Rat sprechen?«

Ihre Freundin sah sie aus traurigen Augen an. »Du weißt, dass es meine Aufgabe ist, die Bewohner Eserias vor jeglichen

Gefahren zu schützen. Das haben wir den Menschen versprochen. Es gibt einen Pakt.« Kaaya nickte. Natürlich wusste sie das. »Wenn meine Großmutter herausfindet, wie lange ich schon davon weiß … Und Kaaya, was meine Großmutter betrifft. Da gibt es etwas, das du wissen solltest.«

Ein Klopfen an der Tür ließ sie beide hochschrecken. »Entschuldigt, dass ich störe«, sagte Oriana, die jetzt ihren Kopf durch den Türspalt steckte und Kaaya ansah. »Aber Ferodan würde Arian heute gerne sehen. Meinst du, ihr könntet ihn gleich besuchen?« Sie wirkte zerknirscht.

Kaaya seufzte leise. »Ich komme gleich runter.«

»Danke.« Oriana schloss die Tür hinter sich und Kaaya wandte sich wieder Luana zu.

»Also, was wolltest du sagen?«

Doch die Blonde schüttelte nur den Kopf. »Das hat Zeit. Du hast gerade genügend andere Sorgen.«

Sie hätte ihrer Freundin gerne widersprochen, aber sie hatte ja recht. »Ist es in Ordnung, wenn Ferodan und ich allein gehen?«, fragte sie.

»Ja, natürlich. Das ist eine Sache zwischen Arian und seinem Vater, und außer dir hat dort niemand sonst etwas zu suchen.« Luana lächelte sie warm an, und Kaaya nickte ihr dankbar zu, bevor sie sich erhob und aus dem Zimmer ging.

Ferodan wartete vor der Haustür auf sie, und als sie in ihrem leichten Mantel zu ihm trat, musste sie sich zusammenreißen, um nicht unter der Anspannung, die das bevorstehende Aufeinandertreffen von Vater und Sohn in ihr auslöste, zusammenzubrechen. Den Göttern sei Dank lenkten Veera und Windur, die zwei Lupeera, sie etwas ab, als sie auf sie zustürmten und sie begrüßten.

Voller Tatendrang, so kam es Kaaya zumindest vor, brachten die beiden Wesen sie und Ferodan schließlich zum Höhleneingang östlich von Argonsfeld. Der Ritt dauerte eine halbe Stunde, die sie schweigend verbrachten. Kaaya sah zwischendurch zu Ferodan rüber, doch der fixierte angespannt den Weg vor ihnen. Erst als sie von den Lupeera stiegen und die Höhle betraten, in der sich Arians Verlies befand, schien der Elf sich wieder mehr auf sie zu konzentrieren.

Trotz helllichtem Tag war die Höhle dunkel und wurde immer dunkler, je weiter sie in das Herz vordrangen. Dank der Laterne, die ihnen den Weg ausleuchtete, erkannte Kaaya die anderen Kerker hier unten, aber sie waren leer. All das gehörte in eine andere Zeit.

Ein plötzliches Geräusch riss sie aus ihren Gedanken. Sie tauschte einen nervösen Blick mit Ferodan, bevor sie weitergingen. Als das Geräusch ein weiteres Mal ertönte, diesmal näher, zu nah, schrie Kaaya erschrocken auf. Etwas Schwarzes glitt in ihr Sichtfeld, und sie taumelte mehrere Schritte nach hinten, um dann aus dem Gleichgewicht zu geraten. Ferodan kriegte gerade noch ihren Arm zu fassen, bevor sie fiel.

»Danke«, sagte sie atemlos. Für einen Moment hatte sie vergessen, wie sehr sie ihn verachtete. »Was war das?«

Selbst im schwachen Schein der Laterne konnte sie erkennen, dass der Elf Mühe hatte, ein Lachen zu unterdrücken. »Eine Fledermaus.«

Kaaya hasste es, dass sie ebenfalls lachen musste. Da hatte sie gegen Umbren und Pertheas höchstpersönlich gekämpft, nur um jetzt von einer Fledermaus niedergestreckt zu werden.

»Ich bin ein wenig nervös«, gestand Ferodan irgendwann, als sie ihren Weg wieder aufgenommen hatten.

»Arian ist wundervoll«, gab sie schlicht zurück. »Seine Mutter hat ihn gut erzogen.« Als er den Blick resigniert von ihr abwandte, tat er ihr leid. »Er hat es gut weggesteckt. Ohne Vater aufzuwachsen, meine ich.«

»Danke«, gab Ferodan zurück und lächelte gequält. »Auch dafür, dass du für ihn da bist.«

Sie nickte und blieb kurz darauf stehen. »Dort hinten ist es.«

»Willst du vorgehen? Oder soll ich? Oder gehen wir zusammen?«

Kaaya schmunzelte, als sie bemerkte, wie nervös er tatsächlich war. »Wir gehen zusammen.«

Er lächelte dankbar und folgte ihr.

»Arian?«, fragte sie in die Stille. Sie hob die Laterne hoch und sah ihn in der Ecke seines Käfigs kauern. »Ich bin es. Und ich habe jemanden mitgebracht.«

ARIAN

Kaaya. Sie war zurückgekommen. Hoffnung keimte in Arian auf. In den letzten Tagen hatte er sich immer wieder vorgestellt, was er zu ihr sagen würde, wenn sie ihn besuchte, doch nie waren ihm die richtigen Worte eingefallen. Diese dunkle Höhle hatte ihn verrückt gemacht. Nicht zu wissen, ob es da draußen Tag war oder Nacht, war Folter gewesen. Und dann war er die ganze Zeit allein gewesen. Allein mit den Stimmen in seinem Kopf, die anscheinend erwacht waren, um ihn vor der Einsamkeit zu beschützen. Ständig riefen sie ihm zu, er solle ausbrechen. Doch jetzt musste er nicht auf sie hören, denn Kaaya war endlich hier.

Er bemerkte, wie sie näher an ihn herantrat, und blickte zu ihr auf. Nur um im gleichen Moment festzustellen, dass sie nicht allein gekommen war. Langsam richtete er sich auf und musterte den Mann, den Elfen, argwöhnisch. Das Erste, was ihm auffiel, war dessen Augenfarbe. Die Iriden funkelten in einem silbrigen Grau, so hell, dass man sie vermutlich auch ohne die Laterne sehen würde.

»Das ist Ferodan«, erklärte Kaaya.

»Orianas Seelengefährte«, schloss Arian und schluckte den Kloß in seinem Hals hinunter. Irgendwie bereitete ihm das alles ein merkwürdiges Gefühl. Er ahnte, dass das nicht alles war.

»Ja. Oriana hat ihn uns nie vorgestellt, weil sie erst mal in Ruhe mit dir über alles reden wollte.«

»Reden?«, fragte er. »Worüber?«

»Sie ... Oriana ist nicht die Schwester deines leiblichen Vaters.«

Wovon zur Hölle spricht sie da? Was hatte das mit seinem Vater zu tun? Er beobachtete, wie sie einen Blick mit dem Elfen wechselte, der jetzt noch einen Schritt näher trat.

»Arian, ich bin dein Vater. Und ich würde dich gerne kennenlernen.«

Der Mann hätte gerade auch Elfisch sprechen können, so fremd waren Arian die Worte, die aus seinem Mund gekommen waren.

»Ich ... ich verstehe ... nicht«, stammelte er und brachte ein wenig mehr Abstand zwischen sich und Orianas Seelengefährten. *Oriana.* Konnte es sein? Hatte sie ihn belogen? All die Jahre? »Was soll das heißen, mein ... mein Vater?« Während die beiden anderen verstummt waren, schrien die Stimmen in seinem Kopf. Sie schrien sich gegenseitig an. Da stand er, sein

Vater. Der Mann, dessen Liebe und Aufmerksamkeit er sich sein Leben lang gewünscht hatte. Der Mann, der ihn zurückgelassen hatte. Der Mann, der ihn, ein Kind, bei Seoras hatte aufwachsen lassen. »Obwohl er all die Zeit wusste, wer ich bin«, murmelte Arian vor sich hin. »Du hast es doch gewusst, oder?«, rief er Ferodan entgegen.

Bitte sag Nein. Bitte sag Nein. Bitte sag –

»Ja. Ich habe es gewusst. Seit dem Tag, an dem Oriana dich mit meiner Kette um den Hals über den Marktplatz hat laufen sehen.«

Sein Herz zerbrach in tausend Teile. »Du wusstest, wer ich bin. Du wusstest, wo ich war.«

»Ich denke, wir sollten gehen«, hörte er Kaaya Ferodan zuflüstern und wusste in jenem Moment, dass er die Scherben nie wieder würde aufsammeln können.

»Ja, natürlich«, krächzte er. »Geht ruhig! Lasst mich hier allein. Das ist es doch, was ihr alle am besten könnt!« Seine Stimme wurde immer dünner, bis sie brach. Er spürte etwas heiß seine Wangen hinunterlaufen und wischte sich mit dem Handrücken darüber. »Wer bin ich schon? Mein Vater wollte mich nicht, mein Stiefvater hatte vor, mich zu töten, meine Mutter und mein Bruder haben mich gehen lassen, ohne auch nur einen Tag nach mir zu suchen! Und die, die ich liebe«, sagte er und blickte zu Kaaya, deren Gesicht vor seinen Augen verschwamm, »sie liebt einen anderen.« Er schnaubte. »Es kommt euch allen gerade recht, dass ich den Verstand verliere, nicht wahr? So habt ihr eine Ausrede, mich einfach abzuschieben, ohne euch dabei schlecht fühlen zu müssen.«

Erst blieben die beiden weiterhin stumm, dann, ganz langsam, trat Kaaya noch näher an die Gitterstäbe, die sie voneinander trennten.

»Willst du, dass das alles aufhört?«, flüsterte sie, während eine Träne über ihre Wange rollte.

Arian sah sie nur ausdruckslos an, war viel zu aufgewühlt, um einen klaren Gedanken zu fassen. Sie griff in ihren Beutel und holte ein Fläschchen hervor, in dem eine grünlich blaue Flüssigkeit hin- und herschwappte.

»Das sorgt dafür, dass du deine Wut nicht mehr so sehr spürst. Und deine Traurigkeit.«

»Und was soll ich sonst spüren, Kaaya?«, fragte er. »Soll ich hier unten sitzen und vor mich hin vegetieren?«

»Wir könnten dich wieder rausholen. Du hast dich besser im Griff, als du denkst. Und wenn du das trinkst«, sie hielt das Fläschchen hoch, »dann sinkt die Wahrscheinlichkeit, dass dein Schalter umgelegt wird.«

»Ihr habt euch das anscheinend ganz schön gut überlegt«, entgegnete er. Sie wollte sich gerade resigniert wegdrehen, da griff er zwischen zwei Metallstäben nach ihrem Handgelenk. Ihr Körper versteifte sich augenblicklich und Ferodan hinter ihr zuckte zusammen. »Du kannst es hierlassen. Ich werde es ausprobieren.«

KAAYA

»Ich hatte ein gutes Gefühl«, berichtete Kaaya, als sie sich zu Aron und Luana vor den Kamin setzte. Inzwischen war der Nachmittag angebrochen und die zwei hatten es sich mit einer Decke und Tee auf Orianas Sofa gemütlich gemacht, Luanas Nase steckte tief in einem Buch. »Obwohl er wütend war und traurig, hatte er sich unter Kontrolle. Die schwarzen Schlieren kamen nicht zurück. Er war er selbst.« *Wenn auch ein zerbrochenes Abbild des Jungen, der er einst gewesen ist,* fügte sie in Gedanken hinzu. Geistesabwesend beobachtete sie das Feuer und bemerkte aus dem Augenwinkel, dass Luana sich aufrichtete und das Buch auf einem der kleinen Tische ablegte.

»Ist Ferodan noch bei ihm?«

Kaaya nickte. »Arian hat sich bereit erklärt, von dem Enthientrank zu probieren. Ferodan wollte bei ihm sein, falls er einen der Inhaltsstoffe nicht verträgt. Ich dachte, so könnten sie sich vielleicht näherkommen.«

»Ich könnte etwas Hilfe gebrauchen«, ertönte Orianas Stimme aus der Küche.

»Ich komme«, antwortete Aron und stand bereits auf. Erst als er aus dem Zimmer war, rückte Luana ein Stück vor und schaute Kaaya eindringlich an.

»Kommst du inzwischen besser damit zurecht, dass Ilias weg ist?«

Im ersten Moment wusste Kaaya nicht, was sie sagen sollte. Sie starrte ihre Freundin ertappt an, dann sammelte sie sich. »Ich hatte bisher keine Gelegenheit, darüber nachzudenken.«

»Und was fühlst du?«

Die Frage traf sie noch unerwarteter als die vorherige. »Wie meinst du das?«

»Kaaya, ich bin nicht blöd«, gab die Elfe zurück, und ihr Blick wurde weicher. »Ich bemerke doch, wie ihr euch anseht. Und vielleicht«, fügte sie kleinlaut hinzu, »habe ich euch gestern Abend vor dem Waschraum sprechen gehört.«

Kaaya senkte beschämt den Blick. Der ausgeprägte Hörsinn der Elfen brachte sie nun schon ein zweites Mal in Verlegenheit. »Was denkst du darüber?«, fragte sie leise.

»Wenn ich mir Ilias so ansehe, kann ich verstehen, dass du ihn attraktiv findest.« Luana zuckte mit den Achseln.

»Lu!«, rief sie. »Das ist es nicht! Es ist vielmehr … Er ist …«

»Attraktiv«, wiederholte Luana und erntete einen Stupser von Kaaya, woraufhin sie beide lachen mussten. »Aber jetzt mal im Ernst, Kaaya. Ich weiß, wie sich ein Seelenbund anfühlt. Und ich weiß, dass man dem nicht widerstehen kann. Nicht widerstehen *will.* Es wäre wider die Natur, dich von ihm fernzuhalten.«

Kaaya dachte einen Moment über die Worte nach, dann fiel ihr etwas anderes ein. »Was wolltest du mir heute Vormittag eigentlich erzählen? Bevor ich mit Ferodan aufgebrochen bin. Es ging um deine Großmutter, wenn ich mich recht entsinne.«

»Jaaa«, sagte Luana, wobei sie das Wort in die Länge zog. »Ich fürchte, ich habe etwas Dämliches angestellt.« Sie biss sich auf die Unterlippe. »Als ich vor einigen Wochen auf Erloven war, um zur Großen Bibliothek zu gelangen, da …«

»Was, Luana? Sag es mir.« Ihre Großmutter hatte Luana vor vier Jahren der schwebenden Stadt verwiesen, als sie sich dazu entschieden hatte, mit einem Menschen zusammen zu sein. Und in der Folge hatte sich ihre Freundin heimlich nach Erloven schleichen müssen.

»Man hat mich erwischt. Meine Großmutter … Ich habe euch erzählt, ich wäre ihr nicht begegnet, aber … Sie hat mir das Versprechen abgenommen, dass ich zu meiner Familie zurückkehren würde, wenn wir unsere *Mission* erfüllt haben.«

Kaaya sah sie fragend an, doch Luana blieb stumm. »Was soll das heißen?«, hakte sie daher nach.

»Das soll heißen«, die Elfe atmete tief ein, dann aus, »dass ich alles aufgeben und zurück nach Erloven soll.«

Kaaya spürte, wie ihr die Farbe aus dem Gesicht wich. »Alles? Auch –«

»Ja, auch Aron. Sie hat mir einen Gefährten ausgesucht. Meine Großmutter. Einen, der zu uns passt. Zu *ihrer Familie.*«

»Aber Luana … Seit deinem letzten Besuch auf Erloven hat sich so viel verändert. Du bist stärker und eure Liebe ist stärker. Ihr seid einen *Seelenbund* eingegangen.« Das musste Lady Elora doch etwas bedeuten, oder nicht?

»Er ist und bleibt dennoch ein Mensch, Kaaya.« Ihre Stimme zitterte. »Sie erachtet ihn als unwürdig.«

»Aber eure Seelen sind miteinander verschmolzen! Was will die Hohe Lady denn tun? Euch auseinanderreißen? Du kannst dich nicht mit einem anderen verbinden, das ist nicht möglich.«

»Zumindest nicht, solange Aron noch lebt«, flüsterte Luana.

Kaayas Augen wurden groß. »Sobald er stirbt, wirst du …«

»Wir wissen es nicht. Wir wissen nicht, was passiert, wenn Aron eines Tages an Altersschwäche stirbt. So etwas gab es bisher nicht. Noch nie haben sich die Seele einer Elfe und die eines Menschen miteinander verbunden.«

Kaaya wusste nicht, was sie daraufhin sagen sollte, und Schweigen breitete sich zwischen ihnen aus. »Und wenn du nicht gehst?«, schlug sie irgendwann vor.

Luana spähte zur Küche rüber. »Sie wird mich finden und meine Schuld einfordern. Ich habe gegen das Gesetz verstoßen und bin trotz Verbannung zurückgekehrt. Und außerdem bin ich in die Große Bibliothek eingebrochen, nachdem ich zwei Wächter angegriffen habe. Ich muss zurück. Sie darf hier nicht auftauchen und vielleicht Aron etwas antun, verstehst du?« Ja, sie verstand sehr gut. »Aber es ist trotzdem wichtig, dass sie so schnell wie möglich von den Rissen erfahren. Wir wissen nicht, was Pertheas plant und –«

Ein lautes Scheppern unterbrach sie. Für einen Moment sahen sie sich erschrocken an und sprangen dann gleichzeitig auf, um in die Küche zu eilen, aus der das Geräusch gekommen war.

»Sie ist einfach umgekippt«, rief Aron, der sich über die bewusstlose Oriana beugte. Überall lagen Scherben und zerbrochenes Geschirr.

Luana war mit einem Schritt bei ihnen und kniete sich ebenfalls neben Orianas leblosen Körper. »Ich muss sie stabilisieren.«

»Was hat sie denn?«, fragte Kaaya alarmiert. Oriana war eine Elfe, sie konnte nicht einfach krank werden … »Wir könnten sie aufs Sofa legen.«

»Keine Zeit«, presste Luana hervor.

Aron sah umher. »Ferodan ist noch nicht zurück, oder?«

»O Götter«, wisperte Kaaya, und auch Luana schien es begriffen zu haben.

»Wir müssen ins Verlies. Sofort.«

»Du bleibst hier«, sagte sie zu Luana, während sie sich ihren Umhang schnappte. »Du musst versuchen, sie bei Kräften zu halten.«

»Ohne mich könnt ihr nichts gegen ihn ausrichten!« Luanas Stimme war schrill.

»Was ist hier los?« Trotz seiner sichtlichen Verwirrung tat Aron es Kaaya gleich und griff sich seinen Umhang.

»Es ist vermutlich der Seelenbund. Wenn Ferodan verletzt wurde oder …« Sie wollte lieber nicht darüber nachdenken, wie der Satz enden könnte, stattdessen öffnete sie die Tür und trat, dicht gefolgt von Aron, in die Kälte.

Kapitel 9

Arian

Blut. Überall war Blut. Arian schloss die Finger so fest um die Gitterstäbe, dass es wehtat. Der Schmerz holte ihn in die Realität zurück. Aber er wollte nicht hier sein. Er wollte das alles nicht sehen. Er wollte vergessen. Der Elf – Ferodan – war so nah an ihn herangetreten. Sein Vater. *Sein Vater.* Er hatte ja versucht ruhig zu bleiben. Doch er hatte es nicht länger unter Kontrolle gehabt. Die Wut. Den Hass. Die spitzen Zähne, die sich durch sein Zahnfleisch bohrten. Als Kaaya gegangen war, waren sie durchgebrochen. Ferodan hatte ihm irgendetwas erzählt, doch seine Worte waren von einem lauteren Geräusch überdeckt worden. Arians Blick war zu seiner Halsschlagader geglitten, die so stark pulsiert hatte, dass er nicht mehr hatte wegsehen oder weghören können. Schließlich hatte Ferodan sogar seine Finger zwischen die Gitterstäbe gesteckt, um nach seiner Hand zu greifen. Da hatte sich bei Arian der Schalter umgelegt.

Er hatte Ferodans Hand gepackt und ihn mit einem Ruck so fest an das Gitter gezogen, dass es laut gerasselt hatte. Als er den erschrockenen Blick in den grauen Augen des Elfen bemerkt hatte, hatte er versucht, sich zu bremsen. Das Monster in ihm aufzuhalten. Aber er hatte sich nicht wehren können. Erst recht nicht, als er beobachtet hatte, wie Blut aus einer Platzwunde an Ferodans Stirn geflossen war. Als er darüber nachgedacht hatte, dass seine Mutter gestorben war, nur weil dieser Feigling sie geschwängert hatte. Dass er selbst nur geboren worden war, weil dieser verdammte Mistkerl sich nicht hatte zügeln können.

Nein, er hatte sich nicht gegen das Monster wehren können. Und als er den blonden Mann jetzt auf dem Boden zu seinen Füßen liegend betrachtete, spürte Arian, wie etwas tief in ihm drin zerbrochen war, in jenem Moment, in dem er seinem Vater die Halsschlagader mit den Zähnen herausgerissen hatte.

»Ferodan! Nein!« Kaaya tauchte wie aus dem Nichts auf und stürmte auf den Elfen zu, um sich vor ihm auf die Knie fallen zu lassen. Sie beachtete Arian noch nicht einmal. Konnte sein Herz weiter zerbrechen? Er wusste es nicht.

»Arian, was ist passiert?« Sein Bruder war auch hier und sah aufgebracht aus. »Arian!«, brüllte er, und seine Augen sprangen ihm dabei fast aus dem Kopf.

»Bleibt weg von mir.« Er erkannte seine eigene Stimme kaum wieder. Sie klang so schwach. So gebrochen. »Ich wollte das nicht. Ich wollte nicht, dass das passiert. Nichts von dem.«

Als Aron merkte, dass er ihm nicht auf seine Frage antworten würde, kniete er sich ebenfalls zu Ferodan, dessen Augenlider ein letztes Mal flatterten, bevor sie zufielen.

Luana kam ihnen bereits entgegen, bevor sie von den Lupeera gestiegen waren. Sie schlug sich die Hand vor den Mund, als sie Ferodans leblosen Körper entdeckte.

»Ich habe es geahnt«, hauchte sie. Kaaya wusste, dass sie gegen die aufsteigenden Tränen ankämpfte. Sie kannte sie inzwischen gut genug. »Oriana ist noch immer bewusstlos, und ich weiß nicht, ob sie überhaupt zurückkommt, ehe …« Sie sprach nicht zu Ende, aber ihnen allen war klar, was passieren würde. Oriana und Ferodan waren den Seelenbund eingegangen. Ihre Seelen waren miteinander verschmolzen. Wenn Ferodan seinen Wunden erliegen würde, dann blieben Oriana vielleicht noch wenige Stunden.

»Kannst du ihn retten?«, fragte Kaaya, während sie den Elfen zu dritt von Windur hoben und in die Hütte trugen.

»Ich muss«, gab die Elfe zurück und konzentrierte sich ganz auf ihren Patienten. Sobald sie ihn auf das Sofa vor dem Kamin gelegt hatten, riss Luana ihm das Hemd vom Körper. Ihr Blick fuhr seinen nackten Oberkörper routiniert ab. Vermutlich wollte sie sichergehen, dass er keine weiteren Verletzungen davongetragen hatte. Inzwischen war der Blutstrom an seinem Hals versiegt, und Kaaya ahnte, dass das nichts Gutes verhieß.

»Sein Körper fährt sich runter«, erklärte Luana. Ihre Stimme hatte sich beruhigt, auch ihre Hände zitterten nicht mehr.

Sie muss funktionieren, dachte Kaaya noch, bevor ihre Freundin sich die Ärmel hochkrempelte.

»Ich nenne euch jetzt ein paar Kräuter und ihr holt sie mir aus Orianas Vorratsschrank im Schuppen, ja?«

Kaaya versuchte sich die Begriffe, mit denen Luana um sich warf, gut zu merken, ehe sie und Aron in den Schuppen eilten.

»Ich schaue in dem Schrank nach, überprüf du die Fläschchen auf dem Tisch«, rief sie Aron zu, der nickte. Er sah blass aus und hatte Schweißperlen auf der Stirn. Trotzdem wirkte er relativ ruhig, was ihr dabei half, nicht durchzudrehen. Sie riss sich von seinem Anblick los und wandte sich dann dem Schrank zu.

»Enzianwurzel, Brennnessel, Ampfer«, murmelte sie vor sich hin, als sie die kleinen Flaschen mit zitternden Fingern so drehte, dass sie die Beschriftungen lesen konnte. »Wir wollen keinen verdammten Tee kochen.«

»Sie hat Feuerdorn gesagt, oder?«, fragte Aron hinter ihr. Er hielt ein Fläschchen in die Höhe, in dem sich nadelartige rote Kräuter befanden.

»Ich glaube schon, ja«, antwortete Kaaya und blickte wieder zurück in den offenen Schrank. »Schwarzer Sansam«, stieß sie aus und griff nach der halb leeren Phiole. »Und Leutherien!«

Sie hörte Aron erleichtert aufatmen, dann liefen sie zurück zu Luana, die bereits angefangen hatte, Ferodans Wunde mit ihrer Blutmagie zu versorgen. Es klaffte kein Loch mehr in seinem Hals, dennoch sah seine Gesichtsfarbe ungesund aus. Kaayas Herz schlug fest gegen ihre Rippen, als sie die Fläschchen auf dem Tisch neben ihrer Freundin abstellte.

»Wozu brauchst du die Kräuter?«

»Um seinen Körper zu konservieren, bevor er stirbt«, presste Luana hervor, und Kaaya atmete scharf ein. »Nur für den Notfall.«

Doch der Notfall trat zum Glück erst mal nicht ein. Luana schaffte es, Ferodan so weit zu heilen, dass sein Körper noch nicht ganz aufgab.

Aber obwohl sie alles versuchte, konnte sie nicht verhindern, dass er ins Koma fiel. Völlig erschöpft ließ Luana sich neben dem Sofa zu Boden sinken. Kaaya und Aron hatten die ganze Zeit über unruhig am Tisch gesessen und beobachtet, wie sehr sie an ihre Grenzen gegangen war.

»Das ist eine Schutzreaktion seines Körpers«, erklärte sie irgendwann. »Vermutlich hat er so viel Blut verloren, dass seine Organe versagt haben und sein Hirn dabei geschädigt wurde.«

»Aber das ist doch gut, oder?«, merkte Kaaya an, ehe sie hastig hinzufügte: »Also, dass er noch kämpft.«

»Ich bin keine Heilerin«, sagte die Elfe schulterzuckend. »Ich bin nicht mal eine richtige Blutmagierin. Wenn Kian hier wäre …« Sie sprach nicht weiter und Kaayas Gedanken drifteten für einen Moment ab ins Nebulum. Sie hoffte, dass Kian nichts zugestoßen war. Und Ilias … Er würde sein Zuhause vermutlich übermorgen erreichen, falls er sich beeilte.

»Ich weiß, ihr wollt das nicht hören, doch«, begann Luana, »wir müssen es dem Hohen Rat melden. Das hier«, sie deutete auf Ferodan und zur Tür, hinter der Oriana lag, »hat sich schon lange unserer Kontrolle entzogen. Wir dürfen das nicht verschweigen.«

»Luana, Ilias ist gerade auf dem Weg ins Nebulum!« Kaaya konnte nicht verhindern, dass ihre Stimme zitterte. »Er wird frühestens in einer Woche zurück sein können! Wenn wir jetzt den Rat einschalten –«

»Sind wir auf der sicheren Seite!«

»Ja, *wir.*« Kaaya funkelte sie an. »Aber *er* nicht. Und Kian.«

Luanas Miene verdüsterte sich. »Was sollen wir denn deiner Meinung nach sonst tun?«

»Wir warten noch diese eine Woche. Alles andere würde sich anfühlen, als würden wir sie verraten. Ilias und Kian.«

Sie konnte sehen, wie Luana und Aron einen Blick tauschten, Letzterer nickte und Luanas Gesichtsausdruck weicher wurde. »Gut«, sagte sie. »Eine Woche.«

Eine Woche. Dann wäre Ilias wieder zurück. Er musste.

Kaaya hatte sich geirrt. Ilias war nicht zurückgekehrt. Ihr Blick glitt über die grünen Hügel von Argonsfeld, auf die sie von Orianas Garten aus eine gute Sicht hatte. Dann holte sie aus und wirbelte Stahlschwinge durch die Luft. Eine Woche war er jetzt weg. Sieben Tage. Auch von Kian fehlte nach wie vor jede Spur. Sie drehte sich, als sie das nächste Mal Schwung nahm, und schnitt in die Luft. In den letzten Tagen hatte sie ihre Übungen vernachlässigt und merkte es deutlich. Aber es hatte ihr an Konzentration gefehlt, und ein Schwert zu schwingen war nicht unbedingt ungefährlich. Stattdessen hatte sie viel geschlafen oder immer mal wieder Bücher gewälzt, in der Hoffnung, Lösungen zu finden. Für Arian, um den sich in den letzten Tagen Aron gekümmert hatte. Und für Neah.

Sie ließ Stahlschwinge in ihrer Hand kreisen. Sollten sie nicht herausfinden, wie man sie retten konnte, blieb ihnen nur eine einzige Option … Solange Oriana nicht bei Bewusstsein war, standen ihre Chancen für andere Lösungen ohnehin schlecht, darüber hatte sie sich vorhin erst mit Luana unterhalten. Sie hatten überlegt, ob es möglich wäre, eine andere Seele in Neahs Körper zu pflanzen. Aber allein der Gedanke daran fühlte sich inzwischen seltsam an. Falsch.

Kaaya dachte an das Baby, das Neah dank Animarium in ihrem Körper konserviert hatte, einer Flüssigkeit, die Seelenmagier erzeugten, um Seelen darin zu bewahren. Seitdem sie wusste, dass das Baby weiterleben könnte, ahnte sie immer mehr, worauf diese Reise hinauslaufen würde.

Sie wirbelte ein weiteres Mal herum und holte rasch mit dem Schwert aus. Ihr Atem ging nur noch stoßweise, während ihre Gedanken erneut zu Ilias abdrifteten. Wenn er nicht bald zurückkam ... Er würde auf ewig im Nebulum eingesperrt werden. Konnte sie das riskieren? Wollte sie? Allein der Gedanke daran, dass sie ihn dann niemals wiedersehen würde, schnürte ihr die Kehle zu. Was würde er tun, wenn er herausfand, dass die Risse nicht mehr existierten? Wenn er mit Neahs Körper in den Armen in der Kapelle stand und nicht durch den Riss kam, den ihre Seele erschaffen hatte? An dem Ort, an dem sein Leben schon einmal zerstört worden war. An dem er sie schon einmal verloren hatte.

Kaaya hielt inne, als sie einen schmerzhaften Stich in den Lungen fühlte. Sie versuchte kontrollierter zu atmen, durch die Nase ein und durch den Mund wieder aus. Der Schmerz wollte nicht vergehen, im Gegenteil. Er zog sich weiter hoch in die Brust in Richtung ihres linken Arms. Sie verzog das Gesicht und massierte sich die Schulter, als eine neue Schmerzwelle sie überrollte. Stahlschwinge fiel ihr aus der Hand.

»Kaaya?!« Die Tür der Hütte schwang auf und Luana trat zu ihr in den Garten. »Was ist los? Was hast du?«

Die Elfe musste gehört haben, wie die schwere Klinge zu Boden gefallen war, und sich Sorgen gemacht haben. Bevor die Tür hinter ihr ins Schloss gefallen war, war Luana bereits an ihre Seite geeilt und wirkte Blutmagie.

»Wahrscheinlich habe ich mich falsch bewegt«, gab Kaaya zwischen zusammengebissenen Zähnen zu verstehen.

Sie wartete darauf, dass Luanas Magie ihr Erleichterung

verschaffte, aber der Schmerz blieb. Und plötzlich fiel es ihr wie Schuppen von den Augen.

»Ilias! Ihm ist irgendetwas zugestoßen!« Sie bückte sich, um nach Stahlschwinge zu greifen, als sie erneut einen Schmerzenslaut ausstieß.

»Was hast du vor?«, fragte Luana, ihre Stimme überschlug sich beinahe.

Kaaya richtete sich wieder auf und lief an ihr vorbei. »Ich werde bestimmt nicht hier sitzen und nichts tun, während er leidet.« Sie wusste nicht, was Ilias gerade durchmachte, aber sie würde ihn damit nicht allein lassen. Allein im Nebulum bei Pertheas. Ob er es war, der Ilias gerade quälte?

»Warte!« Ihre Freundin folgte ihr zurück in die Hütte.

Kaaya steuerte auf die Treppe zu, um zu ihrem Zimmer zu gelangen. Sie würde sich dickere Kleidung anziehen und ihre festen Stiefel und dann würde sie aufbrechen. Wer würde sich Pertheas stellen, wenn nicht sie? *Neah.* Niemand außer einem anderen Seelenmagier hatte die Macht, ihn ein für alle Mal aus dem Weg zu räumen. Noch auf der zweiten Treppenstufe fror sie in der Bewegung ein. Luana, die dicht hinter ihr war, lief in sie hinein.

»Sprich mit mir!«, drängte sie, nachdem sie einige Flüche vor sich hin gemurmelt hatte.

»Ich muss mich von Arian verabschieden.« Die Worte kamen als Flüstern über ihre Lippen. *Vielleicht auf unbestimmte Zeit …*

»Du willst ins Nebulum«, schloss Luana endlich.

»Irgendetwas stimmt nicht, Luana«, gab sie zurück und setzte ihren Weg nach oben weiter fort. Die Schmerzen ließen allmählich nach, und sie wusste nicht, was das zu bedeuten hatte. »Und wenn ich nicht gehe … Wenn sie für immer dort eingesperrt sind – Ilias, Kian und alle anderen Schattenelfen –, werden sie auf ewig unter Pertheas' Herrschaft leiden. Ich kann das nicht verantworten.« Sie schluckte. »Ich … ich bin … *Neah.* Neah Ularen, die Tochter von Eldan und wahre Erbin des Schattenthrons. Wenn ihnen jemand helfen kann, dann … dann bin das wohl ich … schätze ich.«

Luanas Augen glänzten verdächtig, als sie vor Kaayas Zimmertür zum Stehen kamen. »Du denkst, dass du in ihren Körper zurückmusst.«

»Worüber sprecht ihr?« Aron trat aus dem Waschraum, nur mit einem Leinentuch bekleidet, das er sich um die Hüfte gewickelt hatte.

»Ich werde ins Nebulum gehen«, antwortete sie geradeheraus.

Aron blickte verwirrt zu seiner Seelengefährtin, die nickte und dann den Mund öffnete, um etwas zu sagen, doch Kaaya schüttelte den Kopf.

»Vielleicht muss es nicht so weit kommen. Ich will nur, dass ihr wisst, dass Pertheas nicht gewinnen wird.«

»Kaaya, was –«, begann Aron, da umarmte sie ihn.

»Wir sehen uns wieder, ganz bestimmt.« Bevor er etwas erwidern konnte, fügte sie lachend hinzu: »Du hättest dir vorher etwas anziehen sollen.«

Er schloss die Arme um sie. »Du hast mir keine Gelegenheit gelassen.«

»Tut mir leid«, murmelte sie, ein Schluchzen unterdrückend.

»Ist schon in Ordnung«, flüsterte er und strich ihr übers Haar, bevor er sich von ihr löste. »Pass auf dich auf, ja?« Luana und er konnten sie nicht begleiten, das wusste er. Seine Seelengefährtin musste nach Erloven, obwohl er den wahren

Grund dafür nicht kannte. Kaaya hoffte inständig, dass der Rat einen anderen Weg finden würde, um Pertheas von Eseria fernzuhalten. Falls nicht, musste sie zurück sein, bevor sie die Risse schlossen. Und solange ihre Freundin in Erloven war, musste sich einer um Arian kümmern, von dem außer ihnen niemand wusste. Denn wie lange Oriana und Ferodan noch im Koma liegen würden, ob sie je wieder aufwachen würden … Das stand in den Sternen.

»Das werde ich«, sagte Kaaya. »Und du auch auf dich und auf –«

»O nein«, mischte Luana sich ein, »ich kann selbst auf mich aufpassen.«

»Das stimmt wohl.« Sie lächelte ihre Freunde an. »Dann werde ich jetzt noch mit Arian reden müssen.«

Nachdem sie sich umgezogen hatte, folgte Luana ihr aus der Hütte und schließlich zu Windur, der sie zu den Verliesen brachte.

»Und du willst sicher nicht, dass ich mitkomme?« Sie stiegen von dem Lupeera und betrachteten den großen Höhleneingang.

Irgendwie unheimlich, dachte Kaaya. Doch sie musste das allein tun.

»Nein. Ich passe auf, dass ich mich ihm nicht nähere.«

»Versprich es mir«, forderte Luana.

»Versprochen.« Sie meinte es so, aber sie wusste nicht, ob sie sich daran würde halten können, wenn sie Arian wiedersah. Was, wenn er wieder der Alte war? Was, wenn er sie mit diesem schiefen Lächeln bedachte, bei dem ihr jedes Mal warm ums Herz wurde und ihr Verstand aussetzte? Würde ihr Entschluss, ins Nebulum zu gehen, ins Wanken geraten?

»Du schaffst das, Kaaya.« Luanas Stimme holte sie aus ihren Gedanken, die in einer Endlosschleife durch ihren Kopf rasten.

»Danke.« Sie musste es schaffen. Sie *würde* es schaffen. Zu viel hing davon ab, nicht zuletzt ihrer aller Leben.

Kapitel 10

Kaaya

Das Licht der Laterne reichte aus, damit Kaaya ihn in seiner Zelle ausmachen konnte. Arian saß zusammengekauert in einer Ecke, hatte die Knie an den Körper gezogen und die Arme um sie geschlungen. Er zitterte.

»Arian?« Als sie seinen Namen aussprach, hob er den Kopf und blinzelte einige Male.

»Kaaya?« Hoffnung schwang in seiner Stimme mit, was ihrem Herzen einen Stich versetzte.

»Ja, ich bin es. Wie geht es dir?«

Arian lachte kurz trocken auf. »Gut.«

Sie trat einige Schritte näher. »Das ist mein Ernst, Arian. Ich will wissen, wie du dich fühlst.«

Wie in Zeitlupe erhob er sich, blieb jedoch weiter in seiner Ecke. »Wie soll ich mich schon fühlen?« Er breitete die Arme aus und blickte um sich. »Ihr habt mich hier eingesperrt, weil ich eine Gefahr für euch bin. Für *dich*. Dich, die ich liebe.«

Noch ein Stich. Sie erkannte Tränen in seinen Augen und spürte einen Kloß in ihrem Hals. »Ich muss mit dir reden«, sagte sie leise, aus Angst, dass ihre Stimme versagen würde.

»Sie sind nicht aufgewacht, nicht wahr?«

Er sprach von Ferodan und Oriana. Aron hatte berichtet, dass er es Arian erzählt hatte.

»Nein«, hauchte sie und konnte beobachten, wie Arian in sich zusammenfiel. »Es war nicht deine Schuld.«

»Wessen Schuld war es dann, wenn nicht meine?« Er fuhr sich durch die Haare, die inzwischen so lang waren, dass sie ihm in die Augen fielen.

Sie wusste nicht, was sie antworten sollte, und wandte den Blick von ihm ab. Ein Fehler, denn jetzt bemerkte sie den riesigen dunklen Fleck auf dem Boden.

»Das war ich, Kaaya«, sagte er, nachdem er vermutlich ihren Blick bemerkt hatte. »Ich habe ihn zu mir herangezogen und ihm die verdammte Halsschlagader herausgerissen. Mit meinen bloßen Zähnen.«

Bei seinen letzten Worten zuckte sie zusammen. Als sie Arian wieder ansah, war er näher an sie herangetreten, aber noch immer nicht in Reichweite.

»Das warst nicht du. Das war Pertheas. Er hat dich –«

»Zu einem Monster gemacht?«, fuhr er dazwischen. »Ja, das hat er. Ich könnte dich in der Luft zerfetzen, wenn ich es wollte.«

Ein Schauder erfasste sie. »Ich glaube dir nicht.«

»Dann bist du einfach nur unglaublich dumm.«

Sie stellte die Laterne auf einem Stuhl ab und ging weiter auf ihn zu. Wenn sie ihre Hand ausstrecken würde, könnte sie ihn berühren. »Du hast es selbst gesagt. Du liebst mich.«

Sie konnte erkennen, wie er mit sich rang, wie er einen inneren Kampf ausfocht.

»Kaaya …« Seine Stimme zitterte. »Ich … ich will nicht dein Untergang sein. Bitte lass mich nicht dein Untergang sein.«

Noch ein Stich, noch ein Stich, noch ein Stich.

»Nein«, gab sie zurück. »Du wirst nicht mein Untergang sein. Aber ich …« *Ich werde dein Untergang sein.* Sie sprach es nicht aus. Ihr Herz raste gegen ihre Rippen. »Ich muss dir etwas mitteilen.«

»Was ist es?«, flüsterte er.

»Ich werde gehen. Ich muss ins Nebulum.«

Arian runzelte die Stirn, versuchte zu verstehen. »Warum?«

Sie schaute erneut zu Boden, Kälte kroch in ihr hoch. »Ilias ist dort. Er sucht nach meinem Körper.«

Skepsis trat in seine Züge, als sie wieder aufsah. »Was soll das bedeuten, er sucht nach *deinem Körper*? Du willst doch nicht …« Seine Augen weiteten sich. »Du wählst *ihn*.«

»Arian, ich … Es ist … anders. Arian, bitte, hör mir zu.« Kaaya krallte ihre Finger um die Gitterstäbe, während sie von innen heraus zitterte. Es kostete sie viel Kraft, ihre Zähne davon abzuhalten aufeinanderzuklappern. Sie suchte seinen vertrauten Blick, aber er schaute sie nicht an.

Stattdessen fixierte er den Diamantring an ihrem linken Ringfinger. Sein Gewicht an ihrer Hand fühlte sich so schwer an. So falsch. »Du hast ihn gefunden.«

Sie nickte nur.

»Licht ist einfach zu lieben, nicht wahr? Doch wer liebt schon die Dunkelheit?« Das leise, resignierte Schnauben, das er ausstieß, zerbrach Kaayas Herz endgültig in tausend kleine Teile.

Instinktiv streckte sie ihre Hand nach ihm aus. »Du bist nicht die Dunkelheit!«

Arian machte keine Anstalten, sie zu ergreifen. Jetzt bohrten sich seine stahlgrauen Augen in ihre honigbraunen. »Ich habe es gewusst. Ich habe es die ganze Zeit gewusst. Ich wusste, dass ich dich eines Tages verlieren würde. So, wie ich alles verloren habe. Die Dämonen in meinem Kopf wussten es. Sie wussten es.«

»Du hast mich nicht verloren, Arian! Und du bist so viel mehr als die Dämonen in deinem Kopf!«

»ICH. BIN. MEIN. DÄMON!« Sein Gesicht war jetzt dicht vor ihrem. »Verstehst du denn nicht, Kaaya?!«

Bei der Nennung ihres Namens fiel auch der letzte Rest ihres Herzens auseinander. Des Herzens, das er einst gerettet hatte.

»Ich war schon kaputt, bevor ich dich in der Gasse gefunden habe! Wir waren zwei gebrochene Kinder, die versucht haben, einander zu heilen. Und ich habe mich in dich verliebt, weil du mich geliebt hast, als ich es selbst nicht konnte.« Er ballte die Hände an seinen Seiten zu Fäusten und senkte den Blick. »Zumindest dachte ich das. Ich glaubte mit jeder Faser meines Körpers daran, dass du mich liebst. Aber du hast mich nur benutzt.«

Sie öffnete den Mund, um ihm zu widersprechen, doch er fiel ihr ins Wort: »Nein! Nein, du wirst nichts mehr sagen. Ich lasse mich nicht weiter von dir benutzen, damit du dich besser fühlst! Ich bin kein verdammter Verband, den du dir um deine geschundene Seele wickeln kannst!«

Als er den Kopf hob, konnte Kaaya erkennen, dass die schwarzen Schlieren wieder da waren und beinahe seine gesamten Augen durchzogen. Wie Nebel waberten sie um seine Iris, drangen in sie ein und verschluckten das vertraute Grau, das sie immer an zu Hause erinnert hatte.

»Du bist jetzt mein Zuhause.«

»Und du meins.«

»Es ist in Ordnung«, krächzte er, und erst da bemerkte Kaaya, dass sie weinte. »Ich hätte mich auch nicht gewählt.« Mit diesen Worten drehte er sich um und ließ sich zurück auf den Boden sinken, weit weg von ihr. »Geh einfach.«

Und sie ging. Schluchzend taumelte sie durch die dunkle Höhle. Draußen angekommen, sog sie gierig die frische Luft in ihre Lungen. Luana lief auf sie zu, doch sie konnte nicht verhindern, dass Kaaya sich auf die Knie fallen ließ und hemmungslos weinte.

»Ich wollte ihn nicht verletzen«, krächzte sie, als Luana ihr wieder auf die Beine half. »Du hättest ihn sehen sollen. Seine Augen … Dieser Schmerz … Ich habe ihn gebrochen.«

Luana holte tief Luft. »So schrecklich es auch klingt, aber … du kannst nicht brechen, was schon gebrochen ist, Kaaya.«

»Wir dürfen ihn nicht aufgeben! Sobald ich zurück bin, finden wir eine Lösung. Wir brauchen nur Zeit.«

»Und Zeit ist etwas, das wir nicht haben. Pertheas und seine Untoten könnten jeden Moment auf Eseria einmarschieren. *Jeden Moment,* und das weißt du!«

Kaaya rieb sich übers Gesicht, wischte die letzten Reste der Tränen fort. »Wann brichst du auf?«

»Ich gebe dir einen Vorsprung«, sagte ihre Freundin. »Doch in drei Tagen breche ich auf.«

In ihrem Kopf rechnete Kaaya aus, dass Luana somit in etwa vier Tagen beim Hohen Rat sein würde. Wenn sie sofort aufbrechen würden, um die Risse zu schließen, wären sie vielleicht in sechs Tagen bei dem Riss im Erlenwald und in sieben Tagen bei dem Riss in der Kapelle. Damit hätte sie theoretisch genug Zeit, in ihren Körper zurückzukehren, Pertheas zu vernichten und gemeinsam mit Ilias nach Eseria zu gelangen. Sieben Tage. *Sieben Tage.*

»Das ist gut«, sagte sie schließlich. »Ich danke dir.«

»Beeil dich, bitte.«

Wenn sie länger brauchen würde als sieben Tage … Dann würde sie weder Luana noch Aron wiedersehen. Und Arian …

»Lass dich nicht töten, hörst du?«, fügte Luana hinzu, was Kaaya ein leises, verzweifeltes Lachen entlockte. »Und sorg dafür, dass Pertheas leidet.«

»Versprochen.« Sie umarmten sich fest und wieder konnte sie ihre Tränen nicht zurückhalten. Als sie Luana ins Gesicht blickte, konnte sie erkennen, dass es ihrer Freundin nicht anders erging.

ILIAS

Als Ilias allmählich zu sich kam, war da nur Dunkelheit. Er ächzte bei dem Versuch, sich aufzurichten, stützte sich auf seine Ellenbogen und blinzelte einige Male, um seine Nachtsicht zu aktivieren. Die letzten Tage hatte er sie nicht mehr gebraucht … In Eseria. Er erkannte dunkle Wände, einen dunklen Boden, Gitterstäbe und weiter entfernt brannte eine Fackel im Gang. *War das …?*

Nach und nach kamen seine Erinnerungen zurück. Er war nach Kaltennest aufgebrochen, zum Weltenriss ins Nebulum. Nachdem er sich in die Handfläche geschnitten hatte und hindurchgetreten war, hatte er mitten in der Kapelle gestanden, in der … *Neah.* Ilias war zurückgekommen, um ihren Körper zu finden. Er hatte nach Kian sehen und in die Krypta gehen wollen. Doch man hatte ihn erwartet. Kaum hatte sich sein Körper gänzlich in der Kapelle materialisiert gehabt, war ein Stich in seiner Brust zu spüren gewesen. Zunächst hatte er gedacht, dass Kaaya erneut in Gefahr war, doch dann hatte sich in der Dunkelheit eine Gestalt von der Wand gelöst.

»*Mein dummer, dummer Junge.*« Die Stimme seines Vaters.

Daraufhin war Ilias auf die Knie gesackt, hatte sich an die schmerzende Brust gegriffen, sicher, dass er sterben würde. Ausgerechnet hier …

»Er hat mich ins Verlies gesperrt«, erkannte er, als er sich weiter aufsetzte. Wie viel Zeit war seitdem vergangen? Ehe er nachdenken konnte, stöhnte in der Zelle schräg gegenüber jemand gequält auf. Ilias konnte nur vage einen dunklen Haarschopf erkennen.

»Kian?«, fragte er mit einer Mischung aus Entsetzen und Hoffnung. Er klammerte sich an die Gitterstäbe und versuchte mehr zu erkennen. Statt zu antworten, stöhnte der Elf erneut, bevor er sich auf den Rücken drehte und ihm sein Gesicht zuwandte.

Ilias lockerte seinen Griff. Augen in einem ockerfarbenen Ton blickten ihm entgegen, darunter eine schmale Nase, deren Spitze leicht nach unten gebogen war, und dünne, spröde Lippen, die zuckten, als ob sie ein Lächeln formen wollten.

»Hohepriester Timor?« Er hatte den Priester seit Jahren nicht mehr gesehen. Seit seiner und Neahs Zeremonie, die in einem Blutbad geendet hatte. Ilias erinnerte sich an den Moment, in dem er die Kapelle das erste Mal betreten hatte. Sie war leer gewesen bis auf den Priester, der auf dem Podest gestanden und ihn mit offenen Armen empfangen hatte. »Was macht Ihr hier unten?«

In Timors Stöhnen mischte sich ein lautes Husten, und Ilias' Blick glitt unweigerlich über die Roben, die er trug. Roben, die einst weiß gewesen waren und jetzt beinahe steif vor Dreck und Staub und … Blut. »Ich bin froh, dass es Euch gut geht, mein Prinz«, krächzte er, anstatt ihm zu antworten. »Ich habe mir Sorgen gemacht, als man Euch hier runterbrachte.«

»Könnt Ihr mir sagen, wann das gewesen ist?« So könnte er vielleicht abschätzen, wie viel Zeit verstrichen war, seit er Eseria verlassen hatte. Und Kaaya. Aber Timor zerschlug seine Hoffnungen.

»Verzeiht, mein Prinz, doch das Zeitgefühl habe ich schon lange verloren.«

»Das macht nichts«, log er. »Geht es Euch gut?«

Timor lachte trocken auf, bevor er wieder lauthals hustete. »Wenn ich auf Euch den Eindruck mache, dass es mir gut geht, dann muss ich besser aussehen, als ich mich fühle.«

Ilias wollte lächeln, was ihm jedoch nicht gelang. Er versuchte noch immer zu verstehen, was hier vor sich ging. »Warum seid Ihr hier?«

»Euer Vater mag keine Verräter«, gab der Hohepriester zurück. »Wie mir scheint, habt Ihr das inzwischen ebenfalls erfahren dürfen.«

Ilias runzelte die Stirn. »Was wollt Ihr damit sagen?«

»RUHE DAHINTEN!«, brüllte jemand so laut, dass Ilias vor Schreck zusammenzuckte. Seine Kiefer mahlten. Wer wagte es, so mit ihm zu sprechen? Die Antwort erhielt er wenige Momente später, als der Wächter näher kam und ihm eine Laterne ins Gesicht hielt. Faromir, der Kerkermeister seines Vaters. »Hier wird nicht geschwatzt, *Prinz.*« In seinem Tonfall schwang Verachtung mit. »Und du hältst auch dein Maul, wenn du noch nicht sterben willst«, sagte er an den Hohepriester gewandt.

»Lieber würde ich sterben, als hier weiter vor mich hin zu krepieren.«

»So ein Pech, dass die Entscheidung nicht bei dir liegt.« Faromir spuckte Timor ins Gesicht, dann sah er wieder zu Ilias. »Wenn ich noch ein einziges Wort höre, bringe ich euch beide um, kapiert?«

Ilias verengte die Augen zu Schlitzen, seine Nasenflügel bebten. »Pass besser auf, mit wem du sprichst, Faromir.«

Der Elf entblößte seine vergilbten Zähne, als sein Mund sich zu einem schmierigen Grinsen verzog. »Hier unten bist du ein Niemand, Prinz Ilias. Und während du keinen Zugriff auf deine Magie hast, kann ich dich innerhalb von Sekunden zu Asche verwandeln.« Wie um seine Worte zu unterstreichen, ließ er die Laterne in seiner Hand in Flammen aufgehen.

Ilias wich einen Schritt zurück, um sich nicht zu verbrennen. Mit einem lauten Knall krachte die brennende Laterne zu Boden, wo sie kurz darauf erlosch, um verkohlte Überreste zu hinterlassen. »Und ich habe sogar die Befugnis meines Königs dafür.« Mit diesen Worten drehte er sich um und zog seinen wallenden Umhang hinter sich her in die Dunkelheit, in der er verschwand.

Frustriert ließ Ilias sich an der Wand hinab auf den Boden gleiten, eintausend Fragen in seinem Kopf.

Kapitel 11

Kaaya

»Licht ist einfach zu lieben, nicht wahr? Doch wer liebt schon die Dunkelheit?«

Luana und Windur hatten Kaaya bei den Stallungen in Argonsfeld abgesetzt, und während sie jetzt auf ihrem Pferd in Richtung Kaltennest ritt, hallten Arians Worte unaufhörlich in ihr nach. Er war gerade dabei, sich aufzugeben. Aber sie würde ihn niemals aufgeben. Sie würde ins Nebulum reisen, Pertheas töten und dann würde sie nach einer Lösung suchen. Nach irgendetwas, das ihr Arian zurückbrachte. Irgendetwas, das ihn wieder zu *ihrem* Arian machte. Zu dem Jungen, der sie von der Straße geholt und ihr ein warmes Zuhause geschenkt hatte. Ihr sein Herz geschenkt und ihr gezeigt hatte, dass das Leben nicht nur aus Verlust bestand. Sie hatte es ihm sagen wollen.

»Geh einfach.«

Sie hätte nicht gehen sollen. Sie hätte ihm sagen sollen, dass sie die Hoffnung nicht aufgegeben hatte. Vielleicht hätte er dann den Willen gehabt durchzuhalten. Er musste durchhalten.

Kaaya klammerte sich an diesen Gedanken, und noch bevor am dritten Tag die Sonne aufging, erreichte sie das kleine

Dorf, in dem sie aufgewachsen war. Sein Anblick versetzte ihr wie immer einen Stich, doch sie rief sich Luanas Worte in Erinnerung.

Sie würde ihre Narben zu ihren Flügeln machen.

Dieser Ort und ihr altes Leben würden keine Macht mehr über sie haben. Ja, ihre Erlebnisse hatten sie geformt, aber sie bestimmten nicht länger, wer sie sein wollte.

Wer weiß, welche Erinnerungen zurückkommen, wenn ich in meinen alten Körper zurückkehre, dachte sie und schloss die Augen. Sie wusste nicht viel über Neahs Leben. Auch sie war ohne Familie aufgewachsen und ohne das Wissen, woher sie stammte. Sie war eine Prinzessin, eine Thronfolgerin, in deren Adern reine Macht pulsierte. Und doch war sie im Grunde nur eine Frau, die ihr Leben hatte leben wollen. Sie hatte sich in Ilias verliebt und er sich in sie. Sie hatten ein Kind gezeugt. *Ein Kind.* Sie hatten ihr Leben, ihre Ewigkeit, zusammen verbringen wollen. Und Pertheas hatte ihnen diese Ewigkeit geraubt. So wie er ihr, Kaaya, Arian geraubt hatte. Ihr einziges Glück.

Als sie ihre Augen wieder öffnete, loderte ein entschlossenes Feuer in ihr. Kaaya schaute ein letztes Mal auf Kaltennest herab, bevor sie ihren Blick über das Gemäuer der alten Kapelle gleiten ließ. Sie war kein Vergleich zu ihrem Gegenstück im Nebulum, das wie die hellste Sonne in einem schwarzen Himmel leuchtete. Diese Kapelle hier war heruntergekommen, alt, brüchig. Sie leuchtete nicht, wurde kaum mehr genutzt. Kaaya stieß geräuschvoll die Luft aus und dann trieb sie ihre Stute die letzten Meter bis zu ihrem Ziel. Jetzt gab es kein Zurück mehr.

Hoch erhobenen Hauptes betrat sie das Gebäude, schritt, ohne zu zögern, auf das Podest zu, auf dem sich der Riss befand. Von hier drin sah die Kapelle auch nicht schöner aus. Sie erinnerte sich an den Tag, als sie mit Aron, Luana, Kian und

Ilias hier angekommen war. Ein leises Lächeln schlich sich auf ihre Lippen, als sie Ilias' Lachen in ihrem Kopf hörte. Er hatte zum ersten Mal Sonnenlicht gesehen. Und er würde es wieder sehen.

Sie griff nach einem Messer, um sich in die Handfläche zu schneiden, doch sie merkte schnell, dass das gar nicht nötig war. Hinter ihrer Stirn dröhnte der Schmerz, und sie massierte sich die Schläfen, um zu verhindern, dass das Pochen sich in ihrem gesamten Kopf ausbreitete. Aber ohne Erfolg. Das Druckgefühl in ihrem Schädel entlockte ihr ein leises Knurren und allmählich flimmerte ihr Körper. Vermutlich würde sie sich nie daran gewöhnen, diese Risse zu betreten. *Vielleicht musst du das auch nicht, wenn der Rat sie bald schon schließt,* hetzte eine Stimme in ihrem Kopf. Kaaya versuchte sie zu verdrängen. Sie hatte noch Zeit. Alles würde gut werden. Sie musste nur daran glauben.

Während sie sich an diesem Gedanken festhielt, wurde alles um sie herum dunkel, dann schwarz, schließlich wieder heller, bis die ersten Bildfetzen in ihren Geist drangen. Und Stimmen. Stimmen? Langsam nahm die Umgebung immer mehr Gestalt an, und sobald sie klar sehen konnte, huschte sie hinter eine Säule der Kapelle. Ihr Herz raste in einem ungesunden Tempo. Die Stimmen gehörten zu Elfen – zu vielen Elfen. Wer waren diese Leute?

Kaaya riskierte einen Blick in die große Halle und entdeckte Dutzende von Schattenelfen, die sich in Schale geworfen hatten. Die Frauen trugen elegante Kleider, die Männer aufwendig bestickte Hemden in schillernden Farben – zumindest soweit sie es im Licht der unzähligen Kerzen ausmachen konnte. Niemand schaute in ihre Richtung, und doch wurde sie nervös.

»Verflucht!«, zischte sie. Die verdammte, verdammte Zeremonie, von der Ilias und Kian oft genug gesprochen hatten. *Die Bündniszeremonie von Kians Schwester.* Das durfte nicht wahr sein. *Nicht ausgerechnet jetzt.*

Kaaya blickte an sich hinunter. Sie trug schwarze Lederhosen, dazu eine helle Tunika und darüber ein leichtes Kettenhemd. Auch ihre dreckigen Stiefel sahen nicht gerade vorzeigbar aus, ganz zu schweigen von ihren Haaren, die wild in alle Richtungen abstehen mussten.

»Denk nach, Kaaya«, murmelte sie. »Denk verdammt noch mal nach.« Als Erstes setzte sie sich die Kapuze ihres waldgrünen Umhangs auf und zog sie, so weit es ging, in ihr Gesicht. So würde man zwar erkennen, dass sie ein ungeladener Gast war, aber nicht unbedingt, dass sie keine von ihnen war, sondern ein Mensch. Ihr fiel nichts anderes ein als *Augen zu und durch, bevor es noch voller wird.*

Kaaya sandte ein kurzes Gebet an die Götter, die sie an diesem fremden Ort sicher nicht hören würden, verzog das Gesicht und bog um die Ecke. Niemand sah zu ihr, und so schob sie sich an der Wand entlang in Richtung Ausgang. Sie merkte erst, dass sie die Luft angehalten hatte, als sich ein eiskalter Griff um ihr Handgelenk schloss und sie ihren Atem mit einem Mal freigab. Sie wurde herumgewirbelt und blickte in ein Paar saphirblauer Augen. Nur für den Bruchteil einer Sekunde hielt sie den Elfen für Ilias, doch der Mann, der sie noch immer festhielt, war ihr fremd.

»Wer seid Ihr?«, fragte er kühl.

Kaayas Herz drohte ihr aus der Brust zu springen. »Nur eine Bedienstete, Herr.«

Der Fremde zog eine seiner dunklen Brauen in die Höhe und musterte sie eindringlich. »Dann kleide dich gefälligst angemessen. Dein Aufzug ist anmaßend und respektlos.«

»Ja, Herr, bitte verzeiht. Ich eile sofort in die Garderobe.«

Als der Elf sie freigab, wandte sie sich um, so schnell sie konnte, und stieß dabei mit jemandem zusammen.

»Passt gefälligst auf, Ihr Trampel!« Die Elfe sah entsetzt an sich herunter, weil sie durch den Zusammenstoß ihr Getränk verschüttet hatte.

Aber Kaaya fuhr ein ganz anderer Schrecken in die Knochen. Ihre Kapuze war ihr heruntergerutscht. Reflexartig drehte sie sich zu dem Elfen um, der sie noch immer beobachtete und nun den Blick auf Stahlschwinge ruhen ließ. Dann rannte sie.

Doch es war zu spät. Der Elf holte sie ohne große Probleme ein und packte sie an den Schultern. Ihr Herz blieb stehen. So, wie es sich gerade anfühlte, würde es vermutlich nie mehr weiterschlagen. Sie hatte nicht die leiseste Idee, wie sie sich erklären sollte. Einige andere Gäste schauten jetzt zu ihnen herüber, ein weiterer Fluchtversuch würde unmöglich sein. Der Elf öffnete den Mund, wurde aber sofort unterbrochen. Kaaya blickte zu dem Neuankömmling und konnte endlich wieder Luft holen.

»Ruven«, rief Kian und klopfte dem Elfen auf die Schulter. »Meine Schwester lässt nach dir rufen.«

Sie konnte erkennen, wie sich Ruvens Gesichtsausdruck aufhellte. »Sie ist schon hier?«

»Ja, ich begleite dich zu ihr. Du da«, sagte er zu Kaaya, seine Miene ausdruckslos, »bring mir ein Glas Wein.«

Sie riss die Augen auf, nickte mechanisch und wandte sich gerade um, als Ruven »Halt!« rief. Sie fror in der Bewegung ein und drehte sich nur langsam zu dem Elfen um. »Bring gleich die ganze Flasche mit.«

Wieder nickte sie wortlos, dann eilte sie los und wurde immer schneller.

Je weiter sie sich von der Kapelle entfernte, desto dunkler wurde es, denn die Lichter der Fackeln blieben in der Ferne zurück. Was in aller Welt machte Kian hier? Kaaya erreichte das angrenzende Waldstück und lehnte sich gegen einen Baum. Ihre Brust hob und senkte sich schwer, ihre Lungen brannten. Die Hand, mit der sie sich den Schweiß von der Stirn wischte, zitterte.

Ruven war der Bräutigam, fiel es ihr wieder ein. Sirayas Seelengefährte. Es konnte doch nicht Kians Ernst sein, dass er im Nebulum geblieben war, um der Zeremonie seiner Schwester beizuwohnen. Sie alle hatten auf ihn gewartet, Ilias hatte sich Sorgen gemacht und war ihm nur deswegen hinterhergereist. Sie hatte zwar kaum Gelegenheit gehabt, sich umzusehen, aber sie hatte Ilias nirgendwo entdecken können.

Die Frage blieb: *Was in aller Welt macht Kian hier?*

»Kaaya.«

Erschrocken wirbelte sie herum, ihre Hand um den Griff von Stahlschwinge geschlossen. Als sie erkannte, dass es Kian war, der ihr gefolgt war, ließ sie die Hand erleichtert sinken.

»Was machst du hier?!« Sie war verdammt wütend.

Kian hob abwehrend die Hände. »Ich wollte nach dir sehen.«

»Im *Nebulum*!«

»Oh.«

»Ja, *oh*! Ich warte!«

Er biss sich auf die Unterlippe und fuhr sich durch das dunkle Haar. »Verdammter Mist«, murmelte er, ehe er sich übers Gesicht rieb. »Hör zu, es ist anders, als du denkst.«

»Wusstest du, dass Ilias deinetwegen auch zurückgekehrt ist?«

Kians Augen weiteten sich. »Er ist *was*?! Dieser Idiot!«

Ihre Kehle schnürte sich zusammen, die Wut verrauchte. »Das heißt, du hast ihn nicht getroffen?«

Er schüttelte den Kopf. »Ich hatte nicht den blassesten Schimmer. Niemand hat das. Vor wenigen Stunden erst hat sich Siraya darüber ausgelassen, wie respektlos sie es findet, dass der Kronprinz ihrer Zeremonie nicht beiwohnen wird.«

Das war gut, oder? Dass Ilias anscheinend unbemerkt hierhergelangt war. Vielleicht war er zunächst untergetaucht und bald auf dem Weg zur Krypta.

»Ich muss zu ihm. Du musst mir helfen, ihn zu finden.«

»Jaa«, sagte Kian und zog das Wort dabei in die Länge. »Folgende Situation: Ich war auf dem Weg zur Krypta und wurde aufgehalten. Pertheas hat nach mir suchen lassen. Als man mich zu ihm brachte, drohte er mir, mein ungeborenes Kind töten zu lassen, wenn ich ihm nicht sofort erkläre, was vor sich geht.«

Kaaya sog scharf die Luft ein. »Du hast es ihm erzählt?«

»Bist du verrückt?« Kian hob die Stimme. »Ich würde Ilias niemals in den Rücken fallen!«

»Entschuldige«, warf sie hastig ein. »Was ist dann passiert?«

»Ich habe ihm erzählt, dass ich Ilias suche und deswegen in die Krypta wollte.«

»Aber wusste Pertheas denn nicht von unserer Flucht, nachdem wir seine Seelenschmiede in die Luft gejagt haben?«

»Er wusste doch gar nicht, dass ich dabei war. Er hat nur dich und Ilias gesehen. Ich gebe zu, ich war mir dessen nicht allzu sicher, doch ich habe alles auf eine Karte gesetzt. Und er hat es mir abgekauft.« Kian ließ seine weißen Zähne aufblitzen.

»Und was machst du jetzt hier in der Kapelle?«

Ein Schatten huschte über sein Gesicht. »Seine Spione verfolgen mich.« Als Kaaya sich erschrocken umsah, hob er die Hände, um sie zu beruhigen. »Ich habe mich aus dem Fenster im Waschraum gezwängt. Sie werden aber sicher bald nach mir suchen.« Er senkte den Blick. »Ich will das Leben meines Kindes nicht gefährden.«

Sie legte ihm eine Hand an den Oberarm, was ihn aufschauen ließ. »Ich wusste nicht, dass du Vater wirst.«

Er lächelte schwach. »Eine alte Verflossene ist schwanger. Pyria.« Schmerz zuckte über seine Züge, als er ihren Namen aussprach.

»Ich verstehe.« Sie wusste nicht, was sie sonst hätte sagen sollen. »Dann kehr wieder um.«

»Wie geht es Luana?«, fragte er, ohne weiter darauf einzugehen.

Sie dachte an das Ritual, daran, wie sehr Luana sich verausgabt hatte, und an alles, was daraufhin gefolgt war. »Gut«, entschied sie sich schließlich zu antworten. Es war das, was sie selbst hoffte.

Kian nickte mit angespannter Miene. »Und was ist mit dir? Wo willst du hin?«

»Wir müssen die Risse schließen lassen, und ich wollte nicht, dass ihr hier zurückbleibt. Nicht unter Pertheas' Herrschaft. Nur Neah … *ich* kann das verhindern.«

Einige Sekunden lang starrte Kian sie einfach nur perplex an. Dann nahm er sie in die Arme. Völlig überrumpelt, konnte sie kaum reagieren, bis er sich schon wieder zurückzog.

»Die Krypta liegt in Richtung Osten, ein paar Stunden von hier«, erklärte er mit belegter Stimme. »In der Nähe des Palasts. Du musst verdammt vorsichtig sein, Kaaya. Auch wenn Pertheas selbst nicht da ist, wimmelt es in der Gegend nur so von Wachen.«

Sie presste die Lippen aufeinander und nickte. »Wo ist Pertheas? Etwa …« Sie deutete zur Kapelle.

Nun war es an Kian zu nicken. »Als unser König muss er bei

allen Bündniszeremonien dabei sein. Er wird vermutlich jeden Moment eintreffen.«

Das waren endlich mal gute Nachrichten. Pertheas würde also hier abgelenkt sein, und sie und Ilias würden somit noch ein wenig Zeit haben, Neah zu holen.

»Dann mache ich mich mal auf den Weg.«

»Kannst du Ilias sagen, dass … es mir leidtut?«

»Das werde ich.«

»Und, Kaaya?«

»Hm?«

»Danke. Ich weiß, das alles hier ist nicht Teil deines Lebens. Und doch bist du bereit, dich selbst dafür zu opfern. Für uns. Also … danke.«

Sie versuchte sich an einem Lächeln, bevor sie sich umdrehte und sich auf den Weg durch die Dunkelheit machte. In Gedanken verweilte sie aber noch immer bei Kian und seinen Worten.

So hatte sie das Ganze nie betrachtet – dass es nicht Teil ihres Lebens war. Würde nicht jeder Unrecht verhindern, wenn er die Macht dazu hatte? Und wie es das Schicksal so wollte, hatte *sie* diese Macht. Es lag in *ihrer* Hand, die Lebewesen des Nebulums und Eserias zu beschützen. Falls sie einen Krieg verhindern konnte, würde sie das tun. Ja, sie musste sich selbst opfern. Aber besser nur sie als Abertausende von anderen unschuldigen Menschen und Elfen. Also würde sie aufhören, Kaaya zu sein. Sie musste Neah werden.

Sie schüttelte den Kopf, um die Gedanken für diesen Moment zu vertreiben, und kniff dann die Augen leicht zusammen. Obwohl sich ihre Sicht bereits an die Dunkelheit gewöhnt hatte und sie wusste, dass hier irgendwo ein kleiner Stall sein musste, konnte sie seine Umrisse nur vage erahnen.

Schließlich lief sie in die Richtung, in der sie ihn vermutete. Die zahlreichen Gäste waren wahrscheinlich größtenteils mit der Kutsche angereist, doch es gab sicher auch welche, die selbst geritten waren. Wie zur Bestätigung trug eine Windböe ihre Stimmen und ihr Gelächter herüber. Als Kaaya sich noch mal der Kapelle zuwandte, spürte sie ein aufgeregtes Flattern in ihrer Brust. Das hohe weiße Gebäude saß am Rande einer Klippe, und wenn sie sich konzentrierte, konnte sie sogar hören, wie das Meer darunter gegen die Felsen schlug.

Als plötzlich ein Wiehern ertönte, fuhr sie erschrocken zusammen und blickte hektisch wieder hinter sich in den Wald. *Der Stall.* Sie war gerade in die Richtung aufgebrochen, da verharrte sie erneut in ihrer Bewegung. Was, wenn jemand bei den Tieren war? Das aufgeregte Flattern in ihrer Brust wurde drängender und pochte ihr so laut in den Ohren, dass es das Rauschen des Meeres übertönte.

Instinktiv veränderte sie ihre Körperhaltung, ging leicht geduckt, als sie näher an den Stall herantrat. Vorsichtig setzte sie einen Fuß vor den anderen, darauf bedacht, keinen Laut von sich zu geben. Kaaya verharrte, als sie nah genug am Stall war. Der Geruch von Holz mischte sich mit dem von Heu. Sie schlüpfte hinter einen Baum und lugte an den Pferden vorbei in den Stall hinein. Keine Spur von irgendwelchen Schattenelfen. Dafür zählte sie vier Pferde, darunter Kians.

Schnellen Schrittes lief sie auf den schwarzen Hengst zu und tätschelte ihm den Hals, doch sie würde ihn nicht mitnehmen. Sie wollte vermeiden, dass auch nur der leiseste Verdacht auf Kian fiel, wenn man das Pferd bei der Krypta fand. Also entschied sich Kaaya für den Schimmel, der von der Größe her ohnehin besser zu ihr passte. Sie strich dem Tier beruhigend über den Rücken, während sie es aus dem Stall führte.

Kapitel 12

Luana

Drei Tage war es her, dass Kaaya aufgebrochen war. Luana und Aron hatten die Hütte für sich, wenn man ausblendete, dass Oriana und Ferodan nicht weit von ihnen bewusstlos im Schuppen lagen und Arian eine halbe Stunde entfernt in einem dunklen Verlies den Verstand verlor. Seit Kaaya gegangen war, war er in sich zusammengefallen. Es war, als wäre auch er gegangen. Weit weg, an einen Ort, an dem man ihn nicht mehr erreichte. Manchmal erwiderte er ihren Blick, doch seine Augen waren matt und leer und erzählten von einer Dunkelheit, die Luana erschaudern ließ. Sie konnte über ihren Bund spüren, wie es ihrem Seelengefährten damit ging, und ihr Herz fühlte sich schwer an.

Während sie auf seinem Schoß lag und er ihr in Gedanken versunken durchs Haar strich, wünschte sie sich, sie könnte ihm diesen Schmerz nehmen. Sie befanden sich auf dem Sofa vor dem großen Kamin, und obwohl keiner von ihnen darüber sprach, ließ sich eine weitere Gewissheit nicht verdrängen: Luana würde gleich morgen früh nach Erloven reisen. Und Aron wusste nicht, dass sie vielleicht nie wieder zurückkehren würde. Ihre Augen füllten sich mit Tränen. Wie sollte sie es ihm nur sagen? Als Kaaya aufgebrochen war, hatte sie sich geschworen, mit ihm zu sprechen. Aber Stunde um Stunde um Stunde verging und sie konnte einfach nicht.

»Du gehst zurück nach Redon, rettest deinen Menschenfreund und anschließend kommst du hierher zurück und bezahlst den Preis für sein Leben.«

»Und wenn ich dich doch begleite?«, flüsterte Aron.

Luana schloss die Augen, eine Träne verfing sich in ihren Wimpern und sie zog die Nase hoch. »Ich weiß nicht.« Natürlich wollte sie, dass er mitkam. Sie wollte ihn immer bei sich haben. Er war der Wind unter ihren Flügeln, das Feuer in ihren Adern. Ein Teil ihrer Seele. Sie biss sich auf die Unterlippe. »Nein«, sagte sie schließlich. Es war einfach zu gefährlich. Wenn ihre Großmutter herausfand, dass sich ihre Seelen verbunden hatten … Sie wusste nicht, was sie dann tun würde. Außerdem war da noch …

»Wir könnten Arian ausreichend Vorräte hierlassen.«

»Nein.« Wieder zog sie die Nase hoch und jetzt blickte Aron zu ihr runter.

»Lu, was ist los?«

Sie setzte sich auf und versuchte ihn anzulächeln. »Ich bin aufgewühlt.«

Aron lächelte zurück. »Ja, ich weiß. Geht mir auch so.« Er strich ihr eine silberblonde Haarsträhne hinters Ohr, bevor er sich vorbeugte und sie sanft küsste. »Aber wir stehen das durch. Ich verspreche es dir.«

Sie nickte nur, bevor sie ihr Gesicht wieder dem seinen näherte, sodass sich ihre Nasenspitzen berührten. Ihrer beider Atem vermischte sich, Luanas Tränen benetzten Arons Gesicht. Bevor er etwas sagen konnte, packte sie ihn am Kragen, zog ihn noch näher, um ihre Lippen hart auf seinen Mund zu pressen. Dieser Kuss war anders als der vorherige, intensiver. Ein prickelnder Schauer erfasste Luana, und sie drückte Aron in die Polster, setzte sich rittlings auf ihn, ohne ihre Lippen von seinen zu lösen. Seine Hände, die unter ihre Bluse fuhren, hinterließen brennende Spuren auf ihrer Haut, was sie nur weiter anfachte. Mit fliegenden Fingern machte sie sich an seiner Gürtelschnalle zu schaffen, während er ihr die Bluse mit einem Ruck vom Körper riss. Die Knöpfe flogen zu Boden, dicht gefolgt von seinem Gürtel. Luana unterbrach den Kuss nur, damit sie mit ihrer Zunge an seinem Hals entlangfahren konnte, und er packte ihren Hintern so fest, dass sie erregt aufstöhnte. Ihr Name verließ seinen Mund wie ein geflüstertes Gebet und Gänsehaut erfasste sie am ganzen Körper.

Wenn sie sich morgen trennen würden, dann sollte ihnen wenigstens heute bleiben.

»Ich komme mit dir«, wisperte Aron und hauchte einen Kuss auf ihre Schläfe. Sie lagen noch immer eng umschlungen auf dem Sofa, während Feuer im Kamin loderte. Das Knistern der Flammen hatte schon seit ihrer Kindheit eine beruhigende Wirkung auf Luana.

»Aron, ich –«

»Es ist mir egal, was du getan hast, Lu«, unterbrach er sie leise. Als sie ertappt zu ihm hochsah, lächelte er nur. »Du unterschätzt unseren Seelenbund, Liebste.«

Jetzt fuhr sie mit dem Finger seine Brustmuskeln nach und knabberte nachdenklich an ihrer Unterlippe. »Ich will nicht, dass dir etwas zustößt.«

Aron griff sanft nach ihrem Handgelenk. »Du musst damit aufhören, mich immer beschützen zu wollen.«

»Aber ich weiß nicht, was ich tun soll, wenn … ich dich verliere.«

»Das wirst du nicht.«

Sie schüttelte den Kopf. »Natürlich werde ich das, Aron. Du bist ein Mensch. Ich werde dich verlieren, so oder so. Und dieser Gedanke, er … er bringt mich um«, ergänzte sie heiser.

Wieder presste er seine Lippen auf ihre Schläfe. »Ich weiß nicht, was es ist, aber ich habe so ein Gefühl, dass ich mit dir gehen muss, Lu. Um alles andere kümmern wir uns später.«

Alles andere. Er sagte es so, als würden sie darüber diskutieren, was sie morgen kochten.

»Schlaf jetzt«, flüsterte er, bevor er sie auf den Scheitel küsste und dann auf die Wange. »Wir haben einen langen Tag vor uns.«

Wir. Würde sie das zulassen?

Was sie auch erwidern wollte, sie verlor die Worte, als sich ihre Blicke trafen. Sie wusste, sie musste ihm vertrauen. Sie musste ihn das machen lassen. Sie musste ihn seine eigenen Entscheidungen treffen lassen. Und wenn sie ihn verlor, gab es nichts, was sie davon abhalten würde, ihm zu folgen.

Sie dachte noch einige Zeit darüber nach, dann schloss sie die Augen und gab sich einem traumlosen Schlaf hin. Doch leider riss der nächste Tag sie schnell wieder zurück in die niederschmetternde Realität. Während sie mit Aron am frühen Morgen zum Marktplatz aufbrach, kreisten ihre Gedanken unaufhörlich um das, was ihnen bevorstand. Obwohl sie akzeptiert hatte, dass Aron sie begleiten würde, wurde ihr mulmig zumute, als sie sich vorstellte, wie ihre Großmutter reagieren würde, wenn sie mit ihrem Seelengefährten eintraf.

Schließlich hatte sie ihr versprochen, dass sie sich dort mit einem anderen verbinden würde …

Irgendwann gelang es ihr, die Sorgen für einige Momente beiseitezuschieben, und sie brachten ihren Einkauf bei Arian vorbei, darunter einiges zu essen wie Obst, Brot und Trockenfleisch. Außerdem so viel Wasser, wie sie und Windur tragen konnten.

»Sollte uns etwas passieren«, sagte Luana, als sie die Höhle im Berg wieder verließen, »dann ist da niemand, der sich um Arian kümmern kann. Nicht, falls Kaaya …«

»Sie versagt nicht«, erwiderte Aron. »Und uns wird auch nichts passieren. Wir sehen auf dem Weg zum Riss noch mal nach ihm. Ich kann mich mit einer Ausrede von der Gruppe lösen und Arian einen Besuch abstatten.«

Niedergeschlagen seufzte sie. Sie hatte doch noch einmal einen letzten Versuch gewagt, aber sie würde Aron nicht davon abhalten können, sie nach Erloven zu begleiten.

Nachdem sie Oriana sicherheitshalber eine Notiz dagelassen hatten, falls sie aufwachen sollte, nahmen sie am späten Abend das Schiff zur schwebenden Insel. Während Luana wieder gegen ihre Reiseübelkeit kämpfte, merkte man Aron nicht an, dass er an Bord eines fliegenden Schiffes war. Nachdem er ihr ewig den Rücken gestreichelt hatte, solange sie Eimer um Eimer mit ihrem Mageninhalt gefüllt hatte, war er an die Reling getreten und beobachtete den Himmel über und das Meer unter ihnen. In seinem Gesicht konnte Luana nichts lesen. Durch ihren Seelenbund konnte sie aber durchaus spüren, wie aufgewühlt er in Wirklichkeit war.

Arian hatte zusammengerollt in der Ecke seines Verlieses gelegen und nicht einmal aufgesehen, als sie ihm die Nahrungsmittel vorbeigebracht hatten. Selbst auf Arons Frage hin, wie es ihm ginge, hatte er nicht reagiert. Sie konnte unmöglich sagen, wie es in Arian aussehen musste. Die Ungewissheit, was mit ihm los war, und dann die Schuldgefühle wegen Ferodan und Oriana … Sie wusste nicht, wie lange er das durchstehen würde. Sobald sie sich um die Weltenrisse gekümmert hatten, mussten sie unbedingt eine Lösung für ihn finden. Sie hoffte von ganzem Herzen, dass Kaaya – Neah – ihnen dabei helfen würde. Dass sie Pertheas besiegen und zurückkehren würde, um sich ihrer Suche nach einer Lösung anzuschließen. Sie wusste, wie viel Arian ihr bedeutete. Und daran würde sich auch nichts ändern, wenn sie in ihren alten Körper zurückkehrte – so stand es zumindest in den alten Schriften geschrieben, die sie und Oriana gemeinsam studiert hatten.

Ihre Gedanken brachen ab, als sie schon von Weitem erkennen konnte, dass irgendetwas nicht stimmte. Der Hafen, in den das Schiff gleich einfahren würde, war über und über besetzt mit Soldaten. Trotz ihrer zitternden Knie rappelte sie sich auf und trat an Arons Seite, um einen besseren Blick auf das Geschehen erhaschen zu können. Doch es gab kein Geschehen. Die Soldaten standen einfach nur da, ihren Blick aufs Schiff gerichtet. Sie waren von Kopf bis Fuß in Diamantrüstungen gekleidet, die bis zu einem gewissen Grad vor magischen Verletzungen schützten.

»Lu«, murmelte Aron neben ihr und sie blickte zu ihm hoch. »Die sind wegen dir hier.«

Sie riss entsetzt die Augen auf und sah zurück zu den Männern und Frauen, die immer näher rückten, je weiter das Schiff sich auf den Hafen zubewegte.

»Wie kommst du darauf?« Ihr Herz pochte mit einem Mal schneller und sandte Adrenalin durch ihre Adern.

Aron griff nach ihrer Hand und verflocht seine Finger mit

ihren. »Ist so ein Gefühl. Vielleicht solltest du mir jetzt sagen, was du getan hast, das deine Großmutter verärgert haben könnte.«

Immer schneller, schneller, schneller. Ihr Herz wollte sich nicht beruhigen. »Das ist kompliziert«, flüsterte sie, ohne den Blick von den Soldaten abzuwenden. »Versprich mir, dass du mich mit ihnen gehen lässt. Dass du dich nicht zu erkennen gibst.«

Aron drehte sich zu ihr um, Wut mischte sich in seine Züge. »Das werde ich nicht!«

Ihre Blicke trafen sich, und es fühlte sich so an, als würde ihr jemand eine Faust in den Magen rammen. Er sah wild entschlossen aus, stark und traurig und zornig und verletzt. Sie drückte seine Hand noch fester und stellte sich auf die Zehenspitzen, um ihn zu küssen.

Er wich ihr aus. »Wag es ja nicht«, sagte er und schaute sie so eindringlich an, dass ihre Knie wieder weich wurden. »Wag es nicht, dich von mir zu verabschieden, Luana Fenhorn.«

»Aron, ich –«

»Wir stehen das zusammen durch. Es ist mir egal, was kommt! Wann verstehst du das endlich?«

Ein Kloß bildete sich in ihrem Hals, den sie einfach nicht hinunterschlucken konnte. Sie kämpfte gegen die aufsteigenden Tränen an und lehnte ihren Kopf an seine Schulter.

»Ich würde immer dich wählen, weißt du?«, flüsterte sie. »Ich spüre, dass du an dir zweifelst, und ich spüre, dass du dich oft fragst, warum ich mich für dich entschieden habe. Aber ich bereue es nicht, Aron. Das habe ich nie, keine einzige Sekunde. Auch in hundert Leben würde ich dich wählen. In hundert Welten würde ich dich finden und ich würde *dich* wählen. Immer.«

Sie hörte, wie er schwer schluckte und dann den Arm um ihre Taille legte. »Ich weiß«, hauchte er. »Ich spüre es. Und es überwältigt mich jedes Mal aufs Neue.« Er zog sie näher an sich heran. »Ich weiß nicht, womit ich dich verdient habe, aber ich werde den Göttern auf ewig dankbar sein, dass sich unsere Wege gekreuzt haben.«

»Das waren unsere Seelen«, antwortete sie. »Sie haben einander gesehen und uns zusammengeführt. Sie haben es gespürt, noch bevor wir es gespürt haben. Nichts auf der Welt hätte sie davon abhalten können, einander zu finden.«

»Dann bin ich unseren Seelen dankbar«, erwiderte er und sie lachte leise. »Was auch immer dort auf uns wartet«, sagte er nach einer Weile und zeigte auf den Hafen, der keine zweihundert Meter mehr entfernt war, »wir stehen das durch. Zusammen.«

»Zusammen«, wiederholte sie.

Die Lichter des Hafens kamen näher und hinter den unzähligen Soldaten zeichnete sich bereits das Regierungsviertel von Erloven ab. Luana legte den Kopf in den Nacken, und mit klopfendem Herzen ließ sie ihren Blick an der Zitadelle hinaufwandern, bis deren Spitze in den Wolken verschwand. Die Hohe Lady wartete dort drin auf sie, hatte diese Männer und Frauen in ihren Diamantrüstungen mit Sicherheit vorgeschickt, damit sie sie auf direktem Wege zu ihr führten. Luana schluckte schwer und Schweiß trat ihr auf die Stirn. Ihr war egal, dass sie sich dieser Frau stellen musste, aber sie hasste es, dass sie Aron mit hineinziehen würde.

Als würde er wissen, was sie dachte, drückte ihr Seelengefährte ihre Hand noch fester, und sie lenkte ihre Aufmerksamkeit fort von dem imposanten Gebäude und hin zu den Häusern, die es säumten. Ihr Blick richtete sich auf die Straße, die zum Haus ihrer Mutter führte, und sie fühlte einen Stich in der Magengegend.

»Macht Euch bereit, wir legen an!«, rief der Kapitän des fliegenden Schiffs. Und Luana machte sich bereit.

Kapitel 13

Luana

»Lady Luana Fenhorn?« Kaum hatten sie das Schiff verlassen, trat die Soldatin auf Luana zu und musterte sie mit einem ausdruckslosen Blick.

»Frau Oberst?«, entgegnete sie kühl. Die Frau mit dem streng zusammengebundenen schwarzen Haar stand schon seit Jahrzehnten in den Diensten ihrer Großmutter.

»Ich habe den Befehl, Euch in die Zitadelle zu geleiten.«

Luana zog eine Augenbraue hoch. »Ich hatte gar nicht vor, die Zitadelle zu besuchen.«

»Wir können das hier auch unter Anwendung anderer Mittel durchführen, wenn Euch das lieber ist.« Die Frau presste ihre Lippen zu einer harten Linie zusammen.

»Schon in Ordnung, Frau Oberst«, sagte Aron neben ihr. »Wir gehen mit Euch. Ganz ohne Probleme.«

Luana und die Soldatin blickten Aron ungläubig an. »Und wer seid Ihr?«, fragte Letztere.

»Ich bin Lady Luanas Seelengefährte«, antwortete er, bevor Luana den Mund aufmachen konnte.

Sie blähte die Nasenflügel auf und biss sich auf die Zunge, um nichts zu erwidern.

»Ich weiß nicht, ob es Euch noch nicht aufgefallen ist, aber Ihr seid ein Mensch.«

»Passt auf, wie Ihr mit ihm sprecht«, zischte Luana, doch die Frau hob nur eine Hand, um sie zum Schweigen zu bringen.

»Ich weiß nicht, was Ihr hier spielt, Lady, doch es ist nicht meine Aufgabe, das herauszufinden.« Sie machte eine Kopfbewegung in Richtung eines anderen Soldaten, der daraufhin einige Schritte näher trat und ihr ein Paar Handschellen hinhielt. Luanas Herz setzte einige Schläge aus.

»Die werden nicht nötig sein«, sagte sie und versuchte dabei die Unsicherheit in ihrer Stimme zu überspielen, die der Anblick des Elfeneisens in ihr ausgelöst hatte. Es war dasselbe Material, das man auch für den Bau der Elfenverliese verwendet hatte. Sobald es um ihre Handgelenke geschlossen würde, wäre sie nicht mehr in der Lage, Magie zu wirken.

Die Soldatin grinste schief. »Ich bestehe darauf.«

Sicherheitshalber legten sie Aron ebenfalls ein Paar der Handschellen an und dann schritten sie durch Erloven in Richtung Zitadelle. Es waren mindestens ein Dutzend Soldaten, die sie eskortierten. Wenn Luana sich aufgrund ihres Magieverlusts nicht so leer gefühlt hätte, hätte sie dieser Umstand durchaus amüsiert. Dass ihre Großmutter doch tatsächlich glaubte, es bräuchte so viele Männer und Frauen, um ihre Enkelin in Schach zu halten. Die Soldatin hatte die Handschellen unnötig festgezogen, sodass sie ihr bei jeder kleinen Bewegung ins Fleisch schnitten.

Luana warf einen Seitenblick zu Aron, der aufmunternd zu ihr hinuntersah. So zuversichtlich er auch war, es half nichts. Nur noch wenige Kilometer, dann würden sie vor Elora und ihrem Rat stehen.

Bitte, Eiyune, flehte sie in Gedanken, *bitte mach, dass Aron nichts geschieht.*

Die Zitadelle, in der der Hohe Rat seinen Sitz hatte, erhob sich schneeweiß aus der Stadtmitte über alle anderen Gebäude. Das massive Tor wurde von vier Wachmännern in glänzenden Rüstungen bewacht, die augenblicklich Platz machten, als Luana, Aron und ihre Eskorte näher kamen. Einer der Soldaten streckte seine Hand in die Höhe und formte eine Faust, was dafür sorgte, dass sich das Eingangsportal öffnete. Ganz langsam, Spalt für Spalt. Luanas Atem ging inzwischen so hektisch, dass sie das Blut in ihren Adern rauschen hörte. Zu gut erinnerte sie sich an ihren letzten Besuch hier.

»Er ist ein Mensch!«

»Ich habe dich gewarnt, Luana. Du weißt, was das für dich bedeutet.«

»Dann seist du ab jetzt und für immer von Erloven verbannt, Luana Fenhorn. Drehe dich um und kehre nie wieder zurück.«

Ihre Knie zitterten, als sie die Zitadelle betraten. Nicht, weil sie Angst vor dem hatte, was sie erwartete. Sie hatte Angst um Aron. Sie kannte ihre Großmutter.

Prunkvoll und weitläufig präsentierte sich der Eingangsbereich dieses uralten Gebäudes. In die Wände waren Juwelen eingearbeitet, die in den buntesten Farben glänzten. Der Boden war, wie auch das Dach, aus reinem Saphir gefertigt. Das Blau war so glatt poliert, dass es so wirkte, als würde man auf Wasser laufen. Ein Element ihrer Großmutter. Das andere war Feuer – jenes Element, das sich durch die ganze Fenhorn-Blutlinie zog.

Ein Großteil der Soldaten blieb unten, während drei von ihnen Aron und Luana die Treppen hinauf in den Ratssaal begleiteten. Natürlich war die Soldatin unter ihnen, die ihnen die

Handschellen angelegt hatte. Sie bildete die Spitze der Gruppe, die Luana ihrem Schicksal Stufe um Stufe näher brachte. Es waren 4061 an der Zahl. Aron gab kein Geräusch von sich, sie konnte aber spüren, wie sehr der Aufstieg an seinen Kräften zerrte. Die Zitadelle war nicht für Menschen gemacht. Sie versuchte seinen Blutfluss zu regulieren, doch es nutzte nichts. Die Handschellen erfüllten ihren Zweck. Luana musste daran denken, was passieren würde, falls sie stolperte und fiel. Sie würde sich nicht mal festhalten oder stützen können. Es gab hier auch keine Absätze und nichts, das ihren Fall aufhalten würde. Sie würde das gesamte Gebäude hinunterpoltern, jede einzelne Stufe des Treppenlaufs, der sich durch das runde Gebäude wand wie eine Schlange. Und ohne ihre Magie würde sie sich nicht heilen können. Wenn sie fiel, würde sie sterben.

Sie musste sich jedoch keine weiteren Gedanken darum machen, da sie endlich die Spitze der Zitadelle erreichten. Den Ratssaal. Der Aufstieg hatte auch sie ermüdet, bemerkte sie. Doch die Erschöpfung wich sogleich aus ihren Knochen, als ihr Blick auf den ihrer Großmutter traf, die an dem Kopf des ansonsten leeren Tisches saß, der sich wie ein großes *U* an dreien der juwelenbesetzten Wände entlangzog. Die Hohe Lady hatte die Ellenbogen auf die Tischplatte gestützt, die aus Gold bestand, und rieb die Hände aneinander.

»Du bist da. Reichlich spät.« Sie zog eine ihrer schmalen silbernen Augenbrauen in die Höhe. »Geht«, sagte sie dann an die drei Soldaten gewandt und unterstützte ihren Befehl mit einer nonchalanten Handbewegung.

»Ihr habt mir Zeit gegeben, meine Mission zu erfüllen.«

»Ich dachte nicht, dass diese *Mission*«, Elora betonte das Wort abfällig, »einige Wochen in Anspruch nimmt.«

»Es war wichtig, Hohe Lady. Und jetzt bin ich hier. Ich bin aus freien Stücken zurückgekehrt.«

»Und du hast den Schneider mitgebracht.« Die blauen Augen der Hohen Lady blickten missbilligend an Aron auf und ab.

Einst war Aron als Lehrling des Schneiders Markos nach Erloven gekommen, um Ballkleider für die Fenhorns anzufertigen. Es war Liebe auf den ersten Blick gewesen, als der groß gewachsene Mann mit den dunklen Haaren und Sommersprossen vor Luanas Tür gestanden hatte. Heute wusste sie, dass er ihr Schicksal war.

»Das ist Aron, mein –«

»Ich weiß, wer er ist«, fiel Luanas Großmutter ihr eiskalt ins Wort. »Schließlich ist er der Grund, warum du deine Familie verraten hast.« Eloras Stuhl glitt geschmeidig über den Saphirboden, als sie ihn zurückschob, um sich zu erheben. Wie immer trug sie ein bodenlanges Kleid, dessen kühler Blauton ihren Augen schmeichelte. Und zu ihrem Herzen aus Eis passte. Edle Stickereien in Gold und Silber verliefen entlang des Saums und hauchten dem gesamten Erscheinungsbild der Hohen Lady Eleganz ein. Und mit dieser ging sie nun auf Luana zu und blieb so dicht vor ihr stehen, dass sie ihren Atem nach frischem Pfefferminz wahrnehmen konnte. »Was ist mit deinem Auge geschehen?«

Luana reckte das Kinn. »Eine Kampfverletzung.« In Gedanken erlebte sie den Moment, als der Pfeil im Nebulum auf sie zugeschossen war, ein weiteres Mal. Unwillkürlich verspannte sich ihre Körperhaltung und sie presste ihre Kiefer fester aufeinander.

»Das sieht furchtbar aus. Das sollte einer unserer Blutheiler mal genauer überprüfen.«

»Ich hatte nicht vor, lange zu bleiben.«

Elora verengte die Augen. »Ich dachte, wir hätten eine Abmachung getroffen?«

Auch wenn Luana Aron in ihrem Rücken nicht sehen konnte, so spürte sie, wie er sich versteifte. »Ich fürchte, die ist hinfällig. Es hat sich etwas verändert.«

»Sei nicht albern. Was soll sich denn …« Elora kniff die Augen zusammen und warf einen erneuten Blick hinter sie auf Aron. Ihre Pupillen weiteten sich, als sie zurück zu Luana sah. »Nein.« Ihre Stimme zitterte.

»Ihr spürt es?«, fragte Luana voller Genugtuung.

»Du törichtes, dummes, dummes Kind! Wie konntest du?«

»Ich bin kein –«

»Sei ruhig!«, bellte die Hohe Lady und drehte sich um. Sie ging zurück zum Tisch, um sich an der Kante abzustützen.

Luana zog die Augenbrauen zusammen. »Ihr wirkt nicht überrascht, dass das möglich ist.«

Elora setzte sich. »Ich hätte es mir denken müssen. Der Apfel fällt schließlich nicht weit vom Stamm, nicht wahr?«

»Großmutt… Hohe Lady, wovon sprecht Ihr?« Luana spürte Arons stechenden Blick in ihrem Nacken, doch sie konnte sich jetzt nicht von Elora abwenden. Sie musste jede Regung im Gesicht der Frau erkennen, lesen. Sie musste verstehen, was hier passierte.

»Das wird hier und heute enden, Luana.« Elora bohrte ihren Blick in Luanas. Ihr Gesicht sah auf einmal so alt aus.

»Wovon in Eiyunes Namen sprecht Ihr?« Angst kroch in ihr hoch. »Hier wird gar nichts enden! Aron ist mein Seelengefährte, mein Schicksal. Wir sind auf ewig verbunden!«

»ER IST EIN MENSCH!« Eloras Stimme hallte von den Wänden wider und sorgte dafür, dass sowohl Luana als auch

Aron zusammenzuckten. »Bist du denn nicht mehr bei Sinnen? Was ist nur in deiner Erziehung schiefgelaufen? Oder sind es die verseuchten Gene deines –« Sie unterbrach sich selbst, indem sie ihre Faust auf den Tisch schlug.

Luanas Gedanken rasten, genauso wie ihr Puls. Ein Bild wollte sich vor ihr zusammensetzen, aber sie konnte es nicht greifen. Ein Teil des Puzzles fehlte. »Sprichst du von meinem Vater?« Das Blut rauschte ihr in den Ohren. »Was war mit ihm?«

»Sei ruhig, um Eiyunes Willen«, knurrte Elora. »Ich werde mir das nicht mit ansehen. Nicht noch einmal. Keine Sorge, du wirst nicht sterben, wenn er stirbt«, fügte sie hinzu. Luana bemerkte erst, warum ihre Großmutter das gesagt hatte, als es bereits zu spät war. Sie hörte das Knistern des Feuers, nur eine Sekunde bevor Aron hinter ihr schmerzerfüllt aufschrie.

Sofort schnellte sie herum, um das Fürchterlichste zu erblicken, was sie je gesehen hatte: Aron stand in Flammen.

»NEIN!«, kreischte sie. »HÖR AUF DAMIT, BITTE!« Sie zerrte an den Handschellen, versuchte sich irgendwie zu befreien, aber es war zwecklos. Ein Rinnsal Blut lief zwischen ihnen hindurch und ihren Unterarm runter, während Aron so sehr schrie und schrie und schrie, dass sich seine Stimme überschlug. Luanas Herz schmerzte, tat so sehr weh, dass es sie lähmte. Als die Flammen an seinen Beinen emporzüngelten, legte sich jedoch ein Hebel in ihrem Kopf um. Sie stürzte auf Elora zu, um sie zu Boden zu reißen, doch innerhalb eines Wimpernschlags wurde sie von einer Wasserfontäne quer durch den Raum geschleudert.

»Luana!«, krächzte Aron, und seine Stimme gab ihr die nötige Kraft, wieder aufzustehen. Er war auf die Knie gesunken und wurde vollständig von den Flammen verschlungen. Er schrie so laut, dass ihr das Geräusch bis in die Seele fuhr.

»Die Schattenelfen sind hier!«, brüllte Luana. »Pertheas will deinen Tod!«

»Was redest du da?«, blaffte Elora, aber Luana konnte erkennen, dass sie um Fassung rang.

»Ich schwöre es bei meinem Leben! Bei dem Leben meiner Mutter und meiner Schwestern! Lass Aron leben und ich erzähle dir alles!« Erst als sie zu Ende gesprochen hatte, bemerkte Luana, wie still es plötzlich geworden war. Aron schrie nicht mehr. Mit wild pochendem Herzen sah sie zu ihm. Das Feuer war erloschen. Er lag auf dem Boden. Seine Kleidung hing in Fetzen an ihm herab, genau wie ein großer Teil seiner Haut. »Nein!« Mit wenigen Schritten war sie bei ihm und fühlte seinen Puls.

Nein, nein, nein.

»Nimm mir diese verfluchten Handschellen ab!«, brüllte Luana. »SOFORT!«

»Du wirst mir nichts tun«, keifte Elora und holte einen Schlüssel aus ihrer Rocktasche. Die Angst vor Pertheas' Rache troff ihr aus allen Poren. »Und wehe, du belügst mich.«

Sobald ihre Hände frei waren, legte Luana sie auf Arons zerfetzten Rücken. Tränen rollten über ihr Gesicht, verschleierten ihr die Sicht, und doch ließ sie sich nicht davon abhalten, alles, was sie hatte, in ihn hineinströmen zu lassen.

»Bitte«, flüsterte sie. »Bitte, Eiyune, bitte, bitte, bitte.« Ein lauter Schluchzer kam über ihre Lippen, als sie immer noch keinen Puls wahrnahm. »Bitte, Eiyune, ich flehe dich an. Bitte, nur dieses eine Mal. Bitte. Ich tue alles, was du willst.« Sie konnte spüren, wie sie ihre letzten Kraftreserven auf Aron übertrug. Der Raum wankte, die Farben verblassten.

Und plötzlich fühlte sie ihn. Arons Puls. Ganz schwach, aber da. »Danke«, weinte sie und ließ ihre Stirn auf Arons Hinterkopf sinken. Seine Haare waren versengt, und der Teil von seinem Gesicht, den sie sehen konnte, war rußbedeckt. »Danke.«

»Du bist erbärmlich«, sagte Elora. Es klang bei Weitem nicht so hasserfüllt, wie Luana es von ihr kannte.

Als sie den Blick hob, um ihn ihrer Großmutter zuzuwenden, konnte sie Tränen in deren Augen erkennen.

»Eigentlich bist du erbärmlich«, gab sie zurück. Auch aus ihrer eigenen Stimme war die Wut gewichen. Sie hatte keine Kraft mehr, um etwas zu fühlen außer Erleichterung und unendlicher Dankbarkeit.

»Jetzt erzähl mir von Pertheas.« Elora drehte sich weg und ging zurück zu ihrem Stuhl am Kopfende des Tisches.

»Es ist ihm gelungen, einen Weltenriss zu erschaffen. Mehrere, um genau zu sein.« Elora sah sie voller Ungeduld an, als sie nicht weitersprach. »Gib mir dein Wort, dass du Aron und mich in Ruhe lassen wirst. Dass du uns zusammen sein lässt.«

Die Hohe Lady schnaubte. »Das ist Erpressung.«

»Das, was du getan hast, war beinahe Mord.«

»Ich finde diese verdammten Risse auch ohne dich.«

Luana grinste schwach. »Dann sei darauf vorbereitet, dass eine uralte Freundin von mir auf der anderen Seite nur darauf wartet, dich in die Finger zu bekommen.«

Elora zog die Augenbrauen zusammen. »Schön«, rief sie, »ich lasse eure *kranke* Verbindung in Ruhe.«

»Habe ich dein Wort?«

»Ja, verdammt, du hast mein Wort! Und jetzt spuck es endlich aus!«

Luana überlegte fieberhaft, wie viel sie ihrer Großmutter erzählen wollte. Sie brauchten die Hilfe des Rates, um die Risse zu schließen, ja. Aber was musste Elora dafür wissen? Vielleicht sollte sie etwas in der Hinterhand behalten, um später mehr über ihren Vater zu erfahren. Eloras Andeutung vorhin hatte sie aufgewühlt.

»Noch ist Pertheas im Nebulum. Er erschafft sich eine Armee aus Untoten, um Rache am Rat zu üben.«

»Und wo befinden sich die Weltenrisse? Wie ist es ihm gelungen, sie zu erzeugen?«

»Dafür müsste ich ganz schön weit ausholen. Ich fürchte, dieses Gespräch müssen wir vertagen, *Großmutter.*«

Sie sah, wie Eloras rechtes Auge zuckte. »Wie halten wir ihn auf?«

Luanas Grinsen wurde breiter. »Jetzt kommen wir der Sache schon näher.«

Kapitel 14

Kaaya

Die letzten Meter zur Krypta hatte Kaaya zu Fuß zurückgelegt. Denn je näher sie ihr gekommen war, desto mehr Elfen befanden sich in der Gegend. Sie hatte daher den Weg durch den Wald genommen, obwohl der vermutlich länger war als der über die Straße. Da hier im Nebulum ohnehin permanent Nacht herrschte, konnte sie schwer einschätzen, wie lange sie bereits unterwegs war. Sie hatte noch im Ohr, wie Ilias sagte, dass man kaum einen Tagesritt von der Kapelle zur Krypta brauchte. Also mussten nun schon über drei Tage vergangen sein, seit sie sich von Aron und Luana verabschiedet hatte. Vielleicht war bereits der vierte Tag in Eseria angebrochen und Luana bereits auf Erloven. Somit blieben ihr etwa drei Tage. Und was tat sie? Sie stand mitten im Wald hinter einem Baum und beobachtete den Eingang der Krypta, anstatt hineinzugehen.

Äußerlich unterschied sich das Gebäude nicht allzu sehr von dem riesigen Tempel, neben den man es gebaut hatte. In der Dunkelheit erkannte Kaaya porösen Stein und alte Säulen. Sie schluckte beim Anblick des dunklen Eingangs und hoffte, dass Ilias hier sein würde. Vielleicht sollte sie auf ihn warten?

Zumindest noch ein paar Stunden. Wenn man sie hier allein erwischte, standen ihre Chancen nicht besonders gut.

Doch Ilias kam nicht. Sie wurde immer müder, konnte sich nicht einmal mehr daran erinnern, wann sie zuletzt geschlafen hatte. Kaaya griff in ihren Beutel und zog ein Tonikum hervor, das ihr einen Teil der Erschöpfung nehmen würde. Schlaf konnte sie sich jetzt beim besten Willen nicht leisten. Sie rümpfte die Nase, als sie das Fläschchen entkorkte und ihr der bitter-herbe Geruch des Gebräus an die Nase drang. Sie nahm einen Schluck und machte eine kleine Pause, bevor sie sich den Rest in den Rachen kippte. An diesen Geschmack würde sie sich nie gewöhnen.

Als sie merkte, wie das Tonikum seine Wirkung entfaltete, fasste sie einen Entschluss. Sie hatte keine Zeit mehr zu verlieren, und wenn sie allein da runtermusste, dann sollte es so sein. Nachdem sie beobachtet hatte, wie die Patrouille sich wieder entfernte, sah sie ihre Chance gekommen. Leise trat sie aus dem Schatten des Baumes, den das Mondlicht warf, und schlich sich an dem Gemäuer der Krypta entlang zum Eingang. Ihr Leben als Diebin hatte sie gelehrt, sich auf leisen Sohlen zu bewegen, selbst wenn das hieß, ihren eigenen Herzschlag so laut wahrzunehmen, als würde er in ihren Ohren trommeln. Ein Schweißtropfen löste sich von ihrer Schläfe und lief ihr kitzelnd übers Gesicht. Je näher sie dem Eingang kam, desto heißer wurde es. Zahllose Fackeln säumten den Weg, und ihr Licht machte Kaaya nervös, da die Wachleute sie so besser entdecken konnten.

Sie hätten dich auch in der Dunkelheit gesehen, du Idiotin, sprach sie in Gedanken mit sich selbst. Das half ihr dabei, ruhig zu bleiben, ohne den Fokus zu verlieren. Ihr Blick folgte weiterhin der Patrouille, die sich immer weiter entfernte, und bevor die nächste in ihre Nähe kam, huschte sie an den Fackeln vorbei in das Innere der Krypta.

Lautlos lief sie einen Gang entlang, der von Laternen, die an der Wand hingen, ausgeleuchtet wurde. Das Gebäude hatte eine niedrige Decke und war so schmal und gerade geschnitten, dass sie sich nicht würde verstecken können, wenn ihr plötzlich jemand entgegenkommen sollte. Der Gang mündete in einer Treppe, die sie hinab in die Grabkammer führte. Entgegen ihren Erwartungen war der Raum nicht groß. Sie zählte sechs Säulen, die eine bogenförmige Decke hielten. An jeder von ihnen waren Fackeln befestigt, die allesamt brannten. Es war warm und stickig hier unten. Den toten Körpern der Elfen sollte das natürlich nichts ausmachen.

Kaaya sah sich noch einmal nach Ilias um, doch es war viel zu still. Und irgendwie hatte sie das Gefühl, dass sie ihn spüren würde, wenn er hier wäre. In ihrer Nähe. Sie ließ den Blick erneut durch das Gewölbe schweifen und entdeckte drei Sarkophage. Da die Krypta zu Ehren Eldans errichtet worden war, wie Ilias ihr erzählt hatte, würde hier vermutlich neben ihm und Neah auch seine Seelengefährtin liegen.

Fiebrig atmete sie ein, dann wieder aus, ehe sie auf den ersten steinernen Sarg zuging. An seinem Fuß war eine kleine Steintafel angebracht, doch sie konnte nicht entziffern, was darauf geschrieben stand. Die Buchstaben waren elfisch. Fünf standen in der oberen Zeile, sechs in der unteren.

»Eldan Ularen?«, murmelte sie. Auf der mittleren Tafel zählte sie jeweils sechs Buchstaben pro Zeile und auf der letzten standen oben vier und unten sechs. »Neah.« Ihr Körper musste in dem Sarkophag ganz rechts liegen. Kaaya ging darauf zu, strich ehrfürchtig über den kalten Stein des Deckels. Erst als sie sah, wie sehr ihre Hand dabei zitterte, merkte sie, wie angespannt sie wirklich war. Wenn ihr Körper tatsächlich in dem Sarg lag, würde es keine Ausflüchte mehr geben. Keinen Grund, einen Rückzieher zu machen. Nichts, was sie daran hindern würde, ihr altes Leben aufzugeben.

Dreh dich um und lauf weg.

Nein. Nein, das war keine Option.

Oder?

Ohne dass sie es verhindern konnte, schluchzte Kaaya laut auf und presste sich noch im selben Moment die Hand auf den Mund, als der Laut von den Wänden widerhallte.

War sie bereit hierfür?

War sie bereit für ihr Ende?

Für Kaayas Ende?

Bevor sie weiter drüber nachdenken konnte, legte sie ihre Hände an den Rand des steinernen Deckels und schob. Wenn er sich bewegte, dann vielleicht um einige wenige Millimeter.

»Das ist doch ein schlechter Scherz«, flüsterte sie vor sich hin. Sie nahm Stahlschwinge von ihrem Rücken und legte die Klinge neben sich auf den Boden. Ihr Beutel und der Umhang folgten. Anschließend atmete sie noch mal tief ein und stemmte sich mit aller Kraft gegen den schweren Stein. Wieder ein paar Millimeter. Sie wiederholte das Ganze einige Male, bis sie sich schwer atmend auf den Boden sinken ließ. Es war nicht einmal eine Lücke zu erkennen.

Sie wischte sich den Schweiß von der Stirn und löste eins ihrer Lederarmbänder, um sich die Haare aus dem Gesicht zu binden. Einige Minuten saß sie da und überlegte fieberhaft, was sie tun sollte. Sie hatte doch nicht den ganzen Weg hinter sich gebracht, um jetzt hier an dem Sargdeckel zu scheitern.

Bildete sie es sich ein oder strömte plötzlich ein kalter Luftzug durch die Grabstätte? So schnell und leise wie möglich richtete Kaaya sich auf. Sie wollte nach ihrem Schwert greifen, spürte aber gleichzeitig, dass ihr keine Gefahr drohte. Dass die kalte Luft nicht vom Eingang der Krypta zu ihr gelangte. Ihr Puls beruhigte sich, und sie ließ sich von der angenehmen Kälte liebkosen, die ihre erhitzte Haut wieder herunterkühlte.

Sie schloss die Augen und genoss dieses Gefühl. Und als würde sie eine fremde Macht leiten, legte sie ihre Hände erneut an den Deckel des Sarkophags und drückte.

Und der Stein gab nach.

—

ILIAS

Ilias wachte mit einem unguten Gefühl auf. Er hatte nur kurz die Augen schließen wollen und wusste nicht, wie lange er geschlafen hatte. Es war eiskalt in diesem stinkenden Loch, in dem er dank seines eigenen Vaters steckte. Er hörte Timor im Schlaf sprechen und fragte sich, warum der Hohepriester hier im Verlies gelandet war.

Euer Vater mag keine Verräter.

Ob es ein Zufall war, dass er Timor seit Neahs Tod nicht mehr gesehen hatte? War er etwa seitdem hier unten? Seit sieben Jahren in diesem Drecksloch … Ein Kloß bildete sich in seinem Hals. Vielleicht würde sein Vater ihn hier unten ebenfalls über die nächsten Jahre eingesperrt lassen. Vielleicht war es ihm zu einfach, Ilias töten zu lassen. Vielleicht wollte er ihn leiden sehen, nachdem so viel zwischen ihnen vorgefallen war.

Das ungute Gefühl in seinem Bauch verstärkte sich.

»Kaaya«, flüsterte er, als Angst in seine Knochen fuhr.

KAAYA

Langes schwarzes Haar umfloss ein weißes Antlitz, das Kaaya fremd war und doch vertraut. Neah war außergewöhnlich schön, selbst im Tod.

Erst als schwarze Flecken in ihr Blickfeld traten, merkte Kaaya, dass sie die Luft angehalten hatte, und gab sie schnell wieder frei, um einen gierigen Atemzug zu tun. War die Luft hier unten die ganze Zeit über so dünn gewesen? Sie griff sich an die Kehle, die plötzlich so eng schien. Sie wollte atmen, aber sie konnte nicht. Mit zitternder Hand stützte sie sich an dem kalten Sarkophag ab, der Neah beherbergte. Die letzten sieben Jahre beherbergt hatte.

Röchelnd sog sie die stickige Luft ein, während sich alles um sie herum drehte. Ein hoher Piepton in ihrem linken Ohr wurde lauter und lauter, die schwarzen Flecken immer größer. Als ihre Hand von dem glatten Stein zu rutschen drohte, griff sie instinktiv nach etwas anderem.

Nach einer Hand, die noch kälter war als der Stein. Erschrocken wollte sie sich losreißen, doch dann legte sich eine dumpfe Schwere auf ihre Brust und die ersten Bilder drangen in ihren Geist.

Lachen. Ein helles Lachen und eine Stimme. Eine Stimme, die sie kannte. Saphir-Augen, die näher kamen. Lippen, die zu einem warmen Lächeln verzogen waren.

Mit einem Laut, der tief aus ihrer Brust kam, löste sich Kaaya aus der Starre. »Was war das?«, keuchte sie. Und doch wusste sie, was das gewesen war. Sie wusste es. Erinnerungen.

Neahs Erinnerungen. *Ihre* Erinnerungen. Sie hatte Ilias' Gesicht aus ihren eigenen Augen gesehen. Sie hatte sich selbst lachen gehört. Und sie wusste plötzlich, warum sie gelacht hatte. Ilias hatte ihr gerade erzählt gehabt, dass er der Kronprinz war. Sie hatte gedacht, dass er scherzte. Tränen sammelten sich in Kaayas Augen, als sie sich erinnerte, wie er ihr Gesicht in seine Hände genommen und ihr eindringlich in die Augen geschaut hatte.

»Es stimmt, Neah.« Sie war verstummt. Sie wusste nicht, was sie sagen sollte. »Aber das ändert nichts zwischen uns. Du gehörst zu mir, wie ich zu dir gehöre. Immer.«

»Versprichst du es mir?«

»Ich verspreche es.«

Weiche Lippen, die auf ihre trafen. Ein verzweifelter Kuss, der von einer Liebe erzählte, die ihren Körper erbeben ließ.

»Ilias«, flüsterte Kaaya und fasste sich an den Mund, als könnte sie ihn so festhalten. Doch so, wie der Druck seiner Lippen von ihren wich, so verflüchtigten sich auch die Erinnerungen, die mit einem Mal über sie hereingebrochen waren.

Aus tränenverschleierten Augen sah sie zu dem leeren Körper, der nur eine Handbreit von ihr entfernt lag. Vorsichtig streckte sie einen Finger aus und verharrte nur wenige Zentimeter vor Neahs Gesicht. Würden weitere Erinnerungsfetzen kommen, wenn sie sie wieder berührte? Sie wollte mehr davon. Mehr, mehr, mehr. Dann spürte sie erneut die eiskalte Haut unter ihren Fingern.

Die Haut wurde warm. Rauer. Kaum hatte Kaaya geblinzelt, war da nicht mehr Neahs Gesicht, das sie berührte. *Es war Ilias' Gesicht, das über ihr auftauchte. Ein hungriger Ausdruck lag auf diesem, bevor er es auf ihres herabsenkte, um sie mit einem Kuss zu verschlingen. Eine Hitzewelle schoss durch sie hindurch und entfachte ein Feuer in ihrem Körper. Ein Feuer, das zu einem Inferno aufloderte, während er seine Hand langsam über ihren Bauch gleiten ließ und fest um ihre Brust schloss. Sie stöhnte in den Kuss hinein, bäumte ihren erhitzten Körper seinem stählernen entgegen. Er sah aus wie ein verdammter Gott. Sie spürte, wie er grinste. Wie er es genoss, diese Empfindungen in ihr auszulösen. Er wusste ganz genau, was er tat. Ilias ließ von ihren Lippen ab, um sich gänzlich ihren Brüsten hinzugeben.*

»Ilias«, flüsterte sie atemlos. »Bitte.« Mit einem dunklen Funkeln in den Augen schaute er zu ihr hoch und sein Anblick weckte einen uralten Instinkt in ihr. »Sag, dass du mir gehörst.« Ihre Stimme zitterte vor Erregung. Wieder verzog sich Ilias' Mund zu einem schiefen Grinsen. Mit beiden Armen stützte er sich links und rechts neben ihr auf. »Sag es«, drängte sie leise.

Wie in Zeitlupe näherten sich seine Lippen ihrem Ohr. »Neah«, flüsterte er und ein Schauer jagte durch sie hindurch. »Ich gehöre dir. Und du gehörst mir.«

Und dann nahm er ihren Körper in Besitz. Sie spürte, wie sich seine Muskeln bewegten, während sie die Finger in seinen Rücken krallte. Ihr Stöhnen vermischte sich mit seinem, als er sich zurückzog, um sie erneut in Besitz zu nehmen, und wieder und wieder und wieder, bis sie nichts anderes mehr konnte, als seinen Namen zu schreien. Wieder und wieder und wieder …

»Ilias!« Schwer atmend stand Kaaya in der Krypta, ihre Fingerspitzen noch immer an Neahs Wange. Schnell zog sie ihre Hand zurück, als hätte sie sich an ihr verbrannt. Das elektrisierende Gefühl, das sie während der Erinnerungen gehabt hatte, blieb jedoch bestehen. Noch immer hatte sie Ilias' tiefdunklen Blick vor Augen, der in ihr Innerstes sah. In ihre

Seele. In diesem einen Moment hatte sie gespürt, dass er ihr Seelengefährte war.

»Ich gehöre dir.«

»Und ich gehöre dir«, flüsterte sie erstickt. Als sie Neah jetzt anschaute, war es, als würde sie in einen Spiegel gucken. »Wie kann ich zurück?«

Sie wusste nicht, was sie erwartet hatte. Natürlich antwortete ihr toter Körper nicht. Ohne zu überlegen, griff Kaaya nach Neahs Handgelenk und schloss die Augen, bereit, weitere Szenen aus ihrem alten Leben noch mal zu erleben. Diesmal tat sich jedoch nichts. Beinahe panisch riss sie sich von Neah los, um sich nervös durch die Haare zu fahren.

»Komm schon«, murmelte sie. »Gib mir ein Zeichen.«

Nichts. Da war absolut nichts außer einer Stille, die so laut war, dass sie Kaaya in den Ohren wehtat. Mit einem Wutschrei trat sie gegen den Sarkophag und bereute es im selben Augenblick, als Schmerz durch ihren Fuß zuckte.

»Verdammter Mist«, fluchte sie. Was sollte sie jetzt tun? Fieberhaft sah sie sich in der kleinen Grabkammer um, doch was sollte sie hier finden? Es gab wohl kaum ein Gerät, das ihre Seele in Neahs Körper beförderte …

Und da kam ihr ein Gedanke.

Wenn meine Seele in meinen alten Körper zurücksoll, muss sie diesen Körper hier erst einmal verlassen. Während sie an sich hinuntersah, kaute sie nervös auf ihrer Unterlippe. Sie wusste nur zu gut, wie man eine Seele aus einem Körper trieb. Wie ihre eigene Seele den Körper verlassen hatte. Kaayas Atem ging schwer, als sie sich zu der Klinge umdrehte, die einige Schritte von ihr entfernt auf dem Boden lag.

»Götter«, flüsterte sie. »Bin ich verrückt geworden?«

Wie von selbst bewegte sie sich auf Stahlschwinge zu. Das

Schwert, das sie seit sieben Jahren bei sich trug. Das Schwert, das ihr schon oft das Leben gerettet hatte. Das Schwert, das ihr jetzt das Leben nehmen würde.

Konnte das funktionieren? Es musste, denn sie hatte keine anderen Optionen. Sie konnte wohl kaum mit Neahs Leichnam auf den Schultern aus der Krypta spazieren. Wo sollte sie sie auch hinbringen? Und wenn sie weiter hier unten auf Ilias wartete wie ursprünglich geplant? Sie hatte keine Zeit. Keine Zeit.

Kaaya bückte sich, um Stahlschwinge aufzuheben. Während das Gewicht der Klinge ihr sonst federleicht vorgekommen war, lag sie nun schwer in ihren Händen. Der Stahl blitzte unter dem Licht der Fackeln auf. Sie schüttelte den Kopf. Das konnte sie unmöglich tun. Das wäre wahnsinnig. Absolut wahnsinnig. Sie legte das Schwert auf einen der anderen Sarkophage und entfernte sich einige Schritte. Kalter Schweiß lief ihr den Rücken hinab.

»Hilf mir«, sagte sie an Neah gewandt und klang dabei so verzweifelt, wie sie sich fühlte.

Stille.

Stille.

Stille.

Kaaya atmete tief ein, dann ganz langsam wieder aus. Sie würde es tun. Sie musste.

Erneut griff sie nach Stahlschwinge und drehte die Klinge so, dass die Spitze auf ihren Bauch zeigte. Tränen liefen ihre Wangen hinab, und sie hasste sich dafür, dass sie so feige war. Vorsichtig übte sie Druck aus. Sie würde vermutlich ein wenig mehr Kraft brauchen, um durch ihr Kettenhemd zu stoßen. Sie sollte es ausziehen. Gerade nestelte sie mit zittrigen Fingern an den Schnallen, als sie ein Geräusch hörte. Kaaya hielt die Luft an und starrte wie gebannt zu der Treppe. Wenn jemand kam, war es ohnehin zwecklos, sich zu verstecken.

Aber da war niemand. Sie wusste nicht, ob sie erleichtert darüber war oder ob sie nicht insgeheim gehofft hatte, jemand würde sie von ihrem Vorhaben abbringen.

Du bist so feige, schrie sie sich selbst in Gedanken an.

Dann atmete sie ein letztes Mal ein. *Leb wohl, Kaaya.* Und während sie ausatmete, rammte sie sich die Klinge mit aller Kraft in den Bauch.

Kapitel 15

Aron

Nur langsam öffnete Aron die Augen. Seine Lider waren schwer, schwerer als sonst. Er musste einige Male blinzeln, da die Helligkeit in dem Zimmer ungewohnt war und hinter seiner Stirn schmerzte. Vorsichtig sah er sich um, konnte zunächst nicht einordnen, wo er sich befand. Er lag in einem großen Himmelbett. Die Wände des Zimmers waren in Gold gekleidet und liefen zu einer Decke zusammen, die mit Stuck verziert war. In ihrer Mitte prangte ein riesengroßer Kronleuchter, der Hunderte von Kerzen hielt. Sein Atem beschleunigte sich, als er den Blick umherschweifen ließ. Die Möbel sahen edel und antik aus. Überall waren Juwelen eingearbeitet, Smaragde, Rubine und Saphire. Saphire …

»Erloven«, murmelte er. Ja, Luana und er waren mit dem Schiff hierhergekommen.

Luana! Wo war sie? Hastig schlug er die Decke beiseite und stellte noch im selben Moment fest, dass die Kleidung, die er trug, nicht seine war. Als er die Stirn runzelte, schmerzte diese.

»Was zum …« Er erhob sich vorsichtig und fluchte leise, weil jeder Schritt, den er auf den Spiegel zuging, wehtat. Endlich hatte er ihn erreicht. Groß und in Bronze gerahmt hing er an der Wand. Aron schnappte nach Luft, als er sein Spiegelbild erblickte. Brandnarben. Aufgeplatzte Haut. Lücken in seinem sonst dichten dunkelbraunen Haar.

Und plötzlich prasselten die Erinnerungen auf ihn ein. Feuer. Überall Feuer. Der Geruch von verbranntem Fleisch … Seinem Fleisch. Ihm drehte sich der Magen um, und er musste sich zusammenreißen, um sich nicht in eine Ecke zu erbrechen. Dazu kam, dass ihm gefühlt tausend Fragen durch den Kopf schossen. Waren sie noch immer in der Zitadelle? Was war das für ein Zimmer? Und wo zur Hölle war Luana? Wenn sie wieder irgendetwas getan hatte, um ihn zu retten, würde er sich das nicht verzeihen. Im selben Moment sah er vor seinem geistigen Auge, wie sie von einer Wasserfontäne gegen die Wand geschleudert wurde und zu Boden krachte, weil sie ihm hatte helfen wollen. Ihm, der sich mal wieder nicht selbst hatte verteidigen können. Wut kroch in ihm hoch.

»Luana!«, wollte er rufen, doch er brachte kaum mehr als ein Krächzen zustande. Sein Blick blieb an seinem Gesicht haften. An dem, was davon übrig war. Er hatte es versucht, aber er würde seinen Mageninhalt nicht länger davon abhalten können, sich quer im ganzen Raum zu verteilen.

LUANA

Nachdem Luana Arons Wunden so weit versorgt hatte, dass er nicht länger in Lebensgefahr schwebte, hatte Elora einige Elfen herbeigerufen, die ihn in eins der Gästezimmer trugen. Am liebsten wäre Luana hinterher und hätte an seiner Seite gesessen, bis er aufwachte, aber da trafen bereits die anderen Ratsmitglieder ein.

Luanas Mutter betrat den Ratssaal als Erste. Sie war in blutrote Roben gekleidet und erschien in Begleitung ihrer Tochter, die ebenfalls Teil des Rates war. Mara. Sie war die älteste der drei Fenhorn-Schwestern und ebenso anmutig wie Ysanoa. Ihr langes, goldblondes Haar fiel ihr in perfekten Wellen über die zarten Schultern, während der Blick aus ihren stahlblauen Augen so hart wirkte wie der Zug um ihre vollen Lippen. Als sie Luana entdeckte, neigte sie den Kopf zur Begrüßung. Vier Jahre hatten sie einander nicht mehr gesehen. Auch wenn es sie schmerzte, dass das alles war, was sie von Mara bekam, erwiderte Luana den Gruß. Sie schluckte schwer, bevor sie schließlich zu ihrer Mutter hinübersah, doch diese fixierte stur einen Punkt auf dem Boden, anstatt ihrer Tochter ins Gesicht zu blicken. Luana hatte sich schon gedacht, dass ihre Mutter sich neben Elora so verhalten würde, dennoch verspürte sie in diesem Moment einen Stich im Herzen.

Bevor sie sich auf dieses Gefühl einlassen konnte, traten hinter den beiden Frauen auch schon Goras und Elen Norwind ein, zwei Brüder, die ebenfalls von einer mächtigen Linie abstammten. Beides Gedankenmagier. Die Söhne des Mannes, mit dem ihre Großmutter sie hatte verbinden wollen. Elen, der Größere der beiden, beachtete Luana gar nicht erst, während Goras ihr einen abschätzigen Blick zuwarf, den sie gekonnt an sich abprallen ließ. Sie bemerkte zum ersten Mal, wie ähnlich sich die Brüder sahen. Beide hatten kurzes dunkles Haar, das einen Kontrast zu ihrem rosafarbenen Teint bildete, doch Elens Augen waren leuchtend grün, wohingegen die von Goras sie an einen Nachthimmel ohne Sterne erinnerten. Jetzt zog er eine seiner geschwungenen Brauen in die Höhe und

Luana rümpfte die Nase. Es war ihr egal, was diese Leute über sie dachten. Hauptsache, sie würden ihr helfen, um sich selbst zu retten.

Renna und Aurelia Thalan waren die Letzten, die eintrafen. Wie immer, wenn sie Renna sah, bewunderte Luana die waldgrünen Runen in deren Gesicht, die sich von dem tiefen Kupferton ihrer Haut abhoben. Sie verliefen in einem eleganten Muster über ihre Stirn und ihre Wangen und formten ein Muster, das sie schon seit ihrer Kindheit an einen Schmetterling erinnerte. Luanas Blick huschte zu Rennas Seelengefährtin Aurelia, die ihr ein vorsichtiges Lächeln zuwarf. Leichte Fältchen bildeten sich um ihre kastanienbraunen Augen, dann pustete sie sich eine ihrer roten Locken aus der Stirn. Seit ihrem Seelenbund waren beide Frauen mit Affinitäten zu Blut und Erde gesegnet. Der Rat deckte also jede Affinität ab – bis auf die zu Seelen. Außer Pertheas gab es niemanden mehr, der Seelenmagie beherrschte. Niemanden, außer … Neah. Sie biss sich auf die Unterlippe. Wie weit Kaaya inzwischen wohl schon war? Ob sie Ilias und Kian gefunden hatte? Es würde sicher merkwürdig sein, wenn sie jetzt anders aussah. Wie eine Schattenelfe. Luana hoffte inständig, ihrer Freundin bald wieder zu begegnen.

»Setzt Euch«, erklang die Stimme der Hohen Lady im Ratssaal. Luana und alle sechs Mitglieder, die bisher nur hinter ihren Stühlen gestanden hatten, taten, wie ihnen geheißen. »Danke für Euer kurzfristiges Erscheinen. Es gibt interessante Neuigkeiten.«

»Etwa, dass Eure Enkelin nicht länger im Exil ist?«, mischte Goras sich ein, was Luana ein Augenrollen entlockte.

Elora warf ihm einen scharfen Blick zu. »Darüber haben wir uns noch nicht beraten, Goras. Momentan stehen dringendere

Themen auf dem Tagesprogramm.« Sie atmete geräuschvoll aus und faltete die Hände auf dem Tisch. »Ich habe in Erfahrung gebracht, dass das Nebulum nicht mehr so sicher ist, wie es einst war.«

Die Ratsmitglieder blickten irritiert in die Runde, Renna und Aurelia tuschelten hinter vorgehaltener Hand, Elen keuchte laut auf.

»Was soll das bedeuten?« Ysanoas Stimme schnitt durch das Stimmengewirr. Endlich sah sie Luana an, und ein Schatten glitt über ihre Züge, als sie die Narbe entdeckte, die sich quer durch ihr Gesicht zog.

»Es gibt Risse zwischen den Welten. Pertheas Yinnelis nutzt sie, um zwischen dem Nebulum und Eseria zu wandeln. Er stiehlt Seelen, um sich eine Armee aus Umbren aufzubauen, mit der er Rache an uns üben will.«

Stille senkte sich über den Hohen Rat. Niemand wagte es, etwas zu sagen oder gar zu atmen.

»Er hat bereits Hunderte von Umbren geschaffen, die ihm hörig sind«, eröffnete Luana, und alle Köpfe drehten sich in ihre Richtung. »Vielleicht sind es auch Tausende. Außerdem halten sich inzwischen fast 65 000 Schattenelfen im Nebulum auf.«

Ein Raunen ging durch den Saal.

»Woher weißt du das?«, wollte ihre Mutter wissen.

»Ich kenne jemanden, der dort war«, antwortete sie und schluckte schwer. Zu gerne hätte sie ihnen allen ins Gesicht geschrien, was sie die letzten Wochen erlebt hatte. Woher die Narbe stammte.

»Und die Schattenelfen wollen sich Pertheas' Plan anschließen?«

Luanas Blick schnellte zu Mara. »Mit Sicherheit nicht alle, doch es gibt viele, die Pertheas ergeben sind. Einige von ihnen haben freiwillig ihre Seelen geopfert, damit er sich ihrer Macht bedienen konnte.«

»Dann ist er … stark?«, fragte Renna.

»Ja, das ist er.«

»Aber nur, wenn er es tatsächlich schafft hierherzugelangen, oder?«, warf Aurelia ein. »Solange er im Nebulum bleibt, ist er machtlos. Was will er ohne Magie schon ausrichten?«

Sie verzog die Lippen zu einem bitteren Lächeln. »Dass die Schattenelfen kein Sonnenlicht haben, heißt leider nicht, dass sie keine Magie wirken können. Sie zapfen ihre eigenen Essenzen an. Oder die jener, die sich ihnen unterwerfen. Mithilfe solcher opferfreudigen Untergebenen hat sich Pertheas dort eine ganz eigene Magiequelle geschaffen, einen Seelenbrunnen. Er wurde zerstört.«

»Ein Seelenbrunnen?«, fragte Mara entsetzt. »Das klingt furchtbar. Wer hat dir davon erzählt?«

Luana hob den Kopf, überlegte noch immer, wie viel sie ihnen sagen wollte. »Ein Schattenelf.«

Maras himmelblaue Augen weiteten sich. »Er war auf Eseria?«

»Ja. Er ist ein Freund von mir und Aron, meinem Seelengefährten.«

»Du hast dich mit diesem Menschen verbunden?« Ysanoas Stimme war lediglich ein Hauch.

»Davon will ich nichts hören«, warf Elora ein.

Erneut fing Getuschel an. »Erst ein Mensch und nun ein Schattenelf«, hörte sie Goras murmeln. Am liebsten hätte sie auf den Tisch gehauen und erzählt, was wirklich passiert war. Aber sie hatte sich vorgenommen, Arian und Neah herauszuhalten.

»Nun gut«, sagte Elora, und die anderen verstummten. »Sobald wir unsere Kräfte einen, können wir ein Ritual beschwören, mit dem wir die Seelenmagie nachahmen und die Risse schließen. Das sollte nicht das Problem sein. Pertheas und seine Armee bleiben ein weiteres Jahrtausend dort eingesperrt. Oder, wenn wir es dieses Mal richtig machen, für immer.«

Bei diesen Worten setzte Luanas Herz für einen Moment aus. Kaaya hatte gewusst, worauf sie sich einließ, und doch tat ihr die Vorstellung, ihre Freundin dort einzusperren, in der Seele weh. Ja, sie hatte zwei Tage, ehe der Rat bei dem ersten Riss ankam, und dann noch einen, bis auch der zweite geschlossen würde, doch …

»Was tun wir jetzt?«, fragte Elen in die Runde.

»Wir müssen die Risse sofort schließen!«, kam es von Aurelia.

»Das werden wir.« Elora klang ruhig und bestimmt. »Luana wird uns zu einem der ihr bekannten Risse führen. Wir schließen ihn und alles ist vorbei.«

»Hohe Lady«, begann Luana mit hämmerndem Herzen, »ich weiß von mindestens zwei Rissen, die geschlossen werden müssen.«

»Das tut nichts zur Sache. Es ist lediglich ein Zauber, der gesprochen werden muss. Das Nebulum wird dadurch erneut vollständig abgeschottet. Es ist dasselbe Ritual wie auch schon beim ersten Mal.«

»Nein!« Luanas Gedanken rasten, während ihr Herzschlag außer Kontrolle geriet.

»Wie bitte?«

Nein. Nein, nein, nein. Das hieße, dass das alles schneller gehen würde als geplant. Viel schneller. Kaaya ging davon aus, dass sie mindestens drei Tage übrig hatte, aber … Selbst der Riss in Kaltennest war nur zwei Tage entfernt. Das war eine Katastrophe. Eine absolute Katastrophe.

»Luana?« Ysanoas glockenklare Stimme ertönte.

»Ich …« Es führte kein Weg daran vorbei. »Ich muss euch noch etwas erzählen.« Nicht, wenn sie Kaaya, Ilias und Kian davor bewahren wollte, für immer im Nebulum eingesperrt zu sein. Oder?

»Wir hören.«

Sie schloss die Augen und rieb sich über ihre Oberschenkel. Was würde es ändern, wenn sie von Neah wüssten? Warum sollten sie sie retten wollen? Und den Kronprinzen des Nebulums … Sie würden höchstens umso schneller handeln wollen, damit die beiden blieben, wo sie waren.

»Es ist nichts«, sagte sie schließlich und blickte sie alle abwechselnd an. »Ich bringe euch zum Riss. Gleich morgen früh.« So würde Kaaya immerhin noch ein paar Stunden gewinnen. Und dass Pertheas genau diese Stunden benötigte, um auf Eseria einzumarschieren, war unwahrscheinlich. Oder?

»Sofort!«, blaffte Goras und erntete einen strengen Blick von Elora. Selbst wenn die Hohe Lady ihre Enkelin nicht ausstehen konnte, so würde sie niemals dulden, dass man so mit ihrer Familie sprach. »Verzeiht«, murmelte der Gedankenmagier.

»Aber er hat recht«, wandte sie sich dann an Luana. »Wir müssen sofort aufbrechen.«

Luana mahlte mit dem Kiefer. »Wenn du … Wenn Ihr meinen Seelengefährten nicht beinahe tödlich verletzt hättet, hätten wir gerne sofort aufbrechen können.« Sie erhob sich. »Doch ich fürchte, er muss sich die Nacht ausruhen. Und ich muss meine Kräfte regenerieren, nachdem ich auch die letzten seiner Wunden versorgt habe.«

Elora funkelte sie an und nickte kaum merklich. »Wir nehmen das erste Schiff morgen.«

Aron

Es war bereits dunkel draußen, als sich die Tür zum Zimmer öffnete. Aron blickte müde hoch. Er hatte die ganze Zeit über auf dem Boden gesessen.

»Aron!« Luana war mit wenigen Schritten bei ihm. »Wieso bist du schon wach? Du musst schlafen, um zu heilen!«

Er senkte den Blick auf seine Hände. Auch sie hatten schlimme Verbrennungen davongetragen. »Wo warst du?«

Sie blieb vor ihm stehen. »Der Hohe Rat war da. Ich habe ihnen von den Rissen erzählt.«

Langsam sah er wieder auf. »Wie haben sie reagiert?«

»Wir brechen gleich morgen früh auf, um den Riss in Kaltennest zu schließen.«

Aron runzelte die Stirn. »Wieso nicht erst den im Erlenwald? Der liegt doch auf dem Weg. Sie werden es merken, wenn wir sie in die Irre führen, um Zeit zu gewinnen.«

»Sie müssen nur einen der Risse schließen«, antwortete Luana leise, woraufhin Arons Kinnlade runterklappte.

»Aber das … das geht nicht. Du hast Kaaya versprochen –«

»Ich weiß«, fiel sie ihm ins Wort. »Ich kann uns durch ein paar Umwege führen, Kaaya verliert jedoch so oder so mindestens einen Tag. Hoffen wir einfach, dass ihr sechs Tage reichen, um Pertheas zu vernichten.«

Aron versuchte aufzustehen, doch Luana musste ihn stützen. »Danke«, murmelte er.

»Du musst dich hinlegen. Ich heile dich.«

»Hast du genügend Kraft?« Er hatte wieder das Bild vor

Augen, wie Luana gegen die Wand donnerte und dann zu Boden fiel.

Sie lächelte müde. »Natürlich.«

»Danke«, wiederholte er, und sie verzog irritiert das Gesicht. »Ohne dich hätte sie mich bei lebendigem Leib gegrillt.«

»Ohne mich wärst du gar nicht in diese Situation geraten.« Sie senkte den Blick.

Er streckte die Hand nach ihrem Kinn aus, um ihr Gesicht wieder dem seinen zuzuwenden. »Du hast eine verrückte Familie«, sagte er grinsend.

Und tatsächlich stahl sich ein leises Lächeln auf ihre Lippen. »Bald gehen wir fort von hier und kehren nie mehr zurück.«

»Was ist mit deiner Mutter und deinen Schwestern?«

Luana zuckte mit den Schultern. »Kaylin wird mich vermutlich als Einzige vermissen. Aber sie kommt schon darüber hinweg.«

»Nur weil sie ihre Seelengefährtin gefunden hat, heißt das nicht, dass sie ihre große Schwester nicht an ihrer Seite braucht.«

»Und ich brauche dich an meiner Seite«, sagte sie und legte ihre Hand auf seine. Aron zuckte leicht zusammen, als Schmerz durch seinen Körper jagte. »Jetzt leg dich hin. Wir haben nicht mehr viel Zeit.«

Es war ein unbeschreibliches Gefühl, als Luanas Magie in ihn floss, um ihn zu heilen. Wie ein leichtes Kribbeln kroch sie durch seine Adern, ausgehend von seinem Herzen bis hin zu seinen Finger- und Zehenspitzen. Wenn das Gefühl in die Regionen wanderte, die besonders stark beschädigt waren, verwandelte es sich mehr in ein Pochen, das ihm ab und an einen Schmerzenslaut entlockte. Er merkte, wie sie daraufhin versuchte sein Leiden zu lindern, aber er wusste auch, dass sie das viel Kraft kostete. Über ihren Seelenbund spürte er, dass sie erschöpft war. Nicht nur körperlich. Die Konfrontation mit ihrer Familie hatte ihr zugesetzt. *Kein Wunder,* dachte er. Ihre Großmutter hatte ihren Seelengefährten töten wollen und dabei sogar sie angegriffen und verletzt. Ganz zu schweigen von den Handschellen, deren Abdrücke er noch immer an ihren Handgelenken erkennen konnte. Ein weiteres Zeichen dafür, dass ihre Energiereserven sich dem Ende zuneigten.

Als er in ihr konzentriertes Gesicht blickte, erfüllte ihn trotz aller Strapazen und Schmerzen ein Glücksgefühl. Luana hatte ihre Augen geschlossen und murmelte lautlos Worte vor sich hin, während sie ihr Licht unaufhörlich in seinen geschundenen Körper sandte.

Was auch immer sie erwartete, Aron war froh, sie an seiner Seite zu wissen.

Kapitel 16

Ilias

Ilias riss erschrocken die Augen auf, als ihm jemand einen kalten Schwall Wasser ins Gesicht kippte. Innerhalb von Sekunden war er aufgesprungen und an die Gitterstäbe geprescht, um Faromir anzuknurren, der ihn mit einem schmierigen Grinsen bedachte.

»Gut geschlafen, *Prinz*?«

»Das wirst du bitter bereuen, das schwöre ich dir.« Einige der Wassertropfen lösten sich aus seinen Haarspitzen und fielen geräuschlos zu Boden.

Faromir lachte heiser auf. »Ihr droht mir, o mächtiger Kronprinz?« Er brachte sein Gesicht so nah an das von Ilias heran, dass kaum mehr ein Blatt zwischen sie passen würde. »Würde mich ja interessieren, wie Ihr das von da drin aus anstellen wollt.«

Ilias' Auge zuckte vor Wut. Nein, von hier drin aus würde er gar nichts anstellen können. Er bemerkte, dass Faromir darauf bedacht war, das Elfeneisen der Zellenwand nicht zu berühren. Und solange er damit nicht in Kontakt kam, wäre er Ilias jederzeit überlegen.

»Setzt Ihr Eure Hoffnungen in Erthyra?«, höhnte der bullige Kerkermeister.

Ein Schauder erfasste Ilias. War Kian tatsächlich etwas zugestoßen oder worauf wollte er hinaus?

Faromir ließ erneut seine gelben Zähne aufblitzen, als würde er seine Gedanken lesen. »Keine Sorge, werter Prinz, dem Lord geht es gut. Er feiert seit drei Tagen und drei Nächten die Hochzeit seiner Schwester. Aber ich fürchte, er verschwendet keinen Gedanken an Euch.«

Das traf Ilias unerwartet hart. Er taumelte einen Schritt zurück und verengte die Augen. »Ihr lügt.«

Faromir zuckte die Achseln und grinste noch breiter. »Er soll wohl die Gesellschaft von Pyria Attor genießen. Eindeutig hübscher als Ihr. Auch wenn ich Eure traurigen Augen wirklich mag«, säuselte er.

Kian und Pyria? Sie hatten sich im Streit getrennt, nachdem sie ihn mit einem anderen betrogen hatte. Doch dann fiel es Ilias wie Schuppen von den Augen. Er erinnerte sich an den Tag, als Kians Vater im Palast aufgetaucht war. Pyria war schwanger. Und Kian wollte sie und das Kind sicher nicht in Gefahr bringen. Vielleicht hatte Pertheas sogar eine Drohung ausgesprochen. Er traute seinem Vater alles zu, auch den Mord an einem Ungeborenen. Es wäre nicht das erste Mal …

»Tja, dann sitzt Ihr wohl auf ewig hier fest«, sprach Faromir die Worte aus, die Ilias dachte. »Aber keine Sorge«, er zwinkerte ihm zu, »wir beide werden noch eine Menge Spaß hier unten haben, *mein Prinz.*« Grinsend wandte er sich um und verschwand in der Dunkelheit. Sein lautes Lachen hallte lange in Ilias' Gedanken nach.

—

LUANA

»Lu!«

Luana hob müde den Kopf, um eine auf und ab hüpfende Kaylin am Hafen auszumachen. Auch wenn sie gestern nach all den Ereignissen erschöpft gewesen war, hatte sie in der Nacht kaum schlafen können. Aron war neben ihr immer wieder schreiend aus Albträumen aufgewacht, und sie hätte Elora am liebsten dafür erwürgt, dass sie ihn ihrem Höllenfeuer ausgesetzt hatte. Luana schüttelte den Gedanken hastig ab und lächelte breit, bevor sie Aron stehen ließ und auf ihre Schwester zurannte.

»Was machst du hier?«, rief sie Kaylin entgegen. Anstatt ihr zu antworten, fiel diese ihr so heftig um den Hals, dass sie fast umkippte. Wärme durchströmte sie, und sie schloss ihre Arme ebenfalls fest um den zierlichen Körper ihrer jüngeren Schwester.

»Wir begleiten euch.« Selphie trat hinter ihr hervor und lächelte schüchtern.

»Was soll das heißen, ihr begleitet uns?« Luana löste sich aus der Umarmung und betrachtete Kaylin skeptisch. Sollten Pertheas und seine Armee in dem Moment aus dem Riss treten, in dem sie noch vor Ort waren, könnte ihr Ausflug gefährlich enden. Gar tödlich.

»Na, dass wir mitkommen.« Kaylin zuckte mit den Achseln, und Selphie nickte, um die Worte ihrer Gefährtin zu unterstreichen. »Du wirst danach nie wieder nach Erloven zurückkehren, das weiß ich, und … Ich will einfach die Zeit mit meiner Schwester nutzen, die mir bleibt.«

Luana strich Kaylin liebevoll über den Oberarm. »Aber du kannst mich doch jederzeit besuchen, Kay.«

»Du weißt selbst, dass Großmutter dahinterkommen würde. Ich fühle mich nicht reif genug, ihr und Erloven den Rücken zu kehren. Ich bin nicht so stark wie du.«

Mit jedem weiteren Wort sackte Luanas Magen weiter ab. »Ich bin nicht stark«, sagte sie. »Nur egoistisch.«

Kaylin lachte. »Umso besser, dass ich mitkomme, um auf dich aufzupassen. Nichts für ungut, Aron«, sagte sie dann und blickte zu Aron, der inzwischen zu ihnen aufgeschlossen hatte. Luana war nicht entgangen, dass er noch ganz leicht humpelte, aber sonst sah man ihm nichts mehr von den Qualen an, die er hatte durchstehen müssen.

Aron erwiderte das Lächeln. »Von mir lässt sie sich ohnehin nicht beschützen. Vielleicht hast du mehr Glück.«

Luana verdrehte gespielt entnervt die Augen.

»Wir heben gleich ab!«, rief einer der Männer von der Besatzung des fliegenden Schiffes. Bei genauerem Hinsehen erkannte Luana ihn. Das war der Mann mit der Schlangenrune, dem sie bereits auf ihrer ersten Fahrt hierher begegnet war. Der, der ihr später in der Bibliothek geholfen hatte.

»Ich kannte Euren Vater.«

Mit einem Mal beschleunigte sich ihr Puls. Möglicherweise würde er ihr sagen können, worauf Elora gestern angespielt hatte.

»Kommt«, rief sie Aron, Kaylin und Selphie zu und ging voraus. Die anderen folgten ihr und der Hohe Rat hatte sich auch bereits an Deck eingefunden.

»Kennst du ihn?«, fragte Kaylin, die bemerkt zu haben schien, dass sie immer wieder zu dem kleinen, rundlichen Mann mit der Glatze und der auffälligen Rune herübersah.

»Das ist der Mann, der mir geholfen hat, als ich in die Große Bibliothek eingebrochen bin«, flüsterte sie.

»Der, der Vater kannte?« Kaylins Augen wurden groß, als sie sich daran erinnerte, was Luana ihr erzählt hatte.

Luana nickte. »Und Großmutter hat gestern etwas gesagt.« Sie warf einen flüchtigen Blick zu Elora und dem Rat, doch sie saßen weit genug abseits. »Als sie das mit Aron und mir und unserem Seelenbund herausgefunden hat.«

»Ich kann immer noch nicht glauben, dass das wahr ist«, quiekte Kaylin und griff nach Arons Hand. »Mutter hat davon berichtet. Ich bin so glücklich. Ich habe stets darauf vertraut, dass Luana weiß, was sie tut. Sie hat auf ihr Herz gehört. Auf ihre Seele. *Eure* Seelen. Das ist so aufregend!«

»Kay!«, mahnte Luana, bevor Aron etwas erwidern konnte. »Ich wollte gerade etwas erzählen!«

»Ja, entschuldige«, gluckste Kaylin. »Wovon hat Großmutter gesprochen? Sie kann viel reden, wenn der Tag lang ist.«

Luana überhörte die Bemerkung und rückte ein Stück näher an die anderen drei heran. »Sie sagte: *Ich hätte es mir denken müssen. Der Apfel fällt schließlich nicht weit vom Stamm.* Und dann sprach sie von meinen *verseuchten Genen.*«

»Und weiter?«

»Nichts. Ich habe gefragt, ob sie von Vater spricht, und da ist sie ausgerastet. Sie hat Aron verletzt.«

»O nein«, keuchten Kaylin und Selphie fast zeitgleich. »Geht es dir gut?«

Aron nickte. »Ja, es ist alles verheilt. Luana ist gut in dem, was sie tut.« Er lief rot an, als Kaylin die Augenbrauen hob und kicherte. »Sie ist eine großartige Heilerin, meine ich.«

»Können wir zum eigentlichen Thema zurückkehren?«, flüsterte Luana eindringlich. »Ich muss mich mit diesem Mann unterhalten. Ihr sorgt dafür, dass der Rat es nicht mitbekommt. Vor allem nicht die Fenhorns«, ergänzte sie mit einem finsteren Blick in Richtung ihrer Familie.

»Ich komme mit«, erwiderte Aron. »Schließlich geht es hierbei auch um mich. Um unseren Bund.«

Luana öffnete erst den Mund, um etwas zu sagen, dann schloss sie ihn wieder und nickte stattdessen. »Kay, Selph, ich zähle auf euch.«

Die zwei nickten, ehe Luana und Aron zu dem Mann mit der Schlangenrune herübergingen.

»Hallo!« Luana und streckte ihm die Hand entgegen, als sie in Reichweite kamen.

Er beäugte sie fragend, bevor er nach ihr griff und den Gruß erwiderte. »Wie komme ich zu der Ehre, Lady Luana?«

»Ich hatte keine Gelegenheit, mich bei Euch zu bedanken für … Ihr wisst schon.«

»Nicht der Rede wert. Das habe ich gern getan.«

»Ihr habt da etwas erzählt über … über meinen Vater. Dass Ihr ihn kanntet.« Als der Mann von ihr zu Aron sah, fügte sie hastig hinzu: »Entschuldigt. Das ist mein Seelengefährte Aron. Aron Bronwen.«

»Schön, Euch kennenzulernen. Ich bin sicher, Lumis wäre stolz darauf, Euch an der Seite seiner Tochter zu wissen.«

Ohne dass Luana es verhindern konnte, füllten sich beim Klang seines Namens ihre Augen mit Tränen. »Woher kanntet Ihr ihn?«

»Wir sind zusammen aufgewachsen. Unsere Wege trennten sich, als er Eure Mutter traf.« Er hielt inne und unbändige Trauer trat in sein Gesicht.

»Aber ich habe nie aufgehört, über ihn zu wachen.«

»Wie ist Euer Name?«, fragte Aron, als er merkte, dass Luana gerade nicht sprechen konnte.

»Wo sind nur meine Manieren?« Er versuchte sich an einem schwachen Lächeln, während seine Augen noch immer von einem Schmerz erzählten, der ihn bereits lange zu begleiten schien. »Ich bin Haryk Dain. Wassermagier.«

»Nur Wasser?«, platzte es aus Luana heraus. Haryk sah für einen Elfen schon alt aus, und dass er nur eine Affinität besaß, musste bedeuten, dass er seine Seele nie mit der von jemand anderem verbunden hatte. Einige wenige Elfen, wie auch Luana, wurden bereits mit zwei Affinitäten geboren und erhielten in seltenen Fällen sogar eine dritte, wenn sie den Seelenbund mit jemandem eingingen. Mit einem Elfen. Nicht mit einem Menschen, wie sie es getan hatte.

»Ich verstehe, worauf Ihr hinauswollt, Lady Luana.« Er lächelte, was die Furchen in seinem Gesicht vertiefte. »Aber ja, nur Wasser. Der Mann, mit dem ich meine Seele verbinden wollte, hat sich für jemand anderen entschieden.«

»Für meine Mutter«, wisperte Luana einer inneren Eingebung folgend.

Haryk nickte nur sehr langsam. »Lady Ysanoa ist eine gute Frau. Sie hat ihn akzeptiert, wie er war. Nur Eure Großmutter … Sie hat den beiden ständig Steine in den Weg gelegt.«

»Akzeptiert?«, fragte Luana mit belegter Stimme.

Der Mann musterte sie aus seinen wasserblauen Augen, dann trat Erkenntnis in sein Gesicht. »Ihr wisst es nicht.«

»Was weiß ich nicht?« *Atme, atme, atme!*, schrie Luana sich in Gedanken an, als ihr Körper drohte zu kollabieren.

Haryk wurde mit einem Mal nervös und blickte um sich. Weiter entfernt konnte man hören, wie Kaylin und Selphie einen Streit inszenierten, um die Aufmerksamkeit von Elora auf sich zu lenken.

»Das ist wirklich wichtig«, mischte Aron sich ein. »Bitte erzählt uns, was Ihr wisst. Momentan steht verdammt viel auf dem Spiel.«

»Aber es wird einen Grund haben, dass Lady Ysanoa ihren Töchtern nichts darüber erzählt hat«, flehte der Mann fast schon.

»Bitte.«

Haryk schien mit sich selbst zu ringen, sah von Luana zu Elora und wieder zu Aron. »Vielleicht solltet Ihr tatsächlich davon erfahren. Lady Luana«, begann er und blickte ihr dabei eindringlich in die Augen. »Lumis, Euer Vater, er … er war ein Halbelf.«

Luana stand da, die Augen weit aufgerissen, und wusste nicht, was sie sagen sollte. So viele verschiedene Gedanken schossen ihr in den Kopf und machten es ihr unmöglich zu reagieren. Ihr Vater sollte ein Halbelf gewesen sein? Aber sie selbst war eine reinblütige Magierin – mit zwei Affinitäten. Die Affinitäten ihrer Mutter, fiel ihr ein. Sie hatte beide Affinitäten von Ysanoa. Mara und Kaylin waren reine Feuermagierinnen. Doch Feuer entstammte ohnehin der Blutlinie der Fenhorns. Luana hatte sich noch nie Gedanken darüber gemacht, wieso sie alle nach ihrer Mutter kamen. Und wenn sie genau überlegte, hatte sie ihren Vater auch nie Magie wirken sehen. Ihre Eltern hatten ihnen immer erzählt, er sei Luftmagier. Aber sie hatte nie mitbekommen, wie er die Luft beschwor. Andererseits war sie damals noch ein Kind gewesen.

Luana taumelte in Richtung der Rehling und klammerte sich am Geländer fest. Erst jetzt bemerkte sie, wie ihr Magen rumorte. Eine Lüge. Ihr Leben war eine Lüge. Sie war keine reinblütige Elfe. Ihre Macht war … Ihre Macht war ein Scherz. Ein schlechter Scherz. Nur ein schwaches Abbild dessen, was wahre Magier wirken konnten.

»Kommst du zurecht?«, fragte Aron leise und legte ihr eine Hand auf den Rücken.

»Ich weiß nicht«, gab sie zurück und blickte ihn über die Schulter hinweg an. »Ich habe so viele Fragen.«

»Haryk musste zum Kapitän«, sagte er und strich ihr liebevoll über den Rücken.

»Nein, ich … ich muss das alles von meiner Mutter hören, schätze ich.«

»Nur weil er ein Halbelf war, bedeutet das nicht, dass er nicht magisch war, Lu. Und es bedeutet nicht, dass du weniger magisch bist. Denk doch nur an Arian. An seine Magie.«

Ja, Aron hatte recht. Auch in Halbelfen floss magisches Blut, obwohl sie keine Magie wirken konnten. Unwillkürlich versuchte sie sich zu erinnern, ob ihr Vater ebenfalls schwarze Blitze hatte beschwören können. Sie hatten bisher gedacht, Arians Magie wäre Pertheas' Werk. Vielleicht würden sie ein wenig Licht ins Dunkel bringen, wenn sie mit ihrer Mutter über ihren Vater sprach. Möglicherweise würde es ihnen dabei helfen, Arian zu retten.

»Ich werde meine Mutter zur Rede stellen.«

Aron hob die Augenbrauen. »Jetzt?«

»Jetzt.«

Kapitel 17

Luana

»Jetzt nicht, Luana«, winkte Ysanoa ab. Das Schiff war seit einigen Augenblicken auf dem Meer und sie würden Redons Festland noch vor Sonnenuntergang erreichen.

»Es ist dringend«, beharrte Luana. »Es wird auch nicht lange –«

»Nein.« Ysanoa warf ihrer Tochter einen strengen Blick zu, der sie zum Schweigen brachte, obwohl sie innerlich kochte.

»Was ist hier los?« Mara sah von ihrer Schwester zu ihrer Mutter.

Luana reckte das Kinn. »Wusstest du das von Vater?«

Während Mara fragend eine Augenbraue hob, entglitten Ysanoa die Gesichtszüge. »Wovon sprichst du?«

»Also hast du doch einen Moment für mich, Mutter?«

»Jetzt sprich«, drängte Mara.

»Kay!«, rief Luana, und ihre jüngere Schwester eilte herbei. »Was gibt es?«

Ysanoa räusperte sich. »Hier ist sicher nicht der beste Ort, um über … Familienprobleme zu sprechen.«

»Wir haben Familienprobleme?«, warf Kaylin ein. »Ernsthaft?«

Mara verdrehte die Augen. »Ich habe nicht ewig Zeit.«

»Weil die Schifffahrt so wichtig ist?«

»Warum bist du überhaupt mitgekommen?«, fragte Mara Kaylin, die daraufhin nur mit den Schultern zuckte.

»Ich gebe dir eine Chance, es uns selbst zu erzählen, Mutter.« Luana bedachte Ysanoa mit einem ernsten Blick, doch diese wich ihr aus.

»Ich weiß nicht, wovon du sprichst.«

»Darüber, dass Vater ein Halbelf war.« Mara sog scharf die Luft ein, Kaylin gab ein quiekendes Geräusch von sich, und Ysanoa tat so, als hätte Luana nichts gesagt. »Wirklich, Mutter? Nichts?«

»Ich wüsste nicht, warum wir darüber sprechen sollten. Er ist schließlich nicht mehr da.«

»Mutter!« Mara hatte entrüstet die Arme ausgebreitet. »Stimmt das?«

Ysanoa schluckte schwer, dann nickte sie kaum merklich. »Ja.« Irrte Luana sich oder zitterte ihre Stimme?

»Aber wie kann das sein?«

»Das ist verrückt«, murmelte Kaylin, ihr Gesichtsausdruck wirkte weniger entsetzt als der von Mara. Vielleicht sogar ein bisschen stolz.

Bevor Ysanoa sich äußern konnte, wurde das Schiff von einer Welle durchgeschüttelt, sodass sich alle vier Frauen instinktiv aneinander festhielten. In der Ferne hörte Luana Elora spitz aufschreien. Die Hohe Lady war anscheinend nicht oft mit dem Schiff unterwegs. Nicht weit von ihnen entfernt klammerten sich Aron und Selphie an die Reling. Während ihr Seelengefährte versuchte, sich nicht anmerken zu lassen, dass er sich erschreckt hatte, strahlte Selphie bis über beide Ohren, als sie das Meer beobachtete.

»Das ist ihre erste Schiffsfahrt«, sagte Kaylin lächelnd.

»Sie ist begeisterungsfähig«, stellte Luana fest. »Eine Eigenschaft, die unserem Volk mit den Jahrhunderten abhandenkommt.«

»Können wir zurück zum eigentlichen Thema kommen?«, fragte Mara ungeduldig.

»Wenn Mutter nichts dazu erzählen möchte, kann ich –«

»Heilige Eiyune, Luana!«, keifte Ysanoa. Luana wollte etwas erwidern, da sah sie, dass die Augen ihrer Mutter feucht schimmerten. »Was spielt das noch für eine Rolle? Er ist fort.«

»Er ist fort und wir wissen kaum etwas von ihm.« Maras Stimme hatte einen traurigen Klang angenommen. »Es sind bereits Jahrzehnte vergangen und die Erinnerungen verblassen. Sein Gesicht verblasst, seine Stimme verblasst.«

Ysanoa drehte sich weg, Luana war jedoch sicher, dass sie weinte.

»Mutter«, sagte Mara und klang nun etwas weicher. »Alles, was du uns von ihm erzählen kannst, macht ihn wieder ein bisschen lebendiger.«

»Ich wollte mich nicht in ihn verlieben.« Ysanoa wandte sich erneut ihren Töchtern zu, Tränenspuren glänzten auf ihren Wangen, doch sie lächelte. »Aber ich konnte nicht anders. Ich war zum ersten Mal auf Redon, die ganzen neuen Eindrücke überwältigten mich. Am Abend habe ich mein Schiff für die Rückfahrt nach Erloven verpasst und musste in einem Gasthaus unterkommen.« Sie hielt kurz inne, und Luana bemerkte, dass sie vergessen hatte zu atmen. Diese Geschichte hörte sie zum ersten Mal. Ihre Eltern hatten ihr einst erzählt, dass sie sich an einer Akademie kennengelernt hatten.

»Ich hatte nicht genug Geld bei mir«, fuhr Ysanoa fort. »Der Wirt wollte mich rauswerfen, aber Lumis stimmte ihn friedlich. Er bezahlte für mein Zimmer. Natürlich fuhr ich nur wenige Tage später wieder zurück nach Silbersturm, um ihm zum Dank ein Bier auszugeben.« Das Lächeln auf ihren Lippen wurde traurig. »Ich hätte mir denken können, dass das schiefgeht. Er war ein Halbelf und Eure Großmutter war außer sich vor Wut, aber«, sie sah unauffällig zu Elora rüber, »es war mir egal.«

Mara wischte sich eine Träne aus dem Augenwinkel, Kaylin schniefte leise. Und Luana fiel es nicht leicht, sich nicht ebenfalls ihren Gefühlen hinzugeben.

»Seid ihr … Wart ihr …«

»Ja«, antwortete Ysanoa, bevor Luana ihre Frage formulieren konnte. »Wir sind einen Seelenbund eingegangen.«

»Und doch lebst du, obwohl er …«

Erneut sammelten sich Tränen in Ysanoas Augen, ehe sie den Blick auf ihre Hände senkte. »Er war eben nur ein Halbelf«, sagte sie resigniert. »Seine Seele war sterblich, meine nicht. Wir haben uns auf der geistigen Ebene verbunden, nicht jedoch auf der physikalischen. Ich wusste es nicht. Als er starb, da … Ich habe geschrien und geweint und mein Herz hat so sehr geschmerzt. So sehr, dass ich wusste, ich würde auch sterben. Das glaubte ich zumindest. Erleichterung flutete mich bei dem Gedanken, jeden Moment wieder mit ihm vereint zu werden. Es tut mir so leid, dass ich so empfunden habe. Ich habe mich immer dafür geschämt. Ich hatte schließlich noch euch. Aber … in diesem einen Moment wollte ich nichts sehnlicher, als ihm in den Tod zu folgen.« Sie sah auf und lächelte schwach. »Doch es passierte nicht.«

»O Mutter«, schluchzte Kaylin und schloss die Arme um Ysanoa.

Luanas Gedanken rasten. Diese Worte von ihrer Mutter zu

hören, bedeutete ihr viel. Und trotzdem schweifte ihr Blick zu Aron, der in diesem Moment über etwas lachte, das Selphie ihm mit leuchtenden Augen erzählte. Irgendetwas in ihr, so merkte sie gerade, hatte die leise Hoffnung gehabt, die Unsterblichkeit ihrer Seele wäre auch auf die seine übergegangen, als sie sich verbunden hatten. So leise diese Hoffnung auch gewesen war, es tat ihr im Herzen weh, dass sie in diesem Augenblick zerbrach. Sie sah zurück zu ihrer weinenden Mutter und stellte fest, dass sie ihr Spiegelbild war. Eine Vision ihrer Zukunft. Die Erkenntnis schnürte ihr die Kehle zu. Ihr Magen drehte sich um und sie schnappte nach Luft.

»Luana!« Mara war an ihre Seite getreten und stützte sie.

»Lu!«, hörte sie Aron rufen, aber seine Stimme drang kaum zu ihr durch. Sie spürte seine Hände, die sich um ihre Taille schlossen. »Was ist los? Was ist passiert?«

»Wir haben uns nur unterhalten«, sagte Kaylin aufgebracht.

Doch Luanas Blick suchte den ihrer Mutter, und als er ihn fand, erkannte sie, dass Ysanoa verstand.

Tatsächlich erreichten sie den Hafen Silbersturms spät am Abend. In einigen Häusern brannten noch Kerzen, die ihr Licht durch die Fenster warfen und ihnen gemeinsam mit den ersten Mondstrahlen den Weg leuchteten. Luana versuchte den Rat davon zu überzeugen, die Nacht in einem Gasthaus zu verbringen, doch wie auch immer Elora das gemacht hatte, es standen bereits zwei Kutschen für die Überfahrt nach Kaltennest bereit.

»Ich kann nicht mit euch fahren«, flüsterte Aron Luana zu,

während sie über den Steg liefen, der sie zurück aufs Festland brachte. »Ich muss nach Arian sehen.«

»Ich weiß«, gab sie leise zurück. »Ich komme selbstverständlich mit dir.« Wenn sie daran dachte, was mit Ferodan geschehen war, lief es ihr eiskalt den Rücken hinunter.

Aron sah sie irritiert an. »Und wie sollen wir erklären, dass wir nicht in die Kutsche steigen?«

»Gar nicht. Wir fahren mit Kaylin und Selphie. Also offiziell. Inoffiziell fahren die beiden allein, während der Hohe Rat in der anderen Kutsche sitzt«, sie nickte zu dem Gefährt, das an der Straße auf sie wartete. »Die beiden werden uns nicht verpfeifen. Ich spreche gleich mit einem der Kutscher und frage ihn, wann sie rasten und wo. Dann schließen wir zu ihnen auf, nachdem wir sichergestellt haben, dass mit Arian alles in Ordnung ist.«

»Gut«, sagte Aron. »Das klingt machbar.«

»Gut?«, wiederholte Luana. »Das ist brillant. Einfach, aber brillant. Kurz bevor wir Kaltennest erreichen, wird Kaylin übrigens reisekrank werden. Sie wird sich erbrechen und wir werden eine weitere Rast einlegen müssen.«

»Ich bin nicht reisekrank!« Kaylin war zu ihnen getreten und hatte die Hände in die Hüften gestemmt, doch Luana hörte nur noch mit halbem Ohr zu. Ihr Blick war zwischen zwei Bäume nicht weit von ihnen geglitten. Die Hauptstadt Redons lag nicht nur am Meer, sondern auch am Rande des Erlenwaldes, dessen Baumkronen hoch in den dunklen Himmel ragten.

»Lu?«

»Da ist jemand«, sagte sie leise, ohne die Gestalt im Wald aus den Augen zu lassen. Etwas in ihrem Magen zog sich zusammen, als die Gestalt, ein Mann, den Arm hob und – sie herbeiwinkte?

»Kennst du den?«, fragte Kaylin, woraufhin sie den Kopf schüttelte.

Meinte er wirklich sie? Luana blickte hinter sich, doch die anderen stiegen bereits in ihre Kutschen, niemand sah zu dem Mann im Wald. Sie gestand sich ein, dass sie im ersten Moment – vielleicht für den Bruchteil einer Sekunde – an Kian gedacht hatte. Aber der Mann schien nicht annähernd so groß und gut gebaut zu sein wie der Schattenelf. Soweit sie erkennen konnte, war er um seine Mitte herum etwas kräftiger und hatte schmalere Beine.

»Verdammt sei das alles«, murmelte sie und bewegte sich auf ihn zu.

»Ich komme mit!« Aron schloss zu ihr auf und der Mann bewegte sich nun ebenfalls in ihre Richtung. Er hatte sich seine Kapuze ins Gesicht gezogen und hielt einen Umschlag in der Hand. War er ein Bote? Als sie nur noch wenige Meter trennten, stellte Luana fest, dass er sehr jung war und nervös wirkte.

»Luana Fenhorn?«, fragte er mit dünner Stimme.

Ihr fiel auf, dass er ihren Titel wegließ. Das hieß, er war entweder ein Mensch oder kein Freund der Fenhorns.

»Wer will das wissen?«

»Seid Ihr es oder seid Ihr es nicht?« Erst jetzt blickte er ihr fest in die Augen. Vielleicht war er doch selbstbewusster als angenommen.

»Ich bin es.«

»Dann habe ich eine Botschaft für Euch. Oriana schickt mich.«

Aron zuckte neben ihr kurz zusammen und auch Luana musste scharf die Luft einziehen. »Das bedeutet, sie ist aufgewacht?«

»Sie ist wohlauf, lässt sie ausrichten.« Mit diesen Worten überreichte der Junge ihr den Brief, drehte sich um und verschwand zurück in den Wald.

Reglos stand Luana da, starrte ihm hinterher, bis er verschwunden war, und schaute schließlich hinab auf den Brief in ihren Händen. Das war wirklich Orianas Siegel. Erleichterung flutete ihren Körper. Ob Ferodan ebenfalls bei Bewusstsein war?

»Mach ihn auf«, drängte Aron, und sie erwachte aus ihrer Starre. Mit zitternden Fingern brach sie das Siegel und faltete das Pergament auseinander.

»Luana, Aron, ich hoffe, diese Nachricht erreicht euch, wenn ihr am Hafen von Silbersturm ankommt. Ferodan und ich erholen uns noch von dem Angriff, kommen aber zurecht. Was mich beunruhigt, ist die Tatsache, dass Arian sich nicht länger im Verlies befindet.« Luana flüsterte die letzten Worte und hielt inne.

Aron nahm ihr den Brief aus der Hand und las eilig weiter: »Die Gitterstäbe wurden auseinandergebogen und nun fehlt jede Spur von ihm. Gebt bitte auf euch acht. Oriana.« Er ließ die Hand mit dem Brief sinken und sah sie an. »Er ist weg.«

Luana atmete geräuschvoll aus, bevor sie die Lippen aufeinanderpresste. Die Erleichterung von eben hatte sich beinahe gänzlich verflüchtigt. »Mehr steht da nicht?« Als Arons Gesichtsausdruck nur noch düsterer wurde, strich sie ihm sanft über den Arm. »Ich bin mir sicher, es geht ihm gut.«

Aron nickte langsam. »Jemand muss ihn befreit haben.«

»Dann müssen wir überlegen, wer einen Grund dazu gehabt hätte.« Sie hielt einen Moment inne. »Jemand, der außerdem stark genug ist.« Denn den Schlüssel zu seinem Käfig hatten sie sicher in Orianas Zimmer versteckt.

»Und wenn er selbst ausgebrochen ist?«, fragte Aron, nachdem er über ihre Worte nachgedacht hatte.

Luana zog die Augenbrauen hoch. »Dann wäre er schon früher abgehauen.«

»Wenn er gewartet hat, bis wir weg waren?«

»Ich weiß nicht. Ob es Pertheas war? Wenn er wieder hier in Eseria ist?«, flüsterte sie und warf erneut einen Blick hinter sich zu den Kutschen.

»Du hast es selbst gesagt, Lu: Er ist zu schwach. Er könnte allerdings jemanden geschickt haben.«

»Aber zu welchem Zweck? Und woher soll er gewusst haben, wo sich Arian aufhält?« Sie seufzte. »Vielleicht hast du recht und er ist tatsächlich selbst ausgebrochen.«

»Wo könnte er hin sein?«

Luana zuckte mit den Schultern, ehe sich ihre Augen weiteten. »Was, wenn er nach Kaaya sucht?«

»Er weiß, dass sie ins Nebulum wollte. Und er weiß, wo sich die Risse befinden.«

»Dann sollten wir vor ihm dort sein«, wisperte Luana. »Bevor der Rat auf ihn stößt.«

»Meinst du, sie würden ihm etwas tun?«

Ihre Brust wurde eng, als sie sich an den Teil des Gesprächs mit ihrer Mutter erinnerte, von dem sie Aron noch nichts erzählt hatte.

»Ist alles in Ordnung?« Kaylin kam langsam näher und sah zwischen ihnen hin und her.

»Ja, wir kommen gleich«, erwiderte sie. »Geh schon mal vor.«

»Jetzt doch?«

»Ja, jetzt doch.«

Kaylin schien zu verstehen, dass sie gereizt war, und kehrte ohne ein weiteres Wort um. Wieder glitten Luanas Gedanken zurück zu Ysanoas Worten.

Aron nahm sie bei der Hand und ihr schlechtes Gewissen wurde größer.

»Aron«, begann sie und blieb stehen, als er gemeinsam mit ihr zu den anderen gehen wollte. »Ich habe noch mal mit meiner Mutter gesprochen, als ich sie allein vor der Waschkabine angetroffen habe.«

Er runzelte die Stirn. »Kannst du mir das auch in der Kutsche erzählen? Die anderen warten auf uns.«

Sie nickte knapp, dann eilten sie Hand in Hand zu den Kutschen.

»Warum habt ihr euch umentschieden?«, wollte Kaylin wissen, als Luana und Aron zu ihr und Selphie in die Kutsche stiegen, die kurz darauf losfuhr.

»Es gab eine kleine Planänderung«, gab sie zurück, woraufhin ihre Schwester fragend eine Augenbraue hochzog. Doch Luana winkte ab. »Lange Geschichte.« Unauffällig sah sie zu Aron, der dazu übergegangen war, aus dem Fenster zu gucken. Vielleicht hatte er ja vergessen, dass sie ihm noch etwas sagen wollte.

»Vater starb nicht bei einem Unfall, oder?«

»Nein …«

»Was ist passiert, Mutter?«

Sie musste es trotzdem tun. »Aron?«

Ihr Seelengefährte wandte sich ihr zu. »Erzählst du es mir, bitte?«

Nach einem Seitenblick zu Kaylin und Selphie wiederholte Luana die Worte ihrer Mutter, die sich in ihr Gedächtnis gebrannt hatten.

»Nach unserem Seelenbund manifestierte sich seine … Ma-

gie. Er … er konnte nicht mit ihr umgehen. Sie war anders. Sie war dunkel.«

»Schwarze Magie?«

»Ja … Sie hat ihn seinen Verstand gekostet.«

»Das ist das, was auch bei Arian passiert ist«, schloss Aron, begleitet vom lauten Traben der Pferde, die sie sicher durch den Wald brachten. »Seine Seele hat sich jedoch nicht durch einen Seelenbund wie bei deinem Vater verändert, sondern …«

»Ja«, antwortete Luana. »Es tut mir so leid.«

Aron schüttelte den Kopf. »Das muss nicht bedeuten, dass Arian dasselbe Schicksal ereilt. Vielleicht kann er lernen, es zu kontrollieren.«

»Aron …«, begann Luana. Dann erzählte sie ihm vom Rest des Gesprächs.

»Wir haben alles versucht, Luana. Blutheiler, Gedankenmagier … Niemand konnte ihm helfen. Sein ganzes Wesen veränderte sich, er wurde irgendwie … aggressiv. Er hatte seine Launen nicht unter Kontrolle.«

»Wie ist er gestorben, Mutter?«

Als Luana die Worte ihrer Mutter wiederholte, lief ein Schauder durch ihren Körper.

»Er hat mich angegriffen. Er war dabei, mich umzubringen. Und ich hätte mich lieber von ihm töten lassen, als ihn zu verletzen, aber … Deine Großmutter platzte ins Zimmer und … Sie hielt ihn auf.«

Luana endete, doch Aron blieb stumm. »Die Sache mit dem Bluttrinken hat Mutter nicht erwähnt. Das kommt dann wahrscheinlich daher, dass –«

»Ja«, unterbrach Aron sie schließlich. »Er sollte ein Umbren werden. Ich bin nicht dumm.«

»Du bist gereizt.« Sie legte die Hände an seine Wangen und

zwang ihn, sie anzusehen. »Aber es ist wichtig, dass du das alles weißt. Damit wir vorbereitet sind.«

Vorbereitet darauf, dass Arian diese Verwandlung vielleicht nicht überlebte …

Aron entzog sich ihr und wandte sich wieder dem Fenster zu. Sie folgte seinem Blick, beobachtete die Bäume, die an ihnen vorüberzogen. Sie hatten ihre Blätter abgeschüttelt, und die spitzen, nackten Äste, die in den schwarzen Himmel ragten, hatten etwas Bedrohliches an sich. Silbern reflektierten sie das Mondlicht, das den Pferden den Weg wies. Luana fragte sich, wie die Hochelfen reagieren würden, wenn sie Arian fanden, wusste, dass Elora kein Problem damit hatte, Halbelfen aus dem Weg zu räumen, falls sie gefährlich wurden. Und Arian hatte mehr als nur einmal bewiesen, dass er die Kontrolle über sich selbst längst verloren hatte.

Kapitel 18

Ilias

Seine Muskeln spannten sich an, als er Schritte im Gang hörte. Faromir war wieder auf dem Weg hierher. Ilias konnte die Verbrennungen auf seinen Armen noch immer sehen, die sein letzter Besuch hier unten hinterlassen hatten. Das Elfeneisen des Käfigs verlangsamte auch die heilenden Kräfte seines Blutes.

»Hast du mich vermisst, Schönling?«, raunte Faromir.

Ilias machte keine Anstalten aufzustehen. Er saß in der Ecke seines Gefängnisses und legte jegliche Verachtung, die er für diesen Mann empfand, in seinen Blick.

»Tu, was du nicht lassen kannst, und dann lass mich in Ruhe, Abschaum«, erwiderte er ruhig.

Ein gefährliches Funkeln blitzte in den rabenschwarzen Augen des Kerkermeisters auf. »Du willst es wirklich wissen, was?« Er verschränkte seine Hände ineinander und ließ seine Fingerknöchel laut knacken. »Ich werde kein Erbarmen mit dir haben, wenn du nach deiner Mutter schreist.«

Jetzt erhob sich Ilias und baute sich vor Faromir auf, der auf der anderen Seite der Gitterstäbe stand. Sie waren beinahe gleich groß, und doch blickte Ilias von oben herab auf den

Handlanger seines Vaters. »Du wirst keinen Laut von mir hören. Die Genugtuung gebe ich dir nicht.«

Der Elf grinste verschwörerisch und die Hitze wanderte bereits Ilias' Fußknöchel hinauf. Schweiß trat auf seine Stirn, seinen Rücken, seine Brust.

»Was seid Ihr nur für ein Feigling, Faromir«, ertönte plötzlich Timors Stimme. »Kommt hier runter und foltert uns, weil Ihr wisst, dass wir uns nicht wehren können. Die Göttin wird Euch eines Tages dafür bestrafen.«

Erst war es still, bis Faromir schallend auflachte. »Göttin?«, wiederholte er. »Sprichst du von der Göttin, die dabei zugesehen hat, wie man uns verbannte, du widerlicher Diener einer ehrenlosen Hure?«

Timor ließ sich von den Worten des Kerkermeisters nicht beeindrucken und hielt seinem hasserfüllten Blick stand. »Allein für diese Worte werdet Ihr brennen. Und dann werdet Ihr wissen, wie es sich anfühlt, sich nicht wehren zu dürfen. Denn seien wir mal ehrlich – wenn das Elfeneisen nicht wäre, würdet Ihr vor dem Prinzen im Staub kriechen und ihm die Füße küssen. Ihr seid erbärm-« Er verstummte, als Flammen aus seinem Mund drangen. Erschrocken riss er die Augen weit auf und schrie stumm. Faromir musste seinen Körper von innen heraus entflammt haben. Ilias wollte sich nicht vorstellen, wie sich das anfühlen musste.

»Hör sofort damit auf!«, befahl er dem Kerkermeister und rüttelte an seinen Gitterstäben. »Feigling! Elender Feigling!«

Faromir wandte sich ihm zu und Timor fiel geräuschlos zu Boden. »*Ich* bin der Feigling? Warst nicht du es, der seinen Vater hinterrücks angegriffen hat und dann geflohen ist? Schämst du dich eigentlich nicht? Wir haben es König Pertheas zu verdanken, dass wir uns in diesem verfluchten Nebulum ein Leben aufgebaut haben. Wenn er nicht gewesen wäre, hätten wir uns gegenseitig zerfleischt. Wir hätten einander die Schuld für die Verbannung gegeben, alles hätte in einer Meuterei und in Chaos geendet.«

»Es war Eldan Ularen, der uns aus der Misere führte, Verräter«, knurrte Ilias.

Faromir schnaubte. »Eldan war schwach. Hat sich bei der ersten Gelegenheit umbringen lassen.«

»Und weißt du auch, von wem?«

Der Elf verschränkte die Arme vor der Brust. »Das weiß niemand.«

»Benutzt man seinen Kopf nur für ein paar Sekunden richtig, Faromir, und hört auf, sich von falschen Tatsachen blenden zu lassen, dann liegt die Antwort auf der Hand.« Im Gesicht des Kerkermeisters standen weiterhin Fragezeichen, weshalb Ilias seine eigene Frage selbst beantwortete: »Es war mein Vater. König Pertheas, der selbstlose Lehrling des ehemals stärksten Magiers des Nebulums. Der Mann, der die *Bürde* auf sich nahm und sich auf den Schattenthron setzte, um sein geliebtes Volk zu leiten und zu schützen. Und um seine kranke Machtgier zu befriedigen.«

»Das ist … das ist die schlechteste Lüge, die ich je hören musste«, behauptete Faromir, doch Ilias konnte sehen, wie sich erste Zweifel in seine Gesichtszüge schlichen.

»Das ist bei Weitem noch nicht alles. Und du dachtest wirklich, dein Herrscher würde dir vertrauen«, lachte er. »Du weißt gar nichts. Du bist eben nichts weiter als sein Handlanger.«

Eine gewaltige Hitzewelle traf auf seine Brust und schleuderte ihn gegen die Mauer in seinem Rücken. Brocken lösten sich von der Wand, als er an ihr hinab zu Boden glitt.

»Dann zeige ich dir jetzt, was ich wirklich bin, Prinz.«

Ilias unterdrückte einen Schrei, obwohl sein ganzer Körper in Flammen stand. Vermutlich würde er dem Hohepriester gleich in den Tod folgen. Noch bevor seine alten Wunden heilen konnten, wurde seine Haut erneut Zentimeter für Zentimeter aufgerissen. Zwischen zusammengebissenen Zähnen stieß er ein Stöhnen aus und versuchte bei Bewusstsein zu bleiben. Er konnte nichts weiter tun, als abzuwarten, bis Faromir genug hatte. Ein lautes Zischen ertönte, nachdem der Kerkermeister einen Eimer Wasser über ihn geschüttet hatte. Schwarze Flecken zogen sich über Ilias' Arme, Bauch und Beine. So, wie sich sein Rücken anfühlte, musste auch dieser verbrannt sein.

»Und wenn du dich regeneriert hast, komme ich wieder«, zischte Faromir. »Ich habe dir schließlich Spaß versprochen.«

Ilias wollte etwas erwidern, doch da hörte er Schritte im Gang. Der Kerkermeister wirkte ebenfalls überrascht und drehte sich um. Hinter ihm tauchte eine weitere Gestalt auf, die schnellen Schrittes näher kam.

»Wer bist du denn? Was machst du hier unten?«, keifte Faromir. Es waren seine letzten Worte. Schwarze Strahlen schossen wie Blitze durch ihn hindurch und zwangen ihn in die Knie. Ilias klammerte sich an die Gitterstäbe und sah aus geweiteten Augen zu dem Jungen hoch, der gerade innerhalb weniger Sekunden einen Elfen ausgeschaltet hatte.

»Arian?«

Graue Augen fixierten ihn in der Dunkelheit. »Ilias«, stellte er tonlos fest.

»Warum bist du hier? Wie bist du hierhergekommen?«

»Ich suche Kaaya. Wo ist sie?«

Die Frage traf Ilias wie ein Schlag. »Was soll das heißen, du suchst Kaaya? Sie war doch bei dir!«

Arians Augen funkelten. »Sie ist dir hinterhergereist.«

»Nein«, hauchte Ilias. Sein Herzschlag beschleunigte sich und Angst machte sich in ihm breit. »Davon wusste ich nichts. Ich habe sie nicht gesehen.« Er überlegte fieberhaft, seit wann er hier unten im Kerker saß. Wahrscheinlich hatte Kaaya sich Sorgen gemacht … Er musste mehrere Tage weg gewesen sein. »Wer weiß, dass du hier bist?«

Arian zuckte mit den Schultern. »Niemand, schätze ich.«

»Wie bist du aus dem Verlies entkommen?«

»Wo könnte sie sein?«, fragte er, anstatt ihm zu antworten.

Ilias ging in sich und überlegte. Kaaya hatte gewusst, dass Neahs Körper in der Krypta lag. Wenn sie ihm tatsächlich gefolgt war, so hatte sie ihn vielleicht dort vermutet, schließlich war er aufgebrochen, um den Körper seiner Seelengefährtin zu holen. »Ich habe eine Idee«, sagte er. »Aber erst musst du mich hier rausholen. Der Elf zu deinen Füßen müsste den Schlüssel haben.«

Arian sah ihn weiter ausdruckslos an, bevor er sich ganz langsam auf Ilias zubewegte. »Du willst mich erpressen?«

»Ja«, gab er zu. »Wir wollen sie beide in Sicherheit wissen, nicht wahr? Dann müssen wir zusammenarbeiten.«

Der Junge mit den grauen Augen stand jetzt so dicht vor ihm, dass er nur einen Finger auszustrecken brauchte, um ihn zu berühren. Und tatsächlich hob er die Hände. Ilias' Atem ging stoßweise, doch er rührte sich nicht. Wenn das hier sein Tod sein sollte, würde er ihn ohnehin nicht aufhalten können. Arians Hände schlossen sich jedoch nicht um seinen Hals, sondern um die Gitterstäbe, die sie voneinander trennten. Er verzog das Gesicht und mit einigem Kraftaufwand verbog er das Eisen. Ilias traute seinen Augen nicht. Die entstandene Lücke war groß genug, dass er problemlos hindurchsteigen konnte.

»Sie kommen«, sagte Arian nur.

Ilias runzelte die Stirn, dann hörte er es auch. Es mussten mindestens fünf Mann sein, die die Treppen ins Verlies hinunterstiegen.

»Eventuell war ich nicht ganz unauffällig, als ich mir meinen Weg hier runtergemordet habe.« Arian sah ihm eindringlich in die Augen, sein Gesicht wirkte seltsam leer. »Verschwinde und hilf Kaaya. Ich halte die Wachmänner auf, bevor sie Alarm schlagen und das ganze Schloss nach dir sucht.«

»Ich kann dich mitnehmen«, drängte Ilias. Seine Luftmagie würde sie beide verhüllen, sodass sie sich unbemerkt davonstehlen könnten. Auch wenn Arians Kontrollverluste ein Risiko waren, wusste er, dass Kaaya es ihm niemals verzeihen würde, sollte er ihren Freund hier zurücklassen.

»Nein«, entgegnete Arian. »Bei dir ist sie in guten Händen. Ich muss da ohnehin noch eine Rechnung begleichen.«

»Bist du sicher?«

»Ich bin sicher. Geh!«

Das ließ er sich nicht zweimal sagen. Endlich konnte er wieder auf seine Magie zugreifen und innerhalb eines Wimpernschlags verschmolz er mit der Luft um sich herum. Wenn er Kaaya finden wollte, zählte jede Sekunde.

—

KAAYA

Leb wohl, Arian, war der letzte Gedanke, an den Kaaya sich erinnerte, ehe sie in einem fremden Körper wieder aufwachte. Aufwachen *sollte* … Als sie an sich hinabsah, bemerkte sie, dass das gar kein fremder Körper war. Ihre Bluse war blutgetränkt, darunter trug sie die Lederhose, die sie auch schon angehabt hatte, bevor sie Eseria verlassen hatte. Kaaya streckte die Arme aus und betrachtete ihre Hände, ihre Handflächen, die Narben. Ihr Atem ging schneller. Irgendetwas stimmte nicht. Es war, als könnte sie den Druck der Klinge noch immer über ihrem Bauchnabel spüren. Die tiefroten Flecken auf ihrer Kleidung zeugten ebenfalls davon, dass es wirklich passiert war. Aber da war kein Schmerz, keine Wunde … Bevor sie ihre Gedanken sortieren konnte, trat dichter Nebel in ihr Blickfeld. Er war von einem dunklen Violett und kam unaufhörlich näher.

Gebannt starrte sie auf das merkwürdige Phänomen, das schließlich direkt vor ihr hin und her waberte und sich langsam lichtete. Und das, was sich dahinter materialisierte, ließ sie für einen kurzen Moment an ihrem Verstand zweifeln. Die Gestalt war ein Stück größer als sie selbst und gleichzeitig schmaler. Ihr schwarzes Haar fiel ihr in üppigen Wellen über die Schultern bis hin zu ihren Hüften. Es wirkte so, als ob es sich bewegte und eine Art lebendigen Nachthimmel um die Frau kreierte. Kaaya hatte so etwas noch nie gesehen. Diese Elfe vereinte Licht und Dunkelheit, Tag und Nacht.

»Kaaya«, hauchte sie, und ihre Stimme fuhr Kaaya in ihr Innerstes. Erst jetzt bemerkte sie die außergewöhnliche Farbe ihrer Augen. Ein helles, klares Violett.

»Du bist –«

»Neah.« Ihre Stimme glich der eines Engels. »Ich bin du. Du bist ich.«

»Aber wie kann das sein?« Kaaya schaute sich um. Sie standen noch immer in der Grabkammer, nur dass der dichte Nebel über dem Boden schwebte. Und dort, nur wenige Schritte von ihr entfernt, lag ihr toter Körper. Sie presste sich eine Hand auf den Mund, als ein Schluchzer aus ihrer Kehle brach.

Neahs Berührung riss sie von dem Anblick des am Boden liegenden, blutenden Mädchens los. »Wir sind hier in einer Zwischenwelt, Kaaya.«

»Das heißt, ich bin … Bin ich … tot?«

Neah nickte langsam. »Ja. Ich kann deine Seele jedoch zurück in deinen Körper leiten, wenn du willst. Dann wachst du wieder auf und wirst dich an nichts von dem hier erinnern.« Sie zeigte um sich.

Kaaya runzelte die Stirn. »Ich bin hierhergekommen, damit meine Seele in meinen *alten* Körper zurückkehrt. In … deinen.«

»Ich weiß«, gab Neah mit ihrer ruhigen Stimme zurück. »Dass du sogar deinen eigenen Tod dafür in Kauf nimmst, beweist, dass du wirklich bereit dazu bist.« Sie lächelte aufmunternd. »Du erkennst es als deine Aufgabe an. Aber ist es auch das, was du wirklich *willst*? Hier drin?« Wärme strömte in Kaayas Brust, als Neah die Hand auf ihr Herz legte. Sie musste schlucken.

»Ja, ich … Ja.«

Neahs Lächeln wurde breiter, ehe sie den Kopf schüttelte. »Du bist dir der wahren Tragweite deiner Entscheidung nicht bewusst. In jenem Moment, in dem meine Seele in den toten Körper der jungen Kaaya strömte, war sie roh. Hatte alles vergessen, was sie ausmachte. Sie hat so viele neue Dinge kennengelernt. So viel Neues gefühlt. So viele neue Wesen getroffen, darunter Menschen. Einen ganz besonderen Menschen.«

Wieder musste Kaaya schwer schlucken, doch der Kloß in ihrem Hals wollte nicht verschwinden. »Du sprichst von Arian.«

Neah nickte. »Deine Liebe zu ihm hat unsere Seele geformt. Er hat sie vervollständigt, wie Ilias sie einst vervollständigte, bevor sie meinen Körper verlassen musste.«

Kaayas Sicht verschleierte sich. »Was willst du mir damit sagen?«

»Ich möchte dich fragen, ob du das wirklich *willst.* Ob du dieses Leben, das du dir als Kaaya aufgebaut hast, wirklich hinter dir lassen willst. Aus freien Stücken.«

Kaaya schloss die Augen, und eine einzelne Träne befreite sich, um zwischen ihren Wimpern hindurch über ihre blasse Wange zu rollen. Sie verstand, was Neah von ihr wollte. Neah, die vermutlich nur ein Abbild ihres eigenen Gewissens war. Was sollte das hier sonst für eine *Zwischenwelt* sein? Sie hatte noch nie etwas davon gehört. Andererseits war sie auch nie zuvor gestorben … Nicht wirklich. Ein Schauder erfasste sie, als sie an den Leichnam zu ihren Füßen dachte. Sie schüttelte den Kopf, um den Gedanken daran loszuwerden, nur um sogleich von anderen Bildern überfallen zu werden.

Ein alkoholisierter Vater.

Dreckige Straßen.

Ein Freund.

Und weil er sie nicht länger selbst hatte beschützen können, gab er ihr sein Schwert.

Weitere Tränen rollten über Kaayas Wangen.

Eine Hütte im Wald.

Ein schiefes Lächeln.

Graue Augen.

Augen, die ihr Zuhause waren.

Sie sackte auf die Knie, weil sie wusste, welche Bilder jetzt kommen würden.

Blut.

Schwarze Augen.

Blitze, die abgefeuert wurden.

Wie oft konnte ein Herz brechen?

Die Hand, die Neah ihr hinhielt, war wie ein Lichtstrahl in der dunkelsten Nacht und sorgte dafür, dass sie den Blick wieder hob.

»Solange ein Herz liebt, wird es auch brechen. Aber was wären wir ohne Liebe?«

Kaaya griff nach ihrer Hand und ließ sich von Neah, von ihrem alten Ich, auf die Beine helfen.

»Pertheas hat alles kaputtgemacht«, sagte sie, ohne auf Neahs Frage einzugehen. »Er hat dich und Ilias auseinandergerissen und danach hat er mir Arian weggenommen. Er hat Arians Leben gestohlen. Niemand weiß, ob wir ihn retten können.« Ihre Stimme brach zum Ende hin.

»Du willst Pertheas dafür bezahlen lassen.«

»Ich will, dass er niemandem mehr so wehtun kann, wie er uns wehgetan hat.« Ihr Herz und ihre Seele fingen Feuer. »Dafür brauche ich meine Magie zurück.«

»Dann hol sie dir, Kaaya.«

»Wie?«

Neah breitete die Arme aus, ein gütiges Lächeln auf den Lippen.

Kaayas brennendes Herz raste. Mit jedem weiteren Schlag pumpte es Feuer durch ihre Adern. Die Flammen verschlangen alles, was sie bereit war hinter sich zu lassen. Sie ging einen Schritt auf Neah zu. Einen Schritt hinaus aus der Asche, die die Glut in ihrem Inneren hinterließ. Nur noch ein Schritt … Ein letzter Schritt und sie würde wieder sie selbst sein.

Kapitel 19

Ilias

So schnell ihn seine Beine trugen, eilte Ilias die Stufen in die Krypta hinunter. Sein Luftschild hatte ihn lange genug vor den Augen der anderen verborgen, doch er zerrte an seinen Kräften, sodass er allmählich um Atem rang. Aber jeder Moment zählte. Er durfte Kaaya nicht verpassen. Er musste sie finden. Sie musste hier unten sein. Sie musste … Als Ilias in die Grabkammer stolperte, bot sich ihm ein groteskes Bild. Weiche braune Haare waren wie ein Fächer auf dem Boden ausgebreitet, umrahmten einen zierlichen, zusammengekrümmten Körper, der in einer Lache lag aus … Blut. So viel Blut.

»Kaaya!« Qual und Verzweiflung zeichneten seine Stimme, und mit nur wenigen Schritten überwand er den Abstand zu ihr, um sich neben ihrem Körper auf die Knie fallen zu lassen. Sie hatte die Augen geschlossen. Mit zitternden Händen berührte er ihr Gesicht. Es war eiskalt. »Kaaya«, wisperte er. »Kaaya, bitte. Wach auf. Wach auf.« Tränen rollten über seine Wangen, während ihn ein Gefühl der Ohnmacht überkam. So hatte er sich schon einmal gefühlt. Damals, vor sieben Jahren … Er hatte sie ein weiteres Mal verloren. Ilias senkte seine

Stirn auf Kaayas und schluchzte bitterlich. Ein Loch klaffte da, wo einst sein Herz geschlagen hatte. Wieder angefangen hatte zu schlagen nach all den Jahren. Ihretwegen. Weil sie Licht in sein Leben gebracht hatte, als es am dunkelsten gewesen war. Und wie Neah ihr Licht mitgenommen hatte, nahm auch Kaaya ihres mit. Er blieb in der Finsternis zurück. Allein. Verlassen. Gebrochen.

Ein Geräusch ließ Ilias aufhorchen. Erst jetzt bemerkte er, dass der Deckel eines Sarkophags aufgeschoben worden war. Das war Neahs. Er hatte nicht selten Zeit hier unten verbracht. Hatte Kaaya den Deckel geöffnet? Wie hätte sie die Kraft dafür aufbringen können? So vorsichtig er konnte, ließ er von Kaaya ab, um wie gebannt aufzusehen. Kamen die Geräusche etwa aus dem Sarg? Aber wie …

Ein leises Husten riss ihn aus seiner Starre. Hatte er eben noch gedacht, dass sein Herz nie wieder würde schlagen können, spürte er es jetzt ganz deutlich. Es hämmerte gegen seine Rippen. Aber da war noch etwas, das sich wie ein Lauffeuer in ihm ausbreitete: Hoffnung. Er versuchte sie im Keim zu ersticken. Zu groß war die Angst, endgültig zu zerbrechen, wenn er falschlag, doch …

Ein Stöhnen. Ein Ächzen. Lange, schlanke Finger, die sich um die steinerne Wand des Sarkophags schlossen.

»Neah.« Innerhalb eines Wimpernschlags war er aufgesprungen und zu ihr geeilt und …

»Ilias?« Sein Name aus ihrem Mund. Ein Schluchzer brach aus ihm heraus. Ihre Stimme hatte innerhalb von Sekunden alles in ihm geheilt, was zusammen mit ihr gestorben war.

»Wie kann das sein?«, flüsterte er und griff nach ihrer Hand, um ihr zu helfen. Als sie die Augen aufschlug, setzte sein Herz für einige Schläge aus. Erst jetzt bemerkte er, wie sehr er sie wirklich vermisst hatte. Gebraucht hatte. Wie die Luft zum Atmen.

Sie wollte etwas antworten, wurde aber von einem weiteren Husten geschüttelt. Liebevoll legte er ihr die Hand auf den Rücken und brachte sie in eine aufrechte Position.

»Es tut mir so leid«, wisperte sie und ihre amethystfarbenen Augen füllten sich mit Tränen.

Ilias legte ihr zunächst einen Finger auf die Lippen, ehe er die feuchten Spuren auf ihren Wangen wegwischte. »Dir braucht nichts leidzutun, mein Herz.«

Neah sah an ihm vorbei auf den Boden zu Kaaya. »Ich habe mich umgebracht. Es hat dir sicher einen Schrecken eingejagt, mich so zu finden.«

Er lachte heiser auf. »Das ist die größte Untertreibung des Jahrtausends, aber das ist in Ordnung. Hauptsache, du bist wieder da … Bei mir.«

Sie legte ihre Hände an sein Gesicht, was einen Strom an Gefühlen durch seinen Körper jagte. Mit angehaltenem Atem betrachtete er sie, nahm jede Regung in ihren Zügen wahr, lauschte ihrem schneller werdenden Herzschlag, während sein Blick zu ihren Lippen glitt. Dann erstarrte er, als er bemerkte, dass sie ihm auswich.

»Wo bist du gewesen?«, flüsterte sie und zog ihre Hände zurück.

Obwohl er wusste, dass sie es nicht als Vorwurf meinte, traf ihn die Frage wie ein Schlag. Er hatte festgesessen, als sie hier die Göttin weiß was ausgetragen hatte.

»Ich war eingesperrt«, erklärte er und ballte die Hände zu Fäusten. »Ich habe es nicht geschafft, mich zu befreien … Bitte verzeih mir.« Gequält kniff er die Augen zusammen und konnte seine Tränen nur schwer zurückhalten.

»Da ist nichts zu verzeihen, Ilias«, gab sie zurück und ihre sanfte Stimme linderte seinen Schmerz. »Ich glaube, ich ... ich musste das allein machen.«

Er öffnete seine Augen und sein verzweifelter Blick traf ihren gütigen. »Wie fühlst du dich?«

»Ein bisschen wie eine Leiche«, sagte sie und lachte leise, während er sie erschrocken musterte. »Ich meine, weil ich in einem Sarg sitze.«

Ilias atmete erleichtert aus, dann half er ihr, aus dem Sarkophag zu steigen, der sie die letzten sieben Jahre beherbergt hatte. »Kannst du stehen?«

Neah lächelte tapfer. »Ja, geht schon. Aber, Ilias«, sie blickte zu ihm hoch und sein Herzschlag beschleunigte sich, »wo warst du eingesperrt? Und wie konntest du entkommen? Steckt dein Vater dahinter? Geht es dir gut?« Während die Fragen aus ihr heraussprudelten, betrachtete sie ihn besorgt.

»Vielleicht solltest du dich doch noch mal setzen«, murmelte er, was sie die Brauen zusammenziehen ließ. Für den Bruchteil einer Sekunde fand er Kaaya in ihren Zügen wieder. »Pertheas hat auf mich gewartet. Er wusste, dass ich zurückkommen würde, und hat mich in der Kapelle abgefangen.«

»O nein.« Neah schlug sich die Hand vor den Mund.

»Er hat mich in den Kerker unter dem Schloss gesperrt, wo ... wo ich dich, Aron und Luana habe hinbringen lassen. Dafür habe ich mich nie entschuldigt.«

Sie schüttelte den Kopf und eine ihrer Haarsträhnen fiel ihr in die Stirn. »Das war in einem anderen Leben.«

Er lächelte schwach und zwirbelte die Strähne zwischen seinen Fingern. Mitternachtsschwarz, nicht goldbraun. »Ich habe mich nicht allein befreien können. Auch nicht mit Timors Hilfe –«

»Der Hohepriester war dort?«, unterbrach sie ihn.

Er nickte. »Ich muss dir noch so viel erzählen, mein Herz.« Doch bevor er anfing, glitt sein Blick von ihrem Gesicht hinunter zu ihrem Bauch, als sie ihre Hand auf diesen legte.

»Spürst du es wieder?« Die ganze Zeit über hatte er sich nicht getraut, nach dem Kind zu fragen. Jetzt kämpfte er erneut gegen die Hoffnung an, die ein weiteres Mal versuchte an die Oberfläche zu gelangen.

Neah sah ebenfalls stumm hinunter zu ihrem Bauch, der sich unter dem schwarzen Kleid, das man ihr vor ihrem Begräbnis angezogen hatte, leicht wölbte. Liebevoll strich sie über die kleine Kugel, ehe sie den Blick hob. In ihren Augen stand Glück. Vollkommenes, pures, reines Glück. Als sie zur Bestätigung nickte, sank Ilias auf die Knie.

»Du lebst«, flüsterte er seinem Ungeborenen zu. »Ihr lebt.« Und während er einen zarten Kuss auf ihren Bauch drückte, strömten Tränen der Freude über sein Gesicht.

NEAH

Ein Gefühl der Vollkommenheit flutete Neahs Herz, als sie Ilias' Lippen auf ihrem Bauch spürte. Selbst durch den Stoff hindurch sandten sie ein Kribbeln durch ihren Körper, das sich bis in ihre Fingerspitzen ausbreitete. Die Intensität dieses Gefühls drohte sie zu überwältigen. Sie kniete sich ebenfalls hin und schloss die Arme um seinen Oberkörper. Ilias erwiderte die Umarmung, hielt sie fest, immer fester, bis sie seinen Herzschlag an ihrem spüren konnte. Alles fühlte sich intensiver an als zuvor. Das Blau seiner Augen, sein Geruch, seine Stimme. Unwillkürlich glitt ihr Blick über Ilias' Schulter hinweg zu dem Körper, in dem sie sich die letzten sieben Jahre versteckt hatte. Sie hatte nicht gewusst, dass sie all ihre Erinnerungen verlieren würde, wenn sie in den Körper des Mädchens strömte. Ihr war jedoch keine andere Wahl geblieben. Es war alles so neu gewesen – die Seelenmagie. Und jetzt sah sie in das Gesicht dieses Mädchens, das ihr ebenso vertraut war wie ihr eigenes. Plötzlich dachte sie an den Moment zurück, als sie ihre Augen das erste Mal als Kaaya aufgeschlagen hatte.

Ein Bett. Wieso lag sie in einem Bett?

»Kaaya, bei den Göttern, du bist wach!« Sie erkannte die Umrisse eines Mannes, der an ihrem Fußende saß.

»Wer seid Ihr?« Sie konnte es sich nicht erklären, aber irgendetwas an ihrer eigenen Stimme klang seltsam fremd.

»Ich bin es, dein Vater«, sagte er. Vater? Sie hatte einen Vater? »Du hast bestimmt noch Fieber, lass mich mal fühlen.«

Sie versuchte sich ihm zu entziehen, doch sie hatte kaum Kraft. Der Mann berührte ihre Stirn und zuckte im selben Moment zusammen. »Du bist eiskalt.«

»Was wollt Ihr von mir? Lasst mich gehen«, wimmerte sie.

»Kaaya, du … du hattest bestimmt einen Fiebertraum. Du warst krank, mein Kind. Du hast tagelang geschlafen. Deine Mutter und Enos sind tot.« Der Mann schluchzte laut. »Wenigstens du bist mir geblieben.«

»Ich weiß nicht, wer Ihr seid. Ich kenne keinen Enos und ich kann nicht krank werden!«

Der Mann sah sie an, als hätte sie den Verstand verloren. »Du sagst merkwürdige Dinge, Kind. Leg dich hin und ruh dich noch ein wenig aus. Morgen wird alles besser.«

Er griff nach einer Flasche, die auf dem Tisch neben dem Bett stand, und nahm einen Schluck, ehe er sich wankend erhob und aus dem Zimmer ging.

Kaaya hatte er sie genannt. War das wirklich ihr Name? Warum löste er nichts in ihr aus? Sie ließ den Blick durch den Raum schweifen. Nichts hier löste etwas in ihr aus. Sie war noch nie hier gewesen. Ängstlich blickte sie an sich hinab, betrachtete ihre Hände. Sie waren klein. Die Hände eines Kindes. Wie alt war sie? Wer war sie? Was passierte hier?

Plötzlich hörte Neah Ilias tief Luft holen und wachte aus ihrer Starre auf. Während er sie weiterhin an sich drückte, sagte er ihr drei Worte ins Ohr, die all die Erinnerungen vertrieben und ihr das Blut in den Adern gefrieren ließen.

»Arian war da.«

Ihr Herz blieb stehen. »Was?«

Ilias löste sich so weit von ihr, dass er in ihr Gesicht sehen konnte. »Er hat mich dort rausgeholt. Ich weiß nicht, wie er das gemacht hat, aber er besitzt eine immense Kraft. Er hat die Gitterstäbe einfach auseinandergebogen.«

Mit einem Mal raste ihr Puls. »Was hatte er dort zu suchen? Warum ist er … wie ist er … wie kann das sein?«, stammelte sie.

»Wir hatten kaum Gelegenheit zu sprechen. Ich musste fort, um dich zu suchen. Er ist dortgeblieben und wollte für Ablenkung sorgen, damit uns niemand findet.«

So, wie er Ilias befreit hatte, musste er auch aus seinem eigenen Käfig ausgebrochen sein. *Eine immense Kraft.* Was hatte das schon wieder zu bedeuten? Was geschah mit ihm? Mit Arian … Der Gedanke an ihn schmerzte. Er schmerzte so sehr.

»Wir müssen zurück. Er kann unmöglich allein gegen sie alle kämpfen. Wir müssen ihm helfen.« *So, wie er mir geholfen hat. So, wie er mich gerettet hat.*

Ilias hielt ihren Blick für einige Sekunden fest, dann nickte er und erhob sich als Erster. Vorsichtig half er ihr auf die Beine, doch das bekam sie nur am Rande mit. Denn sie spähte wieder zu dem Körper, der auf dem Boden lag, in einer Lache aus seinem eigenen Blut.

»Kann ich vorher …«

Ilias folgte ihrem Blick und zuckte zusammen, als er auf Kaaya fiel. »Natürlich. Ich warte oben.«

Sie lächelte ihn dankbar an, und während er sich auf die Stufen zubewegte, ging sie einige Schritte auf Kaaya zu. Vorsichtig kniete sie sich neben den leblosen Körper, betrachtete das blasse Gesicht. Als sie einen Finger nach der goldbraunen Haarsträhne ausstreckte, die ihr wie immer in die Stirn gefallen war, bemerkte sie, dass ihre Hand zitterte. Neah versuchte den Kloß in ihrem Hals hinunterzuschlucken, doch zu spät. Ihre Sicht verschwamm und eine erste Träne löste sich aus ihrem Augenwinkel.

Sieben Jahre. Im Leben eines Elfen war das ein Wimpernschlag, aber als sie Kaaya so ansah, fühlte es sich an, als wäre es ein ganzes Leben gewesen. Sie wischte sich die Tränen aus dem Gesicht, und in dem Moment fiel ihr Blick auf Kaayas Hand, die noch immer lose um den Griff von Stahlschwinge hing. Blut klebte an der Klinge, die sie sich mit ihrem letzten Atemzug aus dem Körper gezogen hatte. Neah erschauderte und mit einer Mischung aus Angst und Hoffnung im Bauch betrachtete sie Kaayas andere Hand. Der Ring saß weiterhin an ihrem Finger. Arians Ring. Etwas schnürte ihr die Luft zum Atmen ab. Ohne weiter darüber nachzudenken, zog sie den filigranen Goldring von Kaayas Finger und steckte ihn sich auf, er passte perfekt. Der kleine Diamant wies eine leichte Trübung auf. *Wie Arians Seele.* Sie schloss kurz die Augen, um die Schatten aus ihren Gedanken zu verbannen, dann griff sie nach dem Schwert. Allein diese Berührung schickte Adrenalin durch ihren Körper. Obwohl sie sich bis eben noch taub und benommen gefühlt hatte, spürte sie plötzlich eine Stärke tief in ihrem Inneren.

»Danke«, flüsterte sie Kaaya zu und erhob sich. Nach einem letzten Blick auf ihren alten Körper folgte sie Ilias die Stufen hinauf.

Er stand oben am Treppenabsatz und schaute sie aus großen Augen an, nachdem sie in Sichtweite gekommen war. »Geht es dir gut?«

Neah lächelte. »Ja.«

Sie sah seine Hand zucken, hatte das Gefühl, er wollte sie nach ihr ausstrecken, doch stattdessen nickte er nur.

Der Weg aus der Krypta fühlte sich merkwürdig an. Als wäre es Jahre her statt Stunden, dass sie ihn das letzte Mal gegangen war. Ilias lief vor ihr und hielt Ausschau nach Patrouillen. Sie durften niemandem begegnen, denn wenn Neah ehrlich war, dann wusste sie nicht, ob sie ihre Kräfte würde einsetzen können. Seelenmagie hatte sie ein einziges Mal genutzt. Denn bis zu dem Tag, an dem sie hatte sterben sollen, hatte sie nicht gewusst, dass eine Seelen-Affinität in ihr schlummerte. Dass sie die Tochter von Eldan Ularen war … Sie erinnerte sich genau daran, wie sie im Waisenheim aufgewachsen war. An jeden einzelnen Tag davon. Doch an ihre Eltern erinnerte sie sich nicht. Sie war viel zu jung gewesen, als ihre Mutter sie zu ihrem eigenen Schutz vor dem Rest der Welt verborgen hatte. Neah hatte nicht herausfinden sollen, wer sie war, und niemand hatte dahinterkommen sollen, dass die wahre Thronfolgerin noch lebte. Welche Ironie, dass sie wiederauftauchen würde, um den Mörder ihrer Eltern zur Rechenschaft zu ziehen. Den Mann, der ihr Leben vor einem halben Jahrtausend das erste Mal zerstört hatte, vor sieben Jahren ein zweites Mal und jetzt … Mit Arians Seelendiebstahl hatte er sie ein drittes Mal getroffen.

Sie würde ihn büßen lassen und dann würde sie ihn auslöschen.

»Verdammt«, fluchte Ilias, nachdem er die Tür der Krypta einen Spaltbreit geöffnet und hinausgesehen hatte. »Zwei der Wachmänner machen gerade eine Pause direkt vor dem Eingang.«

»Wir können uns an ihnen vorbeischleichen, oder?«

Ilias wirkte nervös. »Ich habe mich auf dem Weg hierher bereits verhüllen müssen. Ich bin nicht sicher, ob ich noch genug Energie habe.«

Ja, Neah erinnerte sich, wie es sich anfühlte, wenn man Magie wirkte. Die eigene Essenz anzuzapfen war zwar nicht schmerzhaft, zerrte aber an den Kräften. Und gleich zwei Personen mit der Luft verschmelzen zu lassen, war aufwendig. »Dann … schalten wir sie aus?«

»Ich kümmere mich darum«, sagte Ilias, als würde er ahnen, dass sie Angst davor hatte zu versagen.

»Vielleicht«, begann Neah zaghaft, »ist es eine gute Übung, falls ich …?«

»Du solltest dich schonen«, gab er zurück. »Du hast genug durchgemacht, und wenn wir meinen Vater stellen wollen, brauchst du jedes bisschen Energie, das du hergeben kannst.«

»Sei vorsichtig.«

»Ich bin gleich wieder da.«

Ilias schlüpfte hinaus, und Neah hörte bereits, wie die Wachmänner etwas zu ihm sagten. Dann fiel die Tür wieder zu und die Stimmen verstummten. Mit klopfendem Herzen blieb sie allein zurück. Ilias war stark, und zwei Männer waren für ihn vermutlich keine ebenbürtigen Gegner, das wusste sie. Zumal sie wahrscheinlich zunächst verunsichert sein würden, den Kronprinzen hier herumlaufen zu sehen. Aber ihre Nervosität rührte nicht nur von ihrer Sorge um ihn her. Ilias hatte bemerkt, dass sie sich ihm entzogen hatte, bevor er sie küssen konnte, und das tat ihr leid. Sie hatte ihn nicht zurückweisen wollen. Sie hatte ihn vermisst, so sehr. Nur hatte sie in den letzten Jahren auch jemand anderen in ihr Herz gelassen, und selbst wenn die Liebe zu Ilias für immer stärker sein würde als die zu Arian, fühlte es sich merkwürdig an, so zu tun, als hätte es den Jungen mit den grauen Augen nie gegeben.

Neah hatte kaum Zeit, den Schmerz in ihrer Brust zu verdrängen, da öffnete sich die Tür wieder. Ilias hielt ihr seine Hand hin, und sie überlegte keine Sekunde, bevor sie nach ihr griff. Hand in Hand eilten sie zwischen den Bäumen hindurch zu dem Pferd, das Neah als Kaaya dort angebunden hatte.

»Ich bin nicht sicher, ob Arian noch im Kerker ist«, sagte Ilias, als er ihr dabei half, auf die Stute zu steigen.

Seinen Namen zu hören, weckte erneut die widerstreitenden Gefühle in ihr, die ihr beinahe die Luft abschnürten. Liebe, Schuld, Angst. Arians Gesicht tauchte vor ihr auf, sein schiefes Grinsen, seine Augen, die ihr Zuhause waren. Drei Jahre lang gewesen waren … Drei Jahre, die im Angesicht der Jahrzehnte, die sie Ilias liebte, ein Wimpernschlag waren.

»Neah?«, hörte sie Ilias fragen und blinzelte einige Male, um ihre Gedanken zu klären.

»Der Kerker ist unser einziger Anhaltspunkt«, gab sie schließlich zurück.

Ilias nickte, dann schwang er selbst ein Bein über das Pferd, um sich vor Neah zu setzen. Sie zögerte nur einen kurzen Moment, ehe sie ihre Arme um seinen Oberkörper schloss, der sich vertraut anfühlte.

»Bist du bereit?«, wollte er wissen.

Sie schmiegte ihr Gesicht an seinen Rücken. »Ja.«

Ilias trieb das Pferd an und es trug sie schnellen Schrittes durch den Wald. Wie lange war es her, dass sie jenen Weg in Kaayas Körper zurückgelegt hatte? Sie betrachtete ihre linke Hand, während sie sich mit der anderen noch immer an ihren Seelengefährten klammerte. Keine Narben. Zumindest nicht auf ihrer Haut. Die sieben Jahre, die sie als Kaaya verbracht hatte, hatten ganz andere Spuren hinterlassen.

»Deine Mutter und Enos sind tot.«

»Du bist nicht länger meine Tochter!«

»Geh nach Hause, elende Diebin!«

»Was ist mit deinem Zuhause?«

»Komm mit mir, dann kriegst du auch etwas zu essen.«

»Verzieh dich von hier und geh woanders betteln!«

»Weil ich dich nicht töten will!«

Mit aller Kraft kämpfte sie sich wieder ins Hier und Jetzt zurück und wischte sich die Tränen fort.

»Hast du mit Kian gesprochen?«, fragte sie irgendwann dicht an Ilias' Ohr, da der Wind ihre Worte sonst davongetragen hätte.

»Nein«, antwortete er. »Ich weiß nicht, wo er ist. Angeblich soll er der Bündniszeremonie seiner Schwester beigewohnt haben.«

»Das hat er.«

Ilias' Körper versteifte sich an ihrem. »Du bist ihm begegnet?«

Sie nickte, bis sie merkte, dass er sie gar nicht sehen konnte. Er hatte seinen Blick starr auf den Weg gerichtet, den sie Stück für Stück hinter sich ließen. »Pertheas bedroht Kian. Pyria erwartet ein Kind von ihm, wusstest du davon?«

Einige Sekunden verstrichen, ehe Ilias antwortete. »Ja. Ich habe mir schon gedacht, dass mein Vater sich einen kranken Plan zurechtgelegt haben muss, um Kian von mir fernzuhalten.«

»Es ging ihm gut, soweit ich erkennen konnte. Wir haben gesprochen. Es tut ihm leid.« Sie strich Ilias sanft über den Rücken.

»Er war immer für mich da, seit ich denken kann. Ihm braucht nichts leidzutun.«

Kapitel 20

Neah

Es dauerte einige Zeit, bis sich das imposante Gebäude mit den hohen Türmen am Horizont abzeichnete. Wie ein Herrscher, der über sein Land wachte, erhob der Palast sich über die Stadt am Fuße des riesigen Felsens, auf dem er thronte. Gänsehaut erfasste Neahs Arme, während sie daran dachte, wie sie den Palast als Kaaya wahrgenommen hatte. Er hatte unheimlich auf sie gewirkt, fast schon bedrohlich. Jetzt sah sie ihn an und erinnerte sich an die Jahre, die sie dort drin verbracht hatte. An Ilias' Seite. Glücklich. Sie schluckte den Kloß in ihrem Hals hinunter, als ihr Seelengefährte ihr die Hand reichte, um ihr vom Pferd zu helfen. Gemeinsam überquerten sie die Brücke, die sie direkt zum Palasteingang führen würde.

»Sind das …?« Sie blieb stehen und betrachtete die Männer und Frauen, deren Körper den gesamten Weg zum Palast pflasterten. Entsetzen machte sich in ihr breit.

»Ich hätte dich vorwarnen sollen«, murmelte Ilias.

»War das …?«

Er nickte langsam. »Ja, das war Arian. Anders hätte man ihn vermutlich nicht hineingelassen.«

Neah legte sich eine Hand auf den Magen, in dem es rumorte. Die Erde war übersät von abgetrennten Armen und Beinen, von Händen, von Köpfen …

Arian, was hast du getan?

Wo bist du?

Geht es dir gut?

»Lass uns schnell weiter, bitte«, presste sie hervor, anstatt ihre Gedanken laut auszusprechen.

»Neah.« Ilias berührte sanft ihr Kinn. »In den Fluren des Palasts sieht es genauso aus. Wenn du möchtest, warte unten.«

»Nein«, gab sie zurück und klang dabei entschlossener, als sie sich fühlte. »Nein, ich werde nicht wegschauen.« Und damit schob sie sich an ihm vorbei und ging auf den Eingang des Palasts zu. Schnellen Schrittes hatte Ilias sie eingeholt und öffnete das Tor mit einer kleinen Handbewegung.

Er hatte recht gehabt. Tote Wachmänner und -frauen, wo sie auch hinguckte. Blut klebte an den Wänden und bildete Pfützen auf dem weißen Marmorboden. Übelkeit erfasste Neah, als sie einer der Blutspuren folgte und ihre ehemalige Magd mit aufgeschlitzter Kehle über dem Treppengeländer hängen sah. Sie war noch so jung gewesen.

»Einige der Bediensteten konnten sich anscheinend verstecken oder in die Stadt fliehen. Der Rest …«, Ilias' Blick verdunkelte sich und er sprach nicht weiter. Aber sie konnte sich denken, was mit ihnen geschehen war.

Schweigend setzten sie ihren Weg fort, und je tiefer sie in den Kerker hinabstiegen, desto stickiger wurde die Luft. Der Geruch hier unten weckte Erinnerungen an das letzte Mal, als sie hier gewesen war. Mit Aron und Luana. Der Gedanke an ihre Freunde versetzte Neah einen Stich. Sie verdankte ihnen so viel und hoffte inständig, dass es ihnen gut ging und sie sich wiedersehen würden. Wie viele Tage hatte sie noch? Zwei?

Ein leises Ächzen riss sie aus ihren Gedanken. Sie blickte hinunter und erkannte weiter unten auf einer der Stufen einen Körper, der sich bewegte.

»Faromir?«, fragte Ilias neben ihr.

»Du kennst ihn?«

Ilias verengte die Augen. »Er ist der Kerkermeister meines Vaters.«

»Der, der dich so übel zugerichtet hat?« Während sie hierhergeritten waren, hatte Neah bemerkt, dass er zusammenzuckte, wann immer sie seine Arme berührte. Das meiste war zwar schon verheilt gewesen, nachdem er seiner Kerkerzelle entflohen war, doch sie hatte darauf bestanden, dass er ihr erzählte, was er hatte erdulden müssen, als er eingesperrt gewesen war.

»Prinz … Prinz Ilias?«, keuchte der Elf und versuchte den Kopf zu heben.

Neah beobachtete, wie Ilias' Kiefermuskel zuckte. Es dauerte nur eine Sekunde, da hatte er sich zu dem Mann hinuntergebeugt und ihn am Kragen gepackt.

»Ich könnte dich umbringen«, knurrte er und drückte den stöhnenden Elfen gegen die Wand.

Faromir konnte den Kopf kaum oben halten. »Bitte nicht. Ich habe doch nur … nur Befehle ausgeführt.«

»Also hat es dir nicht gefallen, mich zu quälen?« Anstatt zu antworten, hustete Faromir. Blut spritzte Ilias ins Gesicht, aber er verzog keine Miene. »Antworte!«

»Es ist mit mir durchgegangen. Ich wollte nicht … Wollte das nicht, mein … mein Prinz.«

»Und der Hohepriester? Du hast ihn kaltblütig ermordet!«

Faromirs Augen weiteten sich. »Ich habe ihn nicht ermordet! Ich wollte ihm nur eine Lektion erteilen. Er lebt. Bitte, seht nach, Prinz Ilias!«

Ilias blickte dem Mann eindringlich in die Augen. Neah wusste, dass er gerade mit sich rang. Dass er überlegte, ob er seinen Peiniger gehen oder büßen lassen sollte.

»Ist der Junge noch hier?«

Panik trat in Faromirs Züge. Er wusste ganz genau, von wem Ilias sprach. »Nein. Er ist kurz nach Euch gegangen, mein Prinz.«

Neah schloss kurz gequält die Augen. Sie hatte es fast schon befürchtet.

Nur langsam löste Ilias seinen Griff um den Kragen des Kerkermeisters. »Du verdienst es nicht, dass ich dir den Gnadenstoß verpasse. Mögest du elendig vor dich hin siechen.«

Ilias war gerade einen Schritt von ihm zurückgetreten, da fasste Faromir sich selbst an die Gurgel.

»Was zum«, begann Ilias, als der Elf fest zudrückte. Seine Augen fielen ihm fast aus den Augenhöhlen, während er röchelte und nach Luft rang. Seine Augen, die an Ilias vorbei direkt in Neahs Gesicht blickten und dann auf ihre Hände, die in schwarze Schatten gehüllt waren.

»Neah, was tust du?«, fragte Ilias, und im selben Moment sackte Faromir leblos in sich zusammen.

In den letzten sieben Jahren hatte sie im Körper eines menschlichen Mädchens genug Ungerechtigkeiten miterleben müssen, ohne dass sie sich dagegen hatte wehren können, Schwert hin oder her. »Niemand, der dir Leid zufügt, kommt ungestraft davon.« Sie zog sich aus den Gedanken des Kerkermeisters zurück und sah ihrem Seelengefährten in die Augen. »Niemand.«

Als Ilias ihren Blick erwiderte, wurden seine Züge weicher. »Ich bin nicht sicher, ob ich das romantisch finden soll.«

Ein leichtes Lächeln umspielte ihre Lippen. »Gewöhn dich besser daran.«

»Ich weiß nicht, ob ich mich je daran gewöhnen werde, dich bei mir zu wissen. Keine Angst mehr haben zu müssen, allein aufzuwachen.«

Ihr Herz fühlte sich auf einmal schwer an. »Ich will mir nicht vorstellen, was du durchgemacht hast.«

Er zog sie in seine Arme und hauchte einen Kuss auf ihren Scheitel. »Jetzt ist es vorbei. Ich lasse dich nie wieder gehen.«

Seine Worte berührten sie tief und Neah schloss die Arme fester um ihn. Sie würde ihn auch niemals mehr gehen lassen. Sobald das alles überstanden war, könnten sie die Zeremonie nachholen und ihren Seelenbund vollziehen. Dann könnten sie einander noch näher sein, für immer. *Und falls wir den Kampf gegen Pertheas nicht überleben?* In ihrem Bauch zog sich etwas bei diesem Gedanken zusammen. Sie wollte nicht daran denken, aber die Möglichkeit bestand. Vielleicht würden sie morgen schon tot sein. »Was ist, wenn wir …«, begann sie zaghaft, als sich ein neuer Gedanke in ihrem Kopf formte, »wenn wir jetzt den Seelenbund eingehen?«, flüsterte sie leise in sein Hemd.

Als Ilias nicht antwortete, sah sie vorsichtig zu ihm hoch. Er fing ihren Blick auf und hielt ihn fest. Zärtlich strich er mit seinem Daumen über ihre Wange, dann über ihre Unterlippe, sodass ihr Herz in ihrer Brust galoppierte.

»Ich habe gehört, was du zu Arian gesagt hast.«

Sie runzelte die Stirn. »Wovon sprichst du?«

»Ich weiß, wie viel er dir bedeutet. Wie viel du für ihn empfindest und dass ich … Ich weiß nicht mehr, wie viel *ich* dir bedeute.« Er lächelte. Es war ein trauriges Lächeln.

»Ilias, nein«, hauchte sie und hielt seine Hand an ihrer Wange fest. Er musste das Gespräch in Orianas Wohnstube meinen, ehe sie Arian das erste Mal ins Verlies gesperrt hatten.

»Das war, bevor ich meine Erinnerungen zurückhatte. Und selbst da habe ich ihm nicht die ganze Wahrheit gesagt.« Sie lächelte, weil Ilias' Augen hoffnungsvoll auffunkelten. Es stimmte. Selbst in Kaayas Körper war Ilias ihr unter die Haut gegangen. Auf eine ganz andere Art als Arian. Vielleicht hatte ein Teil in ihr schon immer gewusst, dass die Liebe zu Arian anderer Natur war. Sie hatte ihn so lange auf Abstand gehalten, hatte nicht zugelassen, dass er ihr sagte, was er empfand. Sie hatte ihre Freundschaft nicht riskieren wollen. Sie hatte Angst gehabt, seine Gefühle nicht auf die gleiche Art und Weise erwidern zu können. Doch als dann sein Leben auf dem Spiel gestanden hatte … Sie hatte ihn nicht verlieren wollen. Und schließlich war er erwacht – als *Umbren.* »Ich wollte ihm nicht noch mehr zumuten.«

»Aber du … Neah, ich … ich muss dich das fragen.« Er schluckte schwer. »Du musst mir nicht antworten, wenn du –«

»Ja«, unterbrach sie ihn leise und Tränen verschleierten ihr die Sicht. »Ja, ich liebe Arian. Ich werde ihn immer lieben.« Sie konnte sehen, wie auch Ilias' Augen verdächtig glänzten. Er beugte sich vor und küsste sie sanft auf die Stirn. Neah legte die Hände auf seine Brust, in der sein Herz in einem ungesunden Tempo schlug. »Doch du bist der, mit dem ich mein Leben teilen möchte, Ilias. Mein Herz und meine Seele. Sie gehören dir. Auf ewig.«

Er löste seine Lippen von ihrer Stirn, um die Tränen fortzuküssen, die ihr über die Wangen liefen. Jede noch so sanfte Berührung weckte sämtliche Sinne in ihr. »Ich habe es dir schon einmal gesagt«, flüsterte er dicht vor ihrem Mund, und seine Stimme bescherte ihr eine Gänsehaut. »Meine Seele hat Jahrhunderte nur auf dich gewartet. Sie gehört dir, genauso wie mein Herz. Auf ewig.«

»Dann küss mich endlich«, lachte sie erstickt auf.

Und auch seine Lippen formten sich zu einem Lächeln, bevor er sie weich auf ihre legte. Ein gewaltiges Schaudern durchfuhr sie und breitete sich pulsierend bis in ihre Fingerspitzen aus, mit denen sie über seine Wangen strich. Es war, als würden ihre Nervenenden in Flammen stehen, als wären ihrer beider Körper genau für diesen Augenblick geschaffen. Sie wusste, dass er genauso empfand, spürte die Hitze, die von ihm ausging, überall dort, wo sie sich berührten.

»Der Priester lebt noch«, flüsterte Neah zwischen zwei Küssen.

Ilias sah sichtlich verwirrt aus, als er sich von ihr löste. »Du denkst gerade an den Priester?« Er atmete schwer und sie musste leise kichern.

»Er könnte unseren Seelenbund vollziehen.«

»Willst du das wirklich?«

»Natürlich«, antwortete sie, ohne nachzudenken. Ilias war alles, was sie wollte. »Du nicht?«

»Wenn du meine Luft-Affinität erhältst, wäre das im Kampf gegen Pertheas sinnvoll.«

»Ich bin nicht sicher, ob ich das romantisch finden soll«, wiederholte sie seine Worte lachend.

»Es hätte vielleicht romantischer geklungen, wenn keine Leiche neben uns liegen würde.«

»Spießer!« Sie schmunzelte und griff nach seiner Hand. »Lass uns runtergehen. Wir befreien Timor und dann kann uns nichts mehr trennen. Nie wieder.«

Tatsächlich saß der Priester aufrecht in seinem kleinen Käfig, als sie bei ihm ankamen. Seine Augen weiteten sich vor Überraschung, als er erst Ilias und schließlich Neah erblickte.

»Prinzessin!«

Sie lächelte ihn warm an. »Geht es Euch den Umständen entsprechend gut, Hohepriester Timor?«

»Das muss eine … eine Illusion sein.«

»Sie lebt«, sagte Ilias, während er den Schlüssel in das Schloss der Zellentür steckte. Er hatte ihn Faromirs Leichnam abgenommen.

»Was tut Ihr da?«

Nachdem das Schloss ein klackendes Geräusch von sich gegeben hatte, zog Ilias die Tür auf. »Euch befreien.«

Ein lauter Seufzer drang aus Timors Kehle. »Das … das ist nicht echt, oder? Das ist ein Traum. Eine Illusion. Nicht wahr. Eine Täuschung.«

»Hohepriester«, setzte Neah an und trat an seine Seite. All das Elfeneisen um sie herum machte sie nervös, doch sie ließ es sich nicht anmerken. »Kommt. Ich helfe Euch.« Ilias trat an die andere Seite des Mannes, und gemeinsam stützten sie ihn, sodass er sich aufrichten konnte.

»Wie kann ich Euch das jemals vergelten?«

Neah und Ilias wechselten einen Blick. »Vielleicht gibt es da etwas. Aber darüber sprechen wir, wenn wir draußen sind.«

»Alles!«, rief der Mann, ehe er in Gelächter ausbrach. »Ich tue alles, was Ihr wollt.« Nur einen Augenblick später verstummte sein Lachen und stattdessen schluchzte Timor. Es war deutlich, dass er aufgewühlt war, und es brach Neah das Herz.

Langsam traten sie den Rückweg an, und Timor sprach Hunderte von Gebeten, als er all die toten Körper erspähte, die sich über den Boden verteilten. Neah sah ihm dabei zu, gleichzeitig erfasste sie Panik, da sie jegliches Zeitgefühl verloren hatte. Sie wussten nicht, wann Pertheas und seine Leibwächter zurückkehren würden. Und als ob sie ihre Gedanken vernommen hätte, läutete mit einem Mal eine Glocke so laut auf, dass sie alle vor Schreck zusammenfuhren.

»Sie kommen mich holen«, rief Timor in weinerlichem Ton. »Ich muss zurück, bringt mich zurück!« Er machte Anstalten loszurennen, doch Ilias stellte sich vor ihn.

»Das ist der Ruf der königlichen Armee. Sie versammeln sich. Sie kommen nicht, um Euch zu holen. Sie sind hinter jemand anderem her.« Er blickte zu Neah und ihr Herz blieb stehen.

»Wir müssen hier weg«, sagte sie.

Ilias nickte, griff nach Timors Arm und gemeinsam rannten sie über die Brücke. Das Pferd, das die beiden hierhergetragen hatte, wieherte, als es sie erspähte. Neah strich dem Tier beruhigend übers Fell. »Es kann uns nicht alle tragen. Wohin sollen wir überhaupt?«

»Zu meiner Frau«, krächzte der Hohepriester.

Es war merkwürdig, dass Neah in diesem Moment einfiel, dass menschliche Priester keine solchen Verbindungen eingehen durften. Bei Elfen war das ganz normal, weil niemand ein ewiges Leben fristen sollte, ohne jemanden an seiner Seite zu haben. Eiyune war für sie alle da, ja, aber die Erfüllung, einen Seelengefährten zu finden, war gänzlich anderer Natur. »Wo lebt sie?«

Timor schluckte und sah dann noch mal hektisch umher. »Hier in Königsstadt.« In der Hauptstadt. Das war naheliegend.

»Dahin kommen wir auch ohne das Pferd«, schloss Ilias. »Es würde ohnehin zu viel Aufsehen erregen.«

»Wir haben ein großes Haus und viele Freunde. Ihr würdet Euch dort wohlfühlen«, fuhr Timor fort, als ob er dem Gespräch gar nicht länger folgte.

Neah blickte zu Ilias, der nickte. »Eure Freunde sind unsere Freunde, Hohepriester.«

Eilig setzten sie sich in Bewegung und erreichten schon bald die ersten Ausläufer der Stadt. Als sie immer mehr Häuser passierten, zog Ilias seinen Umhang aus und warf ihn Neah über die Schultern. »Setz die Kapuze auf und guck auf den Boden.«

Sie nickte und tat, wie ihr geheißen. Zum Glück waren ohnehin kaum Elfen auf den Straßen, die sie wiedererkennen könnten. Vermutlich hatte sich herumgesprochen, was oben im Palast geschehen war.

Auch wenn sie sich bemühte, ihren Kopf gesenkt zu halten, kam sie nicht umhin zu bemerken, dass die Stadt in den letzten Jahren nicht gerade schöner geworden war. Sie war schmutzig und übel riechend und ein Beweis dafür, dass Pertheas seine Untertanen gleichgültig waren. Dennoch entdeckte sie aus dem Augenwinkel eine riesige Statue seines Abbilds auf dem großen Platz vor dem Rathaus, als sie sich dem Stadtzentrum näherten. Hastig wandte sie sich wieder dem Boden zu, bevor ihnen noch jemand entgegenkam. Endlich bog der Priester, dem sie auf Schritt und Tritt folgten, in eine Seitenstraße.

»Dort ist es«, sagte er, und die Vorfreude in seiner Stimme war kaum zu überhören. »Wir sind gleich da. Wir sind gleich da.«

Neahs Puls beschleunigte sich. Mit kalten Fingern griff sie nach der Hand ihres Seelengefährten. Schnellen Schrittes eilten sie über den Pflasterstein, und beinahe blieb ihr Fuß an einem Schachtdeckel hängen, doch sie konnte sich im letzten Moment wieder fangen. Vor einem Haus mit rotem Dach und braunen Fensterrahmen kam Timor zum Halten.

»Aedyth!«, rief er plötzlich aus vollem Halse, und Neah verschluckte sich beinahe vor Schreck. Zum Glück musste er kein zweites Mal schreien, denn man hörte, wie die Tür von innen aufgeschlossen wurde. Eine Frau in Schlafkleidung lugte durch den Türspalt, und als ihr Blick auf Timor fiel, schlug sie sich die Hände vor den Mund. Ohne weitere Worte fielen sie sich in die Arme, und Neah musste selbst einen Schluchzer unterdrücken, als sie die beiden weinen hörte.

Ilias legte ihr einen Arm um die Taille und drückte sie fest an sich. So lange, wie er um sie getrauert hatte, so lange hatte diese Frau um ihren Mann getrauert.

»Ich störe diesen Moment nur ungern«, sagte Ilias leise, aber so bestimmt, dass die beiden sich voneinander lösten.

»Aedyth, das sind Prinz Ilias und Prinzessin Neah«, erklärte Timor, bevor Ilias die Gelegenheit hatte weiterzusprechen. »Ich erkläre dir gleich alles.«

Seiner Frau klappte die Kinnlade herunter und sie machte eine Bewegung zwischen einer Verbeugung und einem Luftsprung. »Kommt alle rein. Ich habe gerade Tee aufgesetzt.« Sie strich sich das schwarzbraune Haar hinter die Ohren und machte dann eine einladende Geste ins Innere des Hauses.

Dankbar folgten sie der Frau und setzten sich gemeinsam an einen großen, runden Tisch, der am Kamin stand.

»Habt Ihr eine große Familie?«, fragte Neah mit Blick auf die vielen bunten Stühle. Die gesamte Einrichtung des überschaubaren Zimmers wirkte ein wenig zusammengewürfelt, was ihm einen besonderen Charme und vor allem Gemütlichkeit verlieh.

Aedyth nickte. »Wir haben vier Söhne und die sind alle verheiratet. Zwei von ihnen haben schon Kinder und bei dem dritten ist eins unterwegs«, erzählte sie glücklich. »Am besten wecke ich sie alle auf, sie wollen Euch und den Prinzen sicher kennenlernen. Und wenn sie erst erfahren, dass Timor zurück ist …« Wieder presste sie sich eine Hand auf den Mund und Neah lächelte sie warm an. »Ich bin sofort zurück!«

Der Priester wischte sich die Tränen von den Wangen und blickte nun von Ilias zu Neah. »Sagt, Prinzessin, Ihr wolltet mich um etwas bitten, nicht wahr?«

Allmählich schien sich sein Verstand zu klären. Als Neah in die Gedanken des Kerkermeisters eingedrungen war, hatte sie gesehen, was er dem Priester, aber auch Ilias angetan hatte. Es war nicht verwunderlich, dass der Mann erst mal zur Ruhe kommen musste. Wut loderte in ihr auf, als sie an Faromir dachte, und sie wünschte sich, dass er auferstehen würde, damit sie ihn noch einmal töten konnte.

»Prinzessin?«

»Entschuldigt«, sagte sie und sammelte sich.

Ilias griff unter dem Tisch nach ihrer Hand. »Wir möchten unseren Seelenbund eingehen.«

Kaum hatten die Worte seinen Mund verlassen, ertönte ein Quieken. Aedyth stand wieder im Flur, um sie herum beinahe ein Dutzend anderer Elfen. Die meisten waren ausgewachsen, doch es befanden sich auch Kinder unter ihnen.

Neah musste lachen, als sie in die glücklichen Gesichter blickte.

»Es wäre mir eine große Ehre, mein Prinz«, schloss Timor und erhob sich.

»Jetzt?«, fragte Neah verdutzt. Sie hatte angenommen, dass der Priester erst mal ausschlafen wollte.

»Wir sollten keine Zeit mehr verlieren, Ihr habt lange genug auf diesen Moment gewartet.«

Sie nahm einen tiefen Atemzug, bevor sie nickte, und folgte ihm zusammen mit allen anderen in den Garten hinter dem Haus.

Zunächst war alles nur dunkel, bis ein kleines Zischen ertönte und mit einem Mal Laternen über ihren Köpfen aufleuchteten. Sie warfen ihre schillernden, bunten Lichter auf den Rasen, die Bäume, die Blumen. Neah wandte sich mit großen Augen um und begegnete dem feuerroten Blick eines jungen Elfen, der sie mit einem vorsichtigen, aber stolzen Lächeln bedachte.

»Netter Trick«, krächzte sie, weil Tränen in ihrer Kehle brannten. Sie musste an Aron und Luana denken und wünschte sich, sie könnten ebenfalls hier sein, an diesem magischen Ort. Wie sie wohl reagieren würden, wenn sie wüssten, was sie ihrem alten Körper angetan hatte?

Die Wangen des Jungen färbten sich ebenso rot wie seine Augen, was Neah zum Lachen brachte und ihre düsteren Gedanken wieder zerstreute.

»Geht es dir gut?« Ilias nahm sie an den Händen, und sie ließ sich von ihm unter einen langen, dicken Ast führen, um den sich weiße und rote Kletterrosen rankten. Das war zwar nicht ihre Jahreszeit, aber die grünen Runen auf Aedyths Fingern verrieten ihr, weshalb die Blumen trotzdem blühten.

»Ja, jetzt schon«, wisperte sie, was ihrem Seelengefährten ein Lächeln entlockte. Aus dem Augenwinkel bemerkte sie, wie Timor, seine Frau und ihre Großfamilie sich im Halbkreis um sie herum aufstellten.

Timor trat schließlich einen Schritt vor und schaute von Ilias zu Neah. »Seid Ihr bereit?«

Eine Gänsehaut erfasste ihren Körper, und sie nickte, bevor Ilias es ihr gleichtat. Prinz und Prinzessin standen sich gegenüber und sahen einander in die Augen, als der Priester erneut das Wort erhob: »Heilige Göttin, erhöre mich. Ich spreche heute zu dir, um deinen Segen für eine Verbindung zu erbitten. Die Seelen von Neah Ularen und Ilias Yinnelis haben einander gefunden und wollen auf ewig geeint sein.«

Neah Ularen. Er wusste es. Ilias hatte ihr gesagt, dass der Priester wegen Verrats eingesperrt worden war. Wie war er dahintergekommen? Hatte er es Pertheas verheimlicht? Neah schüttelte den Kopf, wollte den Moment nicht damit beflecken, an dieses Monster zu denken. Sie schaute hoch zu Ilias. In seine saphirblauen Augen, mit denen er sie ansah, als wäre sie seine ganze Welt. Soviel sie noch zu bewältigen hatten – in diesem einen Augenblick war alles nebensächlich.

Kaum hatte der Priester sein Gebet beendet, wurde es warm in Neahs Brust. Ein Licht drang aus ihrem Körper und kurz darauf geschah dasselbe mit Ilias. Das silbrige Licht ihrer Seele tastete nach seinem, und in jener Sekunde, in der sie aufeinandertrafen, verschmolzen sie in einer Explosion reinen Lichts. Neah und Ilias fanden sich in einer erleuchteten Kuppel wieder, dem Licht ihrer Seelen, und betrachteten einander, als würden sie sich zum ersten Mal sehen. Richtig sehen. Und Neah spürte noch im selben Moment, dass sie erst jetzt vollkommen war. Jetzt, da Ilias' Seele ein Teil von ihr war.

Plötzlich stöhnte ihr Seelengefährte auf und fasste sich an die Brust.

»Ilias, was –«

Er lächelte. »Runen.«

Überrascht riss sie die Augen auf und keine Sekunde später brannte es auch entlang ihrer Schultern. Weil ihr Kleid großzügig ausgeschnitten war, entdeckte sie problemlos die weißen Runen, die sich über ihre Schulterblätter zogen, um sich entlang ihrer Wirbelsäule mit schwarzen und violetten Runen zu einem Muster zu verbinden.

»Welche meiner Affinitäten hast du bekommen?«, fragte

sie aufgeregt. Ilias knöpfte sich sein Hemd mit zitternden Fingern auf. Quer über seiner Brust prangten Runen in einem leuchtenden Violett. Sie konnte eine Mondsichel erkennen und … Sterne?

»Ein Nachthimmel«, flüsterte sie und fuhr die Formen mit ihren Fingerspitzen nach. »Und ein neuer Seelenmagier.«

Ilias legte die Hände an ihre Wangen und presste seine Lippen hart auf ihre. Neah krallte ihre Finger in sein Hemd und schmiegte sich so eng an seinen Körper, dass sie nicht sagen konnte, wessen Tränen es waren, die sie auf ihrem Gesicht spürte.

»Ich liebe dich«, stieß er atemlos aus. Seine Brust hob und senkte sich schwer. »So sehr.«

»Und ich liebe dich«, erwiderte sie. »Schon immer und noch ewig.« Als sie sich wieder küssten, meinte Neah die anderen klatschen, lachen und wohlig seufzen zu hören. Glück flutete ihre Brust und sie kam nicht umhin zu lächeln.

Kapitel 21

Luana

Luana stöhnte auf, als die Sonne hell durch das Fenster schien und ihre Strahlen ihr Gesicht kitzelten. Sie blinzelte einige Male, um den Schlaf abzuschütteln, der ihr in den Knochen steckte. Das Geräusch von Pferdehufen drang an ihr Ohr und gleich darauf das Flüstern von Stimmen. Aron, Kaylin und Selphie tuschelten, und als Luana sich streckte und ordentlich hinsetzte, verstummten sie.

»Wo sind wir?« Sie hörte selbst, wie verschlafen sie klang.

»Immer noch mitten im Erlenwald«, antwortete ihre Schwester, und ein Blick aus dem Fenster der Kutsche bestätigte ihre Aussage. Bäume, Büsche, Blumen und Wiesen.

»Worüber habt ihr gerade gesprochen?«

Die drei tauschten einen Blick, ehe Aron sich räusperte und ihr zuwandte. »Ich habe ihnen erzählt, was mit Arian passiert ist. Sie haben gestern Nacht sowieso alles mit angehört über …«

Über ihren Vater. Und dass ihre Großmutter … Luana sah zu Kaylin, bemerkte die Augenbrauen, die sie leicht nach oben gezogen hatte, die kleinen Falten in der Mitte ihrer Stirn, ihr angehobenes Kinn, die vorgeschobene Unterlippe.

»Lu?« Das Zittern in ihrer Stimme bestätigte, dass sie es wusste. »Ist es wirklich so gewesen? Hat Großmutter –«

»Schhh!«, machte Luana und hielt sich einen Finger vor die Lippen, bevor sie auf ihre Ohren deutete. Dann nickte sie.

Kaylin senkte den Blick und vergrub das Gesicht in ihren Händen. Selphie, die ebenfalls bedrückt wirkte, legte ihrer Gefährtin einen Arm um die Schultern und zog sie an sich.

Luana konnte den Anblick ihrer traurigen Schwester nur schwer ertragen und wandte sich von ihr ab. Als sie dann Arons zärtliche Berührung an ihrem Knie spürte, lächelte sie ihn an und schluckte den Kloß in ihrem Hals hinunter. Sie rutschte näher an ihn heran, suchte Trost in seiner Nähe. Aron verstand und schmiegte sich an sie. Für einen Moment schloss Luana erneut die Augen, versuchte die Welt um sich herum auszublenden, doch das klappte nicht allzu lange.

Sie mussten eine weitere Stunde unterwegs gewesen sein, als die Kutsche langsam zum Halten kam. Ein Blick aus dem Fenster verriet ihr, dass sie ein Elfendorf erreicht hatten. Da sie noch immer im Erlenwald waren, musste das Goldpass sein, die nächste Siedlung bei Silbersturm. Die Tür wurde geöffnet und der Kutscher hielt Luana eine Hand hin. Sie ließ sich aus dem Gefährt helfen und musterte die Umgebung.

Vieles hier erinnerte sie an ihr Zuhause, an Ellenhain. Weil die Erlen jedoch nicht so kräftig waren wie die Eichen im Obernwald, hatten die Bewohner von Goldpass Hütten zwischen die Stämme gebaut anstatt in die Bäume selbst. Es war ein kleines Dorf, sie zählte höchstens ein Dutzend Häuser. Einige der Bewohner spähten neugierig aus den Fenstern, andere kamen heraus und beobachteten aus der Nähe, wer da zu Besuch kam. Kaum stieg die Hohe Lady aus ihrer Kutsche, begann das Getuschel.

»Besorgt uns etwas zu essen«, sagte sie an den Kutscher gewandt, der sich daraufhin tief verbeugte und nickte.

Luana rollte mit den Augen, hörte im nächsten Moment aber, wie ihr Magen knurrte.

Nachdem der Kutscher einige Gespräche geführt hatte, wurden die Neuankömmlinge in das Haus des Dorfältesten eingeladen. Man tischte allerlei Speisen auf und gegen Nachmittag waren sie alle gesättigt. Noch während sie gesellig beisammensaßen und die Enkelinnen des Gastgebers das Geschirr abräumten, formte sich ein Gedanke in Luanas Kopf, der sie nicht mehr losließ. Ihr war aufgefallen, dass die Kleidung der jungen Elfen alt aussah, und gerade das jüngste der Mädchen trug ein Kleid, dessen Gelbton inzwischen mehr an ein schmutziges Beige erinnerte. Es war für ihre zierliche Gestalt außerdem zu groß, vermutlich war eine ihrer älteren Schwestern ihm kürzlich erst entwachsen.

Luana berührte die Elfe flüchtig am Arm, als diese sich gerade über den Tisch beugte, um ihren Teller mitzunehmen. »Wie heißt du, Liebes?«

Das Mädchen fuhr erschrocken zu ihr herum. »T-Tana, Mylady.«

»Ein schöner Name. Aber sag mir, Tana«, fuhr sie etwas leiser fort, »wurde dein Großvater bereits für seine Gastfreundlichkeit entlohnt?«

Verunsicherung trat in das schmale Gesicht des Mädchens und es zog die kupferfarbenen Augenbrauen leicht zusammen. »I-ich glaube, noch nicht, Mylady.«

Luanas Lippen verzogen sich zu einem Grinsen, und sie streckte sich, um der Elfe etwas ins Ohr zu flüstern, ehe sie ihr unauffällig eine Silbermünze in die Hand drückte.

Tanas große, blassblaue Augen weiteten sich, dann nickte sie eifrig. Luana entging nicht, dass sie daraufhin einen verstohlenen Blick zu Aron herüberwarf, der sich am anderen Ende des Tisches munter mit Kaylin und Selphie unterhielt.

Schließlich drehte sie sich um und eilte an die Seite ihres Großvaters, der neben Elora Platz genommen hatte. In all ihrer Aufregung hatte Tana sogar vergessen, Luanas Teller mitzunehmen. Sie redete auf ihren Großvater ein, der sie währenddessen von Kopf bis Fuß musterte.

Als sie fertig gesprochen hatte, nickte der alte Mann wohlwollend. Auch er sah kurz zu Aron, bevor er das Wort an Elora richtete.

Luana schluckte und hoffte, dass ihre Großmutter sich keine Ausrede einfallen lassen würde. Immerhin ging es hier um ihr Volk, das ihr eine warme Mahlzeit und einen Platz am Feuer angeboten hatte.

Eloras Miene, die gerade noch so etwas wie Heiterkeit ausgedrückt hatte, verspannte sich. Sie presste ihre Lippen zu einer schmalen, blassen Linie zusammen, und weil Luana sie gut genug kannte und sich ihrem gleich folgenden skeptischen Blick entziehen wollte, griff sie hastig nach ihrem leeren Becher und tat so, als würde sie einen Schluck daraus trinken, anstatt sie zu beobachten.

Aus dem Augenwinkel sah sie Elora seufzen und dann Aron herbeiwinken.

»Anscheinend habt Ihr hier Bewunderer im Dorf«, sagte sie mit noch immer steinernem Gesichtsausdruck. »Es hat sich wohl herumgesprochen, dass Ihr und Euer Meister einst Kleider für meine Familie genäht habt.«

Arons Augenbrauen wanderten so weit nach oben, dass sie beinahe in seinem Haaransatz verschwanden. »Das … ehrt mich.« Luana konnte das Fragezeichen am Ende deutlich heraushören.

Elora verdrehte die Augen. »Könntet Ihr dem Mädchen das Kleid ein wenig …« Sie fuchtelte mit den Händen herum, während sie auf Tana zeigte, »aufhübschen oder dergleichen?«

Luana musste ein Lachen unterdrücken, als sie in die Miene ihres Seelengefährten blickte. Gleichzeitig pochte ihr Herz, weil ihr Plan tatsächlich aufzugehen schien und sie somit ein wenig mehr Zeit für Kaaya schinden konnte.

»Ich, ähm, ja, ich denke schon«, stammelte Aron, der jetzt zwischen der Hohen Lady und Tana hin- und herblickte.

»Gut, dann beeilt Euch. Wir haben noch eine lange Reise vor uns.« Elora schaute ihn nicht einmal an, was Luana wütend machte. Aber sie hatte bekommen, was sie wollte, und Aron würde endlich wieder nähen und auf andere Gedanken kommen können. Zumindest für einige Zeit. Vielleicht hatten sie eine Stunde gewonnen oder zwei.

Tanas freudiges Aufquietschen lenkte Luanas Aufmerksamkeit zurück an den Tisch.

»Dann ist es sicher in Ordnung, wenn ich Euren Waschraum für einen Moment benutze, oder?« schaltete sich Aurelia ein und lächelte den Dorfältesten freundlich an.

Dieser nickte. »Selbstverständlich. Mein Haus ist Euer Haus.«

Nachdem das Ratsmitglied aus dem Raum verschwunden war, erhob auch Luana sich und folgte Aron und Tana in einen angrenzenden Raum, der an eine Art Vorratskammer erinnerte.

»Hier schlafe ich«, sagte das Mädchen und schob sich unsicher eine ihrer roten Haarsträhnen hinters Ohr. An einer Wand stand ein kleiner Tisch, auf den man Mehlsäcke gestapelt hatte. »Reicht Euch der Platz, Mylord?«

Aron lachte leise. »Ich bin kein Lord. Nur Aron.«

Tanas Wangen nahmen einen rosigen Ton an. »Ich verstehe. Danke, dass Ihr das tut. Ich wünsche mir schon so lange ein hübsches Kleid. Na ja, es muss nicht mal hübsch sein. Aber vielleicht eines, das mir passt. Ich stolpere ständig über den Saum und habe mir erst gestern die Knie aufgeschürft.«

»Aron kümmert sich darum«, sagte Luana und lächelte sie ermutigend an. Ihr selbst hatte es als Kind zwar nie an etwas gefehlt, doch inzwischen wusste sie genau, wie es war, wenn man nicht alles haben konnte, was man sich wünschte. »Ich helfe dir beim Ausziehen, ja?«

Nachdem Tana zugestimmt und Aron sich so lange umgedreht hatte, bis Luana der Elfe ihren Umhang um die Schultern gelegt hatte, breiteten sie das Kleid auf dem Tisch aus. Die Mehlsäcke hatten sie heruntergenommen, und eine von Tanas Schwestern hatte in der Zwischenzeit Nadeln, Garn und ein wenig bunten Stoff aufgetrieben.

Luana liebte es, Aron bei der Arbeit zuzusehen. Er versank darin und der hoch konzentrierte Ausdruck auf seinem Gesicht ließ sie schmunzeln. Sie löste sich nur dann von diesem Anblick, wenn Elora Mitglieder des Rates in das Zimmer schickte, die nachfragten, wie lange es noch dauern würde, bis er schließlich fertig wurde.

Aron hatte das Kleid eine Handbreit gekürzt, und da Elfen nur sehr langsam alterten, würde Tana es lange tragen können. Außerdem hatte er Rüschen am Saum und am Dekolleté angebracht, deren sattes Gelb wieder Farbe in das Kleidungsstück zurückbrachte. Kleine Stickereien entlang der Ärmel verliehen dem Kleid etwas Verspieltes, und als Tana sich darin drehte und bewunderte, wurde es Luana warm ums Herz. Auch das Strahlen in Arons Augen machte sie glücklich und ließ sie für einen Moment vergessen, weshalb sie hier waren und wo die Reise später hinging.

Doch die Realität holte sie wieder ein, und als es bereits dämmerte, mussten sie aufbrechen.

»Danke, Aron«, sagte Tana, die sie noch bis zu den Kutschen begleitet hatte.

Aron neigte den Kopf. »Es war mir eine Ehre.«

»Du siehst wunderschön aus«, merkte Kaylin daraufhin an, und sie hatte recht. Luana wusste, dass es nicht das Kleid selbst war, das Tana schön machte, sondern das Selbstbewusstsein, das es der jungen Elfe verlieh.

Sie verabschiedeten sich voneinander, und kaum setzte sich die Kutsche in Bewegung, wanderten Luanas Gedanken zu den Rissen, zu Pertheas, zu Kaaya und Ilias und Kian, die im Nebulum waren. Sie schien jedoch nicht die Einzige zu sein, der es so erging.

»Pertheas ist ein gewissenloser Bastard!«, durchschnitt Selphies wütende Stimme die Stille. Die Köpfe der anderen wandten sich der Elfe zu, deren wütendes Gesicht den Rot-Ton ihrer Haare angenommen hatte. »Entschuldigung. Ich musste gerade daran denken, was er deinem Bruder angetan hat, Aron. Es tut mir so leid, dass du nicht weißt, wo er ist.«

Aron bemühte sich zu lächeln. »Ich kann auch an nichts anderes denken. Aber ich bin sicher, Kaaya wird alles versuchen, um Pertheas das Handwerk zu legen.«

»Und vorher wird sie ihn leiden lassen.« Luanas Augen blitzten auf. »Sie hat es mir versprochen.«

Die restliche Fahrt verlief ruhig und die Nacht war erholsam. Schließlich kündigte die Sonne einen neuen Tag an. Den sechsten, seit Kaaya aufgebrochen war. Entgegen Luanas Versprechen war das der letzte, bevor sie für immer im Nebulum eingesperrt bliebe, wenn sie noch nicht zurück war. Luanas Magen verkrampfte sich, als das Traben der Hufe irgendwann gänzlich verstummte. Aron schien zu spüren, was in ihr vor sich ging, und griff nach ihrer Hand, um sie fest zu drücken.

»Helft ihnen beim Aussteigen«, hörte sie Elora draußen rufen. Kurz darauf öffnete der Kutscher die Tür. Kaylin verließ die Kutsche, dicht gefolgt von Selphie. Luana stieg diesmal ohne seine Hilfe aus und blickte mit einem mulmigen Gefühl im Bauch um sich. Wie ein dunkler Fels ragte die Kapelle auf dem Hügel über Kaltennest auf, Kaayas alter Heimat. Ein kleiner Fluss schlängelte sich um das Dorf herum und einige Menschen und Pferde waren auf den Straßen unterwegs. Es wirkte friedlich.

»Bevor die Sonne untergeht, sollten wir oben sein«, murmelte Aron neben ihr und lenkte ihren Blick zurück auf die heruntergekommene Kapelle vor ihnen.

»Wenn wir ein paar Stunden länger brauchen«, flüsterte sie Aron ins Ohr, »werden wir bis morgen warten müssen, damit genug Sonnenlicht für das Ritual vorhanden ist.« Denn bei der komplizierten Magie, die der Rat beschwören wollte, würden sie auf jedes bisschen Energie angewiesen sein, das sie kriegen konnten.

Aron stieß einen Seufzer aus. »Und wenn sie bis morgen immer noch nicht zurück sind? Kaaya und Arian?«

Luana wusste es nicht. Sie wusste nicht, was sie tun sollten. Ihre oberste Pflicht galt dem Schutz der Menschen, dem Schutz Eserias. Ihre Aufgabe lag darin, Pertheas' Krieg zu verhindern.

»Kaaya ist auch ein Mensch«, fuhr Aron fort, der ihre Gedanken erriet. »Theoretisch ist es ebenso eure Pflicht, *sie* zu beschützen. Der Rat muss nicht erfahren, dass sie inzwischen vielleicht eine Schattenelfe ist und Arian kein Mensch.«

Bevor sie etwas darauf erwidern konnte, drang Maras Stimme an ihre Ohren, die nicht gerade begeistert klang: »Ich habe ganz vergessen, wie steil dieser verdammte Hügel ist.«

Die Pferde waren erschöpft, und die Kutschen waren zu schwer, um von ihnen den Weg bis zur Kapelle gezogen zu werden. Also musste der Rat der Hochelfen wohl oder übel selbst da hoch. Es bereitete Luana ein bisschen Freude, sich vorzustellen, wie ihre Großmutter unterwegs umknickte und den Hügel wieder hinunterrollte.

»Was gibt es zu lachen?« Aron sah sie irritiert an.

»Nichts«, gab sie zurück und presste die Lippen aufeinander, nachdem ihre ältere Schwester ihr einen bösen Blick zugeworfen hatte. »Ich lasse mir schon etwas einfallen«, flüsterte sie dann, obwohl in ihrem Kopf ein einziges Durcheinander herrschte. Aron hatte recht. Aber es war riskant. Was sollte sie dem Rat denn erzählen? Dass Kaaya und Arian Lust auf einen Ausflug ins Reich der Schatten gehabt hatten? Dass sie sich dort nur umsehen und wieder zurückkommen wollten? Luana kam zu keiner Lösung und griff nach Arons Hand, um den anderen neun Elfen zu folgen.

NEAH

Obwohl es spät am Abend war, hatte Aedyth noch etwas gekocht und sie hatten nach der Zeremonie alle gemeinsam zu Abend gegessen. Während die meisten anschließend ins Bett gegangen waren, hatten Neah, Ilias, Timor, sein ältester Sohn Daren und dessen Seelengefährtin Fina beschlossen, noch am Tisch sitzen zu bleiben. Die beiden waren recht zurückhaltend, aber Neah spürte die Dankbarkeit, die von ihnen ausging.

»Ihr könnt euch Pertheas nicht allein stellen«, warf Timor gerade ein und sah von Ilias zu ihr. »Ich habe …«, er stockte kurz, »… als ich erfahren habe, dass die wahre Thronfolgerin – dass Ihr, Neah – womöglich noch lebt, habe ich natürlich sofort mit König Pertheas gesprochen. Er tat es als Hirngespinst ab und sagte mir, ich solle keine weiteren Nachforschungen anstellen. Doch das tat ich. Und ich fand andere Priester, die mir glaubten. Andere Elfen, die Visionen und Träume von einem Mädchen hatten, das überlebte. Mir kam die Idee, dass … dass unsere Gedanken vielleicht manipuliert worden waren. Nie hätte ich gedacht, Prinzessin«, er blickte ihr in die Augen, »dass Ihr es seid. Nicht, bis … bis zu dem Zeitpunkt, in dem Eure Seele den Weltenriss schuf. Ich habe tatenlos zugesehen.«

Timor senkte beschämt den Blick und Neah griff über den Tisch hinweg nach seiner Hand. »Ich bin sicher, Ihr hättet es nicht verhindern können, Hohepriester.«

»König Pertheas hat nicht verstanden, was geschehen ist, als das Licht Eurer Seele die ganze Kapelle erhellte. Aber er sah in meinem Gesicht, dass ich in jenem Moment etwas erkannt hatte. Ich hatte recht gehabt. Die Prinzessin lebte, und die Prinzessin wart Ihr, Neah.«

»Und deswegen ließ er Euch einsperren«, schloss Ilias.

»Nicht bevor er mich folterte.« Timor stieß ein leises Schnauben aus und Daren versteifte sich neben ihm. »Er wollte wissen, mit wem ich über meine *Hirngespinste* gesprochen hatte. Ich habe ihm nichts verraten. Keinen einzigen Namen habe ich ihm genannt.«

Neah horchte auf. »Dann sind da draußen noch Elfen, die von mir wissen?«

»Vermutlich. Nicht viele, aber ich bin mir sicher, dass sie sich Euch anschließen würden, falls Ihr Kö… Pertheas stürzen wollt. Es besteht kein Zweifel daran, dass der Schattenthron Euch zusteht. Der Tochter von Eldan und Tarane.«

Sie sah zu Ilias, der ihren Blick liebevoll erwiderte. »Ich wollte ohnehin nie herrschen.«

»Ich … ich weiß nicht, ob ich das je gewollt hätte, wenn ich die Möglichkeit gehabt hätte, darüber nachzudenken.«

»Immerhin hattest du dich mit dem Gedanken abgefunden, an meiner Seite zu leben. Und eines Tages meine Königin zu sein.« Er lächelte sie an.

Sie lächelte zurück. »Ich schätze, es ist etwas anderes, *deine* Königin zu sein, als … die Königin des Nebulums.«

»Neah.« Ilias sah mit einem Mal wieder ernst aus. »Wenn du das nicht möchtest, können wir fortgehen. Noch haben wir die Chance, das Nebulum zu verlassen.«

»Und dann?«, fragte sie traurig. »Er wird kommen, Ilias. Er wird Eseria vernichten. Und er wird nicht ruhen, bis er mich gefunden hat.«

»Eseria ist stark«, gab Ilias zurück. »Dort leben mindestens genauso viele Elfen wie hier. Sogar die ältesten und mächtigsten.«

Die Erkenntnis traf Neah wie ein Schlag. »Der Hohe Rat«, flüsterte sie.

»Ja«, sagte Ilias, der nicht zu verstehen schien, was sie meinte. »Von dem spreche ich.«

»Das ist es nicht.« Sie konnte ein verzweifeltes Lachen nicht unterdrücken. »Was ist, wenn der Rat uns hilft?«

Ilias zog die Augenbrauen zusammen. »Warum sollten sie

das tun? Sie waren es, die meine Eltern hierher verbannten. Sie werden doch froh darüber sein, dass wir uns alle gegenseitig zerfleischen.«

Er hatte recht. Die Hochelfen hatten keinen Grund, ihnen zu helfen, dennoch ließ der Gedanke sie nicht los. »Wie der Hohepriester schon sagt, Ilias, wir können Pertheas nicht allein bezwingen. Nicht, solange er seine Umbren um sich schart. Wir könnten versuchen mit ihnen zu sprechen.«

»Einen Versuch wäre es wert.«

»Dann werde ich derweil mit meinen alten Freunden der Priesterschaft sprechen«, rief Timor aufgeregt. »Wir könnten in der Früh aufbrechen.«

»Luana«, murmelte Neah. »Sie und der Rat sind auf dem Weg zum Riss. Ich weiß nicht genau, wie viele Tage verstrichen sind, seitdem ich Eseria verlassen habe, vielleicht fünf oder sechs. Aber sie müssten hier in der Nähe sein. Wenn wir den Riss bei der Kapelle nehmen, erreichen wir sie innerhalb kürzester Zeit. Wir haben nur diese eine Chance.«

»Bist du sicher, dass du das tun willst?«, fragte Ilias. »Wir wissen nicht, wie sie zu uns stehen.«

»Ich muss unser Volk retten, Ilias.« Neah berührte seine Wange und sah ihm fest in die Augen. »Und damit meine ich nicht, dass ich es vor Pertheas retten will, verstehst du?« Als Ilias' Augen glänzten, lächelte sie sanft. »Ich will die Schattenelfen vor den Schatten retten. Vor der Dunkelheit. Vor einem Leben ohne Sonnenlicht. Ich will das Nebulum und Eseria zusammenführen.«

Timor sog scharf die Luft ein und Ilias schluckte schwer. »Dann lass uns mit dem Hohen Rat sprechen.«

—

Neah und Ilias brauchten über einen Tag, bis sie den Riss bei der Kapelle erreichten. Mit ihren zurückgewonnenen Erinnerungen fühlte es sich für Neah seltsam an, diesen Ort zu betreten. Ilias fasste sie bei der Hand, als ob er spürte, dass es sie allen Mut kostete, einen Fuß vor den anderen zu setzen. Kaum gingen sie über die Schwelle ins Innere, bemerkte sie den Kopfschmerz, der sich innerhalb weniger Herzschläge in ein dumpfes Pochen verwandelte. Sie verzog das Gesicht, woraufhin Ilias ihre Hand nur fester drückte.

Prinz und Prinzessin traten gemeinsam auf das Podest zu und Neah konnte am gesamten Körper spüren, dass der Riss an ihr zog.

»Ich verliere meine Erinnerungen nicht noch mal, oder?« Sie wusste, dass das nicht passieren würde, und doch verließen die Worte ihre Lippen, bevor sie sie davon abhalten konnte.

Ilias schüttelte den Kopf. »Nein, mein Herz. Wir gehen hindurch und es wird alles gut.«

»Und wenn nicht? Wenn ich dich wieder vergesse?«

»Selbst wenn du dich hier drin nicht erinnern kannst«, er legte ihr die Hände ans Gesicht und strich mit dem Zeigefinger über ihre Schläfe, »deine Seele wird mich nicht vergessen.« Er küsste sie auf die Stirn. »Das hat sie auch beim ersten Mal nicht.«

Neah schluckte den Kloß in ihrem Hals hinunter, dann nickte sie. »Du hast recht.« Sie schloss die Augen in Erwartung, dass ihr Körper vollständig vom Riss verschluckt wurde, doch irgendwie fühlte es sich diesmal anders an. Lag das an ihrem Elfenkörper? Verunsichert hob sie die Lider und bemerkte, dass auch Ilias, der seine Hände zurückgezogen und sich in den Finger gebissen hatte, um mit einem Blutopfer durch den Riss zu gelangen, sich nicht dematerialisierte. Er streckte die

Hand aus, betrachtete sie ungläubig und sah dann wieder zu Neah.

»Kann es sein, dass wir zu spät sind?«

Neahs Puls raste, genauso wie ihre Gedanken. Sie wusste, was Ilias meinte. Aber Luana hatte ihr sieben Tage gegeben. Sie hatten auf dem Weg hierher noch mal nachgerechnet und waren zu dem Schluss gekommen, dass auf Eseria erst der sechste Tag im Gang sein musste, seitdem sie als Kaaya aufgebrochen war.

»Das kann nicht sein«, wisperte sie. Sie konnte doch ganz deutlich spüren, wie der Riss sie zu sich zog. Er musste noch da sein. Sie konnten ihn noch nicht geschlossen haben. Sieben Tage. *Sieben Tage.*

LUANA

Das Innere der Kapelle war warm und die Luft roch abgestanden. Es fühlte sich so an, als wäre das letzte Mal, das sie hier gewesen war, bereits Jahre her. Und doch hatte Luana noch genau vor Augen, wie der Riss im Nebulum sie hier ausgespuckt hatte. Sie erinnerte sich daran, wie Kaaya beinahe zusammengebrochen wäre. Wie Ilias und Kian gelacht hatten, als sie endlich unter einem blauen Himmel gestanden hatten. Sie wollte es sich nicht eingestehen, aber an die beiden Schattenelfen zu denken tat weh. Die Sorge um sie war größer, als sie angenommen hatte. Jetzt, wo sie hier standen, gemeinsam mit dem Hohen Rat, realisierte Luana, dass sie die beiden vielleicht nie wiedersehen würde.

»Wir haben höchstens noch zwei Stunden, bis die Sonne untergeht«, sagte Elora und riss sie aus ihren Gedanken.

Ysanoa, Mara, Elen, Goras, Aurelia und Renna stellten sich im Halbkreis um die Hohe Lady auf, die inzwischen auf das Podest gestiegen war.

Luana hatte Angst umzukippen, so schnell ging ihr Herzschlag. Sie musste etwas tun. Sie durfte nicht dabei zuschauen, wie ihre Freunde für immer eingesperrt wurden.

»Vielleicht sind sie längst hier in Eseria«, flüsterte Aron, der unbemerkt neben sie getreten war.

Luana wusste nicht wieso, aber sie spürte tief in ihrem Inneren, dass dem nicht so war. Kian war seit drei Wochen im Nebulum – wieso sollte er ausgerechnet in den letzten Tagen zurückgekehrt sein? Und Kaaya hätte sie doch aufgesucht. Sie wusste, wo sie sie finden würde. »Nein«, sagte sie deshalb. »Sie sind nicht hier. Und der Hohe Rat wird sie gleich für immer dort einsperren.«

Als hätten sie darauf gewartet, dass Luana zu Ende sprach, begannen die Hochelfen die Worte für den Ritualzauber zu sprechen.

Luana ließ sich auf eine der Steinbänke nieder. Ihre Beine fühlten sich weich und wackelig an. *Kein Wunder,* dachte sie, *ich habe versagt.*

»Ich gehe nach draußen zu Kay und Selphie«, sagte Aron, und sie nickte matt.

Nur wenige Minuten nachdem Aron verschwunden war, öffnete sich die Tür zur Kapelle erneut. Luana spähte hinter sich und erschrak, als sie den Ausdruck auf dem Gesicht ihres Seelengefährten sah.

»Dort draußen ist ein Schattenelf!«, rief er.

Sie sprang auf und jetzt drehten sich auch die Köpfe der

Ratsmitglieder zu ihm um. »Wer ist es?«, fragte sie, bevor die anderen reagieren konnten. Ihr Herz hämmerte wie verrückt. Dann zog sie die Augenbrauen zusammen, als Aron kaum merklich den Kopf schüttelte. War das eine Finte?

Die Tür schwang erneut auf und Kaylin und Selphie kamen angerannt. »Wir haben ihn ebenfalls gesehen!«

»Was ist dahinten los?« Ysanoa klang erschöpft. »Wir müssen uns hier konzentrieren.« Der Singsang der anderen Ratsmitglieder wurde dennoch leiser.

»Es ist wahr!«, quiekte Kaylin. »Hier irgendwo ist ein Schattenelf!«

Als Luana die roten Flecken am Hals ihrer Schwester bemerkte, wusste sie, dass sie log. Die Erkenntnis schnürte ihr die Luft ab. Sie wusste nicht, worauf sie gehofft hatte, aber … Doch, sie wusste es. Und nun war die Hoffnung gestorben, ohne dass sie sie ausgesprochen hatte. Sie würde sie auch nicht aussprechen, nicht einmal in ihren Gedanken. Zumindest schien Aron einen Plan mit ihrer Schwester und deren Gefährtin ausgeheckt zu haben. Wenn man denn von einem *Plan* sprechen konnte. Es wirkte, als wollten sie einfach nur Zeit schinden.

Und tatsächlich schienen die Hochelfen aus dem Konzept gebracht. Goras Norwind war inzwischen gänzlich verstummt, während sich im Gesicht seines Bruders Furcht abzeichnete. Renna und Aurelia Thalan hatten die Hände fest ineinander verschlungen und sprachen die Worte des Zaubers eher stockend, als dass sie sie sangen. Luanas Blick fand schließlich ihre Großmutter, die diesem eisern begegnete. Es wirkte beinahe so, als ahnte Elora, dass sie logen. Doch Luana versuchte gar nicht erst ihren Atem zu regulieren. Sie musste mitspielen. »Was sollen wir bloß tun?«

Aron räusperte sich. »Erst war ich nicht sicher«, rief er und schaute kurz zu Luana, bevor er sich zu den Hochelfen drehte. »Aber gerade eben habe ich ihn noch mal gesehen.«

»Er könnte uns angreifen«, kam es von Goras, woraufhin Renna kräftig nickte. Auch sie hatte inzwischen aufgehört, den Zauber zu sprechen.

»Wir werden geschwächt sein nach dem Ritual. Dann sind wir ein gefundenes Fressen für ihn und seine … seine … Schattenmagie!«

»Und diese Schattenmagie«, raunte Luana, »ist unglaublich gefährlich. Ich habe mitbekommen, wie nur wenige Strahlen einen ausgewachsenen Elfen in die Knie gezwungen haben. Sie haben sich bis in seine Knochen und in seinen Schädel gefressen. Ich werde seine Schreie niemals vergessen.«

Renna und Aurelia wechselten einen Blick und schmiegten sich enger aneinander. »Hohe Lady, was sollen wir tun?«

Eloras Augen fixierten noch immer Luana. »Wir bringen das hier erst mal hinter uns.«

»Und was, wenn –«

»Keine Widerworte«, knurrte sie Aurelia an. »Wenn er uns hätte angreifen wollen, dann hätte er das getan.«

»Aber Großmutter«, begann jetzt Kaylin. »Vielleicht wartet er nur darauf, dass ihr nach dem Ritual geschwächt seid. Oder er *will*, dass ihr die Risse versiegelt!«

Elora kam nicht dazu zu antworten. Denn ein gleißendes Licht drang aus dem Riss, sodass alle aufstöhnten oder sich wegdrehten.

»Was in Eiyunes Namen …« Mara war die Erste, die ihre Stimme wiedergefunden hatte.

Auch Luana sah wieder zurück zum Riss und ihr Herz setzte für einige Schläge aus. »Sie hat es tatsächlich geschafft.«

Inmitten der Lichtelfen standen nun zwei neue Wesen, die soeben aus dem Riss getreten sein mussten. Ihre helle Haut und das schwarze Haar kennzeichneten sie unverkennbar als Schattenelfen. Der eine war Ilias.

»Ich bin Neah. Neah Ularen«, sprach die andere.

Kapitel 22

Neah

Erleichterung durchströmte Neah, als ihr helles Tageslicht entgegenströmte. Sie hatten es geschafft. Blinzelnd wandte sie ihren Blick von den zerbrochenen Fensterscheiben der Kapelle ab und schaute dann abwechselnd in alle Gesichter um sie herum, bis sie schließlich zwei von ihnen erkannte. Ihr nervöses Lächeln verwandelte sich in ein glückliches, als sie Luana und Aron neben einer der Steinbänke im Gang entdeckte. Die beiden lächelten tatsächlich zurück. Sie mussten wissen, wer sie war, und in jenem Moment fiel ihr auf, wie sehr sie ihre Freunde vermisst hatte.

»Prinz Ilias und ich sind hier, um mit Euch zu sprechen, Hohe Lady«, sagte sie dann an die Frau gewandt, die sie für Elora hielt. Sie sah aus wie Luana, nur älter.

Elora kniff die Augen zusammen. »Worüber wollt *Ihr* mit mir sprechen, *Schattenelfe*?«

Ihr entging der herablassende Ton der Hochelfe nicht, doch sie ließ sich nichts anmerken. Noch nicht. Noch würde sie Elora mit Verständnis begegnen, schließlich waren sie und Ilias Eindringlinge in dem Land, das sie und ihr Rat zu beschützen gelobt hatten. »Genau genommen sind wir hier, um Eure Hilfe zu erbitten. Ihr kennt Pertheas Yinnelis, nicht wahr? Ihr wart es, die ihn verbannte.« Die Hohe Lady nickte zögernd. »Ich weiß nicht, wie viel Eure Enkelin Euch erzählt hat, aber Pertheas plant, Eseria anzugreifen. Das möchte ich verhindern.«

»Ich war dabei, es zu verhindern, bevor Ihr und Euer …« Sie gestikulierte in Ilias' Richtung.

»Seelengefährte.«

»Seelengefährte hier reingeplatzt seid.«

Neah lächelte geduldig. »Dann sind wir wohl gerade rechtzeitig gekommen.«

Elora lächelte zurück und sah dabei aus wie eine Katze, die sich gleich auf ihre Beute stürzt. »Da bin ich mir nicht ganz sicher. Ich kann auch noch nicht genau einordnen, woher Ihr meine Enkelin kennt, Neah.«

»Sie ist meine Freundin«, platzte es aus Luana heraus, ehe sie einige Schritte auf das Podest zutrat. »Und wir müssen mit ihr ins Nebulum gehen, um Pertheas zu töten!«

Elora zog eine Augenbraue hoch. »Warum sollten wir das tun?«

»Weil er sonst mein Volk tyrannisiert«, antwortete Neah.

»Euer Volk?« Und dann trat Erkenntnis in die Augen der Hohen Lady. »Neah Ularen. Wie *Eldan Ularen.*«

»Richtig. Er war mein Vater.«

»Er war ein Monster, so wie sein Lehrling jetzt! Das ganze Volk der Schattenelfen ist –«

»Es liegt nicht an Euch, darüber zu urteilen.« Ilias' Stimme legte sich über sie alle wie ein drohender Sturm. »Im Nebulum leben zahlreiche Unschuldige. Tausende von Elfenkindern wurden in dieses Gefängnis hineingeboren. Elfen, die ohne Licht leben müssen. Die nie herausfinden werden, was es bedeutet, Magie aus der Sonne zu beziehen.«

Eloras Auge zuckte. »Darüber hätten die Eltern dieser Elfenkinder wohl eher nachdenken müssen. Und zwar bevor sie sich dazu entschieden haben, Eldan zu huldigen wie einem Gott des Todes.«

»Hohe Lady«, sagte Neah und trat einen Schritt auf die Hochelfe zu. »Was kann ich Euch geben, damit Ihr und Euer Rat Euch uns im Kampf gegen Pertheas anschließt?«

»Ich bade in Gold.« Elora rümpfte die Nase. »Ich brauche nichts von Euch.«

»Großmutter!« Luana hatte die Hände in die Hüften gestemmt. »Es ist Eure Aufgabe, Eseria und die Menschen zu beschützen! So tut Eure Pflicht!«

»Sobald diese zwei Fremden wieder dahin verschwunden sind, wo sie hergekommen sind, werde ich meiner Pflicht nachkommen, *Luana*!« Ihre Augen sprühten Funken, als sie den Namen ihrer Enkelin aussprach. »Wir schließen diese verdammten Risse und sind alle Probleme los!«

»Mein Bruder ist dort!« Alle Köpfe wandten sich Aron zu, dessen Gesicht rot war vor Zorn. »Er ist ein Mensch und er ist im Nebulum! Wenn Ihr den Riss schließt, so verurteilt Ihr ihn zum Tode!«

»Ihr und eure lächerlichen Lügen!«, keifte Elora und sah von Aron zu Luana. »Denkt ihr, ich habe nicht gemerkt, dass ihr ständig für Ablenkungen gesorgt habt?«

»Es ist die Wahrheit«, sagte Neah, so ruhig sie konnte. Sie musste ihre Hände zu Fäusten ballen, um ihr Zittern zu verbergen.

Eloras nächste Worte waren wie ein Schlag in die Magengrube.

»Das ist mir egal.«

»Mir aber nicht.« Luana reckte das Kinn und lief geradewegs auf Neah zu, um sich neben sie zu stellen. »Ich werde mit ihnen gehen.«

»Luana, nein!«, rief eine Elfe, die Luana erstaunlich ähnlich sah.

Elora schnaubte abfällig. »Warum überrascht es mich nicht, dass deine Tochter erneut eine falsche Entscheidung trifft, Ysanoa?«

Dann war sie also Luanas Mutter, stellte Neah fest.

»Du bist es, die eine falsche Entscheidung trifft, Großmutter.« *Großmutter.* Die jüngere Elfe, vermutlich Kaylin, rempelte Elora an, als sie an ihr vorbei zu Luana ging. »Komm, Selphie!« Keine Sekunde später folgte ihr die Angesprochene.

»Luana, Kaylin, seid ihr verrückt geworden?«, zischte nun eine andere Elfe mit langem goldblonden Haar. »Tu doch was, Mutter!«, rief sie Ysanoa zu. Dann war das wohl Mara.

»Da gibt es nichts mehr zu tun«, gab Elora zurück und streckte ihren Arm aus, um Ysanoa den Weg zu versperren. »Wehe, du bewegst dich auch nur einen Zentimeter, Ysa.«

Neah konnte in dem Gesicht der Elfe lesen, dass sie hin- und hergerissen war zwischen Liebe und Pflichtgefühl. »Lu, Kay, bitte«, flehte sie.

Luana schüttelte enttäuscht den Kopf und streckte ihre Hand nach Aron aus, der sich zu ihnen stellte. »Mara?«, fragte sie.

»Ich bleibe hier.«

»Wie überraschend.«

Mara breitete die Arme aus. »Ihr werft euer Leben weg!«

»Wir setzen unser Leben ein, um Unschuldige zu retten!«

»Ihr seid nichts als dumme, verzogene Gören.« Elora baute sich vor ihren Enkelinnen auf. »Eine Schande.«

Neah packte Luana am Arm, bevor sie etwas tun konnte, das sie vielleicht irgendwann bereute. So blieb ihrer Freundin nichts weiter, als ihrer Großmutter vor die Füße zu spucken. »Ich hasse dich.«

»Ihr werdet dort keine zehn Minuten überleben.«

»Wie eigenartig«, sagte Luana ruhig, und Elora hielt inne. »Beim letzten Mal habe ich ein paar Tage durchgehalten, und siehe da, ich lebe noch. Ganz zu deinem Verdruss, wie mir scheint. Was denkst du, wie ich euch alle habe warnen können?«

»Du warst schon einmal im Nebulum?« Eloras Mund stand offen und sie blickte ungläubig zwischen ihrer Enkelin und Neah hin und her.

»Luana hat dazu beigetragen, dass Pertheas' Machtquelle zerstört wurde«, erklärte Neah und legte ihrer Freundin eine Hand auf die Schulter. »Ihr solltet stolz auf sie sein.« Sie meinte jedes ihrer Worte so und hoffte, dass Elora erkannte, wie großartig Luana war. Es ging Neah nicht mehr darum, die Hochelfen von ihrem Vorhaben zu überzeugen. Die Hohe Lady hatte deutlich gemacht, was sie von den Schattenelfen hielt.

»Dann soll sie gehen und an Eurer Seite dienen, wenn es das ist, was sie für richtig hält. Was ich von ihren Entscheidungen halte, habe ich ihr bereits mitgeteilt.« Elora warf Aron einen abschätzigen Blick zu.

Luana schnaubte nur und wandte den Blick ab. Neah konnte gerade noch sehen, wie Tränen in ihren Augen glänzten.

»Danke, dass Ihr mich angehört habt«, sagte sie und nickte Elora zu, bevor sie sich den anderen Elfen des Rates zuwandte. »Sobald Pertheas besiegt ist, werde ich dafür sorgen, dass die Elfen des Nebulums befreit werden. Mein Volk besteht aus Kindern Eiyunes, gleich jenen Elfen, die in Eseria leben. Und wie jene Lichtelfen dürsten auch die Schattenelfen nach dem

Licht ihrer Göttin. Es ist wider die Natur und wider den Willen Eiyunes, dass sie ihre ewige Existenz in den Schatten fristen. Ich bin sicher, ihr werdet uns mit offenen Armen empfangen, sobald wir zurückkehren.« Mit diesen Worten wollte Neah sich von ihnen wegdrehen, doch Elora griff fest nach ihrem Arm.

»Lasst sofort von ihr ab, wenn Ihr keinen qualvollen Tod sterben möchtet, Hexe.« Die Worte drangen als Knurren aus Ilias' Kehle. Aus verengten Augen taxierte er Elora und war gefährlich nah an sie herangetreten.

Die Hochelfe blähte die Nasenflügel auf und ließ ihren Blick abschätzig an Ilias auf und ab wandern. »Erst droht mir eine falsche Königin und dann auch noch ihr *Prinzgemahl.*«

»Ilias, es ist in Ordnung.« Neah hatte sich aus Eloras Griff gelöst und stellte sich zwischen sie und ihren Seelengefährten. Sie strich ihm über den Arm, um ihn zu beruhigen, doch seine Augen, die weiterhin Elora fixierten, sprühten Funken. »Jetzt wissen wir immerhin, wie sich die Lady positioniert.«

»*Hohe* Lady«, korrigierte Elora mit bebender Stimme.

»Auf ein erneutes Wiedersehen, *Hohe* Lady«, sagte Neah, so ruhig sie konnte.

»Ich glaube nicht, dass wir uns wiedersehen.« Elora klang siegessicher. »Sobald ihr da durch seid, gibt es kein Zurück mehr für euch.« Sie hatte den Zauber, der den Riss versiegeln sollte, wieder aufgenommen, stellte Neah fest.

Sie bedachte die Hochelfe mit einem gefährlichen Grinsen, woraufhin Elora mitten in ihrem Singsang innehielt und sich erschrocken an die Brust griff.

»Was ist das? Was tut Ihr da?«

»Ihr glaubt, Ihr habt die Kontrolle über einen Riss, den *meine* Seele schuf?« Neah sandte ihre Magie in den Riss und nährte ihn. »Ihr glaubt, Euer Ritual ist stärker als reine Seelenmagie? Es ist ein billiges Imitat«, raunte sie dicht vor Eloras Gesicht, das immer noch schmerzerfüllt verzogen war. Sie ließ von der Seele der alten Elfe ab und diese fiel auf die Knie.

»Mutter!« Ysanoa Fenhorn trat an Eloras Seite und wollte ihr helfen, doch diese ignorierte die ausgestreckte Hand ihrer Tochter.

»Wir sind hier fertig«, sagte sie nur.

»Das sind wir«, erwiderte Neah und nickte ihr zum Abschied zu. »Wollen wir?« Abwechselnd blickte sie von Ilias zu Luana, Aron, Kaylin und Selphie. Alle fünf nickten, ehe sie gemeinsam an den Riss traten. Neah versuchte, sich nicht anmerken zu lassen, dass ihr Kopf dröhnte, und hoffte einfach, dass es schnell vorbei sein würde. Aus dem Augenwinkel konnte sie sehen, wie die anderen ihr Opfer brachten und flimmerten. Sie senkte die Lider, und als sie sie wieder öffnete, war der Schmerz fort, genauso wie die Sonne, die bis gerade eben noch durch die Fenster geschienen hatte.

»Du hast es geschafft!« Luana war die Erste, die ihre Stimme wiederfand, als sie sich nach und nach alle in der Kapelle im Nebulum materialisierten. Ohne weiter nachzudenken, fiel sie Neah um den Hals.

»Mit so viel Euphorie deinerseits habe ich gar nicht gerechnet«, lachte sie und drückte ihre Freundin, bevor sie sich voneinander lösten.

»Es tut so gut, dich zu sehen. Egal, in welchem Körper. Ich bin froh, dass du lebst.«

Luanas Worte legten sich wie Balsam um Neahs Seele. »Ich bin auch froh«, gab sie zu. »Meine Aufgabe ist schließlich noch nicht abgeschlossen.«

»*Unsere* Aufgabe.« Aron trat näher, und als Neah bemerkte, dass er zögerte, war sie es, die ihn kurz in die Arme schloss.

»Wie ist er entkommen?«

Arons Miene blieb ausdruckslos. Sie brauchte Arians Namen nicht zu nennen, damit er verstand. »Wir wissen es nicht. Du bist ihm begegnet?«

»Er hat Ilias aus dem Verlies befreit. Seitdem fehlt jede Spur von ihm.«

»Verlies?«, hakte Luana nach. »Deswegen bist du nicht zurückgekommen?«

»So ist es.« Die Resignation in Ilias' Stimme tat Neah im Herzen weh. »Aber es ist schön, euch zu sehen.« Er hob seine Mundwinkel leicht an. »Und macht euch keine Sorgen wegen Arian. Er ist stark. Sehr stark.«

Aron versuchte sich das erste Mal an einem Lächeln. »Danke, Ilias. Ich freue mich, dass du wohlauf bist.«

»Ähm, ich bin übrigens Kaylin. Luanas Schwester.« Die Elfe mit dem schulterlangen blonden Haar reichte erst Neah, dann Ilias die Hand. »Und das ist Selphie, meine Gefährtin.«

»Danke, dass ihr hier seid.« Neah neigte kurz den Kopf.

»Natürlich«, erwiderte Selphie. »Luanas Freunde sind auch unsere Freunde. Und Pertheas muss verschwinden.«

Neah bemerkte, wie sich Ilias' Körper an ihrer Seite versteifte. Federleicht legte sie ihm eine Hand auf den Rücken. »Ja, das muss er«, sagte sie dann an Selphie und die anderen gewandt. »Wir treffen uns in einigen Stunden mit dem Hohepriester und seiner Gefolgschaft. Sie wollen sich uns anschließen.«

»Also haben wir eine reelle Chance?«, fragte Luana vorsichtig.

»Ich habe eigentlich darauf gehofft, dass der Hohe Rat uns hilft«, antwortete Neah. »Aber wir werden es auch ohne ihn schaffen.« Sie hatte nicht bemerkt, dass sie wirklich daran glaubte, bevor sie die Worte ausgesprochen hatte. »Am besten übst du mit Kaylin und Selphie das Anzapfen der eigenen Essenz, bis unsere Verbündeten eintreffen. Welche Affinitäten habt ihr?«, wollte sie von den beiden wissen.

»Feuer«, antwortete Kaylin.

»Wasser«, sagte Selphie.

»Dann ergänzen wir uns alle perfekt. Und ihr seid wirklich sicher, dass ihr gegen Umbren kämpfen wollt? Gegen Pertheas, einen Seelen- und Blutmagier mit Schattenmagie?«

Kaylin und Selphie nickten synchron. »Es ist an der Zeit, sie alle dahin zu schicken, wo sie hingehören.«

»Es wird nicht leicht, gegen deinen eigenen Vater zu kämpfen, nicht wahr?« Neah fand Ilias draußen vor der Kapelle. Ihr Seelengefährte hatte sich auf den Boden gesetzt, die Arme hinter sich abgestützt, und beobachtete gedankenverloren den schwarzen Sternenhimmel.

Nachdem sie vorhin gemeinsam mit ihrer Magie geübt hatten, war er rausgegangen, um frische Luft zu schnappen. Neah hatte den anderen noch bei ihren Bemühungen zugesehen und ihnen geholfen, mit ihrer Magie im Nebulum umzugehen.

»Weißt du, wie oft ich hier allein saß, in die Sterne schaute und träumte?« Ilias lächelte sie an, als sie näher trat. »Ich fühlte mich so verloren. So klein und unbedeutend im Angesicht des Mondes. Warum hätte die Göttin ausgerechnet mich erhören sollen?«

Sie ließ sich neben ihn fallen. »Wofür hast du gebetet?«

»Dass sie dich mir zurückgibt.«

Schmerz zuckte durch ihre Brust. »Sie hat dich erhört, Ilias.« Er warf ihr kurz einen Seitenblick zu, bevor er zurück in den Himmel sah. Vorsichtig streckte sie ihre Hand nach ihm aus und drehte sein Gesicht wieder ihrem zu. »Wenn das alles vorbei ist, beginnt ein neues Leben für uns alle. Aber vor allem für uns beide. Uns drei.«

Ilias ließ seine Fingerspitzen über ihre Wange gleiten und fuhr dann zart über ihr Kinn, ihren Hals hinab. Die Leichtigkeit dieser Berührungen löste eine Welle an Empfindungen in ihr aus, die sich als Gänsehaut über ihren ganzen Körper zogen. Sie flüsterte seinen Namen und er tauschte seine Finger gegen seine Lippen aus. Ebenso leicht hauchten sie Küsse auf ihren Hals und dann auf ihr Kinn, ihre Wangen.

»Ich muss spüren, dass du da bist.«

»Ich bin da. Ich war die ganzen letzten Wochen da.«

Ein Schatten legte sich auf sein Gesicht. »Ich habe das Leben, das du dir neu aufgebaut hast, kaputtgemacht.«

»Ilias«, Neah suchte seinen Blick, »ich habe die ganze Zeit über gespürt, dass mir etwas fehlt. Ich habe so oft versucht mich zu erinnern. Habe nach meinem Zuhause gesucht. Das Band, das uns verbindet, hat uns zusammengeführt, und du hast mir den Weg zurück gezeigt. Nach Hause. Und ich gehe nie wieder weg.«

Er lehnte seine Stirn an ihre. »Niemals hätte ich mir vorstellen können, wie schwer sich Leere anfühlt.«

Seine Worte fuhren ihr mitten ins Herz. »Du musst dich nie mehr so fühlen. Ich verspreche es dir.« Sie küsste ihn auf die Lippen und sah ihm dann ins Gesicht. »Wenn du nicht möchtest, dass wir Pertheas töten –«

»Natürlich will ich das«, gab er zurück, ohne sich eine Sekunde Zeit zu lassen. »Kein Kerker der Welt wird diesen Mann davon abhalten, Unheil und Tod zu verbreiten. Er hat deine

Eltern getötet, Neah. Er hat Arian vergiftet.« Bei seinen letzten Worten zuckte sie kurz zusammen. »Und das, was er uns angetan hat? *Mir?* Ich musste jeden Tag mit dem Gedanken aufwachen, dass ich dich für immer verloren habe. Euch.« Ilias strich ihr vorsichtig über den Bauch, als hätte er Angst, ihr wehzutun. »Er hatte auch keine Skrupel, mich zu töten. Er hätte es getan. Wieso sollte ich ihn leben lassen?«

»Weil du nicht bist wie er, Ilias.«

Verständnislos schaute er sie an. »Willst *du* es nicht mehr?«

»Doch«, erwiderte sie entschlossen. »Doch. Aber für dich ist das etwas anderes. Er ist dein –«

»Vater?«, schnaubte er. »Alles, was ich von ihm dachte, war eine Lüge. Er ist nicht mein Vater. Nicht mehr.«

»Neah?« Luana kam auf die beiden zu. »Habt ihr sie schon entdeckt?«

Neah und Ilias sahen auf und erhoben sich. »Wen?«

»Die Priester! Sie kommen.« Die Elfe deutete in Richtung Osten und sie folgten ihrem Blick. In einiger Entfernung konnte man tatsächlich eine Gruppe Elfen ausmachen. Es waren vielleicht ein Dutzend.

»Er hat Wort gehalten«, sagte Ilias.

Neah lächelte. »Ich habe nicht an ihm gezweifelt.«

KAPITEL 23

EINIGE STUNDEN ZUVOR

KIAN

Kian wachte schweißgebadet auf. Er saß kerzengerade im Bett, seine nackte Brust hob und senkte sich in einem viel zu schnellen Tempo. Sein erster Gedanke galt Pyria, die tief und fest neben ihm schlief. Er beobachtete, wie sie ein- und dann ausatmete, um sicherzugehen, dass es ihr gut ging. Das war nur ein Albtraum gewesen. Wie so oft in letzter Zeit. Aber auch wenn er wach war, drehten sich seine Gedanken beinahe ausschließlich um Ilias, von dem er noch immer nichts gehört hatte. Er machte sich Sorgen um seinen Freund und hasste es, dass er hier in seinem Haus festsaß und mit Pyria heile Familie spielte.

Leise seufzend zog er ihr die Decke, die heruntergerutscht war, wieder über den Körper. Über ihren leicht gerundeten Bauch. Für einen Moment verharrte sein Blick darauf und unwillkürlich zupfte ein Lächeln an seinen Mundwinkeln. Ganz langsam streckte er seine Hand aus und berührte den Stoff der Decke, die sich kaum merklich über Pyrias Bauch wölbte.

»Nur ein paar Monate«, flüsterte er, »dann lernen wir uns endlich kennen.« Kian freute sich mehr auf ihr gemeinsames Kind, als er für möglich gehalten hatte. Mit Pyria hingegen hatte er abgeschlossen. Mit seinen Gefühlen für sie … Das Herz, das für sie geschlagen hatte, war zerbrochen. Alles, was er nun wollte, war, sie zu beschützen, um das Kind in ihrem Bauch vor Gefahren abzuschirmen.

Er ließ sich wieder in sein Kissen sinken, senkte die Lider, und es war das Gesicht einer anderen, das er sah. Augen in der Farbe eines Himmels, der die Sonne kannte. Seidiges, silbergoldenes Haar … Er wollte es berühren. *Sie* berühren. Aber ihr Herz gehörte einem anderen.

Kian war gerade erst wieder eingeschlafen, da riss ihn ein lautes Klopfen aus einem weiteren Albtraum. Er griff nach seinem Hemd, das er über einen Stuhl geworfen hatte, und eilte zur Tür. Wie immer, wenn er unangekündigten Besuch bekam, hoffte er, dass sein Freund und Prinz es war, der nach ihm sehen wollte. Doch je mehr Zeit verstrich, in der er nichts von Ilias hörte, desto kleiner wurde dieser Funke.

»Siraya?« Kian musterte seine Schwester skeptisch. Mit ihr hatte er als Letztes gerechnet. »Solltest du nicht bei deinem frisch Angetrauten sein?«

»Wir haben jetzt keine Zeit dafür«, keifte sie und schubste ihn ins Zimmer, ehe sie die Tür hinter sich lautlos schloss. Sie wirkte aufgewühlt, ihr graubraunes Haar war ungekämmt und sie trug keine Farbe auf den Lippen. So hatte er sie zuletzt gesehen, als sie Kinder gewesen waren. »Ich muss mit dir reden. Es ist wichtig.«

Kian ging voraus in die Wohnstube und bat Siraya, sich zu setzen.

»Ist Pyria hier?«

»Natürlich ist sie hier, sie steht unter meinem Schutz. Was ist denn los?«

Siraya blickte um sich und griff dann nach seinem Arm. »Es ist wichtig, Kian. Du wirst es nicht glauben.«

»Was denn?« Jetzt wurde er ungeduldig. »Meinst du den Angriff auf den Palast? Erzähl schon!« Erst gestern war ein Junge aus dem Hofstaat durch die Straßen gerannt, blutüberströmt, und hatte überall erzählt, dass ein Dämon seine Familie getötet hatte.

Siraya schaute noch mal skeptisch rüber zum Schlafzimmer.

»Meine Güte«, rief er und ging zur Tür des Raumes, um sie zu schließen. »Besser?«

»Es geht um Ilias.«

Spätestens jetzt hatte Siraya seine volle Aufmerksamkeit. »Was ist mit ihm?« Kian blickte ihr fest in die Augen, die denselben dunklen Rot-Ton hatten wie seine eigenen.

»Mit ihm selbst ist nichts, nicht direkt. Ich habe Ruven vorhin mit jemandem sprechen gehört. Mit einem Priester. Kian, du wirst es niemals glauben, aber … Du erinnerst dich doch an Neah, nicht wahr?«

»Natürlich. Lass dir nicht alles aus der Nase ziehen!«

Siraya holte tief Luft. »Dieser Priester erzählte, er habe sie gesehen. Lebendig.«

Die Zeit blieb stehen. Kian merkte erst, dass er nicht mehr atmete, als seine Schwester ihn besorgt musterte.

»Ist alles in Ordnung?«

»Was hat er noch gesagt?«

Sie schüttelte den Kopf. »Ich habe nicht alles verstanden. Ruven hat ihn rausgeworfen. Aber unter anderem, dass es Verrat sei, eine Thronräuberin zu unterstützen.«

»Der Priester will Neah … unterstützen?« Kian dachte Tausende Dinge gleichzeitig. Kaaya musste es geschafft haben. Sie hatte ihre Seele in ihren alten Körper zurückbefördert. Und irgendwie hatte dieser Priester davon Wind bekommen. Vielleicht hatte er ihr sogar geholfen? Was bedeutete *Thronräuberin*? Wollte sie tatsächlich den Schattenthron einfordern?

»Hör zu, ich sagte doch, ich weiß es nicht. Ich dachte nur, dass du das wissen solltest, weil Ilias dein Freund ist. Ich bin ihm noch böse, dass er nicht bei meiner Zeremonie war, aber das hier ist etwas Großes. Wenn seine Seelengefährtin tatsächlich wiederauferstanden ist, wie auch immer das möglich ist, dann muss er es erfahren, Kian.«

Kian nahm Sirayas Stimme mehr als einen dumpfen Klang war. Er hörte die Worte, konnte aber ihre Bedeutung nicht ganz greifen. Natürlich hatte Ruven dem Priester nicht zuhören wollen, er und seine Familie gehörten zu den loyalsten Anhängern von Pertheas. Er war der oberste Befehlshaber seiner Armeen.

»Wann war das?«

»Kurz bevor ich losgegangen bin, so … vor einer Stunde?«

»Weißt du, wo der Priester hinwollte?«

Siraya schien zu überlegen, dann schüttelte sie den Kopf. »Nein, ich glaube nicht.«

»Verdammt.« Kian fuhr sich durch die Haare und tigerte nun auf und ab.

»Was hast du denn vor?«

Das war eine gute Frage. Sollte er auch nur irgendetwas unternehmen, das Pertheas nicht gefiel, brachte er Pyrias Leben in Gefahr und somit auch sein ungeborenes Kind. Selbst wenn er nicht mehr dasselbe für sie empfand wie früher, wusste er, dass dieses Kind sein Leben war.

»Kann ich dir bei irgendetwas helfen, Bruder?«

Er stieß einen Seufzer aus. »Ich glaube nicht. Aber ich danke dir, dass du hier warst.«

»Wirst du mit Ilias sprechen? Du musst, Kian.« Siraya hatte damals ebenfalls erlebt, wie Ilias an dem Tod seiner Gefährtin zerbrochen war.

»Ich … ich kann hier nicht weg, Siraya. Es ist kompliziert.«

Siraya sah zu der geschlossenen Schlafzimmertür. »Ihretwegen? Ich habe immer noch nicht verstanden, wieso du sie zurücknimmst, Kind hin oder her.«

»Wie ich bereits sagte, Schwester, es ist kompliziert. Und ich *nehme sie nicht zurück.*«

Sie lächelte ihn warm an. »Was du auch tust, gib acht auf dich, ja?«

»Und du auf dich.«

»Kian?« Er horchte auf. »Du wirst ein großartiger Vater sein.« Bevor er reagieren konnte, war Siraya zur Tür hinaus.

Nachdenklich legte er sich wieder ins Bett und starrte an die Decke, während in seinem Kopf unablässig die Gedanken kreisten. Natürlich musste er es Ilias erzählen. Es führte kein Weg daran vorbei. Das war alles, was seinen Freund über die letzten Jahre am Leben gehalten hatte. Die Hoffnung, sie wäre irgendwie noch da. Seine Seelengefährtin. Und als sie erfahren hatten, dass ihre Seele sich gerettet und in Kaayas Körper geflüchtet hatte …

»Angenommen, sie will nicht in ihren Körper zurück. Was dann?« Anscheinend waren Ilias' Ängste unbegründet gewesen. Kaaya hatte Wort gehalten und einen Weg gefunden, gegen Pertheas vorzugehen. Kian konnte nicht anders, als zu lächeln.

Pyria stöhnte neben ihm auf und gähnte laut. Er wandte

sich ihr zu und begegnete ihrem waldgrünen Blick. »Seit wann bist du wach?«, fragte sie verschlafen.

Er zuckte mit den Schultern. »Noch nicht lange.«

Sie richtete sich langsam auf und streckte sich, bevor sie elegant die Beine über die Bettkante schwang.

»Geht es dir gut?«

»Ja.« Sie lächelte ihm über die Schulter hinweg zu und verschwand dann im angrenzenden Waschraum.

Kian blieb mit seinen Gedanken allein zurück. Und wenn er mit Pyria darüber sprach?

»Wieso schüttelst du den Kopf?« Sie lugte aus dem Türspalt.

Er musste lachen. »Ich führe ein Selbstgespräch.«

Pyria zog eine Augenbraue hoch. »Ich habe dich gar nicht sprechen gehört.«

»In Gedanken.«

»Oh, ach so.« Sie biss sich auf die Unterlippe. »Und worüber sprichst du mit dir selbst?«

Er winkte ab. »Geh dich ruhig waschen. Ich mache uns etwas zu essen.«

»Du hast doch irgendetwas.« Sie trat ganz aus dem Waschraum und stand nun wieder im Schlafzimmer. Nackt. »Kian?«

Hastig wandte er den Blick von ihr ab und richtete ihn auf die weiße Wand gegenüber. Das war besser. »Du hast recht«, sagte er dann. »Aber lass uns später darüber reden, wenn du … wenn du angezogen bist.«

»Mache ich dich nervös?« Er sah hoch, als ihre Stimme direkt neben seinem Ohr ertönte. Ein schelmisches Grinsen umspielte ihre Lippen. Waren sie schon immer so voll und einladend gewesen? Ihr dunkelrotes Haar war genau so lang, dass es ihre Brüste umschmeichelte, die sich ihm entgegenreckten.

Die waren vorher definitiv nicht so voll und einladend gewesen.

»Pyria«, flüsterte er und schluckte hart. Obwohl sein Körper mehr als deutlich auf sie reagierte, verkrampfte sich etwas in seiner Brust. Sie hakte ihren Finger unter sein Kinn und hob sein Gesicht an. »Wir sollten das nicht tun.«

»Was tun wir denn?«, raunte sie, wobei ihre Lippen seine streiften. Kian senkte instinktiv die Lider. Ein Fehler. In all dem Schwarz tauchten Bilder auf, die ihm das Herz brachen. Wieder. Hastig öffnete er die Augen und drehte sein Gesicht von ihrem weg.

»Ich kann das nicht.«

Sie wich zurück, und er konnte gerade noch sehen, dass auch in ihrem Gesicht Schmerz stand. »Tut mir leid.«

»Schon in Ordnung.« Doch seine Stimme sagte etwas anderes, das wusste er. Es lag nicht in seiner Macht, die Härte aus ihr zu verbannen.

»Kian.« Sie hielt ihn am Arm fest, als er sich an ihr vorbeischieben wollte. »Ich meine, mir tut alles leid. Alles, was ich getan habe. Dir angetan habe. Uns.« Ihre Stimme brach, aber das löste nichts in ihm aus. Pyria löste nichts in ihm aus. Nicht mehr.

»Ich will jetzt nicht darüber sprechen, Pyria.« Ihr Griff um seinen Arm lockerte sich und er ging aus dem Zimmer. Zu eng. Dieses verdammte Haus war zu eng, und seit sie hier eingezogen war, war es erst recht nicht zu ertragen.

Kian riss die Haustür auf und trat hinaus. Die kühle Luft der Hauptstadt umfing ihn und ließ ihn etwas befreiter atmen. Aufgebracht fuhr er sich durch die Haare und stieß einen Seufzer aus. Sein Herz schlug viel zu schnell und es ärgerte ihn. Es ärgerte ihn, dass sie noch immer diese Macht über ihn hatte. Die Bilder, die vorhin in seinen Geist gedrungen waren, wollten nicht mehr weggehen. Wieder und wieder sah er sich die Tür öffnen und Pyria auf diesem Mann sitzen, nur mit einer Bluse bekleidet. Erblickte die Lust in ihren Gesichtern, ihre geröteten Wangen. Selbst ihr Stöhnen konnte er hören, wenn er sich nur konzentrierte.

»Kian.« Er merkte, wie sein Körper sich versteifte, als er ihre Hand auf seinem Rücken spürte. Langsam drehte er sich zu Pyria um. Sie hatte geweint.

»Ich kann das jetzt nicht, Pyria«, flüsterte er.

Sie nickte und ihre Augen füllten sich erneut mit Tränen. »Es tut mir wirklich leid, Kian. So sehr. Ich würde alles für dich tun. Ich wünschte nur, ich könnte die Zeit zurückdrehen.«

»Ich muss los.« Kian hatte nicht gewusst, dass er diesen Entschluss gefasst hatte, bevor er die Worte aussprach. »Jemanden suchen.« Pyria runzelte die Stirn, dann nickte sie wieder. »Pass auf dich auf, bis ich zurück bin, ja? Es sollte nicht lange dauern.«

Ohne ihre Antwort abzuwarten, drehte er sich von ihr weg und setzte sich in Bewegung. Gedankenverloren zog er durch die dunklen Straßen der Hauptstadt, immer Ausschau haltend nach einem Mann in weißer Robe. Seit den Ereignissen im Palast verließen die Bewohner ihre Häuser kaum noch, aber die Priester liefen durch die Straßen und klopften an Türen, um Gebete zu sprechen, die den Dämon fernhalten sollten. Was auch immer das für ein Dämon sein sollte. Hinter einigen Fenstern brannte Licht, andere Häuser waren dunkel, weil die Bewohner Angst davor hatten, dem Unheil den Weg in ihr Zuhause zu leuchten. Kian musste an Ilias denken. Er hoffte, dass es ihm gut ging. Er musste ihm helfen.

Irgendwann erreichte er den Marktplatz, auf dem sich um diese Zeit sonst Hunderte von Elfen drängten. Heute war er wie ausgestorben. »Ist hier ein Priester vorbeigekommen?«, fragte er einen der wenigen Händler, die der Gefahr trotzten, um ein wenig Geld für ihre Familien zu verdienen.

»Ja«, antwortete der Mann.

»Sie waren sogar zu dritt.« Eine weitere Händlerin kam dazu. »Sie haben bei mir Wasser gekauft.«

»Haben sie gesagt, wo sie hinwollten?« Hoffnung keimte in ihm auf.

Die Frau schüttelte den Kopf und auch der Händler zuckte mit den Schultern. »Tut mir leid, Mylord.«

Kian bedankte sich, ehe er in eine Gasse bog, die zu der Taverne führte. Er blickte ständig um sich, als könnte er Pertheas' Späher entdecken, doch sie machten ihre Arbeit gut, wie es schien. Er konnte sie weder sehen noch hören, und genau genommen wusste er nicht einmal, ob sie wirklich da waren. Vielleicht hatte Pertheas das gesagt, um ihm Angst zu machen. Um ihn in Schach zu halten. Aber er wollte es nicht herausfinden. Alles, was Pertheas auf ihn aufmerksam machte, brachte Pyria und das Kind in Gefahr. Pyria ... Seine Gedanken drifteten wieder ab und er ballte die Hände zu Fäusten.

Kians Wut verrauchte jedoch schnell, als er die letzten Meter zu Wilmers Taverne zurücklegte. Er stieß die Tür auf und ein Schwall warmer Luft strömte ihm entgegen. Das Wirtshaus war voll und es war laut und stickig. Alle Tische waren besetzt, hier und da unterhielten sich ganze Gruppen im Stehen. Anscheinend hatte die Angst vor einem mordenden Monster sie nur so lange an ihre Heime gekettet, bis ihr Vorrat an Rum aufgebraucht gewesen war. Sie tranken und lachten, als wäre nichts geschehen, und Kian wünschte sich für einen kurzen

Moment, er könnte seine Sorgen ebenfalls in Alkohol ertränken. Aber er hatte andere Pläne. Begleitet vom Stimmengewirr und Klirren von Gläsern bahnte er sich einen Weg durch die Menge, bis er beim Wirt ankam.

»Machst du mir ein Bier, Wilmer?«

Der bärtige Mann hinter dem Tresen drehte sich erstaunt zu ihm um. »Nur ein Bier?«

Kian lachte. »Nur ein Bier. Fürs Erste.«

»Warst lange nicht mehr hier«, stellte Wilmer fest und reichte ihm einen Krug, den er zuvor mit dem goldenen Gebräu gefüllt hatte.

Kian nahm einen Schluck, bevor er antwortete. »Du weißt doch, wie das mit den Frauen ist. Nicht mal ein Bier kann man sich genehmigen, ohne dass sie zur Furie werden.«

»Bist du immer noch mit der Tochter von –«

»Nein!« Er hätte sich beinahe an seinem Bier verschluckt. Wilmer sprach von Lidia, mit der er sich den ganzen Sommer über vergnügt hatte. Nachdem er Pyria mit diesem widerwärtigen Kerl erwischt hatte.

Der Wirt schob einem anderen Gast einen Krug Rum über die Theke und wandte sich dann wieder Kian zu. »Diesmal was Ernstes?« Kian blickte in seinen Krug und überlegte. »Also ja.« Wilmer beugte sich zu ihm rüber. »Erzähl mir von ihr. Wie sieht sie aus?« Als er laut auflachte, konnte auch Kian ein Lachen nicht unterdrücken.

Er schaute wieder hoch. »Sie … sie ist sehr hübsch, aber –«

»Hübsch?«, Wilmers dunkelbraune Augen wurden groß. »Du bist verliebt!«

Er schüttelte den Kopf. »Es ist –«

»Kompliziert?«

Kian grinste. »Ja.« Das war das perfekte Wort, das seine Gefühle beschrieb, wenn er an Pyria dachte. Oder an Luana … Ja, Ilias zurückzulassen war schmerzhaft gewesen. Aber so musste er immerhin nicht weiter zusehen, wie sie und Aron verliebte Blicke austauschten. Dass sich ihre Seelen verbunden hatten, hatte Luana vor dem Tod gerettet. Und doch hatte es ein Loch in Kians Brust gerissen. Bis zu diesem Zeitpunkt hatte er gedacht, dass … Er schüttelte den Kopf. Das war jetzt nicht mehr von Bedeutung, denn er hatte sich geirrt.

»Wilmer«, stieß er schließlich aus und sah dem Wirt ins Gesicht. »Ich bin eigentlich hier, weil ich dich fragen wollte, ob du etwas gehört hast.«

Wilmer lachte schnaubend auf. »Ich höre viel.«

»Ich weiß. Deswegen bin ich ja hier.«

»Schieß los.«

Kian blickte noch mal unauffällig um sich. »Ein Gerücht macht die Runde«, sagte er, so leise er konnte. Die grölende Masse an Elfen um ihn herum verschluckte seine Worte beinahe. »Über Prinzessin Neah.«

»Die tote Gefährtin des Prinzen?«

»Ja. Aber sie ist nicht nur eine Prinzessin, weil sie Ilias' Gefährtin ist. Eldan hatte eine Tochter, Wilmer. Man hat sie aus unseren Gedanken manipuliert.« Diesmal wurden Wilmers Augen so groß, dass sie ihm fast aus dem Kopf fielen. »Wurde hier über sie getratscht oder nicht?«

»Wovon genau handelt das Gerücht?«

»Wenn du es nicht bereits kennst, sollte ich dir besser nicht davon erzählen, das wäre nicht sinnvoll.«

»Vielleicht will ich auch nur sichergehen, dass du ein Eingeweihter bist.«

Kian verengte die Augen. »Du weißt nicht, ob du mir vertrauen kannst? Ach komm, wie lange kennen wir uns jetzt?«

Wilmers Mund zuckte von links nach rechts und dann zurück, ehe er sich weiter vorbeugte. »Ich ahnte, wer Neah war. Ich habe es vor einiger Zeit aufgeschnappt. Ein paar Jahre nach dem Vorfall in der Kapelle … Du weißt schon.«

Ja, das wusste er zu gut. »Weiter?«

»Du sprichst davon, dass man sie angeblich gesehen hat, oder?« Kian nickte. »Ja. Hohepriester Timor ist anscheinend wieder aufgetaucht und hat sie und Prinz Ilias in der Nähe des Palasts entdeckt. Oder sie haben ihn entdeckt, so genau weiß ich es auch nicht. Jedenfalls … Ja, es stimmt. Sie soll den Angriff überlebt haben.«

Kian hielt die Luft an, während er jedes Wort aus Wilmers Mund in sich aufsog. Ilias und Neah waren zusammen gesehen worden. Dann wusste sein Freund, dass seine große Liebe zurück war. Das hieß, er würde sich nicht einmischen müssen und Pyria gefährden. Doch Wilmers nächster Satz fegte diesen Gedanken augenblicklich fort.

»Und jetzt wollen sie und der Prinz König Pertheas stürzen.«

KAPITEL 24

ILIAS

Je näher die Gruppe Elfen kam, desto mehr beschlich Ilias ein merkwürdiges Gefühl. Er sah die Männer in den weißen Roben, und es schien, als würden zwischen ihnen zwei dunkel gekleidete Gestalten gehen.

Ilias blinzelte einige Male, um seinen Blick zu schärfen. »Seht ihr das auch?«, fragte er Neah und Luana.

»Die beiden Nicht-Priester?« Luana starrte ebenso angestrengt auf die Neuankömmlinge wie er.

»Ja«, sagte Neah. »Ich glaube, der eine ist –«

»Kian«, flüsterte Ilias, als er sich sicher war. Tief in seinem Inneren hatte er seinen Freund viel eher erkannt. Doch jetzt, wo seine Augen schon aus der Ferne rot aufblitzten, wusste er es mit einer Gewissheit, die in ihn einsickerte wie flüssiges Glück. Dieses Gefühl breitete sich in seiner Brust aus, in seinem ganzen Körper bis in seine Fingerspitzen, die kribbelten und pulsierten.

»Du hast ihn vermisst«, wisperte Neah an seiner Seite und verflocht ihre Finger mit seinen.

Er nickte. Seine Zunge fühlte sich zu schwer an, um zu sprechen. Bis zu jenem Moment hatte er nicht gewusst, wie sehr er Kian brauchte. In diesem Krieg auf seiner Seite brauchte.

»Die andere ist Pyria.«

Ja, Neah hatte recht. Die Elfe mit dem roten Haar hatte sich eine Hand auf den Bauch gelegt und den anderen Arm bei Kian untergehakt. Keiner gab mehr einen Laut von sich, während die Elfen in der Ferne immer größer wurden, als sie näher und näher kamen, um schließlich vor ihnen stehen zu bleiben.

Ilias' Blick fixierte weiter Kian, der ihn ebenso anstarrte, nicht fähig, etwas zu sagen, wie es schien.

Schließlich war es Neah, die das Wort als Erste erhob. »Ihr seid hier.«

Erst jetzt bemerkte Ilias, wie alle neun Priester seine Seelengefährtin mit leuchtenden Augen betrachteten. Ungläubig und doch voller Stolz und Ehrfurcht.

Timor trat vor und neigte den Kopf. »Selbstverständlich, Prinzessin. Wir stehen in Eurem Dienst.«

Neah bedankte sich bei ihm und dann fand ihr Blick ebenfalls Kian. »Wir sind froh, dass du gekommen bist. Ich denke, ich kann für uns drei sprechen.« Sie lächelte, während Luana eine Augenbraue hochzog.

»Ja, er ist ein ganz passabler Magier.«

Kian schnaubte, konnte aber ein Grinsen nicht unterdrücken. »Ich wollte euch nicht noch länger meiner Anwesenheit berauben.« Sein Blick verharrte einen Moment zu lange auf Luana, doch dann räusperte sich Pyria an seiner Seite und setzte ein breites Lächeln auf. »Ich bin Pyria, Kians –«

»Verflossene«, vervollständigte er ihren Satz.

»Kian!«, mahnte ihn Neah, als Pyria beschämt den Blick senkte.

Luanas Augenbrauen verschwanden beinahe in ihrem Haaransatz. »Dann bist du Kians erste richtige Entscheidung.«

Er verschränkte die Arme vor der Brust, etwas Undeutbares flackerte in seinen Augen auf. »Was soll das denn heißen?«

»Ich fand es wirklich nobel von dir, dass du ihr Leben geschützt hast. Der Preis war hoch.«

Kians Blick zuckte zu Ilias und dann wieder zurück zu Luana. Ilias war schon von Anfang an aufgefallen, wie er die Lichtelfe ansah. »Ich musste ihn bezahlen.«

»Das rechne ich dir hoch an«, gab diese zurück.

»Ich übrigens auch.« Ilias war einen Schritt auf seinen Freund zugetreten.

»Ilias, es tut mir –«

»Nein«, unterbrach er Kian. »Ich hätte mich genauso entschieden, wenn es um Neah und unser Kind ginge. Luana hat recht. Das war das einzig Richtige.«

»Dann verzeihst du mir?«

Er schüttelte den Kopf. »Da ist nichts zu verzeihen.«

Kian stieß die Luft aus. »Du glaubst nicht, wie erleichtert ich bin.«

»Pyria kann bei Aron in der Kapelle bleiben«, meldete Neah sich zu Wort. »Dort sollten sie sicher sein, während ich mich um Pertheas kümmere.« Beinahe hätte Ilias gedacht, dass Feuer in ihren Augen aufloderte.

»Und ich hatte schon angenommen, du hast dein menschliches Spielzeug zu Hause gelassen«, sagte Kian an Luana gewandt, die ihm daraufhin einen bösen Blick zuwarf. Doch Ilias entging nicht, dass sein Freund mit dem Kiefer mahlte.

»Was soll das heißen?«, kam es von Pyria. »Ich will nicht unhöflich sein, Prinzessin, aber ich werde mich bestimmt nicht verstecken.«

»Und ich auch nicht.« Aron trat zu ihnen, dicht gefolgt von Kaylin und Selphie, die sichtlich erschöpft aussahen. Das viele Üben mit der neuen Magie war sicher nicht einfach gewesen. »Wir gehen alle gemeinsam.«

Pyria nickte. »Wenn Ihr Euch dem Kampf stellt, während Ihr ein Kind unter Eurem Herzen tragt, dann werde ich das auch tun.«

Ja, Ilias erinnerte sich nur zu gut an Pyrias Kampfgeist, in den sich sein bester Freund einst verliebt hatte. »Also ist es beschlossen«, sagte er, bevor Kian etwas einwenden konnte. »Unsere Frauen haben ihren eigenen Willen«, flüsterte er ihm mit einem flüchtigen Grinsen auf den Lippen zu.

NEAH

»Ich habe geahnt, dass die Umbren in einem Zusammenhang mit Pertheas stehen«, sagte Timor.

Sie hatten sich fernab der Kapelle in den Wald zurückgezogen, ein Feuer angezündet und darum versammelt, um Informationen auszutauschen, bevor sie überlegen konnten, wo sie zuerst nach Pertheas suchen würden.

»Diese Wesen waren stets von etwas Dunklem umgeben, noch viel dunkler, als es zunächst ohnehin den Anschein macht. Aber dass sie aus gestohlenen, gepeinigten Seelen erschaffen wurden … Damit hätte ich nicht in meinen schlimmsten Albträumen rechnen können. Was unser König getan hat … Das verschlägt mir die Sprache.«

Für einige Augenblicke herrschte Stille. Anscheinend mussten sie alle erst mal verarbeiten, was der Hohepriester gerade zusammengefasst hatte. Gestohlene, gepeinigte Seelen … Wie die von Arian. Als ob er es im Leben nicht ohnehin schon schwer genug gehabt hatte. Sein Gesicht tauchte vor Neahs geistigem Auge auf und eine unsagbare Trauer erfasste sie. Er lächelte. Egal, was er durchgemacht hatte, er hatte nie sein Lächeln verloren. Wo er sich gerade wohl aufhielt? Sie betete, dass es ihm gut ging.

»Ihr dürft die Umbren nicht zu nah an euch heranlassen«, ertönte Ilias' Stimme. »Den Fehler habe ich einmal begangen und es hätte mich beinahe mein Leben gekostet.«

»Sie stürzen sich direkt auf die Kehle, wenn ihr ohne Deckung seid«, führte Luana weiter aus. »Haltet sie auf Abstand, und schaltet sie aus, bevor sie in Sprungreichweite sind.«

Neah nickte zustimmend. »Feuer wirkt dabei am stärksten.« Sie blickte von Luana zu Kaylin, und einer der Priester hatte sich ebenfalls als Feuermagier herausgestellt. »Aber vergesst bitte nicht, dass die Magie hier nicht unerschöpflich ist. Sie speist sich aus eurer eigenen Essenz.« Die letzten Worte richtete sie vor allem an Kaylin und Selphie. »Wir wissen nicht, wie viele Umbren noch existieren. Wir wissen auch nicht, ob Pertheas tatsächlich mit einem Angriff rechnet. Vielleicht treffen wir ihn sogar allein an. Viele seiner Wachleute wurden bereits beseitigt.«

Timor schluckte. »Ja, ich erinnere mich an die zerfetzten Kadaver.« Er schickte ein Stoßgebet gen Himmel.

»Mein Vater bereitet sich auf das Schlimmste vor. Sonst hätte er seine Armee nicht zusammenrufen lassen.« Ilias' Worte ließen Neah das Blut in den Adern gefrieren. Im Geiste hörte sie den Klang der Alarmglocken nachhallen und schluckte schwer.

»Vielleicht fühlt er sich gerade deswegen in seinem Palast am sichersten«, warf Timor ein.

»Ich bin nicht sicher, ob er sich dort aufhält«, sagte Ilias. »Er hat die Angewohnheit, sich in seine Schmiede zurückzuziehen, wenn er beunruhigt ist oder etwas im Schilde führt.«

»Die Schmiede existiert nicht mehr, fürchte ich«, warf Luana ein und spielte damit auf die Explosion an, die der vernichtete Seelenbrunnen nach sich gezogen hatte.

Kian zwinkerte ihr zu. »Das haben wir ziemlich gut gemacht.« Luana ließ ein triumphierendes Grinsen aufblitzen. »Ich denke aber auch, dass wir zunächst zum Palast reiten sollten«, fuhr er dann fort. »Da er direkt an der Stadtgrenze steht, tummeln sich dort kaum Umbren. Wir wissen, dass es in der Nähe der Seelenschmiede mindestens ein Nest gibt. Es wäre taktisch unklug, uns von ihnen auslaugen zu lassen. Wir brauchen unsere Kräfte für Pertheas.«

Neah nickte. »Ja, da stimme ich dir zu. Doch ihr solltet euch zunächst ausruhen. Wir bleiben die Nacht hier und stärken uns, bevor wir aufbrechen.«

LUANA

Arons Atemzüge neben ihr wurden gleichmäßiger, bevor sie sich in ein leises Schnarchen verwandelten. Auch wenn dies normalerweise dafür sorgte, dass Luana ebenfalls zur Ruhe kam, wollte das heute einfach nicht gelingen. Was vielleicht auch daran lag, dass sie sich noch immer nicht daran hatte gewöhnen können, unter freiem Himmel zu schlafen. Leider wäre es zu riskant gewesen, die Nacht in der Kapelle zu verbringen. Leise seufzend wälzte sie sich ein weiteres Mal hin und her, bevor sie sich dazu entschied aufzustehen. Ihre Blase drückte, und vielleicht würde es guttun, eine kleine Runde hier im Wald zu drehen.

Leise rappelte sie sich auf und huschte einige Bäume weiter, um sich zu erleichtern. Nachdem sie sich ihre Hose wieder hochgezogen hatte, machte sie Anstalten, weiter in den Wald hineinzugehen, doch sie kam nicht weit.

»Luana.« In der Dunkelheit blitzte ein Paar tiefroter Augen auf.

Erschrocken wirbelte sie herum. »Hast du mich gerade beobachtet?«, keifte sie und hoffte, dass ihre Wangen nicht so rot waren, wie sie sich anfühlten. Im Schein des Mondes sah sie Kians Blick über ihr Gesicht gleiten, während sein eigenes gequält wirkte. Sie zog die Brauen zusammen und öffnete den Mund, um ihn zu fragen, was los war, da trat er noch einen Schritt näher. »Hast du das vorhin ernst gemeint?«

Irritiert betrachtete sie ihn. »Wovon sprichst du?«

»Darüber, was du über mich und Pyria gesagt hast. Dass sie meine erste richtige Entscheidung war.«

Luana wusste nicht wieso, aber ihr Herz stolperte einen Moment, bevor es einen schnelleren Rhythmus anschlug. »Ja?« Sie ließ es wie eine Frage klingen, da sie nicht einordnen konnte, worauf er hinauswollte.

Ein Schatten huschte über seine Züge, bevor sich sein Blick verdunkelte.

»Das ist mir nicht leichtgefallen.«

»Richtige Entscheidungen sind oft die schwersten.«

Kian nickte langsam. »Pyria hat mir einst viel Schmerz bereitet.«

»Das tut mir leid«, gab sie zurück und meinte es so. Doch warum erzählte er ihr das? Er brauchte sich nicht dafür zu rechtfertigen, dass er sich gegen Ilias entschieden hatte, als Pertheas ihn vor die Wahl gestellt hatte. Gegen Ilias und sie alle …

»Aber das ist nicht der einzige Grund.«

»Und ich nehme an, du verrätst mir jetzt einen weiteren?«

Er trat noch näher an sie heran, sodass sie seinen Atem auf ihrem Gesicht spüren konnte. Seinen viel zu schnellen Atem. Ihr Blick glitt durch den Wald zum Schlafplatz der anderen. Sie vernahm keine Regung und lenkte ihre Aufmerksamkeit zurück zu Kian. Zu Kian, der ihr verdammt nah war. Viel zu nah. Luana machte einen Schritt zurück und spürte im selben Augenblick einen Baum im Rücken.

»Tut mir leid, dass ich nicht zurückgekommen bin.« Kians Stimme klang belegt.

»Braucht es nicht«, erwiderte sie knapp und spähte wieder an seinen breiten Schultern vorbei zum Lager. »Wie gesagt, ich verstehe deine –«

»Es ging mir nicht nur um das Kind. Und schon gar nicht um *sie.*«

Sein Blick wanderte zu ihren Lippen und ihr Herzschlag beschleunigte sich noch weiter. Sie wollte nicht, dass Aron sie hier mit ihm entdeckte. Hastig wandte sie sich von Kian ab und machte einen Schritt zur Seite, doch da umfasste er ihr Handgelenk.

»Bleib. Bitte.«

Sie wagte einen Blick in sein Gesicht und erkannte die Verzweiflung darin.

»Ich habe es nicht ertragen, dich mit *ihm* zu sehen.« Und jetzt stand es still. Ihr Herz. »Ich will nur eins wissen, Luana.«

Kian schluckte schwer und hielt ihren Blick weiter fest. »Wenn euer Seelenbund nicht wäre … Wärst du weiterhin bei ihm?«

Sie stieß die Luft aus, die sie viel zu lange angehalten hatte. »Natürlich.« Wieso sagte er all das? Wenn sie Aron nicht mit allem lieben würde, was sie war, wäre der Seelenbund nie zustande gekommen.

Kians Lippen formten ein bitteres Lächeln. »Danke.«

Sie zog eine Augenbraue in die Höhe. »Gut. Darf ich jetzt gehen?«

Er ließ ihr Handgelenk los, und sie konnte beobachten, wie das Licht in seinen Augen erlosch, was ihr einen eigenartigen Stich versetzte.

»Ich dachte nur …«, begann er, »als ich dein Licht das erste Mal erblickte, da …« Er schnaubte und schüttelte den Kopf. »Vergiss es.«

»Kian«, seufzte sie und sah so lange in sein Gesicht, bis er seins wieder hob. »Was auch immer du mir sagen willst, lass es dir nicht aus der Nase ziehen.«

»Ich dachte, dass du meine Seelengefährtin bist.« Die Worte kamen als Flüstern über Kians Lippen, und doch trafen sie Luana wie ein Hieb.

Sie sog scharf die Luft ein und presste sich fester an den Baumstamm, der ihren Rücken aufkratzte. »Wieso?«, war das Einzige, was sie zustande brachte.

Wieder dieses traurige Lächeln. »Ich habe noch nie so etwas Schönes gesehen wie dich.« Nur eine Sekunde später schlich sich eine leichte Röte in sein Gesicht. »Und ich … ich habe noch nie so etwas gefühlt wie das, was ich fühle, wenn du in meiner Nähe bist. So wie jetzt.«

Luana konnte ihren Herzschlag inzwischen laut und deutlich in ihren Ohren pochen hören.

»Es … Kian, es tut mir leid. Es tut mir leid, aber das bin ich nicht. Deine Seelengefährtin.«

Er nickte nur, bevor er seinen Blick wieder zu ihren Lippen gleiten ließ. »Darf ich dich noch etwas fragen?«, wisperte er und stützte seine Hände links und rechts von ihr an dem Baum ab. Er beugte sich zu ihr runter, sein Atem war heiß und weckte Instinkte in ihr, die sie lieber unterdrücken wollte.

»Ich weiß nicht«, gab sie zu und schluckte schwer. »Kommt darauf an, was es ist.«

Ein leiser Laut drang aus seiner Brust, die sich schwer hob und senkte, bevor er sich über die Lippen leckte. »Darf ich dich küssen?« Luana weitete die Augen, aber da sprach er bereits weiter. »Nur ein Mal. Ein einziges Mal, versprochen.«

Sie hörte ein Rascheln hinter ihnen und versteifte sich augenblicklich.

»Nein«, sagte sie ruhig. Oder versuchte, es ruhig zu sagen. Alles an dieser Situation trieb ihren Puls in die Höhe. Luana duckte sich unter seinem Arm hindurch und trat an ihm vorbei. Als sie seine Stimme ein weiteres Mal vernahm, drehte sie sich um.

»Ich mag deine Sturheit.« Die Verletzlichkeit war aus seinen Zügen gewichen und jetzt grinste er schelmisch.

»Das hat nichts mit Sturheit zu tun«, fuhr sie ihn an. »Sondern mit Liebe. Aber du scheinst nicht zu wissen, was das ist.«

Ihre Worte fegten ihm das amüsierte Grinsen von den Lippen, und noch im selben Moment tat es ihr leid, dass sie das gesagt hatte.

»Lu?«, drang Arons verschlafene Stimme vom Lager herüber.

Ihr Blick ruhte weiter auf Kian, der ihn erwiderte. »Ich werde auf dich warten, und ich werde dir zeigen, dass ich sehr wohl weiß, was Liebe ist. Sieh es als ein Versprechen.«

Kaum hatte er zu Ende gesprochen, spürte Luana einen Stich in ihrem Inneren, der sie an das Unvermeidbare erinnerte: Irgendwann würde Aron nicht mehr da sein.

»Das will ich nicht.« Sie ballte die Hände zu Fäusten, als es hinter ihren Augen brannte. »Danach …«, sie holte tief Luft, denn es kostete sie alles, diesen Gedanken auch nur für eine Sekunde zuzulassen, »danach werde ich nicht mehr dazu in der Lage sein, je wieder etwas Vergleichbares zu empfinden.«

»Das sollst du gar nicht. Er ist deine erste große Liebe. Mir reicht es, wenn ich deine letzte bin.«

Stille. Stille, Stille, Stille, bis auf das Rauschen ihres Blutes in ihren Adern.

»Lu? Ist alles in Ordnung?« Arons Stimme erklang plötzlich an ihrem Ohr und sie fuhr erschrocken zusammen. Sie hatte ihn nicht kommen hören.

»Ja«, antwortete sie atemlos. In seinem Gesicht standen Fragen, und bevor er sie aussprechen konnte, griff sie nach seiner Hand und zog ihn hinter sich her zu ihrem Schlafplatz. Sie hätte verdammt noch mal gar nicht erst aufstehen sollen.

NEAH

Als Neah am nächsten Morgen aus einem viel zu kurzen und wenig erholsamen Schlaf hochschreckte, brauchte sie einen Moment, um sich zu orientieren. Gähnend schaute sie sich um und beobachtete, wie einige Priester, die wohl schon länger auf den Beinen waren, sich um die Pferde kümmerten, die sie zuvor hier angebunden hatten. Die Szene hatte beinahe etwas Friedliches an sich, zumal nun auch die ersten Vögel in den Wäldern erwachten und ihre Lieder sangen.

Neah drehte sich auf die Seite und sah in Ilias' schlafendes Gesicht. Ein Lächeln zupfte an ihren Mundwinkeln, als sie seine entspannten Züge betrachtete, das langsame Heben und Senken seines Brustkorbs. Sie könnte ihn stundenlang beim Schlafen beobachten, so sehr vereinnahmte sie seine Präsenz. Ihre Gedanken wanderten zurück zu jenem Tag, an dem sie ihm das erste Mal als Kaaya begegnet war. Selbst mit ihren menschlichen Sinnen hatte sie gespürt, welche Aura ihren dunklen Prinzen umgab.

Aus dem Augenwinkel nahm sie wahr, wie Luana sich aufrichtete und streckte. Neah hatte mitbekommen, dass sie sich mitten in der Nacht mit Kian unterhalten hatte. Noch hatte sie sich nicht an ihr altes Gehör gewöhnen können, und obwohl sie verzweifelt versucht hatte wegzuhören, hatte sie beinahe dem gesamten Gespräch gelauscht.

Ihre Freundin fing ihren Blick auf und wünschte ihr einen guten Morgen, was Neah erwiderte. Nachdem sie die letzten sieben Jahre in Eseria verbracht hatte, fand sie es merkwürdig, dass es trotz der Morgenstunden nachtschwarz um sie herum war. Zumindest bis auf den Bereich, der von den Flammen des Lagerfeuers erhellt wurde.

»Wo bist du mit deinen Gedanken?«, hörte sie Ilias' tiefe Stimme neben sich und bemerkte erst jetzt, dass er die Augen geöffnet hatte und sie anschaute.

»Ich habe festgestellt, dass ich vermutlich noch ein wenig Zeit brauchen werde, um mich an die Dunkelheit und diesen Körper zu gewöhnen. Ich weiß nicht, ob ich ihn mag. – Was ist?«, fragte sie, als sich eine Sekunde später ein Grinsen in seinem Gesicht ausbreitete.

»Nichts«, gab er zurück, bevor er sich vorbeugte, um sie zu küssen. Seine Hand wanderte über ihre Taille, ihren Rücken und vergrub sich in ihrem Haar. »Aber ich mag deinen Körper.« Sie spürte sein Lächeln an ihren Lippen und nur einen Herzschlag später die Schmetterlinge in ihrem Bauch.

»Wir sollten aufstehen«, flüsterte sie, was Ilias ein Stöhnen entlockte. Neah musste leise lachen, als sie sich von ihm löste und schließlich erhob. Bevor sie zum Palast aufbrachen, war es nötig, dass sie sich stärkten. Sie würden wieder über die Brücke gehen, weil diese sich abseits von Königsstadt befand und sie somit nicht Gefahr liefen, entdeckt zu werden. Die Gruppe war schließlich nicht klein, und dank des Glockenschlags wussten sie, dass Pertheas' Armee bereits nach ihnen suchte.

Neah vertrieb das laute Klingen des Signals aus ihrem Kopf, und nachdem sie alle in sich gegangen waren, ritten sie los und legten den Weg zum Palast ohne größere Pausen zurück. Sie banden die Pferde unten bei der Brücke an und, tatsächlich gab es niemanden, der sie davon abhielt, sich dem Anwesen des Herrschers zu nähern. Noch immer lagen die Leichenteile überall verstreut auf dem Boden. Verwesungsgeruch hing süßlich in der Luft und brannte in ihren Augen.

»Wenn er inzwischen hier war, muss er gesehen haben, was Arian angerichtet hat«, flüsterte Ilias Neah zu.

»Das hat mein Bruder getan?« Aron stellte sich zu ihnen und blickte ungläubig über die große grüne Fläche, die sich vor dem Palast erstreckte. »In eurer Erzählung klang es schon furchtbar, aber hier?« Ihm wich jegliche Farbe aus dem Gesicht. »Wir müssen ihn finden, Neah. Wir können nicht einfach nur Pertheas ausschalten und dann hoffen, dass alles gut wird. Wir müssen Arian finden. Wir müssen ihn vor sich selbst beschützen. Sobald er wieder klar denken kann, wird er sich hassen. Er wird all das hier hassen.«

Jedes seiner Worte rammte sich wie ein Messer in Neahs Brust. Denn es stimmte. Arian würde es zerstören, wenn er wüsste, was er getan hatte. Er konnte noch nicht einmal Insekten verletzen. Zumindest der Arian, den sie kannte. Liebte. Der Junge, mit dem sie aufgewachsen war. Als Kaaya.

»Darum kümmern wir uns, sobald wir Pertheas aus dem Weg geräumt haben.« Sie war Ilias unendlich dankbar, dass er für sie sprach. Ihr selbst fehlten die Worte.

»Na, dann mal los, oder?« Kian und Pyria kamen dazu.

»Sind alle bereit?« Neah hatte ihre Stimme wiedergefunden.

»Bereit«, rief Luana.

»Ich bin auch bereit«, sagte Aron.

»Wir ebenfalls!« Kaylin und Selphie.

Hohepriester Timor neigte den Kopf. »Wir sind bereit, wenn Ihr es seid, Prinzessin.«

Neah sah zu Kian und Pyria, die nickten, genauso wie Ilias. In seinem Gesicht stand wilde Entschlossenheit.

»Also gehen wir jetzt da rein. Ich zuerst.«

Im Inneren des Palasts war der Geruch nach Verwesung deutlich beißender. Außerdem mischte sich ein metallischer Geruch darunter, der von dem ganzen Blut stammen musste, das überall an den Wänden klebte. Noch immer gab es hier keine Spur von Leben. Aber wer sollte auch an so einen Ort zurückkehren wollen?

Neah konnte sich nicht länger vorstellen, dass der König hier lebte. Je weiter sie in den verlassenen Palast vordrangen, desto unwahrscheinlicher wurde diese Möglichkeit. Vielleicht hatte er sich aber einfach in seine Gemächer zurückgezogen, darauf wartend, dass seine Untertanen zurückkamen.

»Wir müssen den Gang links runter.« Ilias klang angespannt.

»Einige sollten in die andere Richtung gehen«, schlug Neah vor und zeigte auf zwei Priester, die nickten und daraufhin rechts abbogen.

Die anderen folgten Ilias und entdeckten eine Tür am Ende des Flurs, die sperrangelweit offen stand. An ihr klebte ebenfalls Blut.

»Wartet hier.« Neah bedeutete den anderen mit einem Handzeichen, stehen zu bleiben, und machte einige lautlose Schritte in das Zimmer hinein. Die Vorhänge waren zerschlissen, überall lagen Federn herum. Sie stammten aus einem Kopfkissen, das jemand aufgeschlitzt hatte.

»Was ist hier passiert?«, fragte Ilias neben ihr.

»Ich habe doch gesagt, dass ihr warten sollt.«

»Er ist ohnehin nicht hier, Neah.«

»Wessen Werk ist das?« Der Hohepriester hatte die Gemächer des Königs betreten und blickte mit geweiteten Augen um sich. Es sah aus wie auf einem Schlachtfeld. Pertheas' Schlafzimmer war verwüstet, und Neah entgingen auch die Blutspritzer nicht, die sich überall fanden, sogar auf dem Bett.

Ilias ging zum Schreibtisch seines Vaters und zog einige Schubladen auf. »Warum sollte Arian ihn bestehlen?«

»Er wollte ihm schaden.« Aron kniete auf dem Boden und sammelte einige der Schriften auf, die herumlagen. »Er ist wütend und will Rache.«

Der Priester schnappte nach Luft. »Also hat Euer Bruder Pertheas bereits ... getötet?«

»Nein«, antwortete Ilias. »Zumindest nicht hier drin. Sonst wäre hier mehr Blut. Die Blutspuren gehören vermutlich zu seinen anderen Opfern. Aber als ich auf ihn getroffen bin, sagte er, dass er noch eine Rechnung offen habe.«

»Dann hat er ihn entführt?«

»Unwahrscheinlich.« Aron stand auf und sah sich um. »Pertheas wäre sicher nicht einfach so mit ihm gegangen. Sie hätten einen Kampf austragen müssen, doch Magie hätte mehr angestellt, als ein paar Kissen aufzureißen oder Papiere herumzuwirbeln.«

Neah hörte ihnen zu, und doch widmete sie sich gedanklich den beiden wichtigsten Fragen, die dadurch aufgeworfen wurden: Wo war Pertheas? Und wo, verdammt, war Arian?

»Er muss sich in seine Schmiede zurückgezogen haben«, meinte Ilias.

»Die ist zerstört. Kaputt. Nicht länger existent«, erwiderte Luana, die inzwischen zu ihnen gestoßen war.

»Und falls Pertheas in Königsstadt ist? Bei Siraya und Ruven?«, fragte Kian.

»Ihr hättet etwas gehört, oder?« Neah blickte zwischen den Priestern hin und her. »Wenn Pertheas in der Hauptstadt gewesen wäre?«

»Neah?« Aron klang so eindringlich, dass sie sich zu ihm umdrehte. Mit steinerner Miene deutete er auf eine Ecke, in der Scherben lagen, daneben eine Glaskugel. Sie hielt die Luft an. Das letzte Mal, als sie eine solche Kugel gesehen hatte …

Das Bild von Arian, wie er auf seine Knie sackte, tauchte vor ihrem geistigen Auge auf. Der schwarze Strahl, die silberne Kugel, die auf die gläserne traf …

»Kaaya, ich … ich …«

»Wir haben einen Toten gefunden, dessen Körper noch warm war«, rief einer der beiden Priester, die sich zuvor von ihnen getrennt hatten.

»War er seelenlos?« Neahs Stimme klang selbst in ihren eigenen Ohren seltsam hohl.

Die Priester schauten einander an. »Das ist gut möglich, ja. Da war kein Blut.«

»Dann ist Pertheas bei der Schmiede.«

»Wie kommst du darauf?«, wollte Luana wissen.

Ilias trat einen Schritt vor. »Vermutlich will er sie wieder aufbauen. Er stiehlt Seelen.« Mit einer knappen Kopfbewegung deutete er auf die Glasscherben zu Arons Füßen.

»Wo ist diese Schmiede?«, fragte Timor.

»Einen Tagesritt von hier entfernt. Folgt mir.« Ilias ging voraus, und Neah war froh, dass ihr Körper ihr gehorchte, während alles in ihr drin schmerzte.

Während sie sich auf den Weg machten, war Neah gedanklich noch bei jenem Tag, an dem sich alles verändert hatte.

»Kaaya, ich … ich …«

Sie presste die Kiefer aufeinander und schwor sich, dass sie Pertheas töten würde. Er musste bei der Seelenschmiede sein. Er musste. Sie hatten keine anderen Anhaltspunkte, und Neah wusste nicht, was sie tun sollten, wenn Pertheas nicht dort war. War er vielleicht schon auf dem Weg nach Eseria? Hatten er und seine Umbren einen anderen Weltenriss genutzt und waren so unbemerkt davongekommen? Hatte er sich nach der Zerstörung seines Seelenbrunnens so schnell erholt?

»Ist alles in Ordnung? Du wirkst abwesend.« Luana hatte sie eingeholt, nachdem sie das Tempo der Pferde gedrosselt hatten, um sie nicht zu sehr zu überanstrengen.

Neah schluckte, bevor sie sich an einem Lächeln versuchte. »Ja, da sind bloß einige Erinnerungen hochgekommen.«

»Wegen der Seelensteine?«

Luana schien sie inzwischen gut zu kennen.

»Ja.«

»Ist es schwierig, die Erinnerungen, die du als … als Kaaya gemacht hast, zuzulassen?«

Die Frage kam unerwartet, und Neah hatte selbst noch gar nicht darüber nachgedacht, weil sich das alles irgendwie natürlich anfühlte. »Nein, sie gehören zu mir. Ich habe das alles erlebt und ich trage jede davon ganz nah bei mir.«

Luana erwiderte ihr Lächeln, bevor ihr Gesicht einen zerknirschten Ausdruck annahm. »Du hast es Arian gesagt, oder?«

»Ja.« Neah wusste, wovon Luana sprach. Sie dachte an ihren Abschied zurück und daran, wie Arian reagiert hatte, als sie ihm von ihrem Plan erzählt hatte, ins Nebulum zurückzukehren, um Ilias und ihren ursprünglichen Körper wiederzufinden. »Aber das hier«, sie blickte an sich hinab, »musste passieren. Ich hätte keine Lüge leben können. Und wenn Arian will, wird er weiterhin ein Teil von –«

»Neah!« Ilias' Schrei unterbrach sie mitten im Satz. Ohne zu überlegen, zog sie an den Zügeln ihres Pferds und brachte es somit zum Stehen. Auf der Lichtung, auf die sie zuritten, stand groß und schwarz ein Umbren. Ilias trieb seinen Hengst an, der an ihr vorbeiraste und jetzt geradewegs auf den Dämon zusteuerte. Neah konnte sehen, wie sich ein Wirbelsturm um Ilias' Unterarm wand, den er auf den Umbren losließ, als er nur wenige Meter von ihm entfernt war. Der Schattendämon stieß einen hohen Schrei aus, nachdem er von der Magie getroffen worden war und hoch in die Luft geschleudert wurde.

Dass die Gefahr allerdings noch lange nicht gebannt war, musste Neah sehr schnell feststellen, denn sie entdeckte weitere Umbren, die nach und nach zwischen den Bäumen hervortraten. Ilias hatte wohl ebenfalls bemerkt, dass sie nicht länger allein waren. Er sammelte zusätzliche Luftmagie um sich herum und allmählich kamen auch die Priester auf ihren Pferden dazu. Neah erwachte aus ihrer Starre und ritt ebenfalls auf ihren Seelengefährten zu.

Die Umbren schienen unsicher zu sein, ob sie die Gruppe Elfen angreifen wollten. Keiner machte einen ersten Schritt. Schließlich stieg Luana als Erstes von ihrem Ross. Ihre Augen glühten feuerrot, um ihre Finger züngelten Flammen. Die Schattendämonen gaben keifende Geräusche von sich, einige zogen sich wieder zurück in den Wald, andere traten aus dem Schatten der Bäume hervor.

»Kommt, wenn ihr euch traut«, rief sie ihnen zu, während sie diabolisch grinste. »Aber ich verspreche euch, ihr werdet es bereuen.«

Kian trat an ihre Seite, dann Aron. Auch Neah stieg von ihrem Pferd und machte sich bereit. Stahlschwinge prangte auf ihrem Rücken, und obwohl sie das Schwert vermutlich nicht benutzen musste – sein vertrautes Gewicht verlieh ihr die Selbstsicherheit, die sie benötigte. Sie hatte schon ausgiebig in der Kapelle mit ihrer Magie geübt, dennoch beschlichen sie leise Selbstzweifel, als sie daran dachte, ihre Seelenmagie zu verwenden.

»Du kannst das«, murmelte Ilias neben ihr, ohne seinen Blick von dem Umbren abzuwenden, der ihnen am nächsten war. »Ich weiß es und du auch.« Seine blauen Augen glühten violett auf, genau wie ihre.

Neah nickte, atmete noch einmal tief durch und rieb dann die Hände aneinander. Als sie sie wieder trennte, schwebte eine dichte violette Wolke zwischen ihnen. Sie sandte weitere Magie hinein, sodass jetzt Blitze aus der Wolke zuckten. Und in dem Moment, in dem die ersten zwei Umbren sich endgültig aus dem Wald lösten und auf sie zurasten, schickte Neah ihre Wolke direkt auf sie zu. Im Flug wurde sie größer und größer und verschluckte die beiden Dämonen, ohne etwas von ihnen übrig zu lassen.

»Das war beeindruckend, Prinzessin.« Luanas Grinsen wurde breiter. »Aber ich bin gespannt, ob du mit mir mithalten kannst.« Sie hatte die Worte gerade ausgesprochen, da formten sich zwei riesige Feuerbälle in ihren Händen. Der amüsierte Gesichtsausdruck machte einem zornigen Platz, und mit einem lauten Knall explodierten die Flammenkugeln dort, wo bis gerade eben noch eine Handvoll Umbren in den Schatten gelauert hatten.

»Oha«, stieß Kaylin aus. Keine Sekunde später sah Neah einen der Umbren auf sie zurasen. Bevor sie jedoch eingreifen konnte, hatte Kaylin selbst reagiert. Ihr Feuerball war deutlich kleiner als der ihrer Schwester, doch er genügte, um ihrem Angreifer ein Loch in den Bauch zu brennen. Mit geweiteten Augen beobachtete sie, wie der Dämon nur eine Armeslänge von ihr entfernt auf die Knie fiel und vornüberkippte.

»Alles in Ordnung?« Luana war zu ihr geeilt.

Kaylin nickte, und trotzdem merkte man ihr an, dass sie sich erschrocken hatte. Viel Zeit zum Erholen blieb ihnen jedoch nicht, da der nächste Angriff der Umbren nicht lange auf sich warten ließ. Die Priester und auch Ilias reagierten rechtzeitig mit Feuerregen, Wirbelstürmen, violetten Blitzen und Wasserfontänen, die durch die Luft flirrten und ihre Ziele fanden. Die Umbren wurden geschwächt und nacheinander ausgelöscht. Dennoch waren sie deutlich in der Überzahl.

Einer der Priester, Lionard war sein Name, hatte eine schwere Wunde in der Halsbeuge davongetragen, um die sich Luana kümmerte, während Aron ihr mit seinen Dolchen den Rücken freihielt.

Kian und Pyria standen einige Meter entfernt Rücken an Rücken da. Er hielt die Umbren, die auf sie zurannten, mithilfe seiner Blutmagie an Ort und Stelle, und Pyria ließ sie ertrinken, indem sie ihre Lungen mit ihrer Wassermagie füllte.

»Es werden nicht weniger«, rief Ilias, nachdem er gerade drei Umbren auf einmal in die Luft geschleudert hatte. Sie kamen erst wieder mit knackenden Geräuschen auf dem Boden auf, nachdem er an Neahs Seite gehastet war. »Hier muss irgendwo das Nest sein.«

»Sollen wir danach suchen und es vernichten?«

Ilias überlegte einen Moment, dann nickte er. »Wir brauchen Luana.«

»Ich hole sie, damit sie mich in den Wald begleiten kann. Das Nest muss dort sein.«

»Ihr geht auf keinen Fall allein!«

Ihre Blicke trafen sich und Neah erkannte Angst in seinem. »In Ordnung«, erwiderte sie und eilte zu Luana, die gerade mit Lionards Heilung fertig geworden war. »Du musst mit mir kommen. Und Lionard, Ihr auch, wenn Ihr Euch dazu in der Lage fühlt.«

»Natürlich«, gab der Priester zurück.

»Wohin wollen wir?«, fragte Luana, als sie bereits mitten in den Wald hineingerannt waren.

Neah hielt konzentriert Ausschau nach den schwarzen Schatten und packte ihre Freundin am Umhang, um sie am Weitergehen zu hindern. »Hierher!«

Sie sprangen hinter einen Baum, kurz bevor eine weitere Schar Umbren an ihnen vorbei auf die Lichtung zulief, auf der die anderen noch immer kämpften.

»Da lang«, flüsterte Neah und deutete mit ihrem Kopf in die Richtung, aus der die Dämonen gekommen waren.

»Wir suchen nach ihrem Nest?« Luana klang aufgeregt.

Neah konnte nicht deuten, ob das daran lag, dass sie nervös war oder voller Vorfreude, erneut etwas in die Luft zu jagen. Ohne zu antworten, ging sie voraus, Luana und Lionard folgten ihr auf Schritt und Tritt, und der Priester schaltete einen Angreifer aus, der sie entdeckt hatte. Neah hatte ihn mitgenommen, weil er als Wassermagier Abhilfe schaffen konnte, falls Luanas Feuer außer Kontrolle geraten sollte.

»Neah, Vorsicht!« Luanas Brüllen konnte nur bedeuten, dass hier gerade etwas völlig anderes außer Kontrolle geriet.

KAPITEL 25

NEAH

Neah merkte nur, wie sie zu Boden gerissen wurde und hart auf der Erde aufprallte. Ihre Lungen brannten und ein schmerzhaftes Pulsieren zog sich durch ihren linken Arm. Ein Schrei löste ihre Schockstarre, und ihr Blick fand Luana, die verzweifelt versuchte einen Umbren von sich runterzuschieben, während ein anderer seine Zähne in ihrem Unterarm vergraben hatte. Neah überlegte nicht lange und stieß eine Wolke violetter Energie in die Richtung der Dämonen und fegte sie fort. Auf allen vieren kroch sie auf ihre Freundin zu, die ächzte, stöhnte und nach Luft rang.

»Lionard?«, rief Neah, als sie sich aufrichtete, aber vom Priester fehlte jede Spur.

»Sie haben ihn mitgenommen«, presste Luana zwischen zusammengebissenen Zähnen hervor.

Neahs Atem beschleunigte sich. »Wohin?«

Luana zeigte mit ihrem unverletzten Arm in die Richtung, in der sie das Nest vermutet hatten. Dann hatten die Umbren ihre Beute dahin verschleppt?

»Kannst du … kannst du aufstehen?«

Statt zu antworten, stützte Luana sich auf ihre Ellenbogen

und unterdrückte einen weiteren Schmerzensschrei. Neah lehnte sich an einen Baum und reichte ihr die Hand, um ihr auf die Beine zu helfen. Kaum stand ihre Freundin, sandte sie Wellen heilender Magie durch Neahs Körper.

»Kümmere dich erst um dich selbst!«

Luana warf ihr nur einen Blick zu, der sie zum Schweigen bringen sollte. Neah konnte fühlen, wie ihre Rippen wieder zusammenwuchsen und auch das dumpfe Pochen in ihrem Arm nachließ.

»Mir geht es gut«, sagte sie. »Jetzt schließe erst mal deine eigenen Wunden. Das sieht übel aus.« Sie deutete auf die blutende Bisswunde an Luanas Arm und kam nicht umhin, an Arian zu denken, der ihr vor wenigen Wochen eine ähnliche Wunde zugefügt hatte. Ein flaues Gefühl breitete sich in ihrem Magen aus.

Nachdem Luana sich selbst versorgt hatte, setzten sie ihren Weg fort. Keine hundert Schritte entfernt entdeckten sie ein riesengroßes Loch in der Erde, aus dem unentwegt weitere Umbren krochen.

Und dort, nur wenige Meter vor dem Loch …

»Nein«, hauchte sie. Luana neben ihr schluckte schwer. Da lag Lionard. Ohne Kopf. Das Weiß seiner Robe war zum größten Teil dunkelrot gefärbt.

»So warte doch!« Neah versuchte wieder Luanas Umhang zu fassen zu bekommen, aber die Elfe war zu flink. Innerhalb weniger Augenblicke war sie bei dem Nest, breitete die Arme aus und – Neah sah sie ungläubig an – brannte. Ihr ganzer Körper stand in Flammen. Dann drehte sie sich mit einem gefährlichen Glühen in den Augen zu Neah um.

»Kommst du?«

Ihr blieb nichts anderes übrig, als zu ihrer Freundin zu rennen und derweil ihre eigene Magie anzurufen. Ihre Hände steckten in violetten Wolken, als sie neben ihr ankam. Entschlossen nickte sie ihrer Freundin zu, was diese erwiderte. Gleichzeitig streckten sie beide Arme nach vorne aus und eine geballte Ladung an Magie schoss nach vorne. Rot und Violett verbanden sich zu einem Strudel, der mit tödlicher Präzision in das Loch im Boden donnerte. Neah konnte das Beben, das er auslöste, unter ihren Füßen spüren. Die Schreie der Umbren fuhren ihr unter die Haut und in die Knochen. So gefährlich diese Dämonen waren – einst waren sie friedliche Menschen und Elfen gewesen, die dieses Schicksal nie gewählt hatten. Und doch lag einige Schritte von ihnen entfernt der leblose Priester, ein Diener von Eiyune, der diesen Tod genauso wenig verdient hatte.

»Das war gut.« Luanas Atem ging stoßweise, und auch ihr eigener hatte sich noch nicht beruhigt.

»Das war wirklich gut.«

Ihrer beider Brust hob und senkte sich in einem viel zu schnellen Tempo, und sie mussten erst mal Kraft sammeln, bevor sie wieder zu den anderen konnten. Der Weg zurück verlief immerhin ohne weitere Angriffe. Als sich die Bäume lichteten und Neah Ilias erblickte, flutete sie ein Gefühl der Erleichterung. Es hielt jedoch nicht lange an.

Neben Dutzenden von Umbren lagen auch drei weitere Priester tot auf dem Boden. Sekunden bevor sie die anderen zwei regungslosen Körper bemerkte, schrie Luana neben ihr schmerzerfüllt auf. In all das schwarze Blut der Umbren mischte sich rotes, das aus einer Wunde an Kaylins Hals floss. Ihre Augen starrten ausdruckslos in den dunklen Himmel über ihnen. Dicht neben ihr leuchtete ein feuerroter Haarschopf auf, der zu Selphie gehören musste, die sich ebenfalls nicht bewegte.

»Bitte nicht«, wisperte Neah, während Luana sich schon neben ihre Schwester gekniet hatte. Aron setzte sich zu ihr und Ilias kam auf Neah zu.

»Es ging viel zu schnell. Der Umbren stürzte sich direkt auf ihre Kehle und … Ich konnte nichts machen.«

»Das ist einfach nur furchtbar«, flüsterte sie erstickt. »Sind sie beide …?«

Ein Schatten legte sich auf sein Gesicht, ehe er nickte. »Sie sind beide tot.« Ilias drückte sie an sich, als ein verzweifeltes Schluchzen aus ihrer Kehle brach. »Geht es dir denn gut?«

»Ja. Wir haben das Nest zerstört, wir … Wenn ich Luana nicht mitgenommen hätte, dann wäre sie hier gewesen, sie hätte das alles verhindern können.«

»Und vielleicht wäre sie ebenfalls gestorben.« Er sah ihr eindringlich in die Augen. »Dir Vorwürfe zu machen, bringt nichts.«

Neah lehnte ihre Stirn an seine Brust. Ilias strich ihr über den Rücken und flüsterte ihr ins Ohr, dass alles wieder gut werden würde. War es dafür nicht schon zu spät?

Ihr Körper versteifte sich. In Ilias' Herzschlag und Luanas Schluchzen mischte sich ein weiteres Geräusch.

»Neah?«, fragte Ilias, aber sie hatte sich bereits aus seinen Armen gelöst und sich in Richtung der Bäume gedreht.

»Hörst du das?«, flüsterte sie.

»Nein, was?«

Da, ganz deutlich. Eine Stimme. Sie runzelte die Stirn. Nein. Keine Stimme. Gedanken. Dank ihrer Gedanken-Affinität hörte sie jemandes Gedanken – Gedanken, die ihr nicht wohlgesinnt waren. Neah streckte ihre Hand in Richtung eines Busches aus, formte sie zur Faust und zog – zog den Schleier von dem Luftmagier, der sich verhüllt und in den Schatten versteckt hatte.

Aus großen, dunklen Augen blickte er sie an, ehe er Anstalten machte, erneut mit der Luft zu verschmelzen. Neah kam ihm zuvor, und noch bevor Ilias sich auf den Fremden stürzen konnte, hatte sie ihn mit ihrer Gedankenmagie gelähmt.

»Was geht da vor sich?« Kian hatte sich von Luanas Anblick losgerissen und war an ihre Seite gehastet. »Ein Späher«, bemerkte er trocken, nachdem er den Mann gemustert hatte. Er trug eine dunkle Lederrüstung, die untere Hälfte seines Gesichts wurde von einem schwarzen Tuch verdeckt. An seiner Seite prangte ein Kurzschwert.

»Wo einer von denen ist, ist der Rest nicht weit«, murmelte Pyria, die neben Kian auftauchte.

Der Elf setzte einen Fuß vor den anderen und bewegte sich dank Neahs Gedankenmagie ganz langsam auf sie zu, ehe sie ihn vor sich zum Stehen brachte. Mit einer Regung ihres Fingers ließ sie ihn auf die Knie sinken.

»Was macht Ihr hier?« Sie spürte ganz deutlich, wie der Mann versuchte, sich aus ihrer Manipulation zu befreien. Aber sie würde ihn nicht gehen lassen. »Antwortet.«

»Ich spioniere Euch aus.«

»Wofür?« Für wen brauchte sie nicht zu fragen.

Er knurrte. »Die königliche Armee ist auf dem Weg hierher und möchte abschätzen, mit wem sie es zu tun hat.«

Neah blähte die Nasenflügel auf. »Die ganze?«

»Zweihundert berittene Soldaten, angeführt von Ruven Galas.«

Sie musste nicht zu Kian sehen, um zu bemerken, wie er sich augenblicklich versteifte. Dass der Seelengefährte seiner Schwester ein treuer Anhänger des Königs war, war bekannt, seine Beförderung zum General war ihr jedoch entgangen. Kian anscheinend nicht. Er wich einen Schritt zurück.

»Handeln sie eigenständig oder schickt Pertheas sie vor?«

»Sie handeln auf Befehl des Königs.«

»Und was will er?«, fragte Kian weiter.

Wohl eher wen, dachte Neah, und der Späher bestätigte ihre Ahnung, indem er ihr fest in die Augen blickte. Seine waren von einem dunklen Grau, stellte sie fest. In ihnen spiegelte sich zu viel Hass, als dass sie sie an Arian erinnern könnten, und so hatte sie kein Erbarmen, als sich ein Plan in ihrem Kopf formte.

»Habt Ihr ein Zeichen vereinbart, um ihnen zu signalisieren, dass die Luft rein ist?«

Der Mund des Elfen zuckte von links nach rechts. Noch immer versuchte er sich gegen ihre Gedankenmanipulation zur Wehr zu setzen.

»Sie sind mit Sicherheit schon auf dem Weg hierher. Die Explosion war meilenweit zu sehen und zu hören.«

»Was ist das Zeichen?«, fragte sie eindringlich und tauchte tiefer in seinen Geist.

»Ich schieße einen Flammenball in die Luft.«

Neah schaute zu Ilias, der ihren Blick erwiderte. Der Späher hatte recht, die Armee musste spätestens seit der Explosion ganz genau wissen, wo sie sich aufhielten, und bevor sie ihnen zu nah auf den Leib rückte, während sie nach Pertheas suchten, würden sie sie stellen müssen. Das Überraschungsmoment war vielleicht die einzige Chance, die sie gegen zweihundert Mann haben würden. Sie musterte ihre Umgebung. Solange sie hier weiterhin auf der Lichtung standen, wären sie ein gefundenes Fressen für die Armee. Ihr Blick glitt in Richtung Osten, wo die Schmiede stand. Wenn sie einen Umweg machten, müssten sie das Gebirge überqueren.

»Steigt auf Euer Pferd«, befahl sie dem Späher, der gehorchte.

»Was hast du vor?«, fragte Ilias.

Sie zeigte in Richtung der Berge. »Wir reiten da hoch und locken sie zu uns.«

»Meine Schwester liegt hier!« Luanas Stimme gellte durch den Wald.

»Wir kehren später zurück, Lu.« Neah konnte beobachten, wie das Kinn ihrer Freundin zitterte und wie sie gegen ihre Tränen ankämpfte. Oder gegen einen Wutausbruch. »Bitte. Steigt auf eure Pferde. Wir müssen hier weg, bevor sie uns finden, sonst liegen da noch mehr Leichen.«

Luana fixierte sie einige Sekunden mit ihrem gesunden Auge, in dem lebendige Funken sprühten. Dann bewegte sie sich auf ihr Pferd zu.

Die anderen taten es ihr gleich, und obwohl die Reise mühsam war, weil sie inzwischen alle erschöpft waren, erreichten sie das Gebirge binnen weniger Stunden. Der einzige Weg hierhinauf führte durch einen Gebirgspass, den sie mühsam erklommen. Ruven und seine Soldaten würden ebenfalls dort entlangmüssen, wenn der Späher das Zeichen gab. Ein weiterer Gedanke schoss Neah durch den Kopf.

»Ihr seid also Luft- und Feuermagier?«, fragte sie den Späher, als sie den höchsten Punkt des Berges nach weiteren Stunden erreichten.

Der Elf nickte widerstrebend und ihr Plan nahm Gestalt an. Bevor Neah jedoch weiter darüber nachdenken konnte, spürte sie eine intensive Hitze, die in Form eines Feuerballs an ihr vorbeischoss und auf die Brust des feindlichen Elfen traf, der qualvoll aufschrie und von seinem Pferd geschleudert wurde. Neah sprang ebenfalls zu Boden, wirbelte herum und sah Luana mit ausgestreckten Armen hinter sich stehen, ihre Augen glühend rot. Noch im nächsten Moment stürzte ihre

Freundin auf den Mann zu, doch Aron bekam ihr Handgelenk zu fassen.

»Heile ihn!«, rief Neah Kian zu, der eine Sekunde innehielt, ehe er ihrem Befehl nachkam.

»Lu, was sollte das?!«

»SEIN VERFLUCHTER KÖNIG IST DARAN SCHULD! ICH BRINGE IHN UM! ICH BRINGE SIE ALLE UM!«

»Das will ich auch«, gab Neah zurück und näherte sich ihr. »Wir dürfen allerdings nicht kopflos an die Sache herangehen, hörst du? Er wird für alles büßen, das schwöre ich dir.« Kaum hatte sie die Worte ausgesprochen, riss Luana sich von Aron los und fiel auf die Knie.

»Ich bringe ihn um«, sagte sie immer und immer wieder, während sie ihre Finger in die Erde krallte.

»Er wird sterben, Lu. Aber dafür brauche ich deine Hilfe. Kann ich auf dich zählen?«

Nach einer gefühlten Ewigkeit hob Luana den Blick, und ihre Augen erzählten von einem Schmerz, den Neah zu gut verstand. Gänsehaut erfasste ihren Körper, als die Lichtelfe schließlich nickte. Sie wischte sich über das Gesicht und ergriff die Hand, die Neah ihr hinhielt.

»Was soll ich tun?«

Neah wandte sich noch einmal zu dem Späher um.

»Er lebt«, rief Kian.

»Vielleicht erledigt er einen Großteil unserer Arbeit«, sagte sie und blickte den Gebirgspass hinab. Der Weg war schmal und verlief beinahe geradlinig zwischen den hohen grauen Bergen hindurch. Sie hatte freie Sicht, und noch war da keine Spur von der feindlichen Armee. »Ich schicke ihn runter zu seinen Leuten, sobald sie in Sichtweite sind. Und wenn er ankommt, lasse ich ihn sich selbst entzünden.« Luana riss die

Augen auf. »Das wird nur die Ablenkung«, fügte sie hinzu und deutete auf zwei Priester. »Ihr seid Erdmagier, richtig?« Beide nickten, und Neah zeigte auf die Berge, durch die sich der Gebirgspass schlängelte. »Nach der Explosion lasst ihr es Steine regnen.« Wieder nickten sie. »Sie werden dazu übergehen, sich zu verteidigen, und dann schlage ich zu. Kian behält Ruven im Auge, und die anderen achten darauf, ob sich einzelne Soldaten aus der Formation lösen.«

»Ich bleibe an deiner Seite«, sagte Ilias mit angespannter Miene.

Neah schüttelte den Kopf. »Als Seelenmagier bist du einer der Stärksten. Und sie wissen nicht, dass es überhaupt noch Seelenmagier außer Pertheas gibt.«

Ein Nerv in Ilias' Gesicht zuckte, doch er widersprach nicht. Er wusste, dass sie recht hatte. Da sie Ruvens Armee zahlenmäßig deutlich unterlegen waren, musste jeder ihrer Schritte sitzen.

»Und ich will sie rösten«, knurrte Luana.

Neah versprach ihr, dass sie ihr diese Gelegenheit lassen würde, sollte sie sich ergeben. Zunächst nutzten sie aber die folgenden Minuten, um nach der langen Reise so gut es ging zur Ruhe zu kommen, bevor der Kampf beginnen würde.

Weil es Neah zu viel Kraft kosten würde, den Späher länger unter Kontrolle zu halten, ließ sie ihn schließlich seine Leute rufen. Er schoss einen Feuerball in den Himmel, der die Szenerie vor ihnen in ein bedrohliches Licht tauchte. Kurz darauf lag wieder alles in friedlicher Dunkelheit da. Doch das war nur die Ruhe vor dem Sturm. Neah wappnete sich innerlich und ließ ihren Blick über alle Anwesenden schweifen. Der Späher hatte sich wieder auf sein Pferd geschwungen und stand bereit, um loszureiten, sobald sie ihm das Zeichen gab. Die anderen hatten sich in Position begeben und wie sie selbst hinter den wenigen Bäumen Schutz gesucht, die es hier oben gab. Jetzt mussten sie nur noch warten, dass Ruven und seine Leute anrückten.

Tatsächlich kam kurze Zeit später ein eisiger Wind auf, der eine unangenehme Gänsehaut auf Neahs Armen hinterließ. Sie wusste, dass das kein plötzlicher Wetterwechsel war. Vorsichtig lugte sie hinter dem Baum hervor, und dank der geschärften Sinne, die sie in ihrer Elfengestalt hatte, entdeckte sie die Armee sofort, die allmählich in Sichtweite kam. An der Spitze der Formation ritt Ruven Galas, Luft- und Wassermagier. Unmittelbar musste sie an ihre letzte Begegnung bei seiner und Sirayas Zeremonie denken, als sie noch in Kaayas Körper gesteckt hatte. An seine kalten Augen.

»Die vier Männer hinter ihm sind seine Offiziere. Einer für jede Elementar-Affinität«, erklärte Ilias dicht an ihrem Ohr. »Die vordersten Reihen werden aus Feuer- und Luftmagiern bestehen, mit denen er am schnellsten in den Angriff übergehen kann, während weiter hinten die Wasser- und Erdmagier auf die Verteidigung fokussiert sind.«

Neah dachte nach. Sie würde sie einige Meter näher kommen lassen, bevor sie den Späher hinunterschickte. Sie drehte sich zu ihrer eigenen kleinen Armee um und stellte sicher, dass sie alle bereit waren. Die beiden Erdmagier hatten sich so positioniert, dass sie die Spitzen der anderen Berge gut im Blick hatten, und ein weiterer Priester blieb an Neahs Seite, um ihr den Rücken freizuhalten.

»Jetzt«, sagte sie zu dem Späher, der die Zügel seines Pferds packte. Neah griff so tief in seinen Geist ein, dass sie seine Mimik und Gestik unter Kontrolle brachte und ihn schließlich seine Stute antreiben ließ. Mit klopfendem Herzen beobachtete sie, wie er sich den Weg durch das Gebirge hinunterbahnte. Meter um Meter um Meter. Es schien, als würden all ihre Freunde die Luft anhalten, während sie dem Mann mit ihren Blicken folgten. Neah sandte noch mehr Magie in den Kopf des Spähers, und jetzt gelang es ihr sogar, durch seine Augen zu sehen. Seinen rasenden Puls zu spüren. Seinen wirren Gedanken zu lauschen, in denen er sie verfluchte. Natürlich hatte er jedes Recht dazu. Sie tat das hier nicht gerne. Aber sie musste sich und ihre Freunde schützen. Sie alle mussten das hier überleben. Zumindest jene, die noch übrig waren.

Nicht mehr lange und der Späher würde seine eigenen Männer erreichen. Er würde in ihre Mitte reiten und sich mithilfe seiner Feuermagie in eine lebende Bombe verwandeln. Nicht mehr lange.

Der Späher war Ruven inzwischen so nah, dass sie dessen Augen erkennen konnte. Nachtblau. Eiskalt. Misstrauisch. Misstrauisch? Plötzlich spürte Neah, oder vielmehr der Späher, dass etwas nicht stimmte. Je näher er Ruven kam, desto langsamer wurde er. Sie ließ ihn hinabblicken und erkannte das Problem: Eis kroch die Beine der Stute hinauf. Neahs eigener Atem beschleunigte sich, dann sah sie, wie das Eis sich auf den Körper des Tiers erstreckte, bis es schließlich den Elfen erreichte. Sie froren in ihrer Bewegung ein, und jetzt war Ruven nur noch wenige Meter entfernt.

Luft- und Wassermagier, erinnerte sich Neah. *Er kann Eis wirken.* Er hatte den Angriff durchschaut.

»Was habt Ihr getan, Thronräuberin?«, fragte er, blickte dem Späher dabei in die Augen und damit tief in Neahs Seele. »Wolltet Ihr uns in eine Falle locken?«

Was hat uns verraten?

Doch anstatt weiter darüber nachzudenken, verließ Neah

den Kopf des Mannes gerade rechtzeitig, um von hier oben aus zuzusehen, wie Ruven ihm den Kopf abschlug.

»Los!«, rief sie den Priestern zu und dann ging alles ganz schnell. Riesige Brocken lösten sich von den Bergen und fielen hinab, um die Soldaten unter sich zu begraben. Diese reagierten schnell – viel zu schnell – und fingen das Geröll mithilfe ihrer Erdmagier und Luftmagier ab. Wie Ilias richtig vermutet hatte, waren diese in den hintersten Reihen positioniert. Beide Ablenkungsversuche waren schiefgegangen, und Neah überlegte fieberhaft, wie sie weiter vorgehen sollten. Die Armee rückte näher und ihre Erdmagier warfen die ersten Felsen in ihre Richtung.

»Du willst sie rösten, hast du gesagt?«, fragte sie an Luana gewandt, ohne den Blick von der feindlichen Armee zu lösen. Luana trat an ihre Seite. »Dann bauen wir dir einen Ofen.«

Die zwei Erdmagier verstanden und griffen erneut auf die Felsen zu. Das Geröll, das noch immer über den Köpfen der hintersten Soldaten schwebte, verfestigte sich und der Weg hinter ihnen wurde von weiterem massiven Gestein versperrt.

»Lasset das Spiel beginnen.« Luana griff so tief in sich, dass sie leuchtete wie eine Fackel in der Dunkelheit. Und mit einem lauten Schrei ließ sie die Flammen los. Wie ein Feuerstrahl schossen sie auf die Männer zu. Die vordersten konnten sich in Sicherheit bringen, doch der Rest wurde innerhalb der Höhle, aus der er nicht ausbrechen konnte, gekocht. Ihre Schreie drangen bis zu ihnen nach oben und fuhren Neah bis in die Knochen.

Doch der erste Erfolg währte nicht lange. Luanas Feuerstrahl gefror mit einem Mal und die Schreie verstummten. Ruven war stark. Und im nächsten Moment barst das Eis und Tausende von Splittern schossen wie scharfe Geschütze auf Neah und ihre Freunde zu. Gerade noch rechtzeitig gelang es ihr, einen Schild aus der Luft zu formen, der groß genug war, um sich und Luana abzuschirmen. Aron war ebenfalls dahintergesprungen, aber sie hörte einen der Priester laut aufstöhnen. Es war der Erdmagier, der ganz vorne gestanden hatte. Einer der Eissplitter hatte sich in seinen Bauch gebohrt, und mit Entsetzen schaute Neah dabei zu, wie er in sich zusammensackte. Nur eine Sekunde später wurde auch der andere Erdmagier getroffen. Irrationalerweise fiel ihr in dem Moment auf, dass sie ihre Namen nicht gekannt hatte.

Doch bevor sie sich von dem Angriff erholen konnten, ließ Ruven seine Soldaten bereits eine neue Angriffswelle erschaffen – dieses Mal in Form von Feuerbällen. Pyria reagierte schnell und erzeugte einen Wasserwall, in dem die Flammen zischend ihr Ende fanden. Sie schien sich warm gelaufen zu haben und schickte den Schwall den Gebirgspass hinunter. Die Pferde der Gegner wieherten und versuchten auszuweichen. Die, denen es gelang, stürmten mit ihren Reitern immer weiter nach oben.

Neah sah ihre Chance gekommen. Sie schloss die Augen und konzentrierte sich, so gut es die Situation zuließ. Die Gedankenmagie befreite sich aus ihrem Kopf und kribbelte ihr in den Fingerspitzen. Während die Männer sich bemühten, ihre Pferde wieder unter Kontrolle zu bekommen, ließ sie die schwarze Energie frei und gelangte in ihre Köpfe, um mit ihren Gedanken zu spielen.

»Das ist Wahnsinn«, hörte sie Timor hinter sich sagen. »Sie greifen sich gegenseitig an.«

Neah öffnete die Augen und schaute sich an, was sie getan hatte. Wie Timor bereits erkannt hatte, wandten sich die Elfen gegeneinander. Einer schleuderte seinen Nebenmann mit seiner Luftmagie vom Pferd, ein anderer rammte einem am Boden liegenden Elfen seine Klinge in den Hals.

Neben sich bemerkte sie Luana, die sich für einen weiteren Angriff bereit machte. Gerade als ihre Gegner die Wassermassen mithilfe eines Grabens umgelenkt hatten, legte sie los. Luana schuf einen Feuerwall, der einige Reiter verschluckte, jedoch nicht bis in die hintersten Reihen gelangte. Ilias schickte daraufhin einen Windstoß hinterher, der dafür sorgte, dass sich das Feuer rasant zwischen den feindlichen Elfen ausbreitete. Ein lautes Knurren drang aus Luanas Kehle, als sie einen zweiten Wall schuf, der diesmal jedoch dazu diente, die Angreifer fernzuhalten. Meterhohe Flammen züngelten aus dem Boden empor und bildeten eine Mauer zwischen ihnen und den Reitern.

»Das sollte uns ein wenig Zeit verschaffen.«

»Pass auf, dass du dich nicht verausgabst«, sagte Kian und erntete nichts als Schweigen von Luana.

Ilias, Kian, Pyria, Timor und die zwei verbliebenen Priester setzten ebenfalls ihre Kräfte ein und ließen sie auf jene niederregnen, die Neahs Gedankenmanipulation und Luanas Feuerwall entkamen. Selbst Aron erwischte einige der geschwächten Soldaten, denen es gelang, bis nach oben durchzudringen.

Allmählich spürte Neah ihre Kräfte schwinden und sie zog sich aus den fremden Köpfen zurück. Immer mehr und mehr Schattenelfen kamen nach, als die vordersten fielen. Die Armee war beinahe oben bei ihnen angelangt. Neah und die anderen wurden zurückgedrängt, bis sie runter in die Wälder ausweichen mussten. Der lange Weg kostete sie zusätzliche Kraft, die sie eigentlich nicht hatten. Luana schuf neue Flammenwände, doch auch ihre Energie erreichte allmählich ihre Grenzen.

»Greif auf meine Essenz zu.« Auf Ilias' Gesicht glänzten Schweißperlen, als er sich Neah zuwandte. »Ich beherrsche die Seelenmagie nicht annähernd so gut wie du. Und ich fürchte, meine Wirbelstürme können nicht im Ansatz so viel ausrichten, wie du das mit meiner Energie könntest.«

»Ilias …« Neah hatte das noch nie getan. Sie hatte es noch nie tun müssen. Sie wusste nicht, wie es sich anfühlen würde, wenn sie seine Energie anzapfte … Wie weit sie gehen konnte, ohne ihm zu schaden … Er wirkte jetzt schon unendlich müde.

»Sonst werden wir so oder so sterben, mein Herz.«

Neah blickte um sich. Sie waren umstellt. Immer mehr Soldaten drangen durch die Feuerwand, die nicht mehr so stark war wie am Anfang. Gemeinsam mit Luanas Kräften schwanden auch ihre Flammen. Falls sie vielleicht hundert von ihnen getötet hatten, waren da noch mal genauso viele …

Neah nickte. »Ich tue es.«

»Ich bin bereit.«

Sie schloss die Augen und konzentrierte sich auf die Atmung und den Herzschlag ihres Seelengefährten. Über ihren Bund hatte sie einen leichten Zugang zu seiner Seele und brauchte nichts weiter zu tun, als auf sie zuzugreifen. Und sie tat es. Seine Macht floss in sie und es jagte ihr im ersten Moment eine riesige Angst ein. Viel war da aber nicht mehr übrig, stellte sie fest. Sie musste aufpassen, nicht den letzten Rest seiner Energie aufzusaugen. Als sie ihre Lider hob, mussten ihre Augen tiefschwarz sein.

Mühelos gelangte Neah erneut in die Köpfe der anderen Elfen und stachelte sie weiter gegeneinander auf. Sie konnte sogar bestimmen, welchen Angriff sie ausführen sollten, um ihre eigenen Männer zu töten. Sie metzelten einander nieder, und auch Kian und Pyria halfen mit ihren letzten Resten von Energie dabei, die feindlichen Soldaten zu besiegen.

Es war trotzdem nicht genug. Ein Priester saß nach Luft schnappend auf dem Boden, der andere hustete sich die Seele aus dem Leib. Luana musste sich an einem Baum stützen, während sie Arons Wunden versorgte. Mit seinen Dolchen musste er in den Nahkampf gehen, was nicht gerade ungefährlich war. Allmählich sackten Kian und Pyria ebenfalls in sich zusammen. Ilias saß hinter Neah an einen Baum gelehnt da. Timor und sie waren die Letzten, die kämpfen konnten. Doch nicht mehr lange und sie würden von ihrer eigenen Magie aufgezehrt werden. Sie würden nicht mehr lange durchhalten. Sie alle. Timor keuchte neben ihr und wankte auf einen Baum zu, um sich an ihm hinabsinken zu lassen.

»Es sind noch mindestens fünfzig Soldaten da draußen«, sagte Ilias schwer atmend. »Du kannst das nicht schaffen, Neah. Nicht ohne ... ohne dass du stirbst.«

In dem Moment schossen Ranken aus dem Boden und wickelten sich um Neahs Handgelenke. Bevor sie realisieren konnte, was passierte, schoss ein Eiszapfen auf ihre Brust zu. Der Feuerwall war erloschen und konnte ihn nicht abwehren. In allerletzter Sekunde schaffte sie es, sich wegzudrehen, sodass sich die scharfe Spitze in ihre Schulter bohrte statt in ihr Herz.

Ilias sprang auf und stellte sich schützend vor sie. »Das ist Ruven.«

Es überraschte Neah nicht, dass der Anführer der Armee noch immer lebte. Hastig befreite sie sich von den Ranken und zog Ilias hinter sich her in den Schatten eines Baumes.

»Sie werden uns töten.«

Ilias umfasste ihr Gesicht mit beiden Händen. In seinen Augen stand Liebe, Kampfgeist, Überlebenswille. Keine Sorgen, keine Ängste. Seine nächsten Worte ließen ihr jedoch das Blut in den Adern gefrieren.

»Raub ihm seine Seele.«

Erst verstand Neah nicht und dann fiel es ihr wie Schuppen von den Augen. »Ich soll einen Riss zwischen den Welten erschaffen?«

»Sie werden nicht wissen, wie man ihn nutzt. Wir gehen einfach hindurch und sammeln unsere Kräfte, bevor wir wieder umkehren.«

»Ich … ich weiß nicht, ob ich das kann.«

»Du kannst das.«

»Aber Siraya«, flüsterte Neah. »Sie ist Kians Schwester und Ruvens Seelengefährtin. Sie würde mit ihm sterben, Ilias.«

Ilias schloss gequält die Augen. »Ich weiß. Und glaub mir, mir tut es genauso weh. Doch wenn wir ihn nicht schlagen, werden wir alle sterben, und dann wird sich niemand mehr gegen meinen Vater wehren können.«

»Und wenn ich nicht genügend Energie habe? Ich würde meine Seele zerreißen …« Und Ilias würde unmittelbar nach ihr sterben. Nein, das kam nicht infrage.

Sie atmete tief ein, dann aus. Sie zog Stahlschwinge aus der Scheide auf ihrem Rücken. »Ich werde nicht zulassen, dass meine Magie mich aufzehrt. Und ich werde nicht zulassen, dass noch einer von euch verletzt wird.« Sie wandte sich von Ilias ab, um mit der Klinge voran zurück aufs Schlachtfeld zu stürmen. Nur knapp wich sie einem Feuerball aus, der daraufhin einen Baum versengte. Sie hatte sich nicht ganz von dem Schreck erholt, da schlug jemand mit dem Schwert nach ihr. Neah duckte sich, um auch dem Hieb auszuweichen, sah jedoch den zweiten Feuerball nicht kommen. Er verbrannte ihr linkes Bein und sie schrie gequält auf.

»Neah!« Ilias war innerhalb weniger Sekunden bei ihr und schickte eine Wolke aus Seelenmagie auf ihren Angreifer zu.

»Es geht schon«, keuchte sie. »Vorsicht!« Sie stieß Ilias weg und hielt Stahlschwinge schützend vor sich, um einen Schwerthieb zu blocken, der beinahe ihren Seelengefährten aufgespießt hätte. Der Elf, der die Waffe führte, verzog wütend das Gesicht.

»Elende Betrügerin!«

Neah legte trotz schmerzender Schulter all ihre Kraft in ihre Arme und stieß den Elfen von sich weg. Mit einem lauten Schrei landete er in einem Feuer, das ihn mit Haut und Haaren verschluckte. In der Ferne hörte sie bereits die nächsten Soldaten über den Wassergraben heranpreschen. Es hörte nicht auf. Es hörte einfach nicht auf. Ihre Beine zitterten und das verbrannte gab schließlich unter ihr nach.

Sie sackte auf die Knie und Ilias kroch auf sie zu. Ein tiefer Laut drang aus seiner Brust, als er die Luft um sie beide herum verdickte, um einen Schild zu erschaffen. Wie damals in der Seelenschmiede, als sie noch in Kaayas Körper gesteckt hatte. Neahs Sicht verschleierte, während sich ihre Augen mit Tränen füllten. Genau wie damals hatte sie versagt. Sie hatte ihre Freunde ins Verderben geführt. Und nun würde Pertheas nichts mehr im Weg stehen, um nach Eseria zu marschieren. Nicht mehr, jetzt, da sie Elora davon abgehalten hatte, den Riss zu schließen, indem sie ihn selbst verstärkt hatte.

»Du wolltest … unser Volk … nach Eseria zurückbringen.« Ilias atmete schwer. »Du musstest … sie davon abhalten … den Riss zu schließen.«

Selbst in dieser aussichtslosen Situation versuchte er ihr die Schuldgefühle zu nehmen. Über ihren Köpfen entbrannte ein Feuerregen, der unentwegt auf den Luftschild einprasselte.

Schließlich erspähte Neah Ruven einige Meter von ihnen entfernt zwischen den Bäumen. Sie war sich nicht sicher, ob sie es sich nicht bloß einbildete, doch es wirkte, als würde er sie mit seinem nachtblauen Blick durchbohren, während seine Lippen zu einem eiskalten Grinsen verzogen waren.

Sie musste aufstehen, weil sie ihm nicht auf den Knien begegnen wollte. Aber Ilias hielt sie am Arm fest. »Geh nicht.«

»Ich muss.« Weitere Soldaten in Diamanthemden traten hinter Ruven hervor. Einer davon entdeckte Timor, der noch immer mit geschlossenen Augen an einem Baum lehnte. »Hohepriester!«, schrie Neah, doch es war zu spät. Der Elf rammte dem Priester das Schwert tief in die Brust. Blut schoss aus der Wunde hervor, als er die Klinge wieder herauszog. Timor versuchte krampfhaft das Loch in seiner Brust mit seinen Händen zu versiegeln. Er hatte keine Chance. Innerhalb weniger Herzschläge kippte er leblos zur Seite. Neah musste an Aedyth denken, ihre gemeinsamen Kinder und Enkel. Sie hatten Timor doch gerade erst zurück.

»Seid Ihr hier, um die Drecksarbeit für Pertheas zu erledigen?«, rief sie Ruven entgegen, ihre Stimme von Schmerz erfüllt. »Wo ist der Feigling?«

Ruvens Augen blitzten auf. »Ich fürchte, unser König muss sich ein wenig ausruhen, nachdem Ihr und Eure kleinen Freunde euch einen Spaß daraus gemacht habt, seine Umbren zu töten.«

Neah runzelte die Stirn. Der Tod der Umbren hatte Pertheas geschwächt?

»Doch ich bin nicht zum Plaudern hier. Wer von euch Verrätern will den nächsten Todesstoß?« Er trat gefährlich nah an Luana heran, die sich nur mühsam auf die Beine stellte. So müde sie auch aussah, ihre Augen sprühten lebendige Funken.

Neah beobachtete, wie sie die Hände zu Krallen formte, aber es folgten keine Flammen. Ihre Freundin war am Ende ihrer Kräfte angelangt. Wie in Zeitlupe zog Ruven sein Schwert.

»NEIN!«, brüllte Neah und Ilias reagierte zu spät, um sie erneut aufzuhalten. Trotz ihres schmerzenden Beins humpelte sie auf ihre Freundin zu, nur um auf halber Strecke stehen zu bleiben. Luanas Augen waren geweitet, und sie selbst hielt die Luft an, als Stahl auf Fleisch traf.

KAPITEL 26

LUANA

Als wäre er aus Pergament, kippte Ruven einfach vornüber. Luana blickte hoch und konnte nicht glauben, was sie da sah – *wen* sie da sah. Lady Elora hatte das Schwert, an dessen Schneide Ruvens Blut klebte, hoch erhoben.

»Wenn jemand meine Enkelin umbringt, dann bin ich das!« Ein schelmisches Grinsen zuckte um ihre Mundwinkel. Mit wenigen Schritten war sie bei Luana und zögerte nur eine Sekunde, bevor sie die Arme um sie schloss.

Luanas Herz schlug ihr bis zum Hals. Vielleicht war sie ja doch gestorben und das hier war eine Art Traum? Zaghaft legte sie ihrer Großmutter die Hände auf den Rücken und stellte fest, dass sie sie spüren konnte. Das war real. Sie war hier. Und nicht allein, wie Luana feststellte, als sie hinter sie blickte. Ysanoa, Mara, Goras, Elen, Aurelia und Renna schlugen ebenfalls mit Schwertern um sich und schlitzten einen erschöpften Schattenelfen nach dem nächsten auf. Die Lichtelfen wussten nicht, wie sie hier Magie wirken konnten, aber das machte nichts, denn ihre Gegner waren allesamt so ausgelaugt, dass sie sich ohnehin kaum mehr auf den Beinen halten konnten.

»Warum seid Ihr hier?«, fragte Luana ihre Großmutter.

Die Hohe Lady zog eine Augenbraue hoch. »Um euch zu helfen, dummes Kind. Wo ist deine Schwester?« Sie sah an Luana vorbei in den Wald.

Luanas Augen füllten sich mit den Tränen, während sich ihre Eingeweide zusammenzogen. Sie schüttelte den Kopf, und ihre Großmutter brauchte nur wenige Momente, um zu verstehen.

»Allmächtige Eiyune«, flüsterte sie erstickt. »Wie ist es passiert? Wann?«

»Vor wenigen Stunden«, schluchzte Luana. »Umbren.«

»Euer Verlust tut mir unendlich leid.« Neah war endlich bei ihnen und sah Elora an.

»Danke«, sagte diese. »Vielleicht wäre alles anders gekommen, wenn ich nicht so stur gewesen wäre.« Luana traute ihren Augen kaum, als ihre Großmutter Neah die Hand hinhielt. Neah ergriff sie.

Und in dem Moment fuhr eine Druckwelle durch den Wald, die sie alle von den Füßen riss.

NEAH

Das Erste, was Neah wahrnahm, als sie wieder zu Bewusstsein kam, war ein hoher Piepton in ihrem Ohr. Sie musste einige Male blinzeln, ehe sie etwas erkennen konnte. Dem Hohen Rat war es anscheinend gelungen, die letzten Soldaten zu besiegen. Doch woher war die Druckwelle gekommen? Neah sah um sich. Offenbar war sie die Erste, die aufgewacht war.

Nur mühsam konnte sie sich aufsetzen. Ilias lag regungslos

neben ihr, aber sie spürte über ihren Seelenbund, dass es ihm gut ging. Dass er zumindest am Leben war. Auch Luana und Aron atmeten noch. In ihrem Kopf formte sich ein Gedanke.

»Ich bin bald zurück.« Neah beugte sich vor, um Ilias einige Haarsträhnen aus dem Gesicht zu streichen, dann griff sie nach Stahlschwinge und stützte sich darauf, um aufzustehen. Während ihre Beine zitterten, schob sie das Schwert zurück in seine Scheide auf ihrem Rücken. Aufmerksam ließ sie ihren Blick durch die Finsternis schweifen, konnte in etwa ausmachen, wo sie die Pferde angebunden und die ersten Soldaten niedergemetzelt hatten. Die Umgebung hier kam ihr bekannt vor, und tief in ihrem Inneren wusste sie, dass sie genau da war, wo sie sein musste. Und tatsächlich. Nicht weit von ihr entdeckte sie die Reste der Seelenschmiede. Die Flucht in den Wald hatte sie diesem grauenvollen Ort näher gebracht.

Wenn sie die Hinweise im Palast richtig gedeutet hatten, dann musste Pertheas dort sein. Neahs Magie vibrierte in ihren Adern, als wollte sie ihr zustimmen. Wie ein Feigling hatte er sich in den Trümmern seiner Schmiede versteckt und seine Soldaten vorgeschickt wie Kanonenfutter, nachdem die Umbren schon genug Schaden angerichtet hatten. Das passte zu jemandem, der andere heimtückisch aus dem Weg räumte. Wären die Hochelfen nicht gekommen, hätte die Schlacht sicher ein anderes Ende genommen. Stattdessen lagen nun Hunderte von toten Schattenelfen und Umbren um sie herum. Und wenn es stimmte, was Ruven erzählt hatte, dann war auch mit jedem der Umbren ein Teil von Pertheas gestorben.

Mit jedem Schritt, den Neah auf die Reste der Seelenschmiede zuging, spürte sie, dass sie das Richtige tat. Pertheas musste sterben, damit das Volk der Schattenelfen aufatmen konnte. Das war sie ihren ermordeten Eltern schuldig. Sich selbst. Sie kniff die Augen leicht zusammen, und dort, inmitten der Trümmer, die von Pertheas' Zufluchtsstätte übrig geblieben waren, zeichnete sich wahrhaftig eine schmale Gestalt ab. Ein schwarzer Umhang wehte im Wind, ebenso langes dunkles Haar. Als er sie näher kommen hörte, drehte er sich langsam um.

»Es ist also wahr.« Mit seinen schwarzen Augen musterte Pertheas Neahs Gesicht und ihren Körper. »Wie ist das möglich?«

»Du wolltest mich hinterrücks ermorden. Mich und mein Kind.« Neah schritt weiterhin durch Schutt und Asche langsam auf ihn zu. »Dein Enkelkind.«

»Was hast du getan? Wie bist du zurückgekehrt?«

»Ich war nie fort.« Als sie nur noch wenige Meter von ihm entfernt war, blieb sie stehen. »Du musst schon härtere Geschütze auffahren, um mich aus dem Weg zu räumen, Monster.« Unruhe trat in Pertheas' Gesicht und ließ seine perfekte Maske bröckeln. »Was tust du überhaupt hier in den Trümmern deiner Folterkammer? Dich vor mir verstecken?« Sein Blick huschte für den Bruchteil einer Sekunde zu Boden, und als Neah ihm folgte, entdeckte sie Glasscherben zu seinen Füßen. »Du machst mit deinen kranken Experimenten weiter.« Ob eine entflohene Seele für die Druckwelle verantwortlich gewesen war, die sie alle in die Bewusstlosigkeit befördert hatte?

»Das ist alles, was mir bleibt«, erwiderte er, und ein resignierter Unterton schwang in seiner Stimme mit. »Meine Umbren verlassen und hintergehen mich nicht so, wie mein Sohn es getan hat.«

Heiße Wut schoss durch ihre Adern. »Du dachtest, dass Ilias dir zur Seite steht, nachdem du versucht hast mich zu töten? Unser ungeborenes Kind?«

»Du verstehst sicher, warum ich das tun musste.«

»Ja.« In ihrem Blick lag eine gefährliche Ruhe. »Weil dein Volk sonst herausgefunden hätte, dass ich noch lebe. Die einzige Tochter des wahren Herrschers. Du hattest Angst um deinen Thron. Um deine Krone. Was ist schon mein Leben neben einem Stück Metall?«

»Sie hätten erfahren, was ich getan habe.« Er wich einen Schritt zurück. »Es hätte nicht lange gedauert, da hätten sie mir den –«

»Tod gewünscht?« Sie schüttelte den Kopf. »Du hast meine Eltern ermordet und mit ihrem Blut an deinen Händen hast du dir ihr Reich angeeignet. Du hast dich in ihrem Haus breitgemacht und dir die Krone meines Vaters auf den Kopf gesetzt. Was auch immer das Volk dir an den Hals gewünscht hätte, Pertheas, das, was ich dir antun werde, ist um ein Tausendfaches schlimmer.«

»Du willst die Krone?«, höhnte er. Sein rechtes Auge zuckte verdächtig. »Du kannst sie haben. Lass mich nur meine Schmiede wieder aufbauen, mehr will ich nicht.«

Neah konnte nicht anders, als bitter aufzulachen. »Ich will deine Krone nicht. Ich will nur, dass du elendig verreckst, Verräter!« Ein Ruck ging durch sie hindurch und sie streckte die Arme in seine Richtung aus. Sie wusste nicht, wie lange sie bewusstlos gewesen war, aber es hatte ausgereicht, um neue Kraft zu sammeln. Ein Wall aus dichtem violetten Nebel rollte auf Pertheas zu und ließ ihn qualvoll aufschreien.

»Du bist eine von uns?«, keuchte er. »Eine Seelenmagierin?« Neah musste gar nicht erst antworten, da trat Erkenntnis in sein Gesicht. »Du hast den ersten Weltenriss erschaffen.«

Wieder holte sie aus, doch diesmal war ihr Gegner auf den Angriff vorbereitet. Pertheas biss sich in den Unterarm, sodass

Blut hervortrat. Keine Sekunde später schuf er einen Blutschild um sich herum, an dem Neahs Magie abprallte. »Du hast deine Seele aus deinem Körper geschickt. Nach Eseria.«

»Ich habe keine Lust, mich mit dir zu unterhalten.« Sie schnippte mit den Fingern und Pertheas fasste sich stöhnend an die Schläfen.

»Raus aus meinem Kopf, Miststück!« Eine Explosion violetter Energie ging von ihm aus und die Druckwelle schleuderte sie mehrere Meter von ihm fort. Ihre Gedankenmagie brach ab und gab Pertheas frei. Er atmete schwer, als er sich auf sie zubewegte. »Willst du wirklich, dass einer von uns stirbt, Prinzessin? Wir sind vom gleichen Blut. Die zwei letzten Seelenmagier.«

Neah erhob sich keuchend. »Du irrst dich. Es gibt noch einen.« Pertheas runzelte die Stirn. Erst jetzt bemerkte sie, wie alt er aussah. Sein Gesicht war zerfurcht von Falten, aber auch von Spuren seines Magie-Missbrauchs. Er würde sich selbst aufzehren, wenn sie ihn nur genug forderte. Und obwohl es riskant war, drehte sie ihm langsam, ganz langsam, den Rücken zu, auf dem neben den violetten und schwarzen Runen nun weiße Wirbel prangten. Unmittelbar danach hörte sie Pertheas nach Luft schnappen.

»Ilias. Er hat sich mit dir verbunden.«

Über die Schulter hinweg grinste sie ihn voller Genugtuung an. »Du bist nichts Besonderes mehr, *Seelenmagier.* Dein Sohn ist jetzt genauso stark wie du.«

Pertheas' Lachen glich einem Bellen. »Niemand ist so stark wie ich!« Plötzlich verstummte er, und Neah bemerkte, dass er Stahlschwinge taxierte, die noch immer auf ihrem Rücken prangte. *»Du?«*

»Dann weißt du jetzt zumindest, dass meine Eltern nicht

die Einzigen sind, die ich rächen möchte.« Sie wandte sich ihm wieder zu und zog das Schwert klirrend aus seiner Scheide.

»Du machst einen Aufstand wegen einer verfluchten Mischlingsbrut?«

Neah verengte die Augen. »Das hättest du nicht sagen sollen.«

Dem ersten Hieb wich Pertheas aus, aber damit hatte sie gerechnet. Der zweite traf ihn umso härter. Mit schmerzverzerrtem Gesicht hielt er sich den blutenden Arm. Sie wusste, dass er nicht mehr dazu in der Lage war, Magie zu beschwören. Seine Essenz war dabei, sich aufzulösen. Ohne einen Großteil seiner Umbren und den Seelenbrunnen war er nichts. Auch ihre eigenen Kräfte schwanden, doch sie musste sich nicht länger nur auf ihre Magie verlassen, um sich selbst zu verteidigen. Oder ihren Gegner zu Fall zu bringen. Wenn sie ihn ansah, so, wie er da auf wackeligen Beinen stand, war er gar kein Gegner.

»Irgendwelche letzten Worte?« Neah hielt ihm die Spitze der Klinge an den Hals. Als Pertheas nur schmierig grinste, verpasste sie ihm einen Tritt, sodass er rücklings auf dem Boden landete. »Ich will es genießen«, hauchte sie.

»Weißt du was, Prinzessin?« Blut lief über seine Zähne. »Du wirst mich nicht töten.«

Sie hielt inne und blickte aus zusammengekniffenen Augen zu ihm hinab. »Du überschätzt meinen Sinn für Moral.«

»Und wenn es mir um etwas anderes geht als Moral?«

»Nichts ist wichtig genug, um dich am Leben zu lassen.«

Pertheas' Grinsen wurde noch breiter, ehe er anfing laut loszulachen wie ein Wahnsinniger. »Vielleicht hast du recht. Aber einen Versuch ist es wert.« Er legte sich die Hand auf die Brust und weitere schwarze Striemen erschienen auf seinem Gesicht. Er müsste schon längst tot sein.

»Was tust du?«, zischte sie und bereitete sich auf einen weiteren Angriff vor. Ihre Aufmerksamkeit glitt dann jedoch von Pertheas weg und hin zu einem Schatten, der sich zwischen den Bäumen löste und näher trat.

»Wie du weißt, sind meine Umbren und ich untrennbar miteinander verbunden«, begann Pertheas, während Neah noch immer die schwarze Gestalt im Wald fixierte. »Es gibt da sogar eine Möglichkeit, wie sie in meinen Geist eindringen können und ich in ihren.«

Sie konnte es sich nicht erklären, aber ihr Herz schlug mit einem Mal schneller. Diese Silhouette … Ihre Statur, ihr Gang …

»Wer ist das?«

»Nennen wir ihn … meine Geheimwaffe.«

Kapitel 27

Neah

Ein einziges Wort schoss Neah durch den Kopf, als sie die Person, die aus den Schatten trat, schließlich erkannte: Nein.

Nein, nein, nein, nein, nein …

Seine dichten schwarzen Locken glänzten unter den schwachen Strahlen des Mondes, seine hellen Augen blitzten in der Dunkelheit auf wie die eines Raubtieres. Ähnlich langsam bewegte er sich. Wie ein gefährliches Tier, das sich seiner Beute nähert.

Nein.

Auf Pertheas' zerschundenem Gesicht erschien ein diabolisches Grinsen. »Komm näher, mein Freund.«

Nein.

»Bitte nicht«, flüsterte Neah.

»Du siehst anders aus.« Seine Stimme traf sie mitten ins Herz. Wie Gift breitete sich das Gefühl der Ohnmacht in ihrem Körper aus. Er sah auch anders aus. Das Weiße seiner Augen wurde von einem tiefen Schwarz verschlungen, doch die Iris funkelte in dem vertrauten Grau, das sie immer an zu Hause erinnert hatte.

»Arian«, kam es zitternd über ihre Lippen.

Er grinste schief. »Wie schön, du erkennst mich wieder.«

Manchmal war ein Zuhause mehr als nur vier Wände. Manchmal war ein Zuhause ein Paar Augen. Eine Stimme. Ein Lächeln. Ein Herzschlag. Unwillkürlich stiegen Tränen in ihr auf und schnürten ihr die Luft zum Atmen ab.

»Arian«, sagte sie noch mal.

»Ich erkenne *dich* jedoch nicht wieder.« Er kniff die Augen leicht zusammen, und der schwarze Rauch, der ihn umhüllte, wurde dichter. »Du hast es wirklich getan, *Kaaya.*«

Wie oft konnte ein Herz brechen, bis man es nicht mehr zusammensetzen konnte?

»Ich musste.«

Sein Lachen klang wie ein Schnauben. »Du hast es für *ihn* getan. Aber weißt du was? Das könnte mir nicht gleichgültiger sein.«

Eine Träne befreite sich aus ihrem Augenwinkel und ebnete den Weg für weitere glasklare Tropfen. »Bitte, Arian. Du bist nicht du selbst.«

Arian hob die Augenbrauen. »Das sagst ausgerechnet *du*?«

»Er kontrolliert dich!«

»Pertheas ist der Einzige, der an mich geglaubt hat. Ohne seine Macht wäre ich längst zerbrochen. An dir zerbrochen. An deinem Verrat.« Für einen Wimpernschlag zogen sich die schwarzen Schlieren in seinen Augen zurück und entblößten den verletzten Jungen, den sie vor drei Jahren in einer Gasse in Silbersturm getroffen hatte.

Doch er hätte ihr ebenso gut ein Messer in den Bauch rammen können, so sehr schmerzten seine Worte. »Das ist nicht wahr. Du warst schon immer stark, Arian. Du hast so vieles überstanden. So vieles überlebt.«

»Ja«, sagte er ruhig. »Du warst meine Heilung. Und jetzt

bist du die Krankheit.« Schwarze Blitze zuckten in seinen Händen auf.

Sie versuchte einen Schritt zurückzutreten und stöhnte auf, als ihr verletztes Bein unter ihr nachgab. Sie konnte sich gerade noch aufrecht halten. »Pertheas ist die Krankheit«, gab sie zurück. Arians Gesicht verschwamm vor ihren Augen.

»Setze ihrem Geschwafel ein Ende«, rief Pertheas Arian zu, woraufhin die Blitze in dessen Hand größer wurden. Mit einem lauten Schrei ließ er sie auf Neah los, die keine Chance hatte, dem Angriff auszuweichen. Sie brannten auf ihrer Haut wie Feuer, bevor sie sich in ihre Glieder fraßen.

Als Arian erneut zu einem Angriff ansetzte, formte Neah die Luft um sich herum zu einem dicken Schild. Die schwarze Magie prasselte immer weiter darauf ein, einzelne Strahlen drangen sogar durch den Schutzschild und hinterließen blutrote Striemen auf ihrer Haut.

»Arian, bitte! Komm zu dir! Er kontrolliert dich! Bitte, wach auf!«

Ein lautes Lachen schallte durch die Nacht. Arians Gesicht war zu einer Fratze verzogen. Es hatte keinen Zweck. Auch wenn sie es nicht wahrhaben wollte, war da nur ein Weg, sich selbst und ihr Baby zu retten. Sie musste sich wehren. Neah tauchte tief in sich hinein, und wie mit langen Fingern griff ihr Geist nach Arians, um ihn zu manipulieren.

Pertheas' Kontrolle über ihn war stark, stellte sie fest. Doch ihre Gedankenmagie musste stärker sein. Arian fasste sich mit beiden Händen an den Kopf und schrie so laut auf, dass eine Gänsehaut über ihren Körper jagte.

»Hör auf, dich mir zu widersetzen!«, brüllte Pertheas.

In diesem Moment wurde sie wieder aus Arians Geist gedrängt. Die Verbindung, die Pertheas zu ihm hatte, war anderer Natur. Ihre Magie würde nicht dagegen ankommen, nicht jetzt, da sie so geschwächt war. Arian schrie und schrie und schrie. Es klang noch entsetzlicher als damals im Erlenwald. Am letzten Tag, an dem sie glücklich gewesen waren. Und obwohl sie wusste, dass sie stark sein musste, konnte sie die Schluchzer nicht aufhalten, die ihren Körper schüttelten.

»Willst du mit zu mir kommen?«

»Ich dachte nur, wegen deiner Knie.«

»Ich habe auch etwas zu essen zu Hause.«

»Arian«, krächzte sie und streckte die Hand nach ihm aus. »Bitte.« Sie ließ sich auf alle viere fallen und krallte ihre Finger in die feuchte Erde, umringt von Zerstörung. »Verlass mich nicht.«

Erst als es um sie herum gespenstisch still wurde, blickte sie aus tränenverschleierten Augen auf. Arian stand direkt über ihr, sein Gesicht ausdruckslos. Pertheas lag wenige Meter entfernt zusammengekrümmt auf dem Boden.

»Hallo, Prinzessin«, sagte er dann mit Arians Stimme. Das Blut gefror ihr in den Adern.

»Was hast du getan?«, wisperte sie.

»In dieser Gestalt wirst du mich nicht mehr töten wollen, oder?« Arian holte aus und trat ihr mit voller Wucht ins Gesicht, sodass ihr Kopf zur Seite flog und schwarze Flecken vor ihren Augen tanzten.

Als er ein weiteres Mal auf sie zukam, formte Neah ihren Luftschild und kroch vor ihm weg. Doch sie kam nicht weit, weil ihre Arme ihr den Dienst versagten. Erneut drangen die schwarzen Blitze durch ihren Schild und in sie ein und ließen sie qualvoll aufschreien. Sie krümmte sich vor Schmerzen und hielt sich die Arme schützend vor den Bauch. Gleich würde er wieder vor ihr stehen … Ein Ruck ging durch ihren Körper, als Arian sie an den Füßen packte und an sich heranzog. Er fixierte ihre Arme rechts und links neben ihrem Kopf und hielt ihre Beine zwischen seinen Knien gefangen, während er sich über sie beugte.

»Wie willst du dich retten, Prinzessin?« Seine grauen Augen blitzten auf und zum ersten Mal machten sie Neah Angst.

»Arian«, schluchzte sie. »Bitte, komm zu dir. Das bist du nicht.«

»Nein, das ist er wahrlich nicht«, gab er zurück. Er löste eine Hand von ihrem Handgelenk, um schwarze Magie zwischen seinen Fingern zu sammeln. Wenn er die Blitze aus dieser Nähe auf sie niedergehen ließ, würde sie das nicht überleben.

Mit ihrer letzten Kraft entfesselte Neah ihre Seelenmagie, deren Explosion Arian mehrere Meter von ihr wegkatapultierte. Als sein Körper nach einigen Drehungen zum Liegen kam, rührte er sich nicht mehr.

»Nein«, hauchte sie und wankte auf ihn zu, um sich neben ihn fallen zu lassen. »Arian?«

Seine Augenlider flatterten. Erst jetzt bemerkte sie, dass sich die schwarzen Schlieren zurückgezogen hatten. Auch der dichte Rauch waberte nur noch schwach um ihn herum.

»Kaaya«, stöhnte er und verzog schmerzhaft das Gesicht.

»Arian!« Tränen strömten über ihre Wangen. Sie hatte es geschafft, er war wieder da.

»Kaa…ya …«

»Nein, sag nichts. Du musst dich ausru-«

»Töte … mich.«

Sie sog scharf die Luft ein. »Nein, Arian, es ist vorbei, wir –« Weiter kam sie nicht, denn seine Hand war hervorgeschnellt und hatte sich fest um ihren Hals geschlossen.

»Ich bringe dich um, du verfluchte Thronräuberin!«

Neah versuchte seine Finger von ihrer Kehle zu lösen, doch da packte er auch mit der zweiten Hand zu. Sie hörte schon ihr Blut in ihren Ohren rauschen, als plötzlich ein eisiger Windstoß aufkam, der sie und Arian voneinander trennte. Sie fiel rücklings zu Boden, während Arian weiter über die Erde geschleudert wurde.

»Neah!« Ilias wankte zwischen all den Trümmerhaufen auf sie zu. »Du musst es zu Ende bringen.«

»Ich kann nicht«, schluchzte sie.

»Wenn du es nicht tust, dann tue ich es für dich.«

Sie schüttelte den Kopf. »Wir müssen ihn retten.«

»Wir können ihn nicht retten. Pertheas weiß, was er tut. Er hat das hier geplant.«

Ein schmerzerfülltes Stöhnen zog ihre Aufmerksamkeit auf sich. »Ilias hat recht. Du musst mich töten. Pertheas wird mit mir sterben«, krächzte Arian, der sich auf dem staubbedeckten Boden krümmte.

»ICH WERDE DICH NICHT TÖTEN!«, rief sie, während unaufhörlich Tränen über ihre Wangen rollten. Arian hob den Kopf und ihre Blicke trafen sich. »Ich werde dich nicht töten«, wiederholte sie leise.

»Dann wird er gewinnen.«

Erneut schüttelte sie den Kopf. »Er wird nicht gewinnen. Wir kriegen dich wieder hin. Wir kriegen dich hin. Alles wird gut. Ich verspreche es dir.« Sie rückte näher an ihn heran.

Seine Lippen formten ein schiefes Lächeln, als Tränen in seine Augen traten. »Diesmal kannst du mich nicht retten, Kaaya.« Sie schluchzte und weinte und konnte nichts weiter tun, als ihren Kopf zu schütteln. »Ich danke dir für alles, was du getan hast. Ich danke dir von ganzem Herzen. Und ich bin froh, dass wir wenigstens diese wenigen Sekunden haben, bevor …«

»Ich kann das nicht«, weinte sie. »Du kannst mich nicht verlassen. Ich brauche dich.«

Jetzt schüttelte er den Kopf. »Du brauchst mich nicht. Du hast mich nie gebraucht. Ich war nur eins von vielen Kapiteln in deinem Leben. Es wartet noch so viel mehr auf dich.«

»Ich will nichts davon, wenn du nicht da bist!« Sie griff nach seiner Hand und drückte sie fest.

»Das Schicksal hat uns zusammengeführt, obwohl es wusste, dass wir nicht zusammen sein konnten.« Eine einzelne Träne löste sich aus seinem Augenwinkel. »Weil es gewusst hat, dass wir einander lieben mussten, um zu denen zu werden, die wir sind.«

Sie lachte bitter. »Das Schicksal ist hinterhältig. Das hätte nicht so kommen sollen. Das alles hätte nicht so kommen sollen.«

»Dann hättest du deine wahre Bestimmung nie gefunden, Ka… Neah. Dann hättest du deine wahre Liebe nie gefunden.«

»Ich dachte, dass du es bist«, schluchzte sie nach einer Weile. »Ich wollte, dass du es bist.«

»Ich weiß«, wisperte er. »Für mich warst du es. Wirst es immer sein.« Er entriss ihr seine Hand, um sich an die Brust zu greifen, das Gesicht schmerzerfüllt verzogen. »Du musst jetzt … Kaaya, du musst –« Der Rest seines Satzes wurde von einem Knurren verschluckt, das tief aus seiner Brust drang. Er krümmte sich unter qualvollen Schreien.

Neah wollte die Hand nach ihm ausstrecken, ihm irgendwie helfen. Stattdessen presste sie sich die Hand auf den Mund und versuchte ihre Schluchzer zu unterdrücken.

Allmählich kam Arian zur Ruhe, und als er seine Augen wieder öffnete, starb ein Teil von Neahs Seele. Sie waren pechschwarz und instinktiv rückte sie von ihm ab. Ilias hatte ebenso schnell reagiert und sich zwischen sie und Arian gestellt. Sie konnte deutlich sehen, wie schwer es ihrem Seelengefährten fiel, sich auf den Beinen zu halten.

»So eine verweichlichte, weinende kleine Hure will sich auf den Schattenthron setzen. Auf *meinen* Thron«, drangen Pertheas' Worte aus Arians Mund, während er sich aufrichtete.

»Töte Pertheas' Körper«, sagte Neah zu Ilias, ohne den Blick von Arian zu lösen. »Schaffst du das?«

»Ich werde dich hier nicht allein lassen«, knurrte Ilias.

»Ich befehle es dir als deine Königin!«

Sie merkte, wie Ilias' Muskeln sich anspannten. »Ist das dein Ernst?«

»Ja!«

Arian lachte. »Wenn ihr nicht so verdammt erbärmlich wärt, würde ich es vielleicht ein bisschen schade finden, euch mitteilen zu müssen, dass der Plan nicht funktionieren wird. Mein alter Körper ist bereits tot. Aber meine Seele«, rief er und weitete die schwarzen Augen, »lebt weiter.«

Ilias bückte sich, um nach Stahlschwinge zu greifen, die noch immer auf dem Boden lag. Neahs Herz setzte für einen Schlag aus, als ihr Seelengefährte auf Arian zuraste. Doch Ilias hastete an ihm vorbei, um zu Pertheas' leblosem Körper zu gelangen und seinem Vater die Klinge mitten ins Herz zu stoßen. Er taumelte zurück, als schwarzer Rauch aus dem toten Körper stieg wie die dunkelste Nacht ohne Sterne.

Es wurde still, bis Arian erneut amüsiert auflachte. »Ich habe es euch doch gesagt.« Und mit diesen Worten sandte er seine schwarze Magie auf Ilias zu. Sie traf ihn in den Rücken und schleuderte ihn durch die Luft. Stahlschwinge rutschte aus seiner Hand und landete zu Arians Füßen.

Neah sprang auf, und mithilfe ihrer Luftmagie wehte sie

das Schwert zu sich heran, ehe Arian danach greifen konnte. Wie einen Schutzschild hielt sie den Stahl vor sich, als er wütende Geschosse auf sie herabregnen ließ. Neah wehrte weitere Angriffe ab, wich aus, drehte sich so, dass sie hinter Arian stand, nachdem er ausgeholt hatte, um sie mit seiner reinen Körperkraft zu verletzen. Er wirbelte herum und fand sich ihrer ausgestreckten Hand gegenüber. Ihre Gedankenmagie lähmte ihn. Mit all ihrer Kraft versuchte sie wieder in seinen Geist zu dringen, um Pertheas aus ihm zu vertreiben. Ihr Atem beschleunigte sich, als sie bemerkte, wie sie das Schwarz in seinen Augen besiegte. Sie konnte es schaffen. Sie *würde* es schaffen.

»Kaaya.« Arian bedachte sie mit dem traurigsten Blick, den sie je an jemandem gesehen hatte. »Es tut mir so leid.« Mit beiden Händen packte er die Schneide von Stahlschwinge, die sie noch immer ausgestreckt vor sich hielt. Und dann, ganz langsam, trieb er sich das Schwert in den Bauch.

»NEIN!« Sie ließ das Schwert los, doch zu spät. Die Klinge steckte bereits zu tief in Arians Körper. Seine Augen waren geweitet, das Schwarz darin gänzlich verschwunden. Tränen liefen seine Wangen hinab, und Blut floss aus der Wunde in seinem Bauch, die er sich selbst zugefügt hatte.

»Es ist … vorbei.«

Neah überwand die kurze Distanz zwischen ihnen, um ihn aufzufangen, als er zu Boden stürzte. »Was hast du getan? Warum hast du das getan? Halte durch, bitte, halte durch!«

Arian streckte seine Hand nach ihr aus und sie schmiegte ihr Gesicht hinein. »Ich musste … sie besiegen. Meine … Dämonen.«

»Wir hätten doch einen anderen Weg finden können«, schluchzte sie.

»Ich habe mich … befreit.«

Durch ihren verschleierten Blick konnte sie erkennen, dass sich ein leises Lächeln auf seine Lippen stahl. »Du hast uns alle befreit«, flüsterte sie erstickt. »Arian?« Sein Blick driftete ab. »Arian!« Stumpf und leer blickte er in den schwarzen Nachthimmel, an dem nun ein einziger Stern leuchtete. »Komm zurück«, rief sie. »Komm zurück, bitte!« Sie schüttelte ihn, aber es tat sich nichts. Er bewegte sich nicht. »Komm zurück! Komm zurück!«, krächzte sie immer und immer wieder, bis ihre Stimme brach. Bis sie nicht mehr wusste, wie viel Zeit vergangen war. Bis sie schließlich eine warme Hand auf ihrer Schulter spürte und den Blick von Arians bleichem Gesicht abwenden konnte. Ilias stand hinter ihr, seine Augen sahen tieftraurig zu den beiden hinab.

»Es tut mir so leid«, sagte er leise und ließ sich neben sie auf den Boden sinken.

Sie lehnte ihren Kopf an seine Schulter. »Mir auch. So sehr.« Einige Minuten verstrichen, da schaute sie ihn an. »Du hast deinen Vater verloren.«

»Ja«, gab er zurück. »Aber ich komme zurecht.«

»Sicher?«

Ilias versuchte sich an einem schwachen Lächeln. »Natürlich denke ich an schöne Zeiten zurück. Aber im Nachhinein betrachtet waren sie eine Lüge. Mein Vater hat mich nie geliebt, sonst wäre all das nicht passiert.«

Er brauchte es nicht weiter auszuführen, sie verstand, was er meinte. So schwer es ihr auch fiel zu glauben, dass jemand durch und durch böse sein konnte – wenn sie in Arians lebloses Gesicht sah, wusste sie, dass nichts Gutes mehr in Pertheas übrig geblieben gewesen war.

Neah streckte eine zitternde Hand aus und schloss Arians

Augen. Sie würden sie nie wieder anstrahlen können. Sie würden sie nie wieder an zu Hause erinnern können. Dann hob sie den Blick und begegnete einem Paar saphirblauer Augen, die sie voller Liebe und Zuneigung musterten. Und in diesem Moment voller Schmerz wusste sie, dass sie trotzdem gerettet war.

KAPITEL 28

EINE WOCHE SPÄTER

NEAH

Sie hatten Arians Körper mit nach Eseria genommen. Und nun standen sie hier. Im Wald neben Orianas Hütte, umringt von hohen Bäumen, die sie von der Außenwelt abschotteten, damit sie allein sein konnten mit ihrem Schmerz. Ferodan legte den Leichnam seines Sohnes behutsam in das breite Grab, das Oriana mithilfe ihrer Erdmagie geschaffen hatte.

Neahs Sicht verschwamm, während sie die Szenerie beobachtete und in Gedanken noch bei den Ereignissen im Nebulum war. Nachdem Ilias Arians toten Körper hochgehoben und ihn zusammen mit ihr zurück zu den anderen getragen hatte, war Aron zusammengebrochen. Neah hatte in seinen Augen erkennen können, wie etwas in ihm unwiderruflich kaputtgegangen war, als er Stück für Stück realisiert hatte, weshalb Arian leblos in Ilias' Armen hing.

»Was ist mit ihm? Wo wart ihr?«

»Pertheas … Er hat … Er hat …«

»SAG ES MIR!«

»Pertheas hat seinen Körper übernommen. Er hat mich angegriffen. Ich wollte nicht … Ich habe nicht … Er hat es selbst getan. Er musste sterben, um sich von Pertheas zu befreien. Uns alle.«

Neahs Kehle schnürte sich zusammen, während Arons verzweifelte Schreie immer wieder in ihr nachhallten. Luana war an seine Seite geeilt, hatte ihn gestützt und ihnen die Unausweichlichkeit von Arians Tod erklärt. Sie hatte von ihrem Vater erzählt und davon, dass auch er allmählich dem Wahnsinn verfallen war, weil sich seine Magie in ihm manifestiert hatte – trotz der Tatsache, dass er ein Halbelf gewesen war, so wie Arian.

»Ich habe Lumis getötet«, hatte Luanas Großmutter gesagt. *»Ich hatte keine andere Wahl. Die Magie in seinem Blut hat ihn mit der Zeit krank gemacht. Er hatte die Kontrolle verloren und in seinem Wahn wollte er meine Tochter töten. Seine Seelengefährtin.«*

Selbst jetzt, Wochen später, schossen Neah Bilder in den Kopf, wie Arians Zähne aufblitzten. Sie erinnerte sich daran, wie es sich angefühlt hatte, als er sie in ihr Fleisch geschlagen und von ihr getrunken hatte, sah die schwarzen Blitze, die er in Orianas Hütte auf sie losgelassen hatte. Oriana, die beinahe gestorben wäre …

Jetzt stand die Elfe hier an der Seite ihres Seelengefährten und blickte hinab in das Grab, in das er Arian gelegt hatte, während ihr unaufhörlich Tränen über die Wangen rollten. Die beiden hatten sich gerade erst von ihrem Koma erholt, da hatte Arians Tod ihnen erneut den Boden unter den Füßen weggerissen.

Der große blonde Elf erhob sich wieder, und Neah konnte im Sonnenlicht erkennen, dass er um Fassung rang. Sein Kiefer zuckte, seine Nasenflügel waren gebläht und die Hände zu Fäusten geballt. Neahs Hand ruhte auf der kleinen Wölbung ihres Bauchs, und sie wollte sich nicht vorstellen, wie es sich anfühlen musste, sein Kind zu Grabe zu tragen. Einen Herzschlag später spürte sie Ilias' Hand an ihrem unteren Rücken. Die Geste, die ihr Trost spenden sollte, weckte Emotionen, die sie sorgsam weggesperrt hatte.

Sie blickte runter zu der Hand auf ihrem Bauch, zu dem schmalen goldenen Diamantring, der an ihrem Finger steckte. »Er hat versprochen, er würde niemals gehen, ohne sich von mir zu verabschieden«, flüsterte sie erstickt und versuchte einen Schluchzer zu unterdrücken.

»Er ist nicht gegangen«, sagte Ilias Momente später. »Das Leben mag enden, aber die Liebe nicht. Solange du sie in dir trägst, wird er bei dir sein.« Neah blickte zu ihm hoch, seine Miene war unergründlich. »So hatte ich dich immer bei mir.«

Stumm sahen sie sich in die Augen, bis Ferodan einen Schritt zur Seite trat, um Neah zu bedeuten, dass es nun an ihr war, sich zu verabschieden.

Mit stolperndem Herzen näherte sie sich dem Grab, atmete tief durch und sammelte Kraft für das, was sie erwarten würde.

Dann schaute Neah hinab – auf ihr altes Leben. Zwei Körper, die nebeneinander in der kalten Erde lagen. Arian und Kaaya. Vereint. Es war, als hätte ihr Leben erst so richtig angefangen, nachdem sie einander begegnet waren. Sich gegenseitig gerettet hatten. Und jetzt hatte es gemeinsam geendet. Ihr Leben. Die Augen, die sie erst miteinander geöffnet hatten, hatten sich miteinander geschlossen.

Die Tränen, die in Neah hochstiegen, schüttelten sie. Sie zitterte am ganzen Körper, weil alles in ihr wehtat. Weil dieser Anblick sie zerstörte und gleichermaßen heilte.

Nur aus dem Augenwinkel nahm sie wahr, wie Aron und Luana an ihre Seite traten. Erst vor wenigen Stunden hatten sie Kaylin und Selphie begraben, und die beiden hatten sich für einige Zeit in Orianas Hütte zurückgezogen, während Neah hier draußen geblieben war. Die Hütte wäre ihr zu eng gewesen. Zu eng für all die Leere in ihr drin, die so viel Raum beanspruchte, dass sie nicht mehr wusste, wo sie endete. Ob sie überhaupt endete.

Ihre Gedanken rissen ab, als Aron sich vor sie stellte. Seine Augen waren rot und geschwollen, der Blick aus ihnen matt. Er hatte nicht mehr mit ihr gesprochen, seit sie und Ilias mit Arians Leichnam auf den Armen von den Ruinen der Schmiede zurückgekehrt waren. Sie wünschte, sie könnte etwas sagen, öffnete den Mund und schloss ihn aber wieder. Ein weiterer Versuch wurde unterbrochen, als Aron laut schluchzte und sie in die Arme zog.

Nur eine Sekunde später legte Neah ihm die Hände an den bebenden Rücken.

»Er kommt nicht zurück«, weinte er, und das war der Moment, in dem auch sie ihre Tränen endlich laufen ließ. »Ich habe ihn verloren und dann wiedergefunden, nur um ihn danach noch mal zu verlieren. Diesmal für immer.«

Auch Luana kam näher, und Neah reichte ihr eine Hand, um sie ebenfalls in die Umarmung zu ziehen.

»Überleben tut weh«, flüsterte Luana. »Aber sie sind gestorben, weil sie etwas tun wollten, das ihnen wichtig war.« Aron nickte an Neahs Schulter. »Sie sind gestorben und mit ihrem Tod ist Frieden eingekehrt. Und neues Leben darf beginnen«, fügte sie hinzu, als sie einen Schritt zurücktrat und Neahs Bauch berührte. »Das Einzige, was wir jetzt noch für die Toten tun können, ist zu leben.«

Aron löste sich ebenfalls aus der Umarmung und Neah meinte einen Funken Hoffnung in seinen Augen aufleuchten zu sehen.

»Ja«, sagte er und blickte in den Himmel. »Dann lasst uns damit anfangen.«

EPILOG

FÜNF JAHRE SPÄTER

NEAH

Neah wurde von sanften Sonnenstrahlen geweckt, die zwischen den Vorhängen ins Zimmer fielen. Warm streiften sie ihre Haut und zauberten ihr ein Lächeln ins Gesicht, noch bevor sie ihre Augen aufschlug. Wie jeden Morgen tastete sie als Erstes nach der anderen Seite des Bettes, nur um heute festzustellen, dass Ilias nicht da war. Verwundert setzte sie sich auf und blickte um sich. Ehe sie sich Sorgen machen konnte, ging die Tür auf und Ilias trat ein. Er sah zerstreut aus.

»Ist alles in Ordnung?«, fragte sie und bemerkte dabei, wie kratzig ihre Stimme vom Schlaf klang. Die Anspannung fiel von ihr ab, als ihr Seelengefährte sie anlächelte.

»Kian und Pyria sind schon hier. Zusammen mit Rion.«

Die beiden hatten den Namen ihres Sohnes, Sirion, an den von Kians verstorbener Schwester angelehnt. Der kleine Wirbelwind hatte es sich zur Aufgabe gemacht, Helia zu ärgern, bis es ausartete und sie sämtliche Möbel in Kleinholz zerlegte. Sie hatte alle Affinitäten ihrer Eltern geerbt und war wie Neah eine Gedanken-, Seelen- und Luftmagierin. Ganz zum Verdruss der teuren Einrichtung.

»Ich habe völlig vergessen, dass das *heute* ist«, sagte Neah, während sie gähnte. In der Zitadelle würde eine Zeremonie stattfinden, um Luana als neues Mitglied des Hohen Rates zu feiern. Mara Fenhorn hatte ihren Posten aufgegeben, weil sie sich nie hatte verzeihen können, was mit Kaylin geschehen war. Das war jetzt fünf Jahre her, und doch lagen die Ereignisse jener Nacht noch immer wie ein dunkler Schleier über ihnen allen.

Ilias setzte sich zu ihr aufs Bett. »Luana zählt auf dich.«

»Ich weiß. Und ich werde auch hingehen. Es ist nur …« Sie ließ sich wieder in die Kissen fallen und gähnte ausgiebig. »Ich bin so müde.«

»Vielleicht kann ich dafür sorgen, dass du gleich ein wenig wacher bist.« Sein heißer Atem streifte ihr Gesicht, und seine Fingerspitzen glitten über ihre Schenkel hoch zu ihrem Bauch, um dann leicht wie eine Feder die Konturen ihrer Brüste nachzufahren. Ihre Lippen verzogen sich zu einem Grinsen und alles in ihr reagierte auf seine Berührungen.

»Ein schlechter Zeitpunkt, oder?«, hauchte sie.

»Ein guter Zeitpunkt«, raunte er, bevor er mit seinem Kopf unter der Bettdecke abtauchte.

Ilias schob den Saum ihres Negligés hoch, bevor sie seine Zunge an der Innenseite ihrer Schenkel spürte. Sie krallte die Finger in das Bettlaken, wartete darauf, dass er sich einer empfindlicheren Stelle widmete, da flog die Tür auf.

»Mama?« Helia stand im Türrahmen und sah aus großen saphirblauen Augen zu Neah auf, die die Luft angehalten hatte. »Was ist denn das unter deiner Decke?«

»Nichts«, sagte Neah hastig und gab sich große Mühe, nicht atemlos zu klingen. »Gehst du noch mal zu Onkel Kian runter, Liebling? Ich komme gleich. Ich meine, ich … ich bin gleich bei dir.« Sie hörte, wie Ilias leise lachte.

Helia runzelte ihre kleine Stirn. »Kannst du nicht jetzt mitkommen? Rion meint, dass er stärker ist als ich. Du musst ihm erklären, dass das nicht stimmt!«

»In Ordnung, Lia, ich ziehe mich nur schnell um, ja? Geh schon mal vor.«

»Na gut.« Sie zuckte mit den Schultern und schloss die Tür wieder.

Neah schob die Decke beiseite und musste ein lautes Lachen unterdrücken, als Ilias gierig nach Luft schnappte. »Ich sagte ja, ein schlechter Zeitpunkt.«

»Ihr habt ganz schön lange gebraucht«, merkte Kian an, als Neah und Ilias mit Helia in die Kutsche stiegen.

»Wir mussten noch etwas erledigen«, sagte Ilias, ohne mit der Wimper zu zucken.

Kians Augenbrauen wanderten in die Höhe. »Etwas erledigen?« Ein süffisantes Grinsen schlich sich auf seine Lippen. »Wer musste was mit wem erledigen?«

Pyria schlug ihm spielerisch gegen den Arm. »Es sind Kinder anwesend!«

»Ich bin kein Kind!«, riefen Helia und Rion im Chor und sahen einander daraufhin völlig entgeistert an.

Neah konnte nicht anders, als breit zu lächeln, und strich ihrer Tochter sanft eine schwarze Strähne aus der Stirn.

Da ihr Haus, in dem sie seit Helias Geburt lebten, auf Erloven stand, dauerte die Kutschfahrt zur Zitadelle nur eine halbe Stunde. Sie wurden von einer blonden Elfe in Empfang genommen, die sie ins Innere des imposanten Gebäudes begleitete und dann bis in die Halle, in der die Zeremonie stattfinden sollte. Neah entging nicht, wie sie ihren Blick über Kian huschen ließ und sich verstohlen auf die Unterlippe biss. Viele Chancen sollte sie sich lieber nicht ausrechnen, obwohl sie ausgesprochen hübsch war. Neah hatte noch die Worte im Ohr, die Kian einst zu Luana gesagt hatte. Dass er auf sie warten würde. Außerdem lebte er mit Pyria zusammen, damit sie ihren Sohn gemeinsam großziehen konnten. Vielleicht würden sie es ja ein weiteres Mal miteinander versuchen. Neah wünschte ihm, dass er eines Tages sein Glück fand – selbst wenn sie insgeheim hoffte, dass er und Luana irgendwann in einer weit entfernten Zukunft zusammen sein würden. Manchmal musste man Umwege gehen, ehe man auf den richtigen Weg traf. Und manchmal erwies sich auch der vermeintlich falsche Weg als das eigentliche Ziel.

Die Halle war bereits gut gefüllt. Neah hielt Ausschau nach einem silberblonden Haarschopf und wurde fündig. Luana stand mit dem Rücken zu ihr und unterhielt sich aufgebracht mit Goras, dem unausstehlicheren der beiden Norwind-Brüder.

»Es tut mir leid, wenn ich störe«, sagte Neah und musste breit grinsen, als ihr ihre erste Begegnung mit Luana einfiel. Damals in einer anderen Zeit, in einem anderen Körper.

Luana drehte sich zu ihr um und legte den Kopf schief.

»Ja, Ihr stört.«

»Du störst doch nicht! Du rettest mich«, fügte ihre Freundin flüsternd hinzu und kicherte.

»Ich bin eigentlich nicht so forsch, aber ich muss dich dringend entführen!« Sie blickte über Luanas Schulter hinweg zu Goras. »Ihr entschuldigt uns?«

»Er hat keine andere Wahl«, erwiderte Luana an seiner statt und setzte ihr falschestes Lächeln auf. Sie hakte sich bei Neah unter und sie gingen einige Schritte. »Ich bin so froh, dass du gekommen bist.«

Sie lächelte ihre Freundin an. »Natürlich. Das ist ein großer Tag.«

»Wer hätte vor ein paar Jahren noch gedacht, dass du und ich gemeinsam regieren würden?« Luana schaute sie an, und Neah meinte ein kleines Feuer in ihren Augen auflodern zu sehen, während sich ihre Lippen zu einem amüsierten Grinsen verzogen.

»Du meinst, als ich als Kaaya an deine Tür klopfte und du sie mir beinahe ins Gesicht geschleudert hättest?«

Auch Neahs Lächeln wurde breiter.

»Das wirst du mir ewig vorwerfen, oder?«

»Vielleicht erwähne ich es ab und an, wenn ich deine Stimme bei einer wichtigen Entscheidung brauche.«

Luana betrachtete sie gespielt entsetzt. »Wie manipulativ!«

»Ich hatte die beste Lehrerin.« Neah stupste sie spielerisch an. »Wie geht es Aron? Wo ist er?«

»Ich bin hier.« Neah bemerkte erst jetzt, dass sie auf einen Tisch zugesteuert waren, an dem Aron mit Mara und Ysanoa saß. Er erhob sich und trat lächelnd auf sie zu, um Neah kurz in den Arm zu nehmen und dann seiner Frau einen Kuss auf die Stirn zu hauchen. Neah hatte ihn erst vor einigen Monaten das letzte Mal getroffen, und doch musste sie feststellen, dass die Spuren der Zeit nicht an ihrem Freund vorbeigegangen waren. Für einen Moment verharrte ihr Blick auf seinem Gesicht. Er sah seinem Halbbruder so ähnlich …

»Geht es dir gut?«, fragte Aron und runzelte besorgt die Stirn.

»J-ja. Ich war nur … in Gedanken.« Sie lächelte und spielte mit dem Ring an ihrem Finger, bevor sie quer durch die Halle zu Ilias blickte, der Helia auf dem Arm hatte und mit ihr lachte. Wärme schlich sich in ihr Herz und füllte die Risse aus, die für immer da sein würden.

»Es geht gleich los«, murmelte Aron und nahm Luana bei der Hand.

Auch Neah bemerkte, dass der Raum noch heller leuchtete als zuvor, weil Hunderte von Kerzen angezündet wurden, die den Beginn der Zeremonie ankündigten. Sie strich Luana kurz über den Arm und eilte anschließend zu ihrer kleinen Familie. Ilias legte ihr einen Arm um die Taille und küsste sie sanft auf die Schläfe. Helia schmiegte sich an ihr Bein und Neah streichelte ihr über den Kopf. Dann schaute sie hoch zu Luana, die oben auf dem Podest angekommen war, Aron an ihrer Seite. Flammen umspielten ihr Haupt wie eine Krone aus Feuer. Neah hätte nicht stolzer auf ihre Freundin sein können und sich niemand anderen für die Spitze des Hohen Rates gewünscht. Denn sobald Lady Elora zurücktreten würde, würde Luana ihren Platz einnehmen. Das hatte Neah mit ihr vereinbart. Sie vertraute Luana, und sie wusste, dass sie sich gemeinsam für das Wohl der Elfen einsetzen würden. Aller Elfen, denn seit einigen Jahren waren auch die Schattenelfen nach Eseria umgesiedelt worden.

Neahs Blick wanderte zu Kian, der mit Pyria und Rion einige Schritte entfernt stand. Er sah ebenfalls hoch zu der Lichtelfe, die von innen heraus zu leuchten schien. Neah konnte nicht deuten, was er fühlte, aber sie ahnte es. Wie könnte man Luana nicht lieben?

Sie lehnte ihren Kopf an Ilias' Schulter, sog seinen Duft ein und schloss lächelnd die Augen. Alles war gut. Eine Träne löste sich aus ihrem Augenwinkel und lief warm ihre Wange hinab.

Alles war gut.

ENDE

Danksagung

Ich kann es noch nicht so recht glauben, aber hier endet die Geschichte vom *Schattenthron.* Auch wenn wir die Bücher jederzeit aufschlagen und nach Eseria zurückkehren können, so ist Kaayas Abenteuer, das mich inzwischen seit acht Jahren begleitet, zu Ende erzählt.

Ich will mich ganz herzlich bei euch bedanken, liebe Leserinnen und Leser, dass ihr mein mutiges Mädchen auf seiner Reise begleitet habt. Danke für eure Begeisterung und die unzähligen Nachrichten, die mich bereits zu Band 1 erreicht und mir ein Dauergrinsen (und ein paar Tränchen der Rührung) beschert haben. Ohne euch würde es keinen Sinn machen, meine Bücher zu veröffentlichen. Unser Austausch bedeutet mir die Welt und gibt mir so viel zurück. Ihr könnt mich jederzeit über Social Media erreichen (an dieser Stelle auch ein lieber Gruß an meine liebste Community!!) – ich freue mich über jede Nachricht und natürlich auf unser nächstes gemeinsames Abenteuer!

Ein weiteres großes Dankeschön geht an Impress und den Carlsen Verlag, die an meine Geschichten glauben und es mir ermöglichen, meinen größten Traum zu leben. Ihr seid großartig!

Ich danke meinen Lektorinnen Pia Cailleau und Yvonne Lübben für die wundervolle Zusammenarbeit, die sich meist weniger wie Arbeit und mehr wie ein Gespräch mit einer Freundin anfühlt. Es war so schön, euch endlich persönlich zu treffen!

Meiner Agentin Franziska Hoffmann von der Michael Meller Literary Agency danke ich für all die tollen Nachrichten, die sie mir überbringt – und natürlich für deine Ratschläge, dein offenes Ohr und dafür, dass du immer für mich da bist.

Ich danke außerdem meinen wundervollsten Freundinnen Dina Al-Farhi und Juli Dorne, die mir im ersten Veröffentlichungs-Wahnsinn und in schweren Zeiten eine große Stütze waren und sind. Danke, dass ihr es mit mir und meinen ewigen Selbstzweifeln aushaltet. Danke, dass ich euch vollheulen darf. Danke für die Pompons, unsere virtuellen Kaffeedates, die morgendlichen Sprachnachrichten und dafür, dass es euch gibt.

Danke auch an meine zauberhaften Testleserinnen, die dazu beigetragen haben, dass *Schattenthron Schattenthron* ist. Sina, Mallak, Sara, Joan, Leonie – ihr habt Liebe, Zeit und Mühe investiert und ich weiß das auf ewig zu schätzen.

Liebe, Zeit und Mühe haben auch so viele tolle Bloggerinnen und Blogger investiert, die *Schattenthron* überall empfohlen haben (besonders hartnäckig ist Sunni hierbei vorgegangen – was macht deine Wohnzimmerwand inzwischen? xD). Ihr ahnt nicht, wie viel mir das bedeutet. Ich danke euch von ganzem Herzen!

Auch viele liebe Autoren-Kolleginnen haben mich unterstützt, wo sie nur konnten, und jede auf ihre eigene Art. Antonia Wesseling, Ivy Leagh, July Winter, Justine Pust, Kate Corell, Lily S. Morgan, M. D. Hirt (sie hat die wunderschönen Cover gemacht!!) – ihr habt meinen ewigen Dank.

Und wie ich es auch schon in meiner ersten Danksagung gehandhabt habe, schließe ich die Runde mit meiner Familie: Ich danke meinen Schwestern, denen das Buch gewidmet ist. Meinen Eltern, die die besten Eltern der Welt sind. Meiner Oma, die meine Bücher kauft, obwohl sie sie kaum versteht, und jedem noch so entfernten Verwandten empfiehlt (der sie auch nicht versteht). Meiner besten Freundin, die quasi meine dritte Schwester ist. Meinem Verlobten, der das letzte Jahr über auch mein Chauffeur, mein Therapeut, mein Plot-Buddy, meine Signierunterstützung (inklusive Handmassagen!) und mein größter Halt (und Held) war – und ist.

Danke für alles!!!
Eure Beril
Berlin, 26.03.2022

Wir produzieren nachhaltig

- Klimaneutrales Produkt
- Papiere aus nachhaltigen und kontrollierten Quellen
- Hergestellt in Europa

Lektorat: Yvonne Lübben
Umschlagbilder: freepik.com ©: starline / shutterstock.com ©: Ra17 / janniwet / Weerachai Khamfu / Nataliia Kucherenko / shuuffles / Tattoboo / djero.adlibeshe / Sannikova Maria / BortN66 / Alexander_Evgenyevich / Mia Stendal / Alex44ARH
Umschlaggestaltung: Makita Hirt, formlabor, Hamburg
Illustration: Julia Dorne
Satz: Pinkuin Satz und Datentechnik, Berlin
Herstellung: Gunta Lauck
Litho: Margit Dittes, Hamburg
ISBN 978-3-551-30465-0

FSC
www.fsc.org
MIX
Papier | Fördert gute Waldnutzung
FSC® C083411

SIEBEN HEXENZIRKEL, DREI ARTEFAKTE, EINE BEDROHLICHE AUFGABE

Ayla Dade
THE WITCHES OF SILENT CREEK 1: UNENDLICHE MACHT
Klappenbroschur
416 Seiten
ISBN 978-3-551-32145-9
Auch als E-Book erhältlich

NACH DEM MYSTERIÖSEN TOD IHRER ELTERN zieht es Helena in die Heimat ihrer Mutter nach Silent Creek, einer rätselhaften Kleinstadt an der schottischen Küste. Was die junge Studentin nicht weiß: An diesem rauen Ort ist nichts normal. In Silent Creek herrschen düstere Kräfte, die Hel vor allem in Tyrael Burnett zu spüren glaubt – ihrem hochmütigen, geheimnisvollen und erschreckend attraktiven Kommilitonen am Creek's College. Ausgerechnet er rettet ihr jedoch in einem verheerenden Moment das Leben. Hel wird klar, dass dunkle Mächte wirklich existieren und die Menschen bedrohen. Und das Schlimmste: Sie fühlt sie in sich selbst ...

WWW.CARLSEN.DE

CARLSEN

BK